BASTEI
LÜBBE

LINDA LAEL MILLER

Der Preis des Verlangens

ROMAN

Ins Deutsche übertragen von Katharina Braun

BASTEI LÜBBE

BASTEI LÜBBE TASCHENBUCH
Band 18 192

Erste Auflage: Januar 1999

Deutsche Lizenzausgabe 1999 by
Bastei-Verlag Gustav H. Lübbe GmbH & Co.,
Bergisch Gladbach
Originaltitel: The Vow
Lektorat: Katharina Woicke
Titelbild: John Ennis, Agentur Thomas Schlück GmbH
Umschlaggestaltung: QuadroGrafik, Bensberg
Satz: KCS GmbH, Buchholz / Hamburg
Druck und Verarbeitung:
Brodard & Taupin La Flèche, Frankreich
Printed in France
ISBN 3-404-18192-1

Der Preis dieses Bandes versteht sich einschließlich der gesetzlichen Mehrwertsteuer

1. Kapitel

Annabel Latham-McKeiges Rückkehr nach Parable in Nevada, zwölf Jahre nach ihrer skandalösen Abreise, wäre einer Wiederauferstehung gleichgekommen, wenn ein Engel sich die Mühe gemacht hätte zu erscheinen.

Im frühmorgendlichen Nebel dieses ungewöhnlich kühlen 4. Juli 1878 tauchte Annabels himmelblaue Kalesche mit dem goldenen Zierwerk und dem livrierten Kutscher etwa eine Viertelmeile östlich von der Stadt auf einem Hügel auf, strahlend wie eine lebende Ikone im roten Glanz der aufgehenden Sonne. Ein Gefolge, das die halbe Kavallerie der Vereinigten Staaten zu repräsentieren schien, begleitete den Wagen – ein halbes Regiment Soldaten in blauen Uniformen mit Bronzeknöpfen, die in der Sonne glitzerten, und Pferden, deren Hufe Wolken golden schimmernden Staubs aufwirbelten. Zwei riesige schwarze Hunde trotteten links und rechts von Miss Annabels Kalesche, und auch deren prächtige Halsbänder glitzerten wie Gold im hellen Licht des frühen Tages.

Einar Grubb, der tagsüber den Samhill Saloon reinigte und nachts als Wächter im Stadtgefängnis diente, behauptete später, er habe als erster das Erscheinen dieses Trupps gesehen. Es gab andere, die dieser Behauptung widersprachen – Miss Bethesda Deed zum Beispiel. Immer sehr früh auf den Beinen, hatte sie an einem ihrer Fenster im ersten Stock gestanden, um den Sonnenaufgang zu betrachten, und sagte, der lange Troß dort oben auf dem Hügel habe sie an Hannibals Alpenüberquerung denken lassen.

Marshal Jacob Swinger, der gerade von einem Stelldichein mit einer hübschen Witwe zurückkehrte, betrachtete sich insgeheim als ersten Augenzeugen, worüber er aus Diskretion und auch aus Vorsicht jedoch lieber schwieg.

Jedenfalls war es Grubb, der Alarm schlug, indem er die Schwingtüren des Saloons krachend aufstieß und die halbe Treppe im Hintergrund des großen Saals hinaufstürmte, bevor er sich eines Besseren besann und stolpernd im ersten Stock zum Halten kam.

»Gabe!« brüllte er, hilflos und vorwurfsvoll wie eine Kuh, die bis zum Bauch in einem Schlammloch steckt. »Gabe McKeige! Himmelherrgott, komm sofort herunter – *sie ist zurückgekehrt!*«

Ein allgemeiner Aufruhr brach nun aus, nicht nur in dem düsteren Saloon, sondern überall in dieser kleinen Rinderstadt, als wäre nun endlich die Zündschnur an einem riesigen Feuerwerkskörper gezündet worden.

Prostituierte mit aufgelösten Haaren und schäbigen, gerüschten Nachthemden drängten sich, empört über das frühe Wecken, murrend um das obere Geländer. Einige der Stammkunden stolperten hinter ihnen auf den Korridor wie blinde Kaninchen, die aus einem Sack entlassen wurden, streiften hastig Stiefel über und schlossen Hosenknöpfe, während sie zur Hintertreppe eilten und dabei mindestens ebensoviel Lärm verursachten wie das Regiment Soldaten draußen.

Dann erschien Gabe McKeige, der bereits voll angekleidet war und offenbar nicht die geringste Eile hatte, seine Haut zu retten. Er war ein großer Mann, schlank, aber durchtrainiert und kräftig, und während er stirnrunzelnd auf Grubb hinabsah, strich er ärgerlich mit beiden Händen durch sein blondes Haar.

»Was zum Teufel ...?«

In diesem Moment war Einar heilfroh, daß er einen guten Grund dafür besaß, McKeige aus dem Bett seiner Geliebten geholt zu haben, denn der Ausdruck in Gabes blauen Augen war gefährlich genug, um den Teufel persönlich abzuschrecken.

»Es ist Miss Annabel – Mrs. McKeige, meine ich!« stieß Grubb hervor und zeigte in Richtung Osten. »Sie ist nach Parable zurückgekehrt und hat die halbe Armee bei sich!«

Fluchend stürmte Gabe die Treppe hinunter, drängte sich an Grubb vorbei und in die große Halle. Als er die Tür erreichte, war er im ersten Moment geblendet vom Glitzern der Bronze und dem hellen Sonnenschein des frühen Morgens.

Er kniff die Augen zu, um besser sehen zu können – und tatsächlich, da war Annabel! Gelassen saß sie inmitten all dieses Getümmels auf dem ledergepolsterten Sitz ihrer Kalesche und schaute hochmütig auf ihn herab, mit der ganzen Verachtung einer Königin, die gekommen war, um dieses Volk von Hinterwäldlern zu erobern und ihnen Zucht und Ordnung beizubringen.

Ein Gefühl, das er längst vergessen geglaubt hatte, durchzuckte Gabe bei ihrem Anblick.

Annabel mußte lange in diesem Wagen unterwegs gewesen sein, auch in der vergangenen Nacht, da die nächste Siedlung, Fort Duffield, fast acht Meilen weit entfernt war. Dennoch sah sie so frisch aus wie der junge Morgen. Ihr dichtes Haar glänzte und lugte sorgfältig frisiert unter ihrem eleganten kleinen Hut hervor. Ihre sherryfarbenen Augen funkelten vor Verachtung, als sie Gabe betrachtete.

»Ich hätte wissen müssen, daß ich dich hier finden würde, Gabriel McKeige«, sagte sie, während sie hochmütig die Nase rümpfte und auf den Saloon deutete.

Gabes erster Impuls war zu grinsen, aber er wagte ihm nicht nachzugeben. Der Umgang mit Annabel erforderte Ernst und Geistesgegenwärtigkeit, beides Eigenschaften, über die er nach einer durchzechten Nacht am Pokertisch nicht unbedingt verfügte. »Dein Urteilsvermögen ist so scharf wie immer, Mrs. McKeige.«

Sie errötete ein wenig, und einer der beiden Hunde kam zu Gabe und stieß mit seiner langen Schnauze gegen dessen Oberschenkel. Gemächlich, ohne auf das Tier herabzuschauen, kraulte Gabe den Hund hinter den Ohren.

»Champion!« rügte Annabel und schwenkte herrisch ihren rüschenbesetzten Sonnenschirm. »Bei Fuß!«

Winselnd schlich der große Hund zu seinem Platz neben dem Wagen. Der Staub, den die Hufe ihrer Pferde aufgewirbelt hatten, hatte sich noch nicht gelegt.

Gabe verschränkte die Arme und beobachtete seine Frau schweigend und mit jenem schwachen Lächeln, von dem er wußte, daß es sie in Rage bringen würde.

Die Soldaten, die offenbar in eigenen Angelegenheiten in die Stadt gekommen waren, saßen auf Befehl des Captains ab, der, wie die beiden Hunde, offensichtlich einen ganz bestimmten Platz neben Annabel einnahm.

»Ich bin gekommen, um eine wichtige Angelegenheit mit dir zu besprechen«, sagte sie. Obwohl sie beherrscht wie immer war, konnte Gabe sehen, daß sie am liebsten den albernen kleinen Schirm geschlossen und ihn damit über den Kopf geschlagen hätte.

Was er bereits als ersten kleinen Sieg betrachtete.

Lächelnd spreizte er die Hände. »Ich höre«, antwortete er.

Wieder errötete sie, aber ihr Blick blieb unbewegt. »Du glaubst doch sicher nicht, daß ich persönliche Angelegenheiten vor der halben Stadt besprechen würde«, entgegnete sie kühl.

Gabe richtete den Blick auf den Kavallerieoffizier, einen Mann, den er nicht kannte, bevor er dann wieder Annabel anschaute. »Wir könnten auf der Ranch reden«, schlug er vor. »Du wirst dich doch noch erinnern, wo sie liegt?«

Annabel runzelte die Stirn. »Sprich nicht mit mir, als wäre ich ein dummes kleines Ding, Mr. McKeige. *Selbstverständlich* erinnere ich mich.«

Entnervend langsam zog Gabe seine Taschenuhr heraus, klappte den Deckel auf und betrachtete stirnrunzelnd das Zifferblatt. »Wir treffen uns dort«, erwiderte er, ohne auf ihre Bemerkung einzugehen – oder zumindest gab er sich den Anschein, sie zu ignorieren. In Wirklichkeit jedoch blieb jedes Wort, das sie sagte, in ihm haften wie ein Stachel. »Sagen wir, in einer Stunde?«

Annabel warf einen vielsagenden Blick zum ersten Stock des Saloons hinauf – wo Miss Julia Sermon ihre privaten Räume hatte. »Ich möchte dich auf keinen Fall belästigen«, entgegnete sie spitz.

Gabe grinste breit. »Oh, keine Sorge, das tust du

nicht«, erwiderte er charmant. Dann wandte er sich ab und ging zum Saloon zurück, wo er, ein munteres Liedchen summend, die Treppe hinaufzusteigen begann.

Julias Mädchen starrten ihm offenen Mundes nach, als er an ihnen vorbeiging, aber der Saloon füllte sich bereits mit jungen Soldaten, die fest entschlossen waren, ihre freie Zeit in dieser Stadt zu nutzen. Keines der Saloonmädchen würde lange unbeschäftigt bleiben.

Als Gabe Julias Wohnzimmer betrat, hörte er die ersten leisen Töne des Pianos durch die Bodendielen dringen. Jemand mußte den Klavierspieler geweckt haben.

Die lange Couch, auf der Gabriel die Nacht verbracht hatte, war noch immer ein Gewirr aus Decken und Laken, und Julia, in einem seidenen Morgenrock und mit langem, aufgelöstem Haar, stand in der Tür zu ihrem Schlafzimmer.

»Annabel ist heimgekehrt«, sagte sie.

Gabe hob seinen Hut auf, den er in der Nacht zuvor auf einen Stuhl geworfen hatte, und legte ihn auf einen Tisch. »Nein«, erwiderte er schroff und mied Julias Blick, während er versuchte, sich darüber klarzuwerden, was er empfand und wie er es verstanden wissen wollte. »Nein, sie will nur etwas, das ist alles. Es wird sich wohl um Nicholas handeln. Wahrscheinlich denkt sie immer noch, sie könnte einen Gentleman aus ihm machen.«

»Setz dich und beruhige dich«, forderte Julia ihn auf. »Sie hat dich überrumpelt, Gabe, und wenn du jetzt nicht in Ruhe nachdenkst, tust oder sagst du vielleicht etwas, was dir später leid tun könnte.«

Er setzte sich und streckte die langen Beine aus.

Lange Zeit schwieg er, starrte nachdenklich auf seine abgeschabten Stiefelspitzen und stieß dann einen tiefempfundenen Seufzer aus. »Verdammt«, sagte er, ohne Julia anzuschauen. »Damit hatte ich nicht gerechnet. Daß sie zurückkommt, meine ich, ganz plötzlich und ohne jede Vorwarnung.«

»Das dürfte der Grund sein, warum sie es getan hat, zumindest teilweise«, antwortete Julia. Sie war ruhig und gefaßt wie immer, als sie sich in einem Sessel ihm gegenüber niederließ, ungemein grazil und anmutig. Sie war die beste Freundin, die er je gehabt hatte, und nicht zum ersten Mal wünschte er sich, sie auf andere Art geliebt haben zu können. »Annabel ist offensichtlich eine Frau, die die Überraschung liebt ...« – sie hielt inne, kämpfte mit einem Lächeln und gab sich dann geschlagen – »und großen Wert auf standesgemäße Beförderung zu legen scheint.«

»Sie muß wegen Nicholas gekommen sein«, sagte Gabe mehr zu sich selbst. Ihr Sohn, Annabels und seiner, war neunzehn Jahre alt und ein wahrer Satansbraten. Gabe fragte sich, wie der Junge, der seit zehn Tagen allein durch die Berge streifte, auf die Heimkehr seiner Mutter reagieren würde. Annabel und Nicholas standen sich nicht besonders nahe, soweit Gabe wußte, aber sie waren all die Jahre in Kontakt geblieben und hatten sich geschrieben.

Nicholas sprach nicht gern über Annabel oder das, was zwischen ihnen vorgefallen war; wenn ein Brief mit ihrem Monogramm kam, pflegte der Junge ihn ungeöffnet einzustecken und sich irgendwohin zurückzuziehen, um ihn zu lesen. Obwohl Nicholas, der mit sieben schon genauso eigensinnig gewesen war wie heute, Boston vom ersten Augenblick an gehaßt und prompt verlangt hatte, nach Nevada zurückgeschickt zu werden, hatte er seine Mutter bestimmt vermißt. Gabriel wußte selbst am besten, wie schwer es war, ohne Mutter aufzuwachsen, da seine in eine andere Welt verschwunden war, bevor er auch nur seine Schuhe schnüren konnte.

»Vielleicht ist sie tatsächlich wegen Nicholas gekommen«, stimmte Julia zu – mehr aus Höflichkeit als aus Überzeugung, dachte Gabe. »Dennoch scheint mir, daß sie *ihn* gesucht hätte, wenn es so wäre. Was auch immer ihr Anliegen sein mag, es scheint sie sehr nervös zu machen. Denn sonst brauchte sie ganz gewiß nicht die Kavallerie zur moralischen Unterstützung.«

Gabe seufzte und fuhr sich mit der Hand durchs Haar. Er hatte bisher noch gar nicht über Annabels militärische Eskorte nachgedacht und angenommen, daß sie zufällig in Fort Duffield vorbeigekommen war, als ein Regiment sich in diese Richtung aufmachte. Es war nichts Ungewöhnliches, daß die Armee Reisenden ihren Schutz anbot, vor allem, wenn es sich um Damen von gesellschaftlichem Rang und Namen handelte, wie bei Annabel.

»Als ich das letzte Mal von ihr hörte«, sagte Gabe, »war sie in England und lebte in Saus und Braus. Ich muß zugeben, daß ich verdammt gern wüßte, was sie veranlaßt hat, den weiten Weg zu machen.«

»Du mußt ihr die Wahrheit sagen, Gabe«, bat Julia. »Über uns, meine ich.«

Er schaute sie an, die Frau, die in und um Parable von allen für seine Geliebte gehalten wurde. Julias Mutter war die Köchin und Haushälterin seines Vaters gewesen, nachdem seine eigene Mutter entführt worden war, und hatte mit ihrer kleinen Tochter im Dachgeschoß des Ranchhauses gewohnt.

Gabriel und Julia, zwei einsame Kinder, die sogar in einem von Abenteurern und Gesetzlosen bevölkerten Land Außenseiter gewesen waren, waren eine aufrichtigere und tiefere Freundschaft eingegangen als die meisten Kinder. »Selbst wenn ich der Meinung wäre, daß sie ein Recht darauf hätte, die Wahrheit zu erfahren – was nicht der Fall ist –, würde ich nicht meine Zeit damit verschwenden. Annabel würde mir ja doch nicht glauben. Niemand würde das.«

Julia betrachtete ihre feingliedrigen, schlanken Hände. So wie ihre Freundschaft momentan beschaffen war, diente sie ihrer beider Zwecke, aber ihr war nicht recht wohl dabei gewesen, zumindest nicht im Hinblick auf Gabes Frau.

»Mrs. McKeige ist noch immer deine Frau, Gabe.«

»*Mrs. McKeige* hat mich und unseren Sohn vor langer Zeit verlassen.«

Julias Ton verriet Entschlossenheit, obwohl sie nach wie vor die Stimme nicht erhob. In gewisser Weise, dachte Gabe, ist sie Annabel sehr ähnlich, obwohl es seine Frau bestimmt sehr verärgert hätte, daß er so dachte.

»Ich habe das etwas anders in Erinnerung«, widersprach Julia.

Gabe schloß die Augen vor den Erinnerungen, die ihn bestürmten, aber das machte sie nur noch eindringlicher in Farbe, Macht und Wirkung. Als ihr zweites Kind, ein kleines Mädchen namens Susannah, plötzlich an einem Fieber gestorben war, war Annabel in tiefe, bittere Melancholie verfallen. Er war natürlich auch traurig gewesen – es hatte ihm das Herz gebrochen, die kleine Susannah zu verlieren. Gott wußte, wie oft er zu irgendeinem stillen Ort gegangen war, um dort seinen Tränen freien Lauf zu lassen.

Aber es gab Momente, in denen sich ein Mensch zusammennehmen und sein Leben weiterführen mußte.

Annabel war nicht imstande gewesen, es zu tun; ihre Trauer war zu groß, zu überwältigend gewesen. Mit der Zeit hatte ihre Beziehung sich so verschlechtert, daß sie eines Tages, als er unterwegs gewesen war, um Rinder aufzutreiben, ihre Sachen gepackt hatte und abgereist war. Sie hatte Nicholas mitgenommen, der damals sieben Jahre alt gewesen war, und war mit dem Zug zur Ostküste zurückgekehrt. Außer einer kurzen Nachricht und der Harfe, die Gabes Hochzeitsgeschenk für sie gewesen war, hatte sie nichts Persönliches zurückgelassen.

Selbst zwölf Jahre später noch schmerzte die Erinnerung daran, wie er nach Wochen harter Arbeit heimgekehrt war und festgestellt hatte, daß seine Familie nicht mehr da war.

Mit Daumen und Zeigefinger massierte er seinen Nasenrücken.

»Gabe«, sagte Julia leise. »Sieh mich an.«

Er wollte es nicht. Oder konnte es nicht.

»Du liebst sie«, meinte sie sanft. Es lag tiefes Mitgefühl in ihrer Stimme, in ihrer Haltung. »Du hast sie immer geliebt und wirst sie immer lieben.«

»Nein«, behauptete er. Das Wort schmerzte in seiner Kehle.

Julia seufzte. »Geh heim, Gabriel McKeige«, befahl sie leise, und diesmal klang es müde. »Was immer die braven Leute hier in Parable auch denken mögen, ich werde keinen verheirateten Mann in meinen Privaträumen empfangen, solange auch nur die geringste

Chance einer Versöhnung zwischen diesem Mann und seiner Frau besteht.«

Gabe stand seufzend auf. »Ich sage es dir noch einmal, Julia«, knurrte er. »Annabel ist nicht hergekommen, um sich mit mir zu versöhnen.«

»Wie du meinst«, erwiderte Julia freundlich und betrachtete ihre Fingernägel. »Und vergiß nicht deinen Hut, Mr. McKeige.«

Gleich nach dem Gespräch mit Gabe entließ Annabel für den Rest des Tages Mr. Hilditch, ihren Kutscher, mit der strengen Anweisung, darauf zu achten, daß er seine Uniform nicht beschmutzte. Dann, nachdem sie höflich Captain Sommervales Angebot einer weiteren Eskorte abgelehnt hatte, nahm sie selbst die Zügel ihres Phaetons und machte sich auf den Weg zur Ranch. Die Hunde, Hercules und Champion, liefen gehorsam neben dem Wagen.

Die zwei Meilen lange Fahrt dauerte etwas über eine halbe Stunde, soweit sich Annabel entsann. Kurz bevor das zweistöckige Haus in Sicht kam, zog sie ein spitzenbesetztes Taschentuch aus ihrem Ärmel und tupfte hastig ihr Gesicht ab. Niemand brauchte zu wissen, daß Gabriel McKeige sie – wieder einmal – zum Weinen gebracht hatte.

Als Annabel ziemlich sicher war, sämtliche Spuren ihrer Tränen entfernt zu haben, hob sie das Kinn, straffte die schmalen Schultern und trieb die Pferde mit einer Handbewegung zu einer schnelleren Gangart an. Mit etwas Glück würde sie ein paar Minuten ungestört bleiben, um sich sowohl geistig als auch körperlich auf die bevorstehende Auseinandersetzung einzustellen.

Beim Anblick des großen Hauses bildete sich ein Klumpen in ihrer Kehle. Sie und Gabriel waren hier einst so glücklich gewesen …

Annabel hielt den Wagen in der staubigen Einfahrt an, sicherte die Zügel und die Bremse, und stieg mit der Würde und Anmut ab, die ihr seit frühester Jugend zur zweiten Natur geworden war.

Die stille Hoffnung, daß Nicholas lächelnd in der Tür erscheinen werde, um sie zu begrüßen, erwies sich rasch als Illusion. Sie hatte ihrem Sohn nicht geschrieben, daß sie kommen würde und was der Zweck ihres Besuches war. Sie hatte einfach nicht den Mut dazu gehabt.

Nicholas war neunzehn; sie war ein Jahr jünger gewesen, als er zur Welt gekommen war. Was für ein hübscher, gesunder Säugling er gewesen war, stur und eigensinnig vom Moment seiner Geburt an, als habe er damals schon sein Lebensziel gekannt und vorgehabt, es auf der Stelle zu verfolgen. Sie hatte nie das Gefühl gehabt, daß er sie wirklich brauchte, so selbständig, wie er gewesen war. So ganz anders als die liebe, sanfte Susannah, seine Schwester.

Nicholas war seinem Vater sehr ähnlich gewesen damals – und war es heute noch, wenn man seinen seltenen Briefen Glauben schenken durfte. Sogar die Fähigkeit, ihr weh zu tun, schien er von seinem Vater übernommen zu haben.

»Mrs. McKeige?«

Die vertraute Stimme riß Annabel aus Überlegungen, die Selbstmitleid gefährlich nahekamen, und sie schaute auf zu Charlie ›Gray Cloud‹, der einige Schritte entfernt auf der Veranda stand. Er war noch genauso, wie Annabel ihn in Erinnerung hatte – untersetzt und stämmig, mit einer Küchenschürze um die Taille und einem Kochtopf in der Hand. Nur eine Spur von Grau durchzog sein kurzes schwarzes Haar, und obwohl sie weder seine Augen noch seinen Gesichtsausdruck erkennen konnte, hörte sie freundschaftliche Zuneigung in seiner Stimme mitklingen.

Sie lächelte. »Hallo, Charlie«, sagte sie. »Wie schön, dich endlich wiederzusehen.«

Charlie schien aufrichtig erfreut; er ging rasch zur Eingangstür, um sie für sie zu öffnen. »Wir ... Ich habe Sie vermißt.«

Annabel trat über die Schwelle und in das kühle Innere des Hauses. »Nicholas ist nicht hier?« fragte sie und wartete mit angehaltenem Atem auf die Antwort, obwohl sie sich im stillen für ihre übertriebenen Erwartungen schalt. Sie waren im Lauf der Jahre weitergekommen, sie und Nicholas, aber es lag immer noch ein weiter Weg vor ihnen.

Charlie schüttelte den Kopf. »Dieser verrückte Junge – er streift ständig durch die Berge. Er glaubt, er wäre ein Indianer.«

Annabel unterdrückte einen Anflug von Enttäuschung und rief sich noch einmal ins Gedächtnis, daß sie Nicholas nichts von ihrem Besuch geschrieben hatte und daher auch nicht erwarten konnte, daß er hier war und sie empfing. »Ich wäre dir dankbar, wenn du eine Schüssel Wasser für mich hättest«, sagte sie, während sie ihre Glacéhandschuhe abstreifte und sie in ihre Tasche legte.

Charlie deutete mit dem Kopf zur Treppe. »Ich bringe es in Ihr Zimmer, Mrs. McKeige«, sagte er und war fort, bevor Annabel widersprechen und sagen konnte, daß sie es vorziehen würde, sich in dem kleinen Waschraum neben der Küche zu erfrischen.

Draußen vor den Haus bellten die Hunde, als ein Reiter in den Hof galoppierte.

Annabel eilte die Treppe hinauf und über den breiten Gang zum Schlafzimmer des Hausherrn. An der Tür blieb sie stehen, überwältigt von Erinnerungen, die leichter zu ertragen gewesen wären, wenn sie bitter wären anstatt süß, bevor sie die Türklinke herunterdrückte und den Raum betrat.

Das große Doppelbett befand sich noch am selben Platz wie früher, zwischen zwei großen Fenstern. Ihr eigener Kleiderschrank stand an einem Ende des Raums und Gabriels am anderen, genau wie früher. Neben dem mächtigen Kamin stand ihre Harfe, das wundervolle Instrument, das Gabriel ihr zu ihrer Hochzeit geschenkt hatte.

Ein Engel, hatte er gesagt, müsse eine Harfe haben …

Das Gebrüll von unten erschreckte Annabel so heftig, daß sie einen leisen Schrei ausstieß und mit einer Hand an ihre Kehle griff.

»Charlie!« schrie Gabriel noch einmal.

Annabel fuhr herum und erschrak von neuem, denn Charlie stand in der Tür und reichte ihr stumm die versprochene Schüssel mit dem Wasser, die er jedoch nicht eher losließ, bis ihre Hände nicht mehr zitterten. Die angeborene Gelassenheit, die der Indianer ausstrahlte, beruhigte Annabel ein wenig; dankbar nickte sie ihm zu, als sie die Schüssel nahm.

Charlie ging hinaus und schloß die Tür.

Während Annabel mit kaltem Wasser ihr Gesicht befeuchtete, legte sie sich – zum tausendsten Mal vielleicht inzwischen schon – die Worte für die kleine Rede zurecht, mit der sie Gabriel überzeugen wollte.

Wieder erklang unten seine laute Stimme, gefolgt von Charlies ruhigen, besonnenen Erwiderungen.

Du hast dir wahrscheinlich etwas vorgemacht, dachte Annabel, falls du je geglaubt hast, Überredung wäre nötig. Nur eins könnte noch schlimmer sein als Gabriels sofortige Verweigerung ihrer Bitte – und das wäre seine prompte Zustimmung zu ihrem Vorschlag.

»Annabel Latham-McKeige«, murmelte sie vor Gabriels Rasierspiegel, während sie ihr Gesicht abtrocknete, »du bist wirklich eine Närrin.«

Gabriel stand am Fuß der Treppe, eine Hand auf dem Geländer, als sie aus dem Zimmer kam.

Nur unter Aufbietung ihrer ganzen Willenskraft gelang es ihr, langsam und anmutig die Treppe hinabzuschreiten; ihr Herz klopfte so schnell, daß sie fast nicht atmen konnte. Obwohl Gabriel schon vierzig war, war er noch viel attraktiver, als er früher schon gewesen war. Die Jahre hatten seinen Zügen ein wenig mehr Härte verliehen, er war schlanker geworden, und seine Muskeln waren ausgeprägter.

»Charlie war so freundlich, mir ein Zimmer zu geben, wo ich mich waschen konnte«, sagte sie, um eine logische Erklärung dafür abzugeben, daß sie in dem Zimmer gewesen war, das sie und Gabriel vor so langer Zeit bewohnt hatten.

»Charlie«, erwiderte Gabe gedehnt und schaute sie aus schmalen Augen an, »ist die *Güte* in Person.«

Die gehässige Bemerkung erinnerte Annabel daran, daß Gabriel ein Gegner war, und zwar ein nicht zu unterschätzender. Innerlich wappnete sie sich für eine Schlacht – und einen verheerenden Erfolg.

»Ich sehe keinen Grund, die Angelegenheit noch

länger aufzuschieben«, verkündete sie, während sie Gabriels Blick suchte. »Möchtest du, daß wir in deinem Arbeitszimmer reden?«

Gabriel machte eine spöttische Verbeugung. »Wie Ihr wünscht, Mylady«, antwortete er.

Von gerechtem Zorn erfaßt, straffte sie die schmalen Schultern und schwebte hocherhobenen Kopfes an ihm vorbei. Der Saum ihres schweren Rocks verursachte ein schleifendes Geräusch auf dem polierten Holzboden.

Im Arbeitszimmer blieb sie vor Gabriels Schreibtisch stehen und sah zu, wie er die Doppeltüren schloß und sich dann zu ihr umwandte.

Er verschränkte seine Arme. »Also gut, Annabel. Sag, was du zu sagen hast. Ich habe nicht viel Zeit.«

Sie kämpfte mit dem dringenden Bedürfnis, ihm irgend etwas Schweres an den Kopf zu werfen, und befahl sich, ruhig und überlegt zu sprechen. Ein paar Worte nur, mehr nicht, und dann würde sie erledigt sein, die Aufgabe, auf die sie sich in all diesen Monaten vorbereitet und die sie so gefürchtet hatte.

»Wie du vielleicht weißt, lebe ich seit einigen Jahren in England.«

Gabriel sagte nichts, wartete nur schweigend ab, ohne seine Gefühle zu verraten – falls er überhaupt so etwas hatte.

»Ich würde gern männlichen Besuch empfangen«, fuhr Annabel rasch fort. »Als verheiratete Frau hielt ich das bisher für unpassend, aber ich bin nun immerhin schon siebenunddreißig Jahre alt, und … nun ja, die Zeit vergeht.«

Gabriel zog eine blonde Braue hoch. »Und?«

Annabels Wangen röteten sich, als ob er sie

geschlagen hätte. Wieder straffte sie die Schultern und schob das Kinn vor. »Und ich bin gekommen, um dich um die Scheidung zu bitten.«

Er blieb still und reglos wie ein Stein, und Annabel ertrug die Spannung fast nicht mehr, als sie auf seine Antwort wartete. Ihr war, als wäre plötzlich alle Luft aus diesem großen Raum gewichen.

»Kommt nicht in Frage«, erwiderte er, als Annabel schon ein wenig schwindlig wurde vor lauter Atemnot.

Sie war verblüfft und zugleich erleichtert, obwohl sie letzteres natürlich niemals zugegeben hätte. Gabriel verweigerte ihr die Scheidung aus reinem Eigensinn und nicht etwa, weil er noch zärtliche Gefühle für sie hegte.

Erschüttert drückte Annabel eine Hand an ihre Brust und sank in einen großen Ledersessel neben Gabriels Schreibtisch.

»Was?« wisperte sie. »Gabriel ... *warum*? Warum solltest du nicht damit einverstanden sein, nach all diesen Jahren unserer Trennung?«

Er kam durch das Zimmer auf sie zu und stützte die Hände auf die Lehnen ihres Sessels, bis sein Gesicht ihrem so nahe war, daß sie seinen warmen Atem spüren konnte. »Warum? Weil wir uns ein Versprechen gegeben haben, du und ich. Wir haben ein Gelübde abgelegt.«

Annabels Herz pochte so heftig, daß es schmerzte. Sie wandte den Blick von Gabriels hartem, undurchdringlichem Gesicht ab, um ihn dann wieder anzuschauen, wütend und gekränkt.

»Ein Eheversprechen, das du in all diesen Jahren ganz gewiß nicht eingehalten hast!« zischte sie, zu wütend jetzt, um Haltung zu bewahren.

»O doch, das habe ich«, entgegnete Gabriel ruhig. »Und wie ist es bei dir?«

Annabel errötete. Die Welt war anders für Frauen als für Männer; sie konnte nicht mit der gleichen Ungestraftheit einen Ehebruch begehen, wie ihr Mann es konnte, und hatte es bisher auch nicht gewollt. Sie war Gabriel treu geblieben. »Ja!« versetzte sie ärgerlich, noch immer gefangen im Sessel zwischen seinen Armen. »Ja, Gabriel, ob du es glaubst oder nicht, ich habe unsere Ehegelübde eingehalten. Aber ich bin dieses halben Lebens überdrüssig. Ich möchte einen Ehemann und Kinder.«

»Kinder?« Er schien überrascht, als könnte er sich nicht vorstellen, daß ein so altes, vertrocknetes Geschöpf noch Kinder gebären könnte. Er richtete sich auf und trat einen Schritt zurück. »Du willst Kinder?«

Trotzig schaute sie zu ihm auf. »Ja!« rief sie. »Ist das so schwer zu glauben? Ich bin noch keine Greisin, Gabriel. Sehr viele Frauen in meinem Alter setzen Kinder in die Welt.«

Er wandte sich ab, ging zum Getränkeschrank am anderen Ende des großen Raumes und schenkte sich aus einer Kristallkaraffe Brandy ein, obwohl es noch so früh am Tage war, daß er vermutlich nicht einmal gefrühstückt hatte.

»Du hast einen Ehemann, Annabel«, sagte er, bevor er einen Schluck trank und dann das Glas zu einem Toast erhob. »Und ob es dir paßt oder nicht, du wirst dich damit abfinden müssen.«

Annabel schloß die Augen in einem verzweifelten Versuch, sich zu beherrschen. »Willst du mich zwingen, nach England zurückzukehren und in Schande zu leben?« fragte sie entrüstet.

Gabriel betrachtete sie nachdenklich. »Ich wüßte nicht, warum es schlimmer wäre, dir einen Liebhaber zu nehmen, als dich der Gesellschaft als geschiedene Frau zu präsentieren – das wäre *hier* die Schande. Aber vielleicht ist so etwas ja akzeptabel in deinen weltoffeneren Kreisen.«

Die Worte schmerzten, was ganz ohne Zweifel auch ihr Sinn gewesen war. Obwohl Scheidung in manchen Kreisen durchaus üblich war, war Annabel im Grunde ihres Herzens eher altmodisch. Für sie war es eine Frage der Ehre, ihre Ehe zu beenden, bevor sie männlichen Besuch empfing und eine neue Bindung suchte.

»Verdammt Gabriel – warum mußt du es mir so schwermachen?«

Er stellte den Brandy, an dem er kaum genippt hatte, wieder fort. »Schwermachen? Ich finde, daß ich ziemlich geduldig mit dir bin, Annabel. Du hast mich verlassen, als ich unterwegs war, und unseren Sohn hast du gleich mitgenommen. Viele Männer wären dir gefolgt, um dich an den Haaren heimzuzerren.«

Sie wandte für einen Moment den Blick ab, dachte an jene Zeit zurück und erinnerte sich, wie sehnsüchtig sie während jener furchtbaren ersten Monate auf ihn gewartet, wie sie gehofft und gebetet hatte, er möge nach Osten kommen, um sie und Nicholas abzuholen. Aber nein, er hatte an nichts anderes als an seine verdammte Ranch gedacht, an seine Rinder, seine Minen und seine Sägewerke.

Und natürlich auch an Julia Sermon. O ja, *sie* hatte er über all dem nicht vergessen.

»Bitte, Gabriel, spiel nicht den gekränkten Ehemann, dem Unrecht zugefügt wurde. Du warst vermutlich froh, mich los zu sein.«

Gabriel ging zur Tür und legte eine Hand auf den Bronzeknauf. »Es wird keine Scheidung geben«, erklärte er. Und dann ging er, ließ sie allein, verwirrt und zutiefst enttäuscht in diesem großen Raum zurück. Sie hatte sich nie die Mühe gemacht, sich einen zweiten Plan zurechtzulegen für den Fall, daß Gabriel ihr ihre Bitte abschlug, weil sie überzeugt gewesen war, daß Gabriel froh sein würde, frei zu sein.

Doch offensichtlich hatte sie sich geirrt. Mehr noch als Freiheit wünschte er sich Rache.

Gabriel ging auf die Veranda hinaus und lehnte sich mit dem Arm an eine Säule. In der Ferne hörte er das erste Feuerwerk zum Tag der Unabhängigkeit, ein lautes Krachen, das die morgendliche Stille störte. Annabels etwas dümmlich aussehende Hunde lagen in der Nähe im duftend kühlen Schatten eines großen Hibiskusstrauchs, dicht beisammen und die langen Schnauzen auf den Vorderpfoten. Mit vorwurfsvollen Blicken schauten sie zu Gabriel auf.

Der schnittige kleine Wagen war nicht mehr zu sehen. Gabriel hatte selbst befohlen, ihn fortzubringen, bevor er das Haus betrat, um mit Annabel zu sprechen. Die Pferde waren bereits ausgespannt, getränkt, gefüttert und gestriegelt worden. Im Augenblick jedoch wünschte er, er hätte diese Aufgabe für sich selbst aufgehoben, denn er brauchte dringend eine Ablenkung.

Annabel wollte einen Ehemann, eine Familie, Kinder.

Ihr Sohn lebte, wenn auch leider nicht mehr ihre Tochter. Er hatte ihr ein schönes Haus gebaut, ein

Bankkonto für sie eingerichtet und ihr mehr Kleider, Schmuck und Schnickschnack gekauft, als eine Frau verlangen oder erwarten konnte. Er hatte sie mit jeder Faser seines Seins geliebt, verdammt, und wenn sie sich bemüht hätte zu bleiben, wären nach Nicholas und Susannah ganz gewiß noch andere Kinder auf die Welt gekommen.

Wenn Annabel eine Familie haben wollte, warum war sie dann überhaupt erst fortgegangen? Es ergab ganz einfach keinen Sinn.

»Ich habe Ben und Jimmy losgeschickt, damit sie Nicholas holen.«

Gabriel versteifte sich beim Klang von Charlies Stimme, und eine leise Verlegenheit befiel ihn, als müßten seine Gedanken und Gefühle für jeden offensichtlich sein. »Verdammter Indianer«, murmelte er. »Wann wirst du endlich aufhören, dich so an mich anzuschleichen?«

»Wahrscheinlich nie«, antwortete Charlie gutmütig. »Ich muß allerdings zugeben, daß es keinen Spaß mehr macht. Du wirst alt, Gabe.«

»Annabel will sich von mir scheiden lassen«, sagte Gabe, obwohl er eigentlich überhaupt nichts sagen wollte.

»Das behauptet sie«, erwiderte Charlie, als interessierte es ihn gar nicht sonderlich. »Wasch dir die Hände, Boß. Das Frühstück steht schon auf dem Tisch, und ich denke, du wirst deine Kräfte brauchen.«

2. Kapitel

Nicholas McKeige war nur eine knappe Meile von der Ranch entfernt und in Gedanken bei Charlies Mahlzeiten und den bevorstehenden Festlichkeiten zum Unabhängigkeitstag, als er Ben Evans und Jimmy Conroy traf. Sie ritten schnell, aber als sie ihn sahen, kamen sie sofort zu ihm herüber, ein sicheres Zeichen für ihn, daß sie seinetwegen so in Eile waren.

Er begrüßte die beiden Rancharbeiter mit einem Grinsen, zügelte sein eigenes Pferd, einen Wallach namens Homebrew, jedoch nicht. Ben und Jimmy waren beide jünger als Nicholas, und doch arbeiteten sie schon seit einigen Jahren für seinen Vater – die Menschen wuchsen entweder sehr schnell auf im Wilden Westen, oder sie wurden überhaupt nicht alt.

»Gut, daß wir dich gefunden haben!« sagte Jimmy.

Nicholas schob seinen Hut in den Nacken und schaute die beiden Cowboys fragend an. Trotz des sorglosen Lächelns, das er zeigte, war er beunruhigt. Daß zwei von Gabe McKeiges Männern ihn so eilig suchten, war kein gutes Zeichen – irgend etwas mußte auf der Ranch passiert sein. Sein Vater nahm das Leben ziemlich ernst, und deshalb mochte er es nicht, wenn jemand seinen Arbeitsplatz verließ. Es war einer der Gründe, warum es so oft Streit zwischen Nicholas und seinem Vater gab.

»Es ist wegen deiner Ma«, warf Ben mit großen Augen ein, und Nicholas' Magen verkrampfte sich so heftig, daß es schmerzte.

Das Grinsen fiel von seinem Gesicht wie ein Stein

von einem steilen Abhang. »Was ist mit ihr?« fragte er und zügelte den Wallach, so daß auch Ben und Jimmy gezwungen waren, ihre Pferde anzuhalten.

Sie standen jetzt vor ihm und wechselten einen unsicheren Blick.

»Sie ist zurückgekommen«, antwortete Jimmy nach kurzer Überlegung.

Nicholas starrte ihn an, erleichtert und verblüfft zugleich. »Was?«

Ben stieß ein entzücktes Kichern aus wie eine alte Jungfer, die bei Kuchen und Tee besonders pikanten Klatsch verbreitet. »Sie ist hier – hier auf der Ranch. Du hättest die Kutsche sehen sollen, mit der sie kam – bunt wie ein Zirkuswagen. Und sie hat zwei Hunde bei sich, die fast so groß wie Ponys sind.« Er streckte die Hand aus, um seinem etwas kleineren Begleiter einen Stoß in die Rippen zu versetzen. »Jimmy könnte auf einem von ihnen reiten.«

Nicholas stieß Homebrew die Absätze seiner Stiefel in die Flanken und brach zwischen den beiden anderen Pferden durch, so, wie Moses das Rote Meer vor sich geteilt hatte, aber er hielt die Zügel straff und ließ den Wallach nur im Schritt gehen. Sich vorbeugend, stützte er einen Arm auf den Sattelknauf und dachte über das nach, was ihn zu Hause auf der Ranch erwarten mochte.

»War mein Vater da, als sie kam?«

Die beiden jungen Männer tauschten ein mutwilliges Grinsen aus.

»O ja«, sagte Jimmy. »Es hat sich in Windeseile bis zur Ranch herumgesprochen. Sie fand ihn im Samhill Saloon, wo er aus Miss Julia Sermons Zimmer kam.«

»Jesus«, stöhnte Nicholas. Bei der bloßen Vorstellung dieser Szene trat ihm kalter Schweiß auf die

Stirn. »Wurde Blut vergossen?« Niemand lachte, und das war auch besser so, denn die Frage war nicht als Scherz gemeint gewesen.

Kurz darauf war er zu Hause. Er übergab Homebrew einem seiner Begleiter, damit er ihn versorgte, obwohl sein Vater ihn gelehrt hatte, es immer selbst zu tun, und betrat nach einem wehmütigen Blick auf seine schmutzigen Kleider das Haus durch die Küchentür.

Charlie spülte Geschirr in dem großen Becken. Er bedachte Nicholas mit einem abschätzenden Blick, sah das vom Wind zerzauste, schulterlange Haar und den Schmutz und Staub auf seiner Kleidung. »Du wirst nie ein Indianer, Junge, wenn du nicht lernst, dich wenigstens ab und zu zu waschen.«

Nicholas lachte, wurde aber gleich darauf wieder ernst. »Ist es wahr? Daß Annabel zurückgekommen ist?« Er konnte sie nicht ›Mutter‹ nennen, nicht einmal in Gedanken. Seine Gefühle waren äußerst widersprüchlich in bezug auf sie, und obwohl er es oft versuchte, gelang es ihm nie, sich über seine Gefühle für sie klarzuwerden. Nicht mit soviel Entfernung und einem Ozean zwischen ihnen.

Charlie nickte, ohne in seiner Beschäftigung innezuhalten. »Ja, es stimmt, aber ich kann dir sagen, daß der Frieden in diesem Haus im Moment sehr zerbrechlich ist. Dein Pa hat sein Frühstück hier gegessen, während Mrs. McKeige es am Eßzimmertisch eingenommen hat, wie es sich für eine richtige Dame gehört.«

Nicholas nahm einen Becher aus dem Regal und schenkte sich Kaffee aus der Kanne auf dem Herd ein. »Wo sind sie?« fragte er nach einem stärkenden Schluck Kaffee argwöhnisch. Es war stark wie Gift, was Charlie aufzubrühen pflegte, aber man konnte sich darauf verlassen, daß es einem einen plötzlichen Energieschub gab, wenn man sich nicht an dem Gefühl der Übelkeit störte.

»Mrs. McKeige ist oben und ruht sich aus. Dein Pa wird wohl irgendwo dort draußen sein und mit den Zähnen einen Baum absägen, denke ich.«

Nicholas grinste. Mit fast zwanzig war er ein erwachsener Mann mit eigenen Interessen, eigenem Geld und eigenen Frauen, aber es freute ihn trotzdem, seine beiden Eltern unter einem Dach zu haben, sozusagen jedenfalls. Die Situation ließ ihn an zwei in derselben Tonne eingesperrte Katzen denken.

O ja, es würde sicher interessant werden auf der Ranch, und wenn auch nur für eine Weile.

»Was möchtest du zuerst?« fragte Charlie, während er sich die Hände an seiner Schürze abwischte und sich zu Nicholas umdrehte. »Frühstück oder heißes Wasser für ein Bad?«

»Frühstück«, erwiderte Nicholas nach einem weiteren Schluck des bitteren Kaffees. »Ich werde mich unten an der Quelle waschen.«

»Sieh zu, daß du wenigstens den ärgsten Schmutz abwäschst«, verlangte Charlie. »So schmutzig sitzt du nicht an meinem Tisch.«

Gehorsam – und weil er hungrig war und viel zu lange selbst gekocht hatte – stellte Nicholas den Becher weg, pumpte Wasser in einen Eimer an der Spüle und trug ihn nach draußen, um sich dort zu waschen. Charlie hatte ein frisches Hemd und Handtuch für ihn bereitgelegt, nachdem er seinen Oberkörper eingeseift und abgewaschen hatte.

Er saß am Tisch und aß hungrig seine Spiegeleier, als sein Vater durch die Hoftür in die Küche kam.

»Da bist du ja«, sagte er zu Nicholas, während er sich Kaffee einschenkte.

Charlie verschwand diskret – was ein weiterer Beweis für seine Klugheit war.

»Ja, hier bin ich«, erwiderte Nicholas mit einer Spur von Trotz in seiner Stimme. Er liebte seinen Vater, aber das hieß noch lange nicht, daß sie sich gut verstanden. Schon in früher Jugend hatte Nicholas begriffen, daß sie sich viel zu ähnlich waren, zu dickköpfig, zu störrisch und zu eigenwillig.

Gabe brachte seinen Kaffee mit an den Tisch und setzte sich Nicholas gegenüber auf die Bank. »Du solltest vielleicht für eine Zeitlang in die Arbeiterbaracke ziehen«, fuhr er fort.

Nicholas machte große Augen. »Warum?« Er konnte sich nicht entsinnen, seinen Vater je so verwirrt erlebt zu haben; bei einem Mann wie Gabe McKeige, einem der mächtigsten Rancher in ganz Nevada, war das sehr amüsant. »Wird es denn eine Versöhnung geben?«

Gabe warf ihm einen warnenden Blick zu, der Nicholas ein wenig die Luft aus den Segeln nahm. »Nein«, erwiderte Gabe flach. »Es wird Krieg geben.«

»Das möchte ich nicht verpassen.«

Gabe runzelte die Stirn. »Tut mir leid. Das ist privat.«

Nicholas leerte seinen Teller und trank seinen Kaffee aus. Er brauchte keine Angst zu haben, daß er einschlief, bevor das Fest am Abend in der Stadt begann, dank Charlies bitterer Brühe würde er wahrscheinlich eine ganze Woche lang kein Auge zutun.

Nicht, daß ich etwa zu Hause geblieben wäre und dadurch das Feuerwerk verpaßt hätte, dachte er.

Nicholas faßte den großzügigen Entschluß, seinen

Vater in Ruhe zu lassen, denn der arme Mann sah aus, als sei er über rauhen Untergrund geschleift worden, von einem Pferd, dem jemand Charlies Kaffee eingeflößt hatte. »Wie geht es Annabel?«

»Sie ist bei bester Gesundheit, scheint mir«, erwiderte Gabe trübselig.

»Was hat sie den weiten Weg hierhergebracht? Ihrem letzten Brief zufolge war sie in England und vergnügte sich mit Fuchsjagd und dergleichen.«

Gabes Gesichtszüge verhärteten sich. »Frag sie selbst«, erwiderte er kurz. Nachdem er eine Weile nachdenklich in seinen Kaffee gestarrt hatte, hob er den Kopf und schaute Nicholas an. »Annabel kann es kaum erwarten, dich zu sehen, und sie ist einen weiten Weg gekommen. Sei nett zu ihr, sonst kriegst du es mit mir zu tun. Habe ich mich klar und deutlich ausgedrückt?«

Nicholas unterdrückte eine ärgerliche Erwiderung, weil Gabe noch immer glaubte, ihm sagen zu müssen, wie er seine Mutter zu behandeln hatte; immerhin war es erst zehn Uhr morgens, und sein alter Herr sah aus, als hätte er bereits das Unglück eines ganzen Tages erlebt. »Annabel und ich haben unsere Probleme schon vor langer Zeit bereinigt«, sagte er, obwohl er ihr in Wahrheit immer noch verübelte, daß sie ihn vor all diesen Jahren von allen, die er liebte, fortgeschleppt hatte. Die Erinnerung daran schmerzte noch immer wie die Berührung eines heißen Brandeisens.

Gabe erhob sich etwas schwerfällig – trotz seiner Größe und seines – in Nicholas' Augen zumindest – fortgeschrittenen Alters war er sehr elastisch und agil geblieben. »Es sind viele Rinder in letzter Zeit abhanden gekommen«, sagte er und kehrte Nicholas den

Rücken zu, während er seinen Becher abwusch. »Zu viele, als daß es Zufall sein könnte. Ich möchte, daß du morgen mit einigen der anderen die Zäune abreitest, um zu sehen, ob du irgendwo ein Loch findest.«

Nicholas nickte, obwohl Gabe ihn gar nicht ansah. »Gehst du mit Annabel zum Picknick und dem Ball abends?« fragte er.

Gabe versteifte sich sichtlich, drehte sich aber immer noch nicht um. Nicholas fiel ein, was Ben und Jimmy ihm erzählt hatten – daß es eine Szene gegeben hatte, als Annabel am Morgen erschienen war. Eine *öffentliche,* über die die Menschen hier noch lange reden würden. »Ich habe zu arbeiten«, sagte Gabe.

Nicholas zuckte die Schultern. »Ich glaube nicht, daß es ihr an Tanzpartnern fehlen wird«, bemerkte er leichthin. »Sie war eine schöne Frau, soweit ich mich erinnere.«

Gabe durchquerte den Raum mit einigen großen Schritten, ging hinaus und schlug die Tür so heftig zu, daß Charlies Geschirr in den Regalen klapperte.

Nicholas lächelte im stillen, als er seinen Teller und das Besteck zur Spüle brachte. Es sah ganz so aus, als ob der vierte Juli in diesem Jahr erheblich länger dauern würde als nur einen Tag, zumindest, was laute Explosionen anging.

Annabel erwachte sehr erfrischt nach ihrem kurzen Nickerchen. Sie schlief sonst nie, solange es hell war, nicht einmal am Ende einer langen Reise. Die vertrauten Geräusche arbeitender Männer auf der Ranch waren wie eine seltsam behagliche Musik, und sie summte vor sich hin, als sie sich ankleidete und ein hübsches blaues Kleid über ihr Hemd und ihre Unterröcke zog.

Vor dem bodenlangen Spiegel, der Gabriels schöner Mutter vor ihrer tragischen Entführung gehört hatte, bürstete Annabel ihr Haar und flocht es zu einem langen Zopf, den sie im Nacken lose zusammensteckte. Als sie sich zum Spiegel vorbeugte, um den weichen Knoten festzustecken, hielt sie nach grauen Haaren Ausschau, doch sie fand kein einziges.

Sie dachte wieder an das Gespräch mit Gabriel an diesem Morgen – es war ihr eigentlich die ganze Zeit nicht aus dem Sinn gegangen, denn es hatte sie selbst während ihres kurzen Schlafs verfolgt – und die Erinnerung daran ließ sie erröten. Wieso hatte es ihn eigentlich so überrascht, daß sie sich nach Liebe sehnte, daß sie noch mehr Kinder haben wollte und ein richtiges Zuhause?

Annabel drehte sich ein wenig und betrachtete ihr Profil im Spiegel. Sie hatte noch nie zu falscher Bescheidenheit geneigt und wußte, daß sie eine schöne Frau war, die sehr viel mehr zu bieten hatte als ein junges Mädchen. Sie war erst siebzehn gewesen, als sie und Gabriel geheiratet hatten, und obwohl sie ihren Mann über alles geliebt hatte, war sie in vielen Dingen bedauernswert naiv gewesen.

Zusammen hatten sie die körperliche Liebe entdeckt, sie und Gabriel, und sich gegenseitig viel gelehrt. Zusammen hatten sie die Ranch erbaut, auf einem Stück Land, das Gabriel von seinem Vater geerbt hatte, der einer der ersten Siedler dieser Gegend hier gewesen war. Aber am wichtigsten von allem war, daß sie zusammen Nicholas geschaffen hatten.

Traurig drehte Annabel sich zu dem breiten Bett im Zimmer um. Hier war ihr Sohn gezeugt worden, und hier war er zur Welt gekommen, genau wie ihre Tochter. Als Nicholas noch sehr klein gewesen war, erst zwei, und sich mit Scharlach angesteckt hatte, hatten sie und Gabriel ihn jede Nacht zwischen sich ins Bett gelegt, als könnten sie ihn damit vor dem Tod beschützen.

Er war von der Krankheit wieder genesen, und einige Jahre später war Susannah erkrankt, und sie hatten genau das gleiche wie bei Nicholas getan. Die Erinnerung an den Tod des kleinen Mädchens schmerzte heute noch, ganz gleich, wie viele Jahre seitdem auch vergangen waren.

Warum nur, fragte sie sich, hatte diese Tragödie sie von Gabriel entfernt, wenn sie sie doch eigentlich in seine Arme hätte treiben müssen? Er hatte sich die größte Mühe gegeben, sie zu trösten, das war nicht abzustreiten, aber ihre Trauer und ihr Schmerz waren so überwältigend gewesen, so allumfassend, daß sie sie buchstäblich blind und taub für alles andere gemacht hatten.

Sie ging zum Fenster, schob den dünnen Gardinenstoff beiseite und schaute auf das Land hinaus. Ganz allein, auf einem kleinen Hügel, stand Susannahs Grabstein – ein Engel aus Granit, der Wache über ihrer letzten Ruhestätte hielt.

Julia Sermon hatte natürlich auch etwas damit zu tun gehabt – Annabel war immer eifersüchtig auf ihre merkwürdige Verbundenheit mit Gabriel gewesen –, aber ganz so einfach war es nicht. Sicher, nach Susannahs Tod hatte er noch viel mehr Zeit mit Julia verbracht, aber jetzt, nach mehr als einem Dutzend Jahren, war Annabel endlich bereit, zumindest einen Teil der Schuld auf sich zu nehmen.

In ihrer Trauer war sie ihm keine gute Ehefrau gewesen. Sie hatte sich seinen Versuchen, sie zu erreichen, nicht widersetzt, tatsächlich hatte sie nie aufgehört, ihn zu lieben, seit sie sich zum ersten Mal – sie fünfzehn, er sechzehn – auf dem Friedhof von Parable begegnet waren. Sie war nur nicht in der Lage gewesen, seine Zärtlichkeiten zu erwidern.

Als illegitimes Kind eines gutaussehenden, verarmten Engländers mit einem Hang zum Spielen, Trinken und Herumstreunen, hatte Annabel keine Erinnerung an ihre amerikanische Mutter, obwohl sie ihre unverheiratete Tante, Beatrice, gut genug gekannt hatte, um sich – Jahre später – mit ihrem kleinen Sohn zu ihr zu flüchten.

Ellery Latham, Annabels Vater, war das schwarze Schaf einer prominenten Familie, mit einer so anrüchigen Vergangenheit, daß Annabel nicht einmal als erwachsene Frau und nach so langer Zeit in England das volle Ausmaß seiner jugendlichen Sünden kannte. Und auch nicht kennen wollte.

Wichtig war letzten Endes nur, daß Ellery von seinem Großvater Geld dafür erhalten hatte, nie wieder nach England zurückzukehren, und daß ihm der Zutritt zu Evanwood, dem prachtvollen Familiensitz, der ganz in der Nähe von Warwick Castle lag, für immer untersagt wurde.

Unter diesen Umständen wuchs Annabel allmählich auf und wurde von einer Stadt in die andere geschleppt, bis sie schließlich, als ihr Vater sich zu viele Feinde geschaffen hatte, etwas von dem Familiensitz erfuhr. Und von da an kannte sie dann keinen anderen Wunsch mehr, als nach Evanwood zu reisen und als Mitglied der immer kleiner werdenden Familie Latham in ihrem Kreise aufgenommen zu werden, bevor es zu spät war, um noch von ihnen akzeptiert zu werden.

Für sie hatte das ferne Evanwood fast etwas Magisches an sich gehabt. Dort, so hatte das Kind Annabel geträumt, würde sie nicht die Tochter eines mittellosen, wenn auch charmanten Vagabunden sein. Dort würde sie ein Mitglied einer angesehenen Familie sein, eine geachtete Person, die irgendwo dazugehörte.

Dieser Traum war trotz Annabels Bemühungen nie wahr geworden, obwohl er ihre Jugend verzehrt und sich zu einer Art Besessenheit bei ihr entwickelt hatte. Sie war oft zu Gast in Evanwood gewesen, das jetzt ihrem kränklichen, mißtrauischen und snobistischen Cousin Peers gehörte, aber sie war noch immer eine Fremde dort.

Heute lebte sie auf einem eigenen Landsitz in der Nähe, dank des großzügigen Unterhalts, den Gabriel ihr zahlte, mit Dienern und mit Kammerzofen, und sie hatten einen interessanten Freundeskreis. Evanwood und das Leben, das von Rechts wegen ihr eigenes hätte sein müssen, war so unerreichbar wie eh und je; eigentlich wünschte sie es sich auch gar nicht mehr.

Annabel preßte die Lippen zusammen. Und dennoch war sie nicht bereit, die Dinge aufzugeben, die sie sich wünschte. Das hätte sie nicht über sich gebracht.

Nach einem letzten Blick in den Spiegel verließ Annabel das Zimmer mit dem großen, leeren Bett und den unzähligen süßen und bitteren Erinnerungen, trat auf den Korridor hinaus und schritt mit einstudierter Anmut die breite Treppe hinunter.

Charlie stand unten in der Halle und sah sehr komisch aus, als er seine Arme reckte und mit einem Staubwedel über einen großen Kleiderständer fuhr. Sein Lächeln war freundlich und aufrichtig. Warum konnte Gabriel nicht wenigstens auch so höflich zu ihr sein? Und warum hatte er nicht woanders sein können als im Samhill Saloon, nach einer Nacht in den Armen von Miss Julia Sermon, seiner liebevollen Trösterin?

»Fühlen Sie sich besser, Mrs. McKeige?« wollte Charlie wissen.

Annabel strich über ihr Haar, obwohl sie wußte, daß es perfekt frisiert war, denn sie hatte sich große Mühe damit gegeben. »Sehr viel besser, danke.«

Charlie schwenkte weiter seinen Staubwedel und zog ihn nun über den langen, schmalen Marmortisch, auf dem Gabriel immer seinen Hut ablegte, wenn er das Haus betrat. »Draußen auf der Koppel ist jemand, den Sie sicher gerne sehen wollen«, bemerkte Charlie augenzwinkernd.

Eine prickelnde Spannung erfaßte sie. Gabriel? Vielleicht hatte er seine Meinung in der Zwischenzeit geändert und eingesehen, wie unvernünftig seine Einstellung zu ihrer Scheidung war. Komisch, aber der Gedanke stimmte sie fast ein wenig traurig …

»Nicholas ist aus den Bergen zurück«, sagte Charlie sanft, und Annabel fiel wieder ein, daß Charlie die lästige Eigenschaft besaß, die Gedanken anderer zu erraten.

»Nicholas!« rief sie erfreut. Sie hatte nicht damit gerechnet, ihn so schnell zu sehen, da er bei ihrer Ankunft nicht daheim gewesen war, und war überglücklich, daß das Wiedersehen, das sie so herbeigesehnt und in Gedanken immer und immer wieder durchgespielt hatte, nun dicht bevorstand.

»Nehmen Sie Ihren Sonnenschirm mit«, riet Charlie, praktisch wie immer. »Es ist heiß draußen.«

Annabel war viel zu begierig, Nicholas zu sehen, um sich damit aufzuhalten, ins Schlafzimmer zu gehen und ihren Schirm zu holen. Sie nickte Charlie jedoch gehorsam zu und eilte aus dem Haus und über die Veranda. Ihre Hunde, die treu im Schatten des Hibiskusstrauches warteten, standen auf und trotteten ihr nach.

Mit einer Hand ihre Röcke raffend, hastete Annabel über das Gras im Garten und vorbei an einer Wäscheleine mit Männerkleidung, die in der warmen Sonne trocknete.

Als sie um die Hausecke bog, sah sie in der Ferne die Koppel und die schlanke Gestalt eines jungen Mannes, der an dem hohen Zaun lehnte und interessiert verfolgte, wie einer der Rancharbeiter ein Pferd einritt.

Annabel blieb stehen, weil plötzlich Angst sie beschlich. Als sie Nicholas das letzte Mal gesehen hatte, war er ein aufsässiger kleiner Junge gewesen, ein Gabriel im Miniaturformat, der ihr mit ernster Miene mitgeteilt hatte, daß er, wenn sie ihn nicht nach Nevada zurückschickte, fortlaufen und selbst einen Weg finden würde, zu seinem Daddy heimzukehren. Sie hatte nie bezweifelt, daß es ihm vollkommen ernst damit gewesen war. Nicholas war nie wirklich ein Kind gewesen, höchstens körperlich.

Nun war er erwachsen und fast so groß wie Gabriel. Sein Haar hatte die gleiche Farbe wie das seines Vaters, war aber länger und mit einem schmalen

Lederriemen im Nacken zusammengebunden. Er trug schwarze Hosen, Stiefel und ein weites Hemd, aber keinen Hut.

Annabels Herz klopfte vor Freude und einer schrecklichen Besorgnis. Trotz der Briefe und ein oder zwei Fotografien, die sie und Nicholas im Laufe der Jahre ausgetauscht hatten, kannte sie ihn nicht gut genug, um zu wissen, wie er auf ihren Anblick reagieren würde. Sie wußte nicht, wie er sie empfangen würde, denn obwohl seine Briefe höflich und zuvorkommend gewesen waren, hatte er ihr wenig oder gar nichts über seine Gefühle mitgeteilt und all ihre Bemerkungen zur Vergangenheit grundsätzlich ignoriert. Nicht eine einzige ihrer unzähligen Erklärungen und Entschuldigungen hatte er je mit einer Antwort gewürdigt.

Er hatte ihr von Hunden und Pferden geschrieben, von Jagdausflügen und Rinderauftrieben und ab und zu auch etwas über seinen Vater und seine geliebte Tante Jessie. In den letzten Jahren hatte er verschiedene junge Frauen erwähnt, wenn auch stets mit einer Nachsicht, über die sie lächeln mußte.

Als spürte er ihre Gegenwart, drehte Nicholas sich zu ihr um.

Annabel verhielt den Schritt, obwohl sie am liebsten auf ihn zugelaufen wäre, um ihn in die Arme zu nehmen und ihm zu sagen, wie sehr sie ihn liebte. Aber sie hatte Angst. Denn sie wußte nicht, ob sie es ertragen würde, wenn er sie zurückwies.

Er begann langsam auf sie zuzugehen, und das ermutigte Annabel zu einem vorsichtigen Schritt, gefolgt von einem zweiten und dann einem dritten.

Sie trafen sich auf halbem Weg zwischen der Koppel und dem Haus.

»Annabel«, sagte Nicholas mit einem zurückhaltenden Nicken. Seine blauen Augen, die Gabriels so ähnlich waren, verrieten kein anderes Gefühl als aufmerksame Höflichkeit.

»Nicholas«, meinte Annabel, und es klang wie ein heiseres Flüstern. »O *Nicholas*.« Wenn sie vorher unfähig gewesen war, sich zu bewegen, konnte sie jetzt einfach nicht mehr an sich halten. Lächelnd trat sie vor und legte die Arme um ihren Sohn. Ihr Kind.

Obwohl Nicholas die Umarmung nicht erwiderte, wies er sie auch nicht zurück. Er stand einfach da, ließ sich halten und gab nicht das geringste Gefühl zu erkennen – weder Aufregung noch Zorn noch Liebe.

Sie trat zurück, die Augen feucht von Freudentränen, und legte beide Hände an seine glattrasierten Wangen. Obwohl Bärte, Koteletten und Schnurrbärte sehr modern waren, trugen weder Nicholas noch Gabriel sie, und Annabel war froh darüber.

»Du siehst wunderbar aus«, sagte sie.

»Du auch«, erwiderte Nicholas mit einem schwachen Lächeln, das nichts verriet.

»Ich habe dich mehr vermißt, als du dir vorstellen kannst.« Und das stimmte; Annabel hatte Tag und Nacht um die verlorenen Jahre mit ihm getrauert, um Nicholas, den Mann, und Nicholas, den eigensinnigen kleinen Jungen, den sie vor so langer Zeit flehentlich gebeten hatte, bei ihr in Boston zu bleiben.

Nicholas erwiderte nichts, nahm nur sanft ihre Hände von seinem Gesicht und hielt sie leicht in seinen.

»Du bist deinem Vater wie aus dem Gesicht geschnitten.«

Nicholas grinste und hielt noch immer ihre Hände. Das war ein kleiner Hoffnungsschimmer. »Das sagen alle. Ich hatte allerdings gehofft, ich würde nicht so stur wie er, aber das war wohl eine leere Hoffnung.«

Annabel lachte. »Ja, das glaube ich auch«, antwortete sie und stellte sich auf die Zehenspitzen, um ihn auf die Wange zu küssen. Er roch nach Seife, Jugend und der sauberen Luft Nevadas. »Daß es eine leere Hoffnung war, meinte ich.«

Endlich gab Nicholas ihre Hände frei, bot ihr gleichzeitig jedoch den Arm. »Komm herein, Annabel, und erzähl mir, warum du hergekommen bist. Pa wollte es mir nicht sagen.«

Es schmerzte sie, daß er sie Annabel nannte und Gabriel ›Pa‹, aber sie dachte, daß es eigentlich verständlich war. Gabriel hatte Nicholas aufgezogen, während sie weit fort gewesen war, zuerst in Boston, dann in England, und Phantome gejagt hatte. Oder war sie vielmehr vor Gespenstern davongelaufen? Nicht zum ersten Mal kam ihr der Gedanke, daß sie einen viel zu hohen Preis für ihren Stolz und diese kostbaren, beharrlichen Träume gezahlt hatte.

Annabel nahm Nicholas' Arm und stellte fest, daß ihr Sohn kräftiger war, als sie erwartet hatte. Der Westen Amerikas war trotz seiner zahllosen Gefahren ein guter Ort, um aufzuwachsen, und brachte starke junge Männer und Frauen hervor, die wußten, was sie wollten, und wenig oder gar nichts fürchteten.

Als sie auf das Haus zugingen, begann sie die Aufgabe zu fürchten, die nun vor ihr lag, obwohl es Nicholas bestimmt nicht überraschen würde, daß sie sich von seinem Vater scheiden lassen wollte. Jeder einigermaßen vernünftige Mensch würde sich gefragt haben, warum sie diese Farce nicht schon vor langer Zeit beendet hatten.

Gabriel kam gerade aus dem Haus, als sie hineingehen wollten. Er trug den 45er Colt, der Annabel immer so verhaßt gewesen war, tief auf der Hüfte, wie es typisch war für Männer, die diese tödliche Waffe zu benutzen wußten.

»Ich sehe, daß ihr zwei euch schon getroffen habt«, bemerkte Gabriel trocken, »deshalb werde ich mir eine offizielle Vorstellung ersparen.«

Sein Sarkasmus kränkte Annabel, aber sie bemühte sich, es vor ihm zu verbergen. Bevor sie etwas erwidern konnte, sprach Nicholas, und obwohl kein Groll in seiner Stimme mitklang, funkelten seine blauen Augen.

»Annabel und ich werden uns jetzt eine Weile unterhalten. Danach fahren wir in die Stadt. Du brauchst uns nicht zu suchen, bis der Ball vorüber ist. Vielleicht werden wir heute nacht sogar Tante Jessies Gastfreundschaft in Anspruch nehmen.«

Gabriel sah für einen Moment so aus, als ob er seinen Sohn erdrosseln wolle, aber Annabel bemerkte seinen Blick gar nicht. Jessie war Gabriels Schwester und fast zwanzig Jahre älter als er. Sie war die Witwe eines Bankiers und eine Schönheit, wie ihre Mutter es gewesen war, und wahrscheinlich war sie in all diesen Jahren auch so etwas wie eine Ersatzmutter für Nicholas gewesen.

Aber Jessie hatte Annabel nie verziehen, daß sie auf diese Weise fortgegangen war – sie hatte ihr eine Reihe von Briefen geschrieben, die keinen Raum für Zweifel ließen –, und daher war Annabel sich ziemlich sicher, daß sie nicht die Nacht in ihrem Haus verbringen würden.

»Du kannst tun und lassen, was du willst«, entgegnete Gabriel kühl, und obwohl diese Worte an seinen

Sohn gerichtet waren, wußte Annabel, daß sie auch ihr galten. An der Tür setzte er seinen Hut auf und fügte hinzu: »Sorg nur dafür, daß du morgen früh zu Hause bist, um die Zäune abzureiten. Ich will wissen, wo all die verschwundenen Rinder geblieben sind.«

Nicholas antwortete darauf mit einer Geste, die ihm unter anderen Umständen vielleicht eine Ohrfeige seines Vaters eingetragen hätte. Annabel hatte immer angenommen, daß ihr Mann und Sohn sich gut verstanden, sich vielleicht sogar gegen sie verbündet hatten, weil sie sich so ähnlich waren, aber jetzt erkannte sie, daß verborgene, vielleicht sogar gefährliche Unterströmungen in ihrer Beziehung existierten.

»Grüß Jessie«, sagte Gabriel, bevor die schwere Tür hinter ihm zufiel.

Ein jähes, zutiefst verwirrendes Gefühl des Verlusts erfaßte Annabel, so heftig, daß sie schwankte und die Hand nach dem Treppengeländer ausstreckte.

Nicholas starrte sekundenlang auf die geschlossene Tür, als könne er hindurchsehen, aber – und das schien typisch zu sein für ihn, erkannte Annabel – sein Gesicht blieb dabei völlig ausdruckslos.

Zögernd berührte sie seine Hand, um ihn zu ihr zurückzubringen, und ging dann wortlos ins Wohnzimmer voran. Das Beste war, dieses schwierige und unvermeidliche Gespräch so schnell wie möglich hinter sich zu bringen und dann zu sehen, was noch zu retten war.

Es war offensichtlich, daß der große Raum, der einst so voller Leben gewesen war, heutzutage nur noch selten benutzt wurde, und die Erkenntnis stimmte Annabel noch trauriger. Die Möbel waren mit Laken zugedeckt, der Kamin war leergefegt, und das Piano wirkte einsam und vernachlässigt, obwohl Charlie es offenbar ganz bewußt vom Staub befreit hatte.

Der Holzboden glänzte, aber die Teppiche, die sie mit solch großer Sorgfalt im Katalog eines Versandgeschäfts der Ostküste ausgesucht und bestellt hatte, waren aufgerollt und lehnten an den Wänden. Das Porträt von Gabriels Mutter, der legendären Louisa, die von Sioux entführt worden war, als Gabriel noch ein kleiner Junge war, hing in einer dunklen Ecke. Vergessen, dachte Annabel, wie eine Frau, die ein solches Leid erfahren hat, nicht vergessen werden sollte. Das Gemälde und das Piano waren die einzigen Erinnerungen an Gabriels Mutter auf der Ranch; Louisas Tagebücher und einige wenige Schmuckstücke befanden sich in Jessies Haus.

»Habt ihr in all dieser Zeit nie etwas von ihr gehört?« fragte Annabel, vorübergehend abgelenkt von dem Schicksal, das Louisa McKeige befallen hatte. Niemand hatte sie je wieder gesehen seit jenem Tag, als die Sioux in den Hof galoppiert waren und sie auf ein Pferd gerissen hatten, während sie Unkraut in ihrem Garten jätete. Jessie war schon lange verheiratet gewesen und lebte in der Stadt, und Gabriel war im Haus und erholte sich von den Masern, als es geschah. Nick, der Vater der Kinder und Louisas Ehemann, war irgendwo in den Bergen auf der Jagd gewesen.

Der erste Nicholas McKeige war nach dem Verschwinden seiner Frau am Boden zerstört gewesen, hatte sie anfangs fieberhaft gesucht und sich dann nach und nach der Trunkenheit ergeben, weil er einen gewissen Trost im Whiskey fand. Die Kombination aus Alkohol und Verzweiflung hatte ihn schließlich umgebracht.

Nicholas trat neben Annabel und betrachtete das Gemälde. »Man hört ab und zu Gerüchte, weiter nichts.«

Annabel drehte sich zu ihrem Sohn um und schaute ihn fragend an. »Was für Gerüchte?«

Nicholas zuckte die Schultern. »Daß sie später einen der Indianer geheiratet hat, die sie entführten. Ein Trapper behauptete, sie einmal gesehen zu haben, als er mit den Sioux Handel trieb.« Er seufzte. »Aber das ist wahrscheinlich nur Gerede.«

Annabel verschränkte die Hände und wandte ihre Gedanken entschlossen von der armen, verlorenen Louise McKeige ab. Was sie nach ihrer Entführung durchgemacht haben mußte, war schlicht unvorstellbar. »Nicholas ...«

Er nahm ihren Arm, als wäre sie eine alte Frau, führte sie zu einem Sessel und nahm das Laken ab. »Setz dich, Annabel. Du siehst aus, als würdest du gleich umfallen.«

Annabel setzte sich dankbar und schaute aus feuchten Augen zu ihm auf. »Kannst du mich nicht Mutter nennen?« fragte sie, in einem Ton, der kaum mehr als ein Wispern war.

Nicholas wandte den Blick ab. »Nein«, erwiderte er ruhig. »Nein, das kann ich nicht. Es tut mir leid.«

Sie preßte die Lippen zusammen, atmete tief durch und gab keine Antwort. Nicholas entfernte in der Zwischenzeit den Schutzbezug von einem anderen Sessel und zog ihn heran, um sich zu ihr zu setzen.

»So«, sagte er. »Was bringt dich also an diesen Ort, den du mehr als alle anderen haßt?«

Annabel schluckte ihren Protest, daß sie weder die Ranch noch das Haus *haßte*. Dazu bargen sie zu viele kostbare Erinnerungen; und außerdem war ihre Tochter hier begraben.

»Ich bin gekommen, um deinen Vater um die Scheidung zu bitten.«

Nicholas, der sich vorgebeugt hatte, lehnte sich nun seufzend zurück und verschränkte seine Arme. »Und was hat er gesagt?«

Annabel dachte an die Auseinandersetzung in Gabriels Arbeitszimmer. »Er hat sie mir verweigert. Ich kann mir nicht vorstellen, warum – höchstens, daß er grundsätzlich nicht bereit ist, auf irgendeinen meiner Wünsche einzugehen. Denn schließlich wäre er frei und könnte endlich Julia Sermon heiraten, wenn wir uns scheiden ließen.«

Nicholas runzelte die Stirn. »Julia? Sie würde ihn nie nehmen – nicht als Ehemann zumindest.«

»Sie haben schon seit Jahren ein Verhältnis – schon bevor ich aus Nevada fortging«, erwiderte Annabel verblüfft. Gabriel war attraktiv und männlich, stark und intelligent.

Und er war reich – seine Silberminen spuckten einen ständigen Strom von Geld aus, und er besaß mehr Rinder, als es Engel im Himmel gab. Warum sollte irgendeine Frau – vor allem eine wie *Julia* – einen solchen Mann abweisen?

Nicholas lächelte versonnen. »Vielleicht«, meinte er. »Aber ich glaube, es steckt viel mehr – und zugleich viel weniger – hinter dieser Beziehung, als die meisten Leute glauben würden.«

Annabel hätte ihn jetzt vielleicht offenen Mundes angestarrt, wenn ihre gute Erziehung es ihr nicht verboten hätte. Mit einer nervösen Geste strich sie ihren

Rock glatt und atmete tief durch. »Du irrst dich, Nicholas, aber der Anstand verbietet es mir, das Thema weiter zu verfolgen, und ich möchte dich auch nicht gegen deinen Vater aufhetzen.«

»Warum hast du diese weite Reise unternommen? Du hättest doch auch ein Telegramm schicken oder dich durch deine Bostoner Anwälte mit Pa in Verbindung setzen können.«

Annabel befeuchtete ihre Lippen und wandte für einen Moment den Blick ab. Dann schaute sie ihn wieder an. »Weil ich dich sehen wollte, Nicholas. Und weil ich wußte, daß du nicht nach England kommen würdest.«

Er schien nicht ganz überzeugt. »Da hast du recht«, erwiderte er. »Mein Platz ist hier, genau wie der von Pa. Hast du dir eigentlich nie gewünscht, nach Susie noch ein weiteres Kind zu haben? Jemanden, der besser zu dir paßte als ich?«

Sie lächelte, obwohl sie den Tränen nahe war. »Ich hätte gern Töchter und noch weitere Söhne, Nicholas«, gestand sie. »Und ich bin fest entschlossen, sie auch zu bekommen. Aber ich hätte mir nie gewünscht, du wärst anders, als du bist.«

Es schien ihn zu verblüffen, daß Annabel noch Kinder wollte, wenn er auch nicht ganz so beleidigend reagierte wie sein Vater. Er schob seinen Sessel zurück und erhob sich, ohne auf Annabels Bemerkung einzugehen.

»Gibt es jemanden, den du heiraten möchtest?« fragte er nach kurzem Schweigen.

Annabel spürte, wie sie errötete, und fragte sich, wieso dieser junge Mann und sein Vater sie so leicht in Verlegenheit bringen konnten, wenn niemand sonst es konnte. »Nein«, sagte sie. »Aber ich würde gern jemanden finden, und das kann ich nicht, solange ich verheiratet bin.«

»Wenn du Kinder willst«, wandte Nicholas nüchtern ein, »warum dann nicht mit Pa? Wäre das nicht einfacher?«

Eine unziemliche Hitze erwachte bei diesem Gedanken in Annabel, und vor lauter Verlegenheit rutschte sie nervös hin und her.

»Eher würde ich sterben«, sagte sie.

3. Kapitel

Gut, daß du fast nicht zu ermüden bist, sagte Annabel sich, als sie später an jenem Morgen, nach einem kurzen Besuch an Susannahs Grab, in einem von Gabriels leichten Wagen in die Stadt zurückkehrte. Nicholas hielt die Zügel, und der Picknickkorb, den Charlie für sie vorbereitet hatte, stand auf ihrem Schoß. Eine weitere Hürde erwartete sie jetzt – die Begegnung mit den neugierigen und oftmals selbstgerechten Einwohnern von Parable.

Mit Ausnahme von Louisa McKeiges Entführung vor mehr als dreißig Jahren war wohl kein anderes Thema in der Stadt so heftig diskutiert und nichts so sehr verurteilt worden, wie die Tatsache, daß Annabel ihren Ehemann verlassen hatte. Die kühneren Mitglieder der Gemeinde würden nicht zögern, sie direkt zu diesem Thema zu befragen, und die feigeren würden hinter vorgehaltener Hand darüber tuscheln.

Als Ellery Lathams Tochter hatte Annabel bereits

mit zwölf Jahren erfahren, was gesellschaftliche Ächtung war. Und deshalb ersehnte sie sich so heftig Anerkennung, daß es schon fast schmerzte.

Annabel straffte die Schultern und atmete tief durch, um Kraft zu sammeln, als Nicholas den Wagen im Schatten einer großen alten Eiche zwischen einem Dutzend ähnlicher Gefährte anhielt. Es gab eine Legende, die besagte, dieser Baum wäre vor fast einem Jahrhundert von einer weißen Frau gepflanzt worden. Die Geschichte erzählte, diese Frau sei von Indianern entführt worden wie Louisa McKeige, wenn auch irgendwo in Kansas oder Missouri, und von einem Stamm an den anderen verkauft worden, bis sie schließlich irgendwann in den Westen kam. Alles, was dieser unglücklichen Frau als Erinnerung an ihr wahres Zuhause und ihre Familie geblieben sei, hieß es, war eine Handvoll Eicheln, die sie während des Kampfes aufgehoben hatte.

Diese Erzählung hatte Annabel vom ersten Tag an, als sie sie gehört hatte, erschaudern lassen, aber heute fragte sie sich, ob dies alles je geschehen war. Der Wilde Westen war ein Ort, der spektakuläre Geschichten und starke Kinder hervorbrachte. Die Überlebenden – ob es nun Mythen waren oder die Menschen, die sie weitergaben – waren wirklich zäh und hart im Nehmen.

Nicholas sicherte Bremse und Zügel und kam dann zu Annabel, um ihr beim Aussteigen zu helfen. Seine Ähnlichkeit mit dem jungen Gabriel erfüllte Annabel mit einer bittersüßen Trauer, und wieder einmal wünschte sie, damals alles anders gemacht zu haben. Sie hätte stärker sein müssen, hätte einen Weg aus der Dunkelheit und zu Gabriel finden müssen. Oder wenn sie wenigstens Nicholas gezwungen hätte, bei ihr zu bleiben, anstatt nach Nevada zurückzukehren, ob es ihm nun gefallen hätte oder nicht.

Großer Gott, sie hatte so viele Fehler in ihrem Leben gemacht, und Gabriel und Nicholas kampflos aufzugeben war einer ihrer größten gewesen. Anstatt wegzulaufen und im fernen Boston bei einer verbitterten alten Tante Zuflucht zu suchen, während sie darauf wartete, daß ihr Mann kam und sie holte, hätte sie hierbleiben sollen, hier in Nevada, und sich behaupten. Warum hatte sie nicht abgewartet, bis der Schmerz vorüberging – oder zumindest erträglicher wurde –, bevor sie eine so voreilige Entscheidung traf?

Sie schloß die Augen, und ihre Reue war so stark in diesem Augenblick, daß sie geschwankt haben mußte, denn Nicholas ergriff hastig ihren Arm.

»Annabel?« fragte er leise. »Alles in Ordnung?«

Oh, einmal das Wort ›Mutter‹ von ihm zu hören, in zärtlichem und liebevollem Ton! Aber dieses kostbare Recht hatte sie aufgegeben, aus freiem Willen – indem sie dem Verlangen eines Kindes heimzukehren stattgegeben hatte.

Sie faßte sich, erwiderte den fragenden Blick ihres Sohnes und schaffte es zu lächeln.

Es tut mir so leid, Nicholas, hätte sie so gern gesagt. *Verzeih mir bitte.*

»Es geht schon wieder«, erwiderte sie statt dessen.

Nicholas grinste, auf diese mutwillige und etwas unverschämte Weise, die so typisch für ihn war, und reichte ihr seinen Arm, während er mit der anderen Hand den Picknickkorb nahm. »Sollen wir?«

Sie hatten kaum den Rand des Kirchhofs erreicht, auf dem alle Veranstaltungen der Gemeinde stattfanden, da kein geeigneterer Ort dafür vorhanden war, als Jessie auch schon auf sie zukam.

Gabriels Schwester war mit Würde gealtert. Ihre Schönheit, die klassisch wie die einer griechischen Statue war, war mit den Jahren höchstens noch ausdrucksvoller und markanter geworden. Ihr blondes Haar war lose aufgesteckt, und ihre Figur, die schon immer fabelhaft gewesen war, war schlank geblieben. Daß die schöne Witwe nicht noch einmal geheiratet hatte, war zweifellos nur auf den Mangel an passenden Ehekandidaten in Parable zurückzuführen.

»Annabel«, sagte sie statt einer Begrüßung.

»Jessie«, erwiderte Annabel und reichte ihr die Hand, obwohl ihr der strafende Blick in Jessies blauen Augen nicht entgangen war.

Jessie zögerte einen Moment, bevor sie, vielleicht Nicholas zuliebe, Annabels ausgestreckte Hand ergriff. »Du siehst gut aus«, meinte sie und schaute dabei betont an Annabel vorbei. »Wo ist Gabriel?«

Da mischte Nicholas sich ein, Gott sei Dank. »Er kommt nach«, sagte er rasch und beugte sich ein wenig vor, um seiner Tante einen Kuß zu geben.

Sie strahlte ihn an. Jessie hatte nie eigene Kinder gehabt, und früher, als sie und Annabel noch Freundinnen gewesen waren und Franklin, Jessies reicher Ehemann, noch lebte, hatte sie ihr oft gesagt, wie verzweifelt sie deswegen war.

»Wirst du lange bleiben?« fragte Jessie, während sie Annabels Arm nahm, was eine versöhnliche Geste hätte sein können, wenn ihre steife Haltung nicht gewesen wäre. »Ist es nicht eine Schande, daß unsere Stadt nach all dieser Zeit noch immer kein Hotel besitzt?«

Nur ihr Stolz bewahrte Annabel davor, bei dieser Bemerkung, die sich auf ihren Aufenthalt auf Gabriels Ranch bezog, zu erröten. Wahrscheinlich zerbrachen die Leute sich bereits die Köpfe darüber, ob sie das Bett mit Gabriel teilte, trotz ihrer langen und in ihren Augen ungerechtfertigten Abwesenheit.

Annabel schenkte ihrer Schwägerin ihr wärmstes Lächeln. »Gabriel war so freundlich, mir sein Zimmer zu überlassen«, sagte sie.

»Wirst du lange bleiben?« wiederholte Jessie, die noch immer Annabels Arm festhielt, auf eine Art und Weise, die mehr eine Gefangennahme als eine kameradschaftliche Geste war. Sie hatten den Schauplatz der Festlichkeiten inzwischen erreicht, und wie Annabel bereits erwartet hatte, wandten sich viele Leute mit unverhohlener Neugier zu ihr um.

»So lange, bis ich meine Angelegenheiten hier geregelt habe«, antwortete Annabel mit ungefähr dem gleichen Grad an Zuneigung, die Jessie sich anmerken ließ. »Ich muß meinen Kutscher suchen, damit Gabriel ihm einen Platz in der Arbeiterbaracke geben kann.« Sie drehte sich um, als sie merkte, daß ihr Sohn sich abwandte.

Nicholas, der das kleine Drama nicht bemerkt zu haben schien, war deutlich abgelenkt. Er trug einen ernsten Gesichtsausdruck zur Schau, und wenn jemand Annabel nach ihrer Meinung gefragt hätte, hätte sie gesagt, daß sein interessierter Blick den jungen Mädchen unter den Gästen galt – daß er sie kritisch betrachtete und vielleicht sogar nach einem ganz bestimmten Ausschau hielt.

Es schmerzte Annabel, daß sie nicht einmal wußte, ob ihr Sohn eine Freundin hatte, und die Vorstellung, daß er sich Jessie anvertraut haben könne, betrübte sie. Obwohl Nicholas seit zehn Jahren regelmäßig mit ihr korrespondierte, schrieb er selten etwas Persönliches in seinen Briefen, sondern schilderte das Wetter, irgendeinen Zugraub oder einen Ausflug nach Virginia City. Trotz allem war es ihm jedoch gelungen klarzustellen, daß er sehr viel Zeit mit seiner Tante verbrachte. Tatsächlich hatte er sogar ein Zimmer in ihrem Haus.

»Komm und setz dich zu mir«, sagte Jessie in einem Ton, der keinen Widerspruch zuließ, und zog Annabel zu der Decke, die sie im Schatten einer großen Ulme ausgebreitet hatte. »Wir haben uns viel zu erzählen.«

»Würdet ihr mich bitte entschuldigen?« fragte Nicholas, noch immer abgelenkt, und war fort, bevor seine Mutter oder Tante etwas darauf erwidern konnten.

Jessie lächelte nachsichtig, als wäre er ihr Sohn, nicht Annabels. Und vielleicht besaß sie ja auch, in gewisser Weise, einen Anspruch auf ihn. Sie war die weibliche Kraft in seinem Leben gewesen, und ihr hatte er seine guten Umgangsformen und seine kultivierte Ausdrucksweise zu verdanken. Gott wußte, daß Gabriel es nie geschafft hätte, ihm all das zu vermitteln.

Jessie setzte sich auf die Decke, und da sie noch immer Annabels Arm festhielt, blieb ihr nichts anderes übrig, als es ihr nachzutun. Etwas unsanft landete sie neben ihrer Schwägerin auf dem Boden, und mit einer nervösen Geste strich sie ihre langen Röcke glatt.

»Warum bist du zurückgekommen, Annabel?« fragte Jessie in leisem, aber strengem Ton.

Annabel hielt ihrem prüfenden Blick gelassen

stand. »Ich habe Gabriel gebeten, in die Scheidung einzuwilligen«, antwortete sie. »Er ist jedoch fest entschlossen – was mich wahrscheinlich gar nicht überraschen dürfte –, es mir so schwer wie möglich zu machen.«

Jessie blinzelte; eine so direkte Antwort hatte sie anscheinend nicht erwartet. »O Gott«, murmelte sie.

Warum waren alle so verblüfft über ihren Wunsch, sich aus einer sinnlos gewordenen Ehe zu befreien? Annabel begriff es einfach nicht. Es wäre vernünftiger gewesen, wenn sie und Gabriel diesen Schritt schon vor langer Zeit getan hätten, um beide von dem Unglück zu erlösen, so, wie man ein verletztes Pferd erlöste oder einen tollwütigen Hund.

Bevor sie ihre Meinung jedoch äußern konnte, schaute Jessie an ihr vorbei und rief: »O nein!«

Als Annabel sich umwandte, sah sie Gabriel durch die Menge schreiten, groß und unendlich attraktiv in seinen dunklen Hosen, den hohen Stiefeln, dem blütenweißen Hemd und der glänzenden schwarzen Seidenweste. Fast hätte sie gelächelt, trotz des Klumpens, der sich in ihrer Kehle formte, als sie sah, daß er auf Rock und Kragen verzichtet hatte, was ausgesprochen typisch für ihn war. Und sein Gesichtsausdruck war so düster und grimmig, als forderte er im stillen jeden Anwesenden heraus, etwas zu seiner eleganten Kleidung zu bemerken.

Annabel war plötzlich, als bliebe die Zeit stehen, während sie ihn langsam auf sich und Jessie zukommen sah. Er wirkte wie ein Erzengel, der als Rancher verkleidet auf die Erde herabgeschickt worden war. Aber Annabel bezweifelte, daß er, abgesehen vom täglichen Waschen und Rasieren, seinem Äußeren je Beachtung schenkte. Wahrscheinlich war ihm nicht einmal bewußt, wie attraktiv, wie klassisch *schön* er war.

Nein, Gabriels Selbstbewußtsein beruhte nicht auf etwas so Oberflächlichem wie gutem Aussehen; sein Selbstvertrauen bezog er aus sich selbst. Er war ein Mann, der schon oft harte Prüfungen durchgemacht, ein Mann, der gelernt hatte, seinem eigenen Verstand und seinem Körper und seiner Seele zu vertrauen.

Die Menge öffnete sich ganz wie von selbst und schuf Raum, als er an den Leuten vorbeiging und hier und da einen knappen Gruß murmelte. Was immer Gabriel hergeführt hatte, es hatte ganz gewiß nichts mit dem Picknick zur Feier des Unabhängigkeitstags zu tun.

Nach einer kleinen Ewigkeit, wie Annabel erschien, blieb er vor Jessies Decke stehen. Beide Frauen schauten auf, Jessie beschattete die Augen mit einer Hand, und Annabel kniff die Augen zu. Die gleißende Julisonne tauchte ihn in rotes Gold und ließ seine Züge verschwimmen.

»Setz dich zu uns«, forderte Jessie ihren Bruder auf.

Widerstrebend ging Gabriel in die Hocke, und seine Züge waren wieder zu erkennen. Sein Blick, mißtrauisch und düster, ruhte auf Annabel.

Sie konnte der Versuchung, ihn ein bißchen zu ärgern, nicht widerstehen, obwohl sein Anblick ihr den Atem raubte und ihr Herz so heftig schlagen ließ, daß sie das Pochen im ganzen Körper spürte. Vielleicht war es das, wofür sie Gabriel bestrafen wollte – für die scheinbar unbewußte Macht, die er noch immer auf sie ausübte; sie wußte selbst nicht, was es war. »Ich hätte geschworen, daß du dir nicht die Zeit nehmen würdest, an der Feier zum vierten Juli teilzunehmen«, sagte sie.

Er funkelte sie wütend an, ohne auch nur einen Blick oder einen Gruß für seine Schwester. »Was willst du hier, Annabel?« fragte er rauh.

»Das habe ich dir doch schon gesagt«, erwiderte sie spitz. »Ich bin gekommen, um die Scheidung zu verlangen.«

»Das meinte ich nicht«, entgegnete Gabriel scharf. »Was fällt dir ein, an diesem Picknick teilzunehmen und dich vor allen unmöglich zu machen?«

Annabels rechte Hand glitt zu ihrer Brust, und sie spürte, wie ihre Schläfen zu pochen begannen. Gabriel McKeige mochte schön genug sein, um einen Platz auf dem Olymp zu verdienen, aber er war auch der anmaßendste und größenwahnsinnigste Mann, dem sie je begegnet war.

»Mich unmöglich zu machen?« wiederholte sie mit leiser, beherrschter Stimme und fragte sich, ob Gabriel sich noch daran erinnern mochte, wie gefährlich es wurde, wenn sie diesen Tonfall anschlug. »Ich sitze nur hier auf der Decke und unterhalte mich mit deiner Schwester. Kannst du mir sagen, wieso ich mich damit unmöglich mache?«

»Gabriel«, sagte Jessie in dem Versuch, die Wogen zu glätten und die Kontrahenten zu beschwichtigen.

»Du weißt verdammt gut«, antwortete Gabriel, ohne Jessie auch nur die geringste Beachtung zu schenken, »daß all diese Leute reden werden … *tratschen* … Verdammt, Annabel, wenn es je eine private Angelegenheit gegeben hat, dann diese hier!«

»Ich bin bisher noch nicht auf die Bühne gestiegen«, entgegnete Annabel ruhig, mit nur einem Hauch von Spott in ihrer Stimme, »um den braven

Leuten von Parable zu verkünden, daß wir beide uns scheiden lassen werden.«

»Nach der Szene, die du heute morgen gemacht hast«, flüsterte Gabriel wütend, »brauchst du das auch gar nicht!«

Annabel tat, als striche sie ihre Röcke glatt. »Ich gebe zu, daß das ein bißchen theatralisch war. Aber du hättest dir diese Peinlichkeit ersparen können, wenn du die Nacht nicht im Samhill Saloon verbracht hättest, in den Armen deiner Geliebten.«

Irgendwo hinter Gabriel explodierte ein Feuerwerkskörper. Das war jedoch nichts im Vergleich zu der explosiven Spannung, die sich zwischen ihnen aufbaute, und deshalb fuhren weder Gabriel noch Annabel bei dem Knall zusammen.

»Wenn du über Julia sprechen willst«, sagte Gabriel grimmig, »können wir es tun. Aber nicht hier. Verdammt, Annabel, deinetwegen habe ich schon genug Skandale ertragen müssen!«

Sie setzte zu einer vernichtenden Entgegnung an, aber Jessie brachte sie zum Schweigen, indem sie eine Hand ausstreckte und sie beschwichtigend auf ihre legte.

»Hört auf damit – beide«, befahl Jessie. »Wenn ihr klug seid, dann geht ihr höflich miteinander um, genießt das Picknick, so gut es möglich ist, und schreit euch später an, wenn nicht die halbe Stadt dabei ist und die Ohren spitzt. Ich werde Nicholas bitten, heute nacht in meinem Haus zu bleiben.«

Gabriel lächelte ganz plötzlich, aber es lag nicht die geringste Wärme darin. Er ließ Annabel keine Sekunde aus den Augen. »Das ist eine gute Idee«, erwiderte er, ergriff Annabels Hand und zog sie mit sich auf die Beine, als er aufstand. »Komm, Mrs.

McKeige. Die Spiele werden gleich beginnen. Laß uns zu all den anderen glücklichen Paaren hinübergehen.«

Bevor Annabel auch nur Atem holen konnte, wurde sie an der Hand quer über den Platz gezogen. Mit Entsetzen sah sie, daß Gabriel offenbar von ihr erwartete, daß sie beim *Sackhüpfen* teilnahm.

Sie zerrte an ihrer Hand, hatte aber nicht genug Kraft, sich loszureißen.

»Hier«, sagte er, als sie die Startlinie erreichten, wo andere Paare sich auf den Wettbewerb vorbereiteten, und drückte ihr einen groben Hanfsack in die Hand. »Ich glaube, wir könnten gewinnen, wenn du auf den Beinen bleibst und dich schnell bewegst. Dieser Zaun dort drüben ist das Ziel.«

Annabel schaute zu ihrem Mann auf und sah den grimmig entschlossenen Zug um seine Lippen, obwohl seine Augen belustigt funkelten. Sie versuchte, ihm den Sack zurückzugeben – andere Frauen stiegen bereits in ihre, befestigten ihre Röcke um die Taille und zogen die Säcke hoch –, aber Gabriel nahm ihn nicht an.

»Gabriel McKeige«, wisperte Annabel verzweifelt, »ich *werde nicht* ...«

Er zog eine Braue hoch. »Gibt es kein Sackhüpfen in England, Lady Annabel?« fragte er, und seine Stimme triefte vor Sarkasmus.

»Wenn du eine Szene vermeiden willst, ist das wohl kaum der richtige Weg dazu«, versetzte Annabel erbost.

Gabriel musterte sie besorgt. »Hast du etwa Angst?« fragte er.

Sie öffnete schon den Mund, um zu erwidern, daß er, wenn er schon unbedingt an diesem lächerlichen

Rennen teilnehmen wolle, den Sack selbst überziehen könne, doch dann entdeckte sie Nicholas am Ende der kleinen Gruppe. Er half lachend einem jungen Mädchen in den Sack, und irgend etwas an diesem Anblick raubte Annabel die Fassung.

Sie drückte Gabriel den Sack in die Hand, drehte sich auf dem Absatz um und ging beschämt davon. Obwohl sie keinen Pfifferling dafür gab, was Gabriel von ihr dachte – oder auch die ganze Stadt –, war Nicholas' Meinung ihr sehr wichtig. Sie wollte sich nicht vor ihm lächerlich machen.

Gabriel folgte ihr und drängte sie mit dem Rücken an einen Baum, während hinter ihnen die Vorbereitungen für das Sackhüpfen ihren Fortgang nahmen. Den Sack schleuderte er fort, aber die Geste drückte mehr Resignation als Ärger aus.

»Es tut mir leid, Annabel«, sagte er.

Sie holte tief Atem, um nicht zu weinen, und wünschte sich von ganzem Herzen, zu den Frauen zu gehören, die keine Probleme damit hatten, sich an einem derart lächerlichen Wettkampf zu beteiligen. »Wer ist das Mädchen dort bei Nicholas?« fragte sie, als sie ihre Stimme wieder unter Kontrolle hatte.

»Das ist die Tochter des Marshals«, antwortete Gabriel. »Ich glaube, sie heißt Ellen. Oder Sally.«

Die Teilnehmer stellten sich an der Startlinie auf, die eigentlich nur ein durch das Gras gespanntes Seil war. »Ist sie seine Freundin?«

»Diese Woche ist sie es vielleicht«, erwiderte Gabriel ohne großes Interesse. »Nicholas ist sehr unbeständig.« Er hielt einen Moment inne. »Ich kann mir nicht vorstellen, von wem er das hat. Kannst du es?«

Annabel drehte sich zu ihm um. »Ja«, erwiderte sie. »Von dir.«

Gabriel grinste. »Auf dieses Thema möchte ich nicht näher eingehen, Mrs. McKeige«, meinte er freundlich. »Was ein Glück für dich ist.«

Der Pastor, der das Signal zum Beginn des Wettkampfs geben sollte, trat mit erhobenem Arm ans ferne Ende der Startlinie. »Und jetzt Achtung, meine Damen!« rief er fröhlich. »Um den Preis zu gewinnen, müssen Sie zum Zaun hüpfen und wieder zurück, aus dem Sack steigen und ihn Ihrem Partner übergeben. Dann muß er das gleiche tun. Fallen macht nichts, solange Sie wieder aufstehen. Sind alle bereit?«

Annabel lächelte und schaute zu.

»Los!« schrie der Pastor.

Nicholas' Freundin Ellen-oder-Sally übernahm sofort die Führung. Verschiedene andere Frauen stürzten und versuchten unter schallendem Gelächter, sich wieder aufzurappeln. Ihre Ehemänner und Verlobten feuerten sie hinter der Ziellinie an, und Freunde und Familienangehörige riefen ihnen von allen Seiten aufmunternde Worte zu.

»Annabel?«

Sie wandte sich Gabriel zu und wunderte sich über den ernsten, eindringlichen Blick in seinen Augen. »Ja?«

Er legte die Hand unter ihr Kinn, strich mit dem Daumen über ihre Lippen. Und dann küßte er sie.

Annabel erfuhr eine längst vergessene Freude, so überwältigend und süß, daß sie ihr die Tränen in die Augen trieb. Während dieses Kusses, so unschuldig er auch war, schien ihr ganzes Sein aus irgendeiner uralten Verzauberung zu erwachen.

Als Gabriel sich endlich von ihr löste, war Annabel so verwirrt, daß sie für den Bruchteil einer Sekunde die Vergangenheit vergaß. Bis auf jenen Teil natürlich, der Gabriel betraf.

Dann trat er zurück und wandte sich von ihr ab. Seine offensichtliche Reue war noch schwerer zu ertragen als ihre eigene seltsame Reaktion auf dieses Zwischenspiel.

Annabel zögerte einen Moment, unsicher, wie sie sich verhalten sollte, und ging dann durch die Bäume und Leute zu Jessies Decke zurück. Als Gabriel ihr nur Sekunden später folgte, wirkte er so gänzlich ungerührt von dem, was zwischen ihnen vorgefallen war, daß sie zutiefst verletzt war. Die Macht der erotischen Anziehung zwischen ihnen war unmißverständlich gewesen, und doch verleugnete er sie und tat, als habe er sie nicht gespürt.

Nicholas kam irgendwann zu ihnen herüber, ohne das Mädchen, mit dem er vorher zusammengewesen war, und seine Stimmung blieb unverändert ernst. Er sprach weder mit Gabriel noch mit Annabel, und da auch sie nicht miteinander redeten, war die ganze Situation ein wenig ungemütlich. Als Jessie ihrem Neffen einen Teller füllte, sowohl aus ihrem eigenen Picknickkorb als auch aus dem von Charlie, schaute er das Essen an, als wäre es etwas ihm völlig Unvertrautes.

Annabel saß ein wenig abseits von den anderen und hob, ohne nachzudenken, die Hände, um die Nadeln und Kämme in ihrem Haar zu sichern. Gabriel, der sich ein paar Schritte entfernt im Gras ausgestreckt hatte, beobachtete mit ruhigem Interessen, was sie eigentlich hätte ärgern sollen, wie sich ihre Brüste hoben.

Sie errötete und ließ die Hände sinken, aber noch immer kam es ihr so vor, als ob ihr Mieder durchsichtig wäre.

Gabriels Lächeln war dämonisch. Als Jessie ihm einen Teller reichte, stellte er ihn beiseite und nahm statt dessen eine Pflaume aus dem Korb, biß ein Stückchen ab und strich dann langsam mit der Zungenspitze über seine Lippen, um den Saft der Pflaume aufzufangen.

Annabel schaute weg, aber es nützte nichts. Ganz plötzlich war ihr so schwindlig, daß sie schwankte, und ihr Blick kehrte wie magisch angezogen zu Gabriel zurück.

Er aß die Pflaume, warf den Kern fort und leckte seine Finger ab, einen nach dem anderen.

Annabel stöhnte innerlich, biß sich auf die Lippen und starrte Gabriel in hilfloser Faszination an, während sie hoffte und betete, daß keiner der anderen merkte, was hier vorging – daß er sie reizte und betörte und so erregte, daß sie mit ihm schlafen wollte. Sie erinnerte sich, daß er sehr erfahren gewesen war in solchen Spielchen, als sie beide jung gewesen waren – und in der langen Zeit ihrer Trennung mußte er diese Fähigkeit noch perfektioniert haben.

»Iß etwas«, sagte Jessie sanft und drängte Annabel, den Teller zu nehmen, den sie ihr schon vorher angeboten hatte. »Du mußt ja halb verhungert sein nach dem Tag, den du hattest – und du bist bestimmt auch müde.«

Annabel hatte keinen Appetit, aber da sie Jessies Freundschaft wollte und eine Ablenkung von Gabriel benötigte, nahm sie den Teller dankend an. Nicholas, der etwas anderes oder jemand anderes im Sinn zu haben schien, nahm sich einen Hähnchenschenkel und ein Stück Kirschkuchen und ging wortlos davon.

Gabriel lag noch immer auf der Seite, auf einen Ellbogen gestützt, den Kopf in der Hand. Annabel wußte, daß er, obwohl er jedem Beobachter ein unverfängliches Bild bot, an all die Dinge zurückdachte, die sie miteinander getan hatten. Und vor allem wußte er, daß sie es wußte.

Jessie scherzte mit vorbeischlendernden Bekannten und machte hin und wieder eine Bemerkung, schien jedoch von dem stummen Blickaustausch zwischen ihrem Bruder und seiner Frau nichts zu bemerken. Sie aß ein Stückchen von dem selbstgebackenen Kirschkuchen, entschuldigte sich dann und machte sich auf die Suche nach irgendeiner Freundin.

Annabel, die sie lieber in der Nähe gehabt hätte, mußte sich sehr beherrschen, um nicht Jessies Rocksaum zu packen und sie zurückzuhalten. Sie und Gabriel waren jetzt allein, denn obwohl praktisch die ganze Stadt anwesend war, schien der Strom der Feiernden um sie herumzufließen wie Wasser um einen Felsbrocken.

»Hör auf damit!« zischte Annabel.

Gabriel tat erstaunt. »Was?«

»Hör auf, mich mit deinen Blicken zu verführen! Das gelingt dir nämlich nicht!«

Sein Gesichtsausdruck hätte für einen Pfarrhof nicht unpassender sein können. »Nein?«

»Nein!«

Er wollte sie nur quälen, dessen war sie sich ganz sicher. Er hatte ihrer Reaktion auf seinen Kuß entnommen, daß sie ihn immer noch begehrte, und wenn sie nachgab, würde er sie ganz ohne Zweifel zum Gespött der Leute machen.

»Ich glaube, da irrst du dich, Mrs. McKeige. Aber das werden wir ja sehen, heute abend, wenn das Fest vorbei ist, nicht?« Er senkte seine Stimme, bis sie nur noch ein Flüstern war, das ungemein erotisch klang und Erinnerungen an sehr private Dinge weckte, die sie einst miteinander verbunden hatten. »Keine Sorge, Annabel. Es ist der vierte Juli heute. Bei diesem Krach wird keiner einen zusätzlichen Feuerwerkskörper hören ...«

4. Kapitel

Gegen Nachmittag hatten die jüngsten Teilnehmer des Picknicks endlich aufgehört, lautstark auf dem Platz herumzutoben, und hatten sich auf ihren Decken ausgestreckt, um sich ein bißchen auszuruhen.

Auch die älteren Kinder waren stiller geworden. Einige wateten im Bach hinter dem Pfarrhof, während andere, die dort angelten, sich darüber beklagten, daß sie mit ihrem Geplansche die Fische vertrieben. Ihre Väter spielten auf der anderen Seite des Pfarrhofs Karten, legten ihre Röcke ab und knöpften ihre Hemden auf, während sie blufften, setzten und Whiskeyflaschen und dicke Zigarren kreisen ließen. Gabriel spielte mit.

Die Frauen saßen in kleinen Grüppchen im weichen Gras, unterhielten sich leise und fächelten sich Luft zu mit einer Sonderausgabe des *Parable Testament,* die heute von dem geschäftstüchtigen neuen Herausgeber der Zeitung, Lucius Wickcomb, kostenlos an alle Anwesenden verteilt worden war. Nicholas wußte noch nicht so recht, was er von Lucius halten sollte; der Mann war nett und ziemlich anpassungsfähig für jemandem aus dem Osten, aber er stellte eine Menge Fragen und hatte eine Art, die Leute zu beobachten, die Nicholas als sehr beunruhigend empfand.

Nach einer Partie Poker und um einige Dollar reicher, setzte Nicholas sich auf einen niedrigen Ast der berühmten alten Eiche, lehnte den Rücken an den Stamm und ließ ein Bein herunterbaumeln, während er das andere anzog. Dort, im kühlen Schatten der Eichenblätter, zündete er sich einen dünnen Zigarillo an und betrachtete nachdenklich seine Mutter.

Annabel saß nur wenige Schritte entfernt auf einer Ecke ihrer Decke, die Beine unter den weiten Röcken angezogen und die Hände im Schoß gefaltet. Sie muß erschöpft sein, dachte Nicholas, nachdem sie in den letzten Wochen so weit gereist war, vor allem nach den letzten acht Meilen zwischen Fort Duffield und Parable, die sie während der Nacht zurückgelegt hatte. Dennoch war ihr nicht die geringste Müdigkeit anzumerken. Jessie saß mit geschlossenen Augen und einem leisen Lächeln um die Lippen neben Annabel und fächelte sich unablässig mit der Zeitung Luft zu.

Nicholas drückte den Zigarillo aus und warf ihn fort. Er hatte einiges zu erledigen und hätte eigentlich längst unterwegs sein müssen. Annabels unverhoffte Heimkehr war sehr verwirrend; Nicholas war sich noch nicht sicher, ob sie etwas Gutes oder etwas Schlechtes für ihn oder ihm schlicht egal war.

Komisch, dachte er. Als kleiner Junge hatte er nachts oft im Bett gelegen und sich gewünscht, sie möge auf der Stelle heimkehren. Er hatte sich so gewünscht, daß sie ihn liebte, daß sie ihn und seinen Vater liebte, wie andere Mütter und Ehefrauen es taten. Aber sie hatte nach Susies Tod das Interesse an ihm verloren, wahrscheinlich war er schlecht weggekommen beim Vergleich mit seiner kleinen Schwester. Er hatte nie deren sanfte, fügsame Natur besessen.

Widerstrebend dachte Nicholas an jene Zeit zurück, in der sich alles so grundlegend verändert hatte. Nachdem Annabel ihn von Boston heimgeschickt hatte, hatte er Gott unzählige Versprechungen gemacht. Wenn doch nur seine Mutter in der nächsten Kutsche säße, lächelnd und voller Liebe für seinen Vater, für die Ranch und auch für ihn … würde er in der Schule aufpassen und sich seine Bibelverse in der Kirche merken, keine Frösche mehr in die Wassereimer in der Arbeiterbaracke werfen und aufhören, sich Geschichten auszudenken, seine Großmutter habe einen Indianerhäuptling geheiratet und sei jetzt eine Prinzessin. Denn damals hatte er natürlich viel weniger gewußt als heute.

Gott hatte seinen Teil der ›Absprache‹ nicht eingehalten, aber Nicholas natürlich auch nicht. Er hatte munter weitergemacht mit all den Streichen, die er so gerne ausheckte, und Gott hatte Annabel nicht zu ihm zurückgebracht.

Bis heute.

Nicholas seufzte und schlang die Arme um die Knie, legte den Kopf zurück und schloß die Augen. Nach all diesen Jahren, all diesen Gebeten war Annabel nun endlich wieder da. Er hoffte nur, daß sie nicht lange genug blieb, um ihn hängen zu sehen.

»Nicholas?« Die Stimme war weich, zögernd und ganz entschieden weiblich.

Er öffnete die Augen und sah, daß Callie, die Tochter des Marshals, vor ihm stand.

»Hallo, Callie«, sagte er, bemüht, nicht allzu interessiert zu klingen. Sie war ein nettes Mädchen und so hübsch mit ihrem dichten, braunen Haar und den großen grünen Augen, daß es ihn manchmal schmerzte, sie nur anzusehen. Aber sie war jung und ganz bestimmt noch Jungfrau, obwohl andere das Gegenteil behaupteten – aber nur so lange, bis sie seine Faust gespürt hatten.

Nicholas machte seine Eroberungen nicht unter unschuldigen jungen Mädchen, aber er war ein Mann mit den Begierden eines Mannes. Zuviel Zeit mit Callie zu verbringen, hieß, mit einer älteren, erfahreneren Frau im Bett zu enden, und dazu hatte er im Augenblick gar keine Zeit.

Sie lächelte ihn auf ihre engelhafte Weise an, die stets sehr gegensätzliche Wünsche in ihm weckte. »Wirst du heute abend zum Tanz gehen?« fragte sie.

Er nahm einen weiteren Zigarillo aus seiner Hemdtasche, und dabei sah er, daß Annabel zu ihm herüberschaute. Es sprach für seine Mutter, daß sie sich bemühte, ihre Neugier zu verbergen, und so tat, als hörte sie nicht zu, aber das war bei einer so kurzen Entfernung praktisch ausgeschlossen.

»Vielleicht«, erwiderte Nicholas.

Callie zog eine feingezeichnete dunkle Augenbraue hoch. »Dann wirst du also vielleicht gar nicht erscheinen.«

»Vielleicht nicht«, gab Nicholas zu, während er seine Mutter aus dem Augenwinkel beobachtete. Annabel gab sich die größte Mühe, ihn *nicht* zu beobachten, während Jessie in einen jener schnulzigen Liebesromane vertieft schien, die sie sich stets per Katalog bestellte.

»Dann macht es dir bestimmt nichts aus«, meinte Callie.

Nicholas richtete sich unwillkürlich ein bißchen gerader auf. »Was soll mir nichts ausmachen?«

»Daß ich mit Jack Horncastle hingehe.«

Horncastle war wie Nicholas in Parable in die winzige Schule gegangen, danach aber nach Illinois aufs College, weil er Anwalt werden wollte, und schließlich zurückgekommen, ohne überhaupt etwas zu sein. Nicholas, der durch irgendeine unsichtbare Nabelschnur mit der Ranch verbunden war, hatte nie etwas anderes gewollt, als zu leben und zu kämpfen, zu lieben und zu sterben – auf dem Land der McKeiges –, aber das hieß natürlich nicht, daß er nicht lernbegierig war. Nachdem er die umfangreiche Büchersammlung seines Vaters verschlungen hatte, hatte er jedes Buch gelesen, das seine Tante Jessie ihm geborgt hatte, bis auf die Liebesromane natürlich.

»Viel Spaß«, wünschte er Callie ruhig und lächelte sogar ein wenig, obwohl er in Wahrheit am liebsten aufgesprungen wäre, um diesen Jack zu suchen, ihn an den Rockaufschlägen zu packen und ihn an die nächste Wand zu schleudern. Ein paarmal. Und nicht bloß wegen der Tochter des Marshals.

Callie war ein bißchen enttäuscht, schien es, aber Nicholas sagte sich, daß er sich das vielleicht nur eingebildet hatte. Als sie ging und er ihr nachsah – was eine bittersüße Übung war –, war er überrascht, als er sich abwandte und merkte, daß seine Mutter hinter ihm erschienen war.

»Ein hübsches Mädchen«, meinte Annabel.

»Ja«, gab Nicholas zu und dachte, daß seine Stimme ein wenig verbittert klang – obwohl er sich dessen nicht ganz sicher sein konnte.

»Wie heißt sie?«

Nicholas schaute Annabel aus schmalen Augen an, in unbewußter Nachahmung der Mimik seines Vaters, und dachte, daß sie unter diesem Blick verblühte wie eine zarte Blume in der heißen Sommersonne. »Callie Swingler«, erwiderte er nur knapp, weil er nicht zu viel verraten wollte.

Annabel seufzte leise und lehnte sich an den Baumstamm, um zu ihm aufzuschauen. »Ich bin nicht deine Feindin, Nicholas. Und ich hoffe, dir das beweisen zu können.«

»Das dürfte schwer sein, Annabel«, erwiderte er ruhig, zündete ein Streichholz an seiner Stiefelsohle und hielt die Flamme an den Zigarillo zwischen seinen Zähnen. Der Geruch von Schwefel hing für einen Moment in der Luft. »Wenn du in England bist und ich hier.«

Mit leiser Mißbilligung verfolgte Annabel, wie Nicholas den Rauch inhalierte. »Du gibst es also zu. Du denkst wirklich, ich wäre deine Feindin.«

Nicholas betrachtete seine Mutter eine Weile schweigend. »Nein, Annabel«, sagte er dann, und weder Verbitterung noch Bedauern klangen in seiner Stimme mit. »Die Wahrheit ist, daß ich nur selten an dich denke – heutzutage jedenfalls. Früher, als ich noch klein war, habe ich es sehr oft getan.«

Sie errötete, und Nicholas bedauerte es, sie verletzt zu haben, aber andererseits konnte und wollte er seine Worte nicht zurücknehmen. Als kleiner Junge hatte er oft über seine rätselhafte Mutter und ihr liebloses Verhalten nachgedacht, bis sein Kopf ganz wund vom Denken war, aber jetzt als Mann hatte er andere Sorgen. Und die Ursachen für einige dieser Sorgen konnten ihn Kopf und Kragen kosten.

»Haben sie dich meinetwegen geneckt – die anderen Kinder, meine ich –, als du noch klein warst?« Sie stellte die Frage nur sehr zögernd, doch ihr Blick verriet, daß sie die Antwort nicht nur hören wollte, sondern daß sie aus irgendeinem Grund auch ungeheuer wichtig für sie war.

»Nur einmal«, erwiderte Nicholas wahrheitsgetreu. Er hatte einige Nasen blutig geschlagen und anderen Schulkameraden ein blaues Auge verpaßt – unter anderem auch Jack Horncastle – und nach einer Weile hatten die Kinder gelernt, mit Respekt von Annabel McKeige zu sprechen, falls sie sie überhaupt erwähnten.

Wieder seufzte sie und strich ihr Haar aus dem Gesicht. »Ich werde vielleicht eine Zeitlang in Parable bleiben«, sagte sie. »Zumindest, bis ich deinen Vater zur Vernunft gebracht habe. Während dieser Zeit hoffe ich, zu dir zurückzufinden. Hast du vor, es mir sehr schwerzumachen?«

Annabels aufrichtige Worte und ihre unverblümte Frage verblüfften Nicholas. Obwohl er nicht bereit war zuzugeben, daß er empfänglich für sie war – sein Vater sicher auch nicht, schätzte er –, haßte er Annabel nicht. Konnte sie gar nicht hassen. »Nein«, erwiderte er und betrachtete die Spitze seiner glühenden Zigarre, als könne sie ihm eine Erkenntnis bieten. »Aber ich werde dir einen guten Rat geben, falls du ihn hören willst.«

Sie lächelte. »Und der wäre?«

»Ändere die Namen deiner Hunde. Die armen Tiere haben schon genug, was gegen sie spricht, so dumm, wie sie aussehen, und so nutzlos, wie sie sind. Bei all dem auch noch Champion und Hercules genannt zu werden, ist wie der blanke Hohn.«

Annabel lachte. »Na gut. Wie würdest du sie nennen?«

»Doof und Unbrauchbar«, antwortete Nicholas, aber er grinste dabei. Ein wenig. »Ach, ich weiß nicht. Hier draußen nennt man Hunde Shep und Blackie oder schlicht und einfach Hund.«

Sie lächelte und trat einen Schritt vor, um ihn zu berühren, doch dann zog sie die Hand zurück.

Nicholas empfand Erleichterung und zugleich Bedauern. Die alten Fragen, unerwünscht und ihm zuwider, kamen ihm nun wieder in den Sinn: *War es etwas, was ich getan oder gesagt habe, was dich von uns fortgetrieben hat? Wenn ich besser gewesen wäre oder anders, älter oder jünger, klüger oder dümmer, oder ein Mädchen, wärst du dann geblieben? Hast du mich je geliebt? Oder wenigstens meinen Vater?*

Nicholas brachte es nicht über sich, sie laut auszusprechen, obwohl sie ihn heute noch genauso stark bedrängten wie damals, als er noch ein Kind gewesen war. Wahrscheinlich würde er niemals aufhören, sich den Kopf darüber zu zerbrechen.

»Wirst du in der Stadt bleiben und zum Tanz gehen?« fragte er.

Annabel lächelte wieder, wenn auch ein bißchen traurig, schaute zu den fernen Kartenspielern hinüber und nickte.

»O ja«, sagte sie leise und mit jenem Stolz, von dem Nicholas immer dachte, daß er ihrer beider Fluch und Segen war. »Niemand hier in dieser Stadt soll denken, daß ich mich verstecke.«

Nicholas grinste. Inzwischen hatte er die komplette Geschichte der Ankunft seiner Mutter in der Stadt gehört. Am besten gefiel ihm der Teil, wie sie vor dem Samhill Saloon vorgefahren war, wo sein Pa die Nacht in Julia Sermons Privatzimmern verbracht hatte, und ihn gleich dort, auf dem Bürgersteig und vor Gott und aller Welt, zur Rede gestellt hatte. »Ich kann mir nicht vorstellen, daß irgend jemand diesen Eindruck haben könnte.«

Gabe, sah Nicholas, kam langsam auf sie zu und schlängelte sich zwischen den Bäumen und den Decken hindurch, auf denen Babies schliefen und die Frauen plauderten, stickten oder einfach ihren Tagträumen nachhingen. Er erschien Nicholas plötzlich viel jünger, mit seinem offenen Kragen und dem Hemd, das voller Grasflecken war, weil er mit seinen langen Gliedern nicht auf eine Picknickdecke paßte. Jünger und verwundbarer, als Nicholas es je für möglich gehalten hätte bei seinem Vater.

Plötzlich fürchtete er um ihn und verstand sehr vieles von dem, was er vorher übersehen hatte.

Ärger wallte in ihm auf, und er richtete den Blick wieder auf Annabel, die Gabe entgegensah und sich ihre eigenen Gedanken machte. Ernste Gedanken, ihrem Gesichtsausdruck nach zu urteilen.

»Wenn du ihm wieder weh tun willst«, sagte er ruhig, »dann verschwinde lieber wieder. Verlaß die Stadt und laß dich hier nie wieder blicken.«

Annabel war bestürzt, und ihr erster Impuls war, sich zu verteidigen, doch dann biß sie sich auf die Lippen und schaffte es, Beherrschung zu bewahren. Die leichte Röte, die bei Nicholas harten Worten in ihre Wangen gestiegen war, verblaßte wieder. »Ich werde gehen«, antwortete sie, »sobald dein Vater mir sein Wort gegeben hat, mich freizugeben.«

Nicholas schwang sich von seinem Ast. Plötzlich verspürte er den Wunsch, an der Pokerpartie teilzunehmen, wenn auch mehr der kreisenden Whiskeyflasche als des Spiels wegen. Mit einem knappen Nicken kehrte er seiner Mutter den Rücken zu und ging. Als er an seinem Vater vorbeikam, so dicht, daß ihre Schultern sich berührten, nickte er auch ihm zu.

Jessie war so freundlich, Annabel zu sich nach Hause einzuladen, damit sie sich vor dem Tanz ein wenig frisch machen konnte. Gabriel war nirgendwo zu sehen, was Annabel als sehr beunruhigend empfand, obwohl sie sich die größte Mühe gab, nicht daran zu denken. Sie hätte froh sein sollen, daß er nicht da war, denn nach seinem schamlosen Flirtversuch am Nachmittag, ganz zu schweigen von dem verstohlenen Kuß, war sie sich seiner die ganze Zeit über fast qualvoll bewußt gewesen. Aber leider war sie alles andere als froh und befürchtete, er könne in den Samhill Saloon gegangen sein, um ein wenig Zeit mit Julia Sermon zu verbringen.

»Das ist ein hübsches Kleid«, bemerkte Jessie von der Tür des Gästezimmers, das sie ihrer Schwägerin zugewiesen hatte. Annabel hatte Mr. Hilditch, ihren Kutscher, zur Ranch geschickt, um das smaragdgrüne Kleid zu holen, nachdem sie ihm genau erklärt hatte, in welcher Reisetruhe er es finden würde.

»Danke«, sagte Annabel. Das Kleid war eins ihrer schlichtesten, denn obschon sie den Männern und Frauen in Parable zeigen wollte, daß sie mit einem bestimmten Entschluß zurückgekommen und ihr Stolz noch ungebrochen war, war es nicht ihre Art, mit teuren Besitztümern zu prahlen. Sie hatte ihren

Schmuck und ihre besseren Kleider in Boston zurückgelassen, wo sie sicher untergebracht waren in dem großen, düsteren alten Haus, das sie erst kürzlich von ihrer Tante geerbt hatte, der Frau, die sie damals, als sie ihren Mann verlassen hatte, aufgenommen hatte.

Zufrieden mit ihrer Erscheinung, wandte sie sich vom Spiegel ab und bewunderte Jessies weichfließendes grünes Kleid. »Eins muß man dir lassen, Jessie«, bemerkte sie lächelnd. »Du bist wirklich *alterslos*. Ich hege nicht geringsten Zweifel, daß Captain Sommervale und all seine jungen Soldaten dir heute abend zu Füßen liegen werden.«

Jessie lächelte dünn; es war offensichtlich, daß sie Annabels Kompliment als leere, bedeutungslose Schmeichelei empfand. »Sie sind hier, weil jemand ihre Rinder gestohlen hat, zwischen Gabes Ranch und dem Fort«, antwortete sie. »Sie haben erst kürzlich zweihundert Stück verloren.«

Annabel war sicher, daß Gabe sich darum kümmern würde, und sagte es auch, ein wenig brüsk vielleicht, als sie mit Jessie über den Korridor zur Treppe ging.

Jessie wandte sich am Kopf der Treppe um, aber ihr Gesicht war im schwachen Licht des frühen Abends nur undeutlich zu erkennen. »Ich bin ganz deiner Meinung«, sagte sie. »Wenn das das Schlimmste wäre, würde ich heute nacht gut schlafen.«

Annabel, die sich gerade fragte, welche der geschlossenen Türen auf dem langen Gang zu Nicholas' Zimmer führen mochte, horchte plötzlich auf. »Wie meinst du das?« fragte sie beunruhigt.

Es sprach für Jessie, daß sie Annabels Blick erwiderte und ihm nicht auswich. »Es gibt Leute, die behaupten, Nicholas habe etwas damit zu tun. Mit den Viehdiebstählen, meine ich. Und mit anderen Dingen auch. Schlimmeren Dingen.«

Annabels Magen war plötzlich wie ein Eisklumpen und verkrampfte sich dann so heftig, daß sie glaubte, sich übergeben zu müssen. »Das ist ausgeschlossen!«

Jessie wandte sich ab und begann, die Treppe hinabzusteigen. »Ist es das?« fragte sie über die Schulter, ohne sich umzusehen. »Nicholas war ein sehr schwieriges Kind, Annabel. Er brachte sich andauernd in irgendwelche Schwierigkeiten. Er trinkt zuviel, prügelt sich zuviel und hält den Rekord hier in der Stadt für die meisten Nächte im Gefängnis. Schon mit fünfzehn brach er jedem Mädchen hier das Herz, mit Ausnahme von Callie, Marshal Swinglers Tochter, und mir scheint, daß er jetzt auch daran arbeitet.«

»Jessie McKeige«, sagte Annabel am Fuß der Treppe, und ihr Ton zwang ihre Schwägerin, sie anzusehen, »warum hast du mir nichts davon geschrieben?« Jessie hatte nach dem Tode ihres Mannes ihren Mädchennamen wieder angenommen.

»Ich dachte, wenn du hier sein wolltest, wärst du hiergewesen«, erwiderte Jessie nüchtern. Kühl.

Annabel hätte am liebsten die Hand erhoben und sie ins Gesicht geschlagen, aber sie beherrschte sich. Sie dachte an ihren Vater und seine ausschweifende Lebensweise, und der unvermeidliche Vergleich zwischen Nicholas und seinem ehrlosen Großvater entsetzte sie. »Was ist mit Gabriel? Was ist das für ein Vater, der zusieht, wie sein eigener Sohn zum Trinker und Banditen wird?«

»Einer, der weiß, daß alle Menschen Fehler machen,

einige schlimme, andere weniger schlimme«, erwiderte Jessie. »Gabriel glaubt an Nicholas, und ich auch. Er wird von selbst wieder zur Vernunft kommen – falls er nicht vorher am Galgen oder im Staatsgefängnis endet.«

Wieder mußte Annabel sich sehr beherrschen, um nicht die Hand gegen ihre Schwägerin zu erheben. Es kostete sie ihre ganze Willenskraft, nicht mehr zu tun, als Jessie an den Schultern zu packen und sie zu schütteln. »Vielleicht seid *ihr* bereit, untätig zuzusehen, wie mein Sohn sich selbst zerstört«, flüsterte sie wütend, »aber ich bin es nicht! Ich werde etwas unternehmen.«

»Ach ja? Was denn, Annabel?« fragte Jessie ruhig.

Tränen der Hilflosigkeit und Sorge brannten hinter ihren Lidern. »Ich weiß es nicht«, murmelte sie unglücklich. »Aber ich schwöre dir bei Gott, daß ich etwas finden werde!«

In dem Moment klopfte es an der Tür, dann wurde sie aufgestoßen, und Gabriel stand in der Halle. Sogar in dem grasbefleckten Hemd und der zerknitterten Hose, die er beim Picknick getragen hatte, wirkte er attraktiv, und das leicht zerzauste Haar und der Ansatz eines Barts taten noch ein Übriges hinzu.

Er nickte Jessie zu und richtete dann den Blick auf Annabel.

»Ich will mit dir reden!« verlangte sie und stürmte vor, um seinen Arm zu nehmen und ihn auf Jessies dunkle Veranda hinauszuziehen. Jessie war höflich genug, die Tür hinter ihnen zu schließen.

Die Nachtluft war nicht bloß warm, sondern richtiggehend heiß, erfüllt vom Duft der Sommerrosen, und der Himmel glitzerte von Sternen, als sei er extra für den Feiertag geschmückt. Das Krachen von Feuerwerkskörpern hallte von nah und fern wider.

Im Licht des hellen Mondes konnte Annabel sehen, daß Gabriel verwirrt die Stirn runzelte. »Wenn es um die Scheidung geht …«

»Es geht um Nicholas!« fiel Annabel ihm scharf ins Wort, kaum noch in der Lage, ihren Zorn zu bändigen. »Wie konntest du nur, Gabriel? *Was hast du dir dabei gedacht?*«

»Wie kann ich was wagen?« fragte Gabriel, der jetzt nicht mehr nur verblüfft, sondern auch verärgert war. Seine Nase war nur einen Zentimeter von Annabels entfernt, und sie konnte seinen warmen Atem auf ihren Lippen spüren. Zu ihrem Entsetzen löste er dort ein Prickeln aus und eine ganze Lawine anderer Gefühle in ihr. Wenn er sie jetzt geküßt hätte, trotz der Wut, die sie beherrschte …

Sie schüttelte die Bilder ab, die ihren Geist zu überfluten drohten und sie ablenkten von dem, was jetzt wichtig war. »Warum hast du mir nicht gesagt, daß Nicholas Probleme hatte? Warum hast du nicht nach mir geschickt?«

»Jeder Junge kriegt irgendwann Probleme, wenn er nur ein bißchen Phantasie und Unternehmungsgeist besitzt«, erklärte Gabriel. Seine Augen sprühten Funken. »Und warum hätte ich nach dir schicken sollen? Du hast von Anfang an klar und deutlich zu erkennen gegeben, daß du nicht das geringste Interesse an ihm hattest.« *Und an mir auch nicht.* Letzteres sprach er nicht aus, hätte es aber ebensogut auch tun können; die Worte schienen zwischen ihnen zu hallen wie das Echo einer Kriegstrommel.

Annabel ging zur Balustrade und umklammerte sie mit beiden Händen, während sie mit den Tränen kämpfte. Ihr Rücken war steif, sie zitterte, und ihr war, als müßten die Knie ihr den Dienst versagen.

»Ich hatte meine Gründe fortzugehen, und das weißt du«, stieß sie hervor. »Im übrigen hat Nicholas sich geweigert, bei mir in Boston zu bleiben. Ich hatte keine andere Wahl, als ihn zurückzuschicken.«

»Du hättest mit ihm kommen können.«

Entrüstet wirbelte sie zu ihm herum. »Und du hättest nach Boston kommen können, um uns abzuholen!« schrie sie.

»Wozu?« fragte Gabriel, der jetzt aufrichtig verwirrt erschien. »Das wäre dumm gewesen. Du hattest bereits eindeutig klargestellt, wie deine Gefühle waren, als du fortgingst.«

»Der Teufel soll dich holen!« zischte Annabel und hob beide Fäuste, um damit gegen seine Brust zu hämmern, doch als sie einsah, daß es sinnlos war, ließ sie sie dort einfach liegen.

»Verdammt, Gabriel, ich habe auf dich gewartet – monatelang habe ich auf dich gewartet!«

Er schloß starke, schwielige Hände um ihre Handgelenke, aber ohne ihr weh zu tun. Wieder runzelte er verwirrt die Stirn. »Ich verstehe nicht. Du dachtest, ich würde nach Boston kommen?«

Annabels Tränen, die sie bisher so tapfer unterdrückt hatte, waren nun nicht mehr aufzuhalten. Sie sammelten sich in ihren Wimpern und ließen Gabriels Gesicht vor ihr verschwimmen. »Ja! Ich wollte, daß du kamst, um uns zu holen, Nicholas und mich. Ich wollte von dir hören, daß du es bereust, daß du mir nie wieder untreu sein würdest, weder mit Miss Sermon noch mit irgendeiner anderen …«

Gabriel fluchte und stieß ihre Hände fort, kehrte ihr den Rücken zu und fuhr sich mit beiden Händen durch sein schon zerzaustes Haar. Schließlich drehte er sich wieder zu ihr um und sah, daß sie sich auf die Lippen biß.

»Erstens«, sagte er, wobei ihm anzusehen war, wie mühsam er sich beherrschte, »*konnte ich nicht wissen*, daß du erwartet hast, ich würde dir hinterherlaufen, nachdem du mich aus freien Stücken verlassen hattest. Und zweitens denke ich nicht daran, dir meine Beziehung zu Julia zu erklären. Ich habe dir Treue geschworen und mein Gelübde eingehalten.«

»Ha!« rief Annabel verächtlich und wandte sich so abrupt ab, um die Stufen hinabzugehen, daß sich ein Fuß in ihrem Rock verfing und sie kopfüber auf dem Bürgersteig gelandet wäre, wenn Gabriel nicht ihren Arm ergriffen hätte. Sie wußte nicht, ob es Galanterie war oder Zorn, was ihn veranlaßte, sie festzuhalten, aber er ließ sie nicht mehr los.

»Warum ist es so verdammt schwer für alle zu begreifen, daß ein Mann und eine Frau einander *mögen* können? Julia Sermon ist eine der besten Freundinnen, die ich jemals hatte!«

Diesmal schlug Annabel ihn ins Gesicht. Es war eine primitive Reaktion, die einsetzte, bevor sie Zeit hatte, darüber nachzudenken, wie falsch sie war. Gabriel hatte sie nie geschlagen, war überhaupt nie grob zu ihr gewesen, außer auf eine sehr intime Weise, was ihr gefallen hatte, und sie besaß kein Recht, die Hand gegen ihn zu erheben.

»Es tut mir leid«, sagte sie.

Gabriel gab ihren Arm frei und stieß einen Seufzer aus, der tief aus dem Grunde seiner Seele zu kommen schien. »Mir auch«, erwiderte er ein wenig rätselhaft. »Mir auch.« Damit schob er sich an ihr vorbei, als ob er gehen wolle, einfach gehen und alles weitere unerledigt lassen. Doch das ertrug sie nicht.

Sie eilte ihm nach und verstellte ihm am Tor den Weg. »Nein, Gabriel«, sagte sie und schaute trotzig und entschlossen zu ihm auf. »Wir werden unsere Differenzen jetzt für den Augenblick ruhen lassen, du und ich. Es ist nicht wichtig, was ich von deiner Freundschaft mit Julia Sermon halte oder was du von meiner Flucht nach Boston denkst. Nur Nicholas ist wichtig.« Er wollte etwas sagen, aber Annabel legte ihm einen Finger auf den Mund. »Du hörst nicht zu, Gabriel. Die Zukunft unseres Sohnes steht auf dem Spiel, und vielleicht sogar sein Leben. Ich werde einen Weg finden, ihm zu helfen, aber ich brauche deine Unterstützung, wenn es mir gelingen soll.«

»Du willst also einen Waffenstillstand.«

Sie nickte. »Sobald wir wissen, daß Nicholas nicht mehr gefährdet ist, kannst du mir sagen, was du willst. Mach dir eine Liste, falls du Angst hast, eine meiner zahllosen Sünden zu vergessen, aber behalte sie bei dir, bis wir diese Schlacht gewonnen haben.«

Gabriel starrte sie lange an. Dann fuhr er sich noch einmal mit der Hand durchs Haar und seufzte wieder. »Na schön«, sagte er rauh. »Aber ich will verdammt sein, wenn ich weiß, wo wir beginnen sollen.«

Annabel hätte ihn jetzt umarmen können, so unendlich dankbar war sie ihm für seine Zustimmung, doch sie gab diesem Impuls nicht nach. Stattdessen schob sie ihren Arm durch seinen. »Wir beginnen damit, am Ball zum Unabhängigkeitsfest teilzunehmen«, sagte sie mit unsicherer Stimme. »Wir werden schon wissen, was zu tun ist, wenn wir scharf beobachten.«

Zum ersten Mal ließ Gabriel sich seine eigene Sorge um Nicholas anmerken. »Ich hoffe, du hast recht«, murmelte er. »Sommervale und seine Männer sind hier, um die Viehdiebe zu finden, die seit einiger Zeit die Fleischvorräte der Armee stehlen, und sie werden jeden, der etwas damit zu schaffen hat, gnadenlos verfolgen, und wenn sie dazu den ganzen Staat absuchen müssen.«

Er öffnete das Tor und ließ Annabel vorangehen.

»Ich schätze, zuerst werden wir ihn finden müssen«, sagte sie.

Der Tanz fand auf einem schlichten Holzplankenboden statt, der im Pfarrhof ausgelegt worden war, überall waren bunte Papierlaternen aufgehängt. Die Kapelle, die zum Tanz aufspielte, bestand aus zwei Geigern und dem Pianospieler des Samhill Saloons, der bei besonderen Gelegenheiten wie dieser hier sein Cello hervorholte und ihm temperamentvolle Melodien entlockte.

Ohne besondere Förmlichkeit nahm Gabriel Annabel in die Arme und zog sie in den Kreis der Tanzenden. Auf dem Tanzparkett war er mindestens ebensogut wie in allem anderem – wie beim Reiten, Schießen und im Bett.

Annabel fühlte sich sicher und geborgen in seinen Armen, und obwohl sie wußte, daß es nur eine Illusion war, erlaubte sie sich die schlichte Freude, sich von ihm durch die einzelnen Schritte führen zu lassen. Die anderen Tänzer nahm sie nur verschwommen wahr, und für diesen gesegneten Moment, in dem die Zeit beinahe stillzustehen schien, dachte sie an nichts anderes als den Mann, der sie in seinen

Armen hielt. An den Mann, der sie vor solch langer Zeit zur Frau gemacht und sie dazu gebracht hatte, sich in leidenschaftlicher Verzückung unter ihm zu winden.

Und das wollte sie jetzt wieder, obwohl sie wußte, daß es unklug und nur für kurze Zeit gewesen wäre. Aber wenigstens für eine einzige Nacht lang wollte sie Trost und Leidenschaft in Gabriels Armen finden.

»Du bist noch schöner als früher«, sagte Gabriel nach den ersten Tänzen beiläufig, und Annabel wußte, daß es ernst von ihm gemeint war. Es war nicht seine Art, leere, frivole Komplimente zu machen, nicht einmal in der intimsten aller Situationen.

Lächelnd erhob sie ihren Blick zu ihm. »Danke«, murmelte sie, als die Musik gerade wieder einsetzte. Sie hätten vielleicht auch nach diesem Stück getanzt, wenn Captain Sommervale nicht zu ihnen getreten wäre.

»Darf ich bitten?« fragte er höflich und reichte Annabel die Hand. Er war ein attraktiver Mann, obwohl er schon Ende Fünfzig war und seit langer Zeit verheiratet, und sie freute sich, als sie sah, daß Gabriel etwas unwirsch reagierte, als der Captain sie zum Tanz aufforderte.

»Aber gern, Captain«, erwiderte sie heiter und ergriff die ausgestreckte Hand. Dann sah sie Nicholas am Rand der Tanzfläche, den Gabriel noch nicht bemerkt zu haben schien, und mit einer unauffälligen Kopfbewegung deutete sie zu ihm hinüber. »Es ist mir ein Vergnügen.«

Gabriel sah nun endlich auch seinen Sohn, entschuldigte sich und ging zur anderen Seite der Tanzfläche, um mit ihm zu sprechen.

Annabel hoffte nur, daß Gabriel sich seine Worte gut überlegen würde, anstatt Nicholas auf seine direkte und oft sehr taktlose Art und Weise zur Rede zu stellen.

Während der Captain davon sprach, wie gut ihm Parable gefiel und wie gern er seine Frau herbringen würde, um hier mit ihr zu leben, wenn er in Pension ging, schaute Annabel über seine Schulter und stellte mit sinkendem Herzen fest, daß das Gespräch zwischen Nicholas und Gabriel sich in eine ziemlich heftige Auseinandersetzung zu verwandeln schien.

Nicholas wandte sich schließlich ab und verschwand im Dunkeln. Gabriel starrte ihm nach und tat dann einen Schritt, als wolle er ihm folgen, besann sich jedoch anders, drehte sich zu Annabel um und warf ihr einen hilflosen, ärgerlichen Blick zu.

Sie schloß für einen Moment die Augen, froh, daß Gabriel Nicholas nicht gefolgt war, denn in ihrer gegenwärtigen Verfassung hätten sie sich eher geprügelt, als zu einer Einigung zu kommen. Wenn sie und Gabriel ihren Sohn auf den geraden Weg zurückbringen wollten, mußten sie als erstes sein Vertrauen gewinnen, und das war, für sie zumindest, eine äußerst schwierige Aufgabe.

So schwierig, daß sie es wahrscheinlich für niemand anderen versucht hätte, aber hier ging es um Nicholas, das einzige Kind, das ihr geblieben war, und obwohl sie ihm einmal erlaubt hatte, sich von ihr zu entfernen, würde sie diesen Fehler nicht noch einmal machen. Für ihn würde sie kämpfen bis zum letzten Atemzug, bis zum letzten schwachen Flattern ihres Herzens.

Erst als Annabel aus ihrer Versunkenheit erwachte

und wieder zu dem nachdenklichen und ernsten Gesicht des Captains aufschaute, merkte sie, daß auch er ihren Sohn beobachtet hatte.

5. Kapitel

Feuerwerkskörper fuhren krachend zum Himmel auf und explodierten in allen Regenbogenfarben, worauf die zahlreichen Zuschauer, die noch wach und auf den Beinen waren, in wilde Begeisterungsrufe ausbrachen. Die Pferde wieherten und scheuten, wurden aber erst beruhigt, als die kurze Vorstellung zu Ende war. Jene, die zu früh eingeschlafen waren, vor allem die sehr jungen und sehr alten, lagen weiterhin schlafend auf dem Boden zwischen den Überresten ihres Picknicks, liebevoll zugedeckt mit Decken aus den Wagen und Kutschen, die in einiger Entfernung parkten.

Nun, wo der Unabhängigkeitstag entsprechend gewürdigt worden war, machten sich die Männer daran, ihre nervösen Pferde von den Fußfesseln zu befreien und sie vor die Wagen zu spannen, während ihre Frauen Kinder, Großmütter, Körbe und Decken holten.

Annabel, die im Schein der Sterne neben Gabriel stand, betrachtete die Szene und erinnerte sich, daß dieser Feiertag noch etwas war, was sie stets an Parable geliebt hatte. Und an Amerika.

Die Strapazen eines langen und empfindungsreichen Tages machten sich bemerkbar; sie war ungemein erschöpft, doch zwei ungleiche, sehr machtvolle Gemütsbewegungen hielten sie noch wach und aufrecht. Die erste brannte in ihrem Herzen – sie war die heftigste und tödlichste aller Flammen, die Angst einer Mutter um ihr Kind. Die zweite war ein Feuer einer anderen Sorte, entzündet von dem Mann, der in kameradschaftlichem Schweigen an ihrer Seite stand.

»Nicholas ist zu Jessie gegangen«, sagte Gabriel mit einer Sanftheit, die recht ungewöhnlich für ihn war, während er ihren Arm nahm und sie zu den abfahrenden Wagen hinüberführte. Er fand sofort die Kutsche der McKeiges, holte die dazugehörigen Pferde und spannte sie rasch an.

Leise Gutenachtrufe ertönten überall um sie herum, ein Chor von Frauen und Männern, die sich von Wagen zu Wagen Abschiedsgrüße zuriefen. Babies plärrten, größere Kinder jammerten, sie wollten heim. Pferde wieherten, Zaumzeug knarrte, Räder und Hufe klapperten leise auf der weichen Sommererde unter dem saftigen grünen Gras.

Was für eine zauberhafte Mischung anheimelnder Geräusche, dachte Annabel und verspürte wieder diese wundervolle Illusion dazuzugehören, ein Teil von all dem zu sein.

Sie rief sich innerlich zur Ordnung, als Gabriel sich neben sie setzte und die Zügel nahm. Sie war gekommen, um von diesem unglaublich attraktiven, unerträglich sturen Mann an ihrer Seite die Scheidung zu verlangen, und nichts durfte sie von ihrer wahren Mission in Parable ablenken.

Gewiß, ihre Pläne hatten eine leichte Änderung erfahren durch die Entdeckung, daß Nicholas in Schwierigkeiten steckte, doch sobald ihr Sohn wieder auf dem rechten Weg war, blieb ihr nichts anderes übrig, als Parable wieder zu verlassen. Selbst wenn sie gern geblieben wäre, mußte sie bedenken, daß sie niemals wirklich einen Platz in dieser Stadt erlangen würde, in der jeder jeden kannte und praktisch alle über Gabriel und sie Bescheid wußten.

Betrübt verschränkte Annabel die Hände. Sie hatte auch in Warwickshire und Boston niemanden, der ihr wirklich nahestand; obwohl sie zahlreiche Bekannte hatte, fiel ihr nicht eine einzige Freundin ein, der sie ihre geheimsten GedAnken hätte anvertrauen können. Sie war, so schien es, dazu verdammt, ihr Leben lang in der Welt herumzuziehen, wie ihr Vater es getan hatte, und ihre Gründe, ins Exil zu gehen, waren nicht viel anders als seine.

Auch Ellery Latham hatte trotz seiner frevlerischen Eskapaden immer nur ein Heim gesucht und Menschen, die ihn akzeptieren und in ihrem Kreis aufnehmen würden. Doch dieses Ziel, das so simpel für die meisten Menschen war, hatte er sein ganzes Leben nicht erreicht.

Hinter all diesen düsteren Überlegungen verbarg sich eine tiefempfundene Sehnsucht, und als der kleine Wagen über den steinigen Pfarrhof holperte und dann auf die genauso unebene Straße einbog, wurde Annabel ein paarmal gegen Gabriel geschleudert. Er fühlte sich wie eine steinerne Stütze an und roch angenehm nach frischer Luft und grünem Gras. Seine Nähe vermittelte Annabel einen gewissen unruhigen Trost.

Impulsiv, und weil sie sich so lange so allein gefühlt hatte, schob sie ihren Arm durch seinen und lehnte ihren Kopf an seine Schulter. Der Wunsch, es möge alles anders zwischen ihnen sein, erwachte in ihr so heftig, daß er sich in Tränen äußerte, die er nicht sehen durfte. Tränen, die hinter ihren Lidern brannten, aber rasch verdrängt wurden, bevor sie über ihre Wangen rinnen konnten.

Gabriel sagte nichts, aber es genügte ihr, für diese eine Nacht zumindest, daß er bei ihr war und sie, ungeachtet ihrer Differenzen, behüten und beschützen würde. Daß er auch in tiefster Nacht den Heimweg fand.

Die Ranch war dunkel, als sie eintrafen, aber ein Mann stand auf der Veranda und rauchte eine Zigarre, deren glühendes Ende wie ein roter Punkt in der Dunkelheit zu sehen war und die Luft mit Tabakrauch erfüllte. Er löste sich von der Wand, an der er lehnte, als Gabriel vom Kutschbock stieg, und begann, den müden Pferden gut zuzureden, als Gabriel Annabel vom Wagen hob.

Der Rancharbeiter stieg auf den Kutschbock und fuhr den Wagen in die Scheune, und als er fort war, hob Gabriel Annabel auf seine Arme.

Sie war außer Atem und erschöpft, erfüllt von freudiger Erregung und betrübt zugleich. Nur Gabriel konnte eine solche Wirkung auf sie haben.

»Was tun Sie da, Mr. McKeige?« fragte sie ein wenig spitz, machte aber keine Anstalten, sich aus seinen Armen zu befreien.

»Du glaubst doch wohl nicht, ich hätte es vergessen?« entgegnete Gabriel, als er sie über den Hof und dann auf die Veranda trug.

»Gabriel ...«

Er brachte sie mit einem schnellen, flüchtigen Kuß zum Schweigen, der wieder neue, höchst unpassende Wünsche in ihr weckte, zusätzlich zu all jenen, die sie schon den ganzen Abend lang gequält hatten. »Sei still«, sagte er. »Heute nacht bist du noch immer meine Frau, ganz gleich, was du auch vorhast, und ich bin nach wie vor dein Ehemann. Es ist keine Sünde, wenn wir heute nacht ein Bett teilen.«

Annabel hatte dem nichts entgegenzusetzen, obwohl sie zu einem anderen Zeitpunkt vielleicht wütenden Protest erhoben hätte. Doch heute abend war sie todmüde und ganz schwach vor Sehnsucht; sie konnte es kaum erwarten, ihrem leidenschaftlichen Verlangen nachzugeben und die wundervolle Erfüllung zu erfahren, die darauf folgen würde, und das herrliche Gefühl, in Gabriels Armen einzuschlafen.

Alle ihre Bedenken, warum sie und Gabriel nicht zusammensein konnten oder sollten, konnten auch bis morgen warten, wenn sie sich ganz ohne Zweifel wieder einstellen würden.

Sie barg ihr Gesicht an Gabriels Nacken, atmete seinen vertrauten Duft ein und lag weich und nachgiebig in seinen Armen, als er die Tür öffnete und sie hineintrug in die kühle Eingangshalle, die dunkle Treppe hinauf und über den langen Korridor zu ihrem Zimmer.

Erst als er sie aufs Bett legte, an diesen einen Platz, an dem sie stets so sicher gewesen war, ihm zu gefallen, kamen ihr wieder Zweifel.

»Was ist mit Charlie?« fragte sie.

Gabriel zündete ein Streichholz an, hielt es an den Docht der Petroleumlampe auf dem Nachttisch und setzte den Glasschirm auf. Der Geruch von Öl und Schwefel war nicht unangenehm, sondern schuf eine warme, intime Atmosphäre in dem großen Raum. »Er schläft in einer Hütte, die fünfhundert Meter von diesem Haus entfernt ist, Annabel. Er wird nichts hören.«

Errötend wandte sie das Gesicht ab und dachte bei sich, wie kindisch es doch war, sich wie ein schüchternes junges Mädchen aufzuführen. Obwohl Ungestörtheit sicherlich sehr wichtig war, war es schließlich nicht so, als ob nicht jeder im Umkreis von fünfzig Meilen wüßte, was heute nacht in diesem Haus geschehen würde – vor allem Charlie. Verdammt, er hatte es wahrscheinlich schon vor *ihr* gewußt.

Gabriel legte einen Finger unter ihr Kinn und zwang sie, ihn anzusehen. »Hör auf zu denken, Annabel.«

Mit großen Augen sah sie zu, wie Gabriel sein Hemd aufknöpfte, betrachtete die breite, muskulöse Brust.

»Annabel«, sagte er betont, aber mit einem kleinen Lächeln, »es ist üblich, sich vorher auszuziehen.«

Als sie sich nach wie vor nicht rührte – sie war wie hypnotisiert von seinem Anblick –, seufzte Gabriel, gab seine eigenen Versuche auf, sich zu entkleiden, und griff nach Annabels Fuß.

Er zog ihr die Schuhe aus und hob dann ihre Röcke, auf der Suche nach den Bändern, die ihre Strümpfe hielten.

Annabel stieß einen Schrei aus und fand nicht die Kraft in sich, Protest zu erheben, obwohl ein solcher jetzt vermutlich angebracht gewesen wäre. Ihr Blut sang in den Adern und pochte in ihren Schläfen und an ihrem Hals, als Gabriel sie sanft in die Kissen drückte, um zuerst einen Strumpf hinabzurollen und dann den anderen.

Er tat dies alles mit entnervender Langsamkeit, und Annabel spürte, wie ihr Körper sich mit einem feinen Schweißfilm überzog, der nichts mit der heißen Jahreszeit zu tun hatte. Ihr Haar klebte an ihrem Nacken, ihren Wangen, ihrer Stirn.

Gabriel hätte sie jetzt entkleiden und sie nehmen können, und Annabel hätte ihn freudig in sich aufgenommen, aber er war zu erfahren und zu geduldig, um es ihr so leicht zu machen. Statt dessen strich er mit der Hand ganz sachte über ihre Beine, zuerst außen, dann an der Innenseite. Seine Fingerspitzen streiften sie zwischen den Schenkeln, ohne jedoch dort zu verweilen.

»Annabel?« sagte er noch einmal, als sie in hingebungsvoller Pose vor ihm lag und ihm ihren schlanken Körper in einer stummen Einladung entgegenbog.

Sie schlug die Augen auf, die vor Erregung glühten, und biß sich auf die Lippen. Gabriel streifte jetzt das Hemd von seinen breiten Schultern und knöpfte seine Hose auf.

»Es macht großen Spaß«, sagte er mit einem schwachen Lächeln. »Möchtest du mir nicht Gesellschaft leisten?«

Sie wagte nicht, darauf zu antworten, aus Angst, etwas zu sagen, womit er sie später aufziehen würde. Und so stand sie nur schweigend auf und begann, mit zitternden Finger ihr Mieder aufzuknöpfen.

Gabriel lachte und strich eine Locke des zerzausten Haars aus ihrer Stirn. »Du siehst genauso nervös aus wie beim ersten Mal, als wir zusammen waren«, sagte er. »Erinnerst du dich noch daran?«

Wie hätte sie das vergessen können? Sie war sechzehn Jahre alt gewesen, erst seit wenigen Stunden mit Gabriel verheiratet, und sie hatte furchtbare Angst gehabt, irgend etwas falsch zu machen.

Nach der Trauung in Jessies Wohnzimmer hatten

sie und Gabriel sich in ihr erstes Heim begeben: eine Blockhütte auf demselben Grundstück, auf dem sie später das große Haus gebaut hatten. An jenem Tag hatte ein Gewitter getobt, und sie waren bis auf die Haut durchnäßt gewesen, als sie heimkehrten, so daß es nicht nur Leidenschaft, sondern vor allem auch Vernunft gewesen war, was sie gezwungen hatte, ihre Kleider abzulegen.

Nackt und fröstelnd waren sie in das Bett gestiegen, das damals noch Gabriel allein gehört hatte, hatten sich in die Arme genommen und einander liebevoll erforscht, einander gelehrt, was Leidenschaft bedeutete.

»Du warst so zärtlich und geduldig«, erinnerte sich Annabel.

Gabriel strich mit der Fingerspitze über ihren Nacken. »Mir war genauso bang wie dir.«

»Aber du hattest doch bestimmt ...«

Gabriel lachte leise. »Nein«, sagte er. »Ich war auf einer Ranch aufgewachsen und wußte, wie es ging. Aber ich war noch nie mit einer Frau im Bett gewesen.«

Annabel erinnerte sich an die herrlichen Empfindungen, die sie in jener Nacht erfahren hatte, trotz des anfänglichen Schmerzes, Gefühle, die so elementar und urwüchsig gewesen waren, daß sie ihr Schreie der Ekstase entlockt hatten. »Aber ich ... du ...«

Er grinste. »Wie ich schon sagte, Annabel, ich wußte ungefähr, was ich zu tun hatte. Instinkt ist etwas Mächtiges.« Sie merkte erst jetzt, daß Gabriel die Aufgabe übernommen hatte, ihr Mieder aufzuknöpfen, und die Heftigkeit ihres Verlangens ließ sie ein wenig schwanken.

Gabriel streifte ihr das Kleid von den Schultern, über ihre Taille und die Hüften, und es fiel raschelnd auf den Boden. Sie trug kein Korsett darunter, nur ein Hemd, lange, spitzenbesetzte Unterhosen und einen Unterrock.

Mit dem Handrücken liebkoste er ihre Brüste unter dem dünnen Stoff des Hemds, bis die Spitzen sich verhärteten und Annabel ein leises Stöhnen ausstieß. Sie versuchte, sich in Erinnerung zu rufen, warum sie sich von diesem Mann eigentlich scheiden lassen wollte, wieso sie nicht in der Lage gewesen war, mit ihm zu leben, aber ihr hungriger Körper hatte eigene Erinnerungen, und alles in ihr strebte Gabriel entgegen. Ihm und der Erfüllung, die nur er ihr schenken konnte.

Erinnerungen an andere Liebesnächte schienen mehr aus ihrem Körper aufzusteigen als aus ihrem Geist; es hatte Momente großer Zärtlichkeit gegeben, ausgelöst durch eine verstohlene Berührung am Frühstückstisch oder einen Blick, der im Verlauf des langen, geschäftigen Tages immer bedeutungsschwerer wurde und im Dunkel der Nacht in einer stürmischen Umarmung endete. Bei anderen Gelegenheiten hatten sie es nicht geschafft zu warten. Gabriel hatte Annabels Röcke hochgehoben – damals trug sie selten Unterwäsche – und hatte sie gegen eine Wand gelehnt genommen, in einem Sessel oder verborgen im hohen Gras.

Jetzt, als er die winzigen Bändchen löste, die ihr Hemd zusammenhielten, konnte sie sich beim besten Willen nicht daran erinnern, warum sie Gabriel verlassen hatte. Eine brennende Hitze verzehrte ihren Körper und ihre Seele, und sie wußte nur noch, daß sie ihn begehrte – seinen Mund auf ihrem spüren wollte, auf ihren Brüsten und auf ihrem Bauch, auf ihren Schenkeln und den Innenseiten ihrer Knie.

Ein erstickter Ton entrang sich ihrer Kehle, als er ihre Brüste entblößte, sie in seine Hände nahm und mit den Daumen ihre zarten Knospen streichelte, sich zu ihr hinabbeugte und ihre Lippen in Besitz nahm, zu einem Kuß, der anfangs eher zurückhaltend war, dann aber sehr schnell fordernder wurde. So fordernd, daß er eine Eroberung in sich war und ein solch gründlicher Triumph, daß er die ersten Wellen der Ekstase tief in ihrem Innersten erzeugte und sie an seinen Lippen stöhnte und wimmerte, als er den Kuß fortsetzte.

Sie konnte nicht mehr auf ihren eigenen Beinen stehen, als der Kuß endete; Gabriel stützte sie, indem er einen Arm um ihre Taille schlang. Mit seiner freien Hand entfernte er ihre langen Beinkleider; sie wußte nicht, ob er sie ihr abgerissen oder sie hinabgeschoben hatte, und es kümmerte sie auch nicht.

Er legte eine Hand zwischen ihre Schenkel, ein Mann, der sich nahm, was stets sein Eigentum gewesen war und es auch immer sein würde.

Annabel schrie auf, als seine Finger sie zu liebkosen begannen, sie fieberte seinen Berührungen entgegen. Auch er stöhnte nun und begann sie noch gründlicher zu erforschen.

»Annabel«, wisperte er rauh, »ich glaube nicht, daß ich noch lange warten kann.«

»Nein«, stimmte sie zu und erwiderte begierig seine heißen Küsse.

Keuchend schob er sie einen Moment lang von sich ab, um seine eigenen Kleider auszuziehen, und die Sekunden kamen ihr wie Stunden vor, als er Stiefel und Socken ablegte, seine Hose abstreifte und die Unterhose, die er darunter trug.

Er war so atemberaubend schön wie eine lebendig gewordene Statue in irgendeinem griechischen Palast, daß Annabel nicht anders konnte, als ihn zu berühren, seine Brust zu küssen und mit den Händen über seinen Bauch, seine Hüften und seine Brust zu fahren.

Gabriel ließ es geschehen, und sogar darin war er wunderbar, als er mit funkelnden Augen ihren Blick erwiderte und die süße Qual, der sie ihn unterzog, ertrug. Als sie kühn die Hände um seine Erregung schloß, entrang sich ihm ein heiserer Schrei, und er warf den Kopf zurück und umklammerte ihre Schultern, als hätte er Angst zu stürzen.

Annabel streichelte und liebkoste ihren Mann, und ein Triumphgefühl, das älter als die Sterne war, erfaßte sie, als sie spürte, wie sein Glied unter ihren Händen noch größer wurde. Als sie sich bückte und mit der Zungenspitze darüberstrich, verlor er die Kontrolle, und sie landete so schnell und heftig mit dem Rücken auf dem Bett, daß es ihr den Atem raubte.

Über sie gebeugt, schob Gabriel die Hand zwischen ihre Schenkel und übte Vergeltung für die süßen Qualen. Sie wand und krümmte sich unter ihm, flehte ihn mit heiserer Stimme an, bis er endlich, mit einer einzigen, machtvollen Bewegung, ihren Körper in Besitz nahm. Einen wundervollen, unendlich lustvollen Moment lang blieben sie reglos liegen, und ihre Lippen streiften sich, ohne sich jedoch wirklich zu vereinigen.

Dann zog Gabriel sich zurück und drang von neuem in sie ein, und die Bewegung versetzte sie in einen Rausch der Sinne, der sie alles um sich herum vergessen ließ. Sie war plötzlich schweißbedeckt, genau wie Gabriel, und ihre Körper trennten sich und fanden wieder zusammen, in einem uralten Rhythmus, der immer schneller, immer ungestümer wurde. Eine unerträgliche Spannung erwachte tief in ihrem Innersten; sie umklammerte Gabriels Schultern, stieß ein heiseres Stöhnen aus, als die Spannung wuchs und wuchs, bis sie ihr fast den Verstand zu rauben drohte.

Als sie gerade das Gefühl hatte, in tausend Stücke zu zerspringen wie die Feuerwerkskörper des abendlichen Picknicks, änderte Gabriel seinen Rhythmus. Schweratmend zog er sich fast ganz aus ihr zurück, glitt ein Stück an ihr hinab und küßte ihre Brustspitzen, zuerst die eine, dann die andere, während ihre Finger sich fast schmerzhaft fest in seinem Haar verkrampften und sie ihn schamlos um Erfüllung anflehte.

Dann, endlich, vielleicht weil er es selbst nicht mehr ertrug, führte er sie mit schnellen, harten Stößen auf den Gipfel der Ekstase. Ihr ganzer Körper prickelte von den unglaublichen Empfindungen, als ihre Seele sich für einen scheinbar endlosen Moment aus ihrem Körper zu befreien schien.

Als sie langsam wieder zu sich kam, hörte sie Gabriels heiseren Schrei, fühlte, wie er sich versteifte. Ganz tief im Innern hoffte sie, daß sie ein Kind empfangen hatte, und schwor sich, daß niemand, nicht einmal Gabriel selbst, ihr dieses Baby nehmen würde.

Ganz langsam, ganz allmählich beruhigte sich ihr Herzschlag, ihre Lungen hörten auf, nach Luft zu ringen, und eine wundervolle Trägheit setzte ein.

Gabriel war noch immer auf intimste Weise mit ihr verbunden, hielt sie noch immer in den Armen, obwohl auch er inzwischen in wohliger Ermattung auf das Bett gesunken war.

Mt einem trägen Lächeln wickelte sie eine seiner Locken um den Zeigefinger; in gewisser Weise liebte sie diese Phase des Liebesspiels am meisten, diese zärtlichen Momente, die der Ekstase folgten, diese restlose Aufgabe ihrer selbst.

Gabriel blieb so lange reglos liegen, daß sie allmählich schon befürchtete, er könne eingeschlafen sein. Die Petroleumlampe war ausgebrannt, und nächtliche Geräusche waren zu hören. Grillen und das ferne Muhen von Rindern, das Ticken der alten Standuhr auf dem Treppenabsatz, das Klopfen ihres eigenen Herzens – oder war es Gabriels?

Sie strich sein Haar zurück und küßte seine Stirn, weil sie sicher war, sich solche Beweise ihrer Zuneigung erlauben zu können, da Gabriel in ihren Armen eingeschlummert war.

Aber das war er ganz und gar nicht.

Er begann sich in ihr zu bewegen, wurde wieder groß und hart und fordernd, während er ihr Gesicht, ihr Kinn und ihren Nacken küßte. Und dann nahm er sich ihre Brüste vor.

Bald bäumte sie sich wieder auf und wand sich unter Gabriel, erklomm unerklimmbare Gipfel, eine Pilgerin, die Absolution in ihrer eigenen Zerstörung suchte, Sieg in ihrer eigenen Niederlage. Und dann, endlich, kam der Trost, die gesegnete Erlösung, und mit ihr auch der Schlaf.

Ein solch tiefer Schlaf, daß weder Träume noch Alpträume die wundervolle Leere störten. Sie erwachte zufrieden wie die Lieblingskurtisane eines

Sultans, herrlich ausgeruht und bereit, sich den unvermeidlichen Herausforderungen des neuen Tages zu stellen.

Das Bett lag im hellen Sonnenschein, die Laken befanden sich in wundervoller Unordnung – aber Gabriel war schon aufgestanden und gegangen.

Annabel seufzte. Es war anzunehmen, daß der Einklang, den sie nachts erreicht hatten, sehr schnell wieder verblassen würde, wenn sie ihn wiedersah, aber das hätte sie eigentlich nicht überraschen dürfen. Es war schließlich keine Versöhnung gewesen, sondern höchstens eine Laune, der beide aus freiem Willen nachgegeben hatten und ohne einander irgend etwas zu versprechen.

Obwohl der Gedanke ihr einen leisen Stich versetzte, kostete sie die angenehme Trägheit ihres Körpers aus. Sie hatte absolute Erfüllung gefunden in dieser Nacht und bereute nichts. Ganz im Gegenteil, gestand sie sich mit einem kleinen Lächeln ein, sie würde es jederzeit wieder von neuem tun, wenn sie die Gelegenheit dazu bekam.

Wohlig rekelte sie sich in den weichen Kissen und dachte wieder an ihre geheime Hoffnung, daß sie in dieser Nacht ein Kind empfangen hatte.

Eine Schwangerschaft wäre jetzt natürlich ausgesprochen unpraktisch, vor allem bei ihrer geplanten Suche nach einem neuen Ehemann, da sie gezwungen wäre, die Zeit der Schwangerschaft in relativer Abgeschiedenheit zu verbringen. Es würde mindestens ein Jahr vergehen, bevor sie wieder aktiv am gesellschaftlichen Leben teilnehmen konnte.

Sie hatte nicht die Absicht, bei Gabriel zu bleiben, und sah auch keinen Grund, zu glauben, er *wolle*, daß sie blieb. Sie würde trotz allem ihre Scheidung durchsetzen und sich einen neuen Ehemann suchen. Und niemand würde sie von diesem Ziel abbringen können. Eine Weile hing sie Tagträumen von einem stämmigen blonden Baby nach.

Gabriel hatte einen Krug mit frischem Wasser auf der Kommode hinterlassen, und sie goß etwas davon in eine Schüssel und wusch sich gründlich, bevor sie saubere Unterwäsche anzog und ein Tageskleid aus dunkelbraunem Satin aus ihrer Truhe nahm.

Als sie die Treppe hinunter und in die Küche ging, war sie überrascht, erfreut und auch ein bißchen verlegen, als sie sah, daß Nicholas am Tisch saß und Kaffee trank. Er war für die Arbeit draußen angezogen, und obwohl er müde aussah, lag ein mutwilliger Glanz in seinen Augen.

»Du bist früh aufgestanden«, sagte sie etwas zu hastig, weil sie wußte, daß ihre Haut nach der Nacht mit Gabriel einen rosigen Schimmer hatte und ihre Augen glänzten.

Nicholas bedachte sie mit einem schiefen Grinsen. »Es ist halb elf, Annabel. Wer hier nach sechs Uhr noch im Bett liegt, wird automatisch ausgepeitscht.« Er warf ihr einen prüfenden Blick zu, und wieder zuckte es um seine Lippen. »Außer dir natürlich.«

Sie schenkte sich Kaffee ein – er war so schlecht, wie sie ihn in Erinnerung hatte – und holte sich ein Ei und eine Scheibe Brot aus der Speisekammer. »Ich dachte, du hättest bei Jessie übernachtet«, sagte sie, als sie das Feuer geschürt hatte und mit dem Rücken zu Nicholas am Herd stand.

»Ich mußte früh zurück sein, um die Zäune abzureiten«, antwortete er. »Da war es ziemlich sinnlos, überhaupt zu Bett zu gehen.«

»Oh«, meinte sie, und ihre Stimme klang ganz unnatürlich schrill.

»Keine Sorge, Annabel«, erwiderte Nicholas mit einem Lächeln in der Stimme. »Ich war nicht hier.«

Es gelang ihr, eine mißbilligende Miene aufzusetzen, als sie sich zu ihrem Sohn umdrehte. »Du bist zu direkt, junger Mann«, schalt sie. »Gott weiß, daß ich viele Fehler gemacht habe, aber ich bin immer noch deine Mutter und verlange, daß du anständig mit mir sprichst.«

Nicholas schwieg, aber seine Augen funkelten noch immer, und der Hauch eines Grinsens lag um seinen Mund. Wieder dachte sie, wie schön er war, und hoffte, die hübsche junge Tochter des Marshals möge vor ihm auf der Hut sein.

Annabel wandte sich wieder zum Herd, um ihre ungeschickten Bemühungen, ein Ei zu kochen, fortzusetzen. In den zwölf Jahren ihrer Abwesenheit hatte sie höchstens ein-, zweimal etwas gekocht und war daher völlig aus der Übung. Sie verbrannte das Brot, das sie geröstet hatte, und das Ei sah aus, als hielte es ein paar harte Schläge an die Wand aus.

Sie war verblüfft, als Nicholas auf einmal neben ihr stand; sie hatte ihn nicht aufstehen oder durch den Raum gehen gehört. Er legte eine Hand auf ihre Schulter und sagte ruhig:

»Es tut mir leid. Ich wollte nicht respektlos sein.«

Sie schaute zu ihm auf und sah, daß er es ernst meinte. Wie eigenartig, dachte sie, daß er soviel größer ist als ich, obwohl ich ihn immer noch als kleinen Jungen vor mir sehe. »Und ich wollte nicht so streng klingen«, erwiderte sie nach einem leisen Seufzer. »Wenn du in die Scheune gehst, könntest du dann jemanden bitten, meinen Wagen anzuspannen?

Ich habe in der Stadt zu tun, und wenn das erledigt ist, besuche ich vielleicht Tante Jessie.«

Nicholas trat einen Schritt zurück, und ein mißtrauischer Blick erschien in seinen Augen. Sie hatte keine Ahnung, was sie gesagt oder getan hatte, um ihm zu mißfallen, und wenig Hoffnung, daß er es ihr sagen würde.

»Klar«, sagte er. »Ich kümmere mich selbst darum und sehe zu, daß ich deinen Kutscher finde. Das letzte Mal, als ich ihn sah, hatte Pa ihm Arbeitshosen gegeben und ihn dann losgeschickt, um Löcher für Zaunpfähle zu graben.«

Annabel lächelte, als sie sich Mr. Hilditch, der immer ein bißchen hochnäsig gewesen war, bei einer solchen Arbeit vorstellte. Sie konnte von Glück sagen, wenn er nicht in die Berge floh, bevor sie bereit war, nach San Francisco aufzubrechen, von wo sie ein Schiff nach England nehmen würden. »Dann wird er sicher froh sein, wieder fahren zu können«, bemerkte sie, während sie das Ei und den Toast auf einen Teller legte und zum Tisch hinüberging.

Nicholas betrachtete zweifelnd die Mahlzeit; falls er sich irgendwelchen Illusionen hingegeben hatte, etwas Gutes zu essen zu bekommen, nun, wo seine Mutter da war, mußte der Anblick des verbrannten Brotes ihn kuriert haben.

»Charlie hätte dir bestimmt gern etwas zu essen gemacht«, sagte er.

Sie konnte der Versuchung, ihn ein wenig zu necken, einfach nicht mehr widerstehen. *»Ja, natürlich«*, rief sie, als käme ihr gerade eine wichtige Erkenntnis. »Iß du das ruhig, Nicholas, dann mache ich noch etwas mehr. Du *mußt* doch hungrig sein nach so schwerer Arbeit ...«

Wieder trat er einen Schritt zurück und schluckte. »Nein, vielen Dank, aber ich habe wirklich keinen ...«

Sie unterbrach ihn lachend. »Nicholas?«

Das schien ihn sogar noch mehr zu beunruhigen. »Ja?«

»Es war nur ein Scherz.«

»Oh«, meinte er.

In diesem Augenblick erinnerte er sie so stark an den kleinen Jungen, der er einst gewesen war, daß sie nicht wußte, ob sie lachen oder weinen sollte. Sie hätte ihn gern umarmt, aber das wagte sie noch nicht. Er war höflich, ihr Nicholas, aber sie machte sich keine Illusionen, daß ihre Schwierigkeiten bereinigt waren. Er war genauso eigensinnig wie sie selbst und wie sein Vater, und das bedeutete, daß er ihr ihre vielen Fehler vielleicht *nie* vergeben würde.

»Ich liebe dich«, sagte sie schlicht. »Ich habe dich immer geliebt.«

Nicholas wandte den Blick ab, schluckte wieder und setzte dann ein Lächeln auf, das wie ein Schutzschild war.

»Ich kümmere mich um den Wagen«, sagte er rauh und verließ dann fluchtartig den Raum, so schnell, daß sie Angst hatte, er könne auf der Schwelle stolpern und kopfüber in den Hof stürzen, wo Charlies Hühner pickten und scharrten.

Sie stand in der Tür und schaute Nicholas nach. Die Hennen gackerten und flatterten aufgeregt mit ihren Flügeln, als er an ihnen vorbeistürmte.

Wenige Minuten später erschien Hilditch mit dem Wagen, in alten Leinenhosen und einem selbstgewebten Hemd, und überglücklich, daß sie ihn von der demütigenden Aufgabe des Löchergrabens fortgerufen hatte.

»Der Himmel segne Sie dafür, Mrs. McKeige«, rief er. »Ich habe Schwielen über Schwielen an den Händen. Ich schwöre Ihnen, daß ich kaum die Zügel halten kann, so wund sind meine Hände!«

Annabel, die einen Hut und einen Sonnenschirm trug, zeigte wenig Mitgefühl. »Sie haben in all diesen Jahren ein gutes Gehalt kassiert, Mr. Hilditch, und brauchten dafür nicht mehr zu tun, als Ihre elegante Uniform zu tragen und ab und zu die Pferde zu bewegen. Es wird Ihnen guttun, für Ihren Lebensunterhalt zu arbeiten. Und wenn Sie jetzt bitte absteigen und mir die Zügel übergeben würden ...«

Mr. Hilditch schien zutiefst gekränkt. »Sie können mich nicht zu diesem Sklaventreiber zurückschicken, Madam!« protestierte er empört. »Ich brauche Sie doch hoffentlich nicht erst daran zu erinnern, daß ich nicht für Gabriel McKeige arbeite?«

»Sie werden auch nicht mehr für mich arbeiten, wenn Sie nicht aufhören, sich zu beklagen«, entgegnete sie freundlich.

Murrend stieg er ab und übergab ihr widerstrebend die Zügel, die sie ergriff, nachdem sie sich gesetzt und ihre Röcke glattgestrichen hatte.

»Wo sind meine Hunde?« fragte sie und schaute sich um, während sie die Zügel nahm.

Hilditch schien die Antwort zu genießen. »Er hat sie auf die Weide mitgenommen, Ihr Ehemann, und bringt ihnen bei, verirrte Rinder einzufangen. Sie sollten auf der Hut sein, Madam, denn sonst könnte es passieren, daß er Sie losschickt, um die Scheune zu streichen oder ein Maisfeld auszusäen.«

»Das stimmt«, erwiderte sie mit einem amüsierten Lächeln. »Gabriel hält nicht viel von Faulenzern.« Dann ließ sie mit geübter Hand die Zügel auf die Pferderücken klatschen. »Guten Tag, Mr. Hilditch.«

Ihre gute Laune war jedoch nur kurzlebig, wie sich herausstellte, denn sie hatte sich kaum eine Meile von der Ranch entfernt, als sie Captain Sommervale begegnete, der von einem halben Dutzend grimmig blickender Soldaten begleitet wurde.

Er schien nicht mehr derselbe Mann zu sein wie vor ein paar Tagen, als er sie mit seiner Frau so gastfreundlich in seinem Haus empfangen hatte.

Er zügelte sein Pferd, lächelte etwas hölzern und tippte sich an die verstaubte Krempe seines Huts. »Guten Morgen, Mrs. McKeige«, sagte er. »Sagen Sie – wo könnten wir Ihren Sohn finden?«

6. Kapitel

Gabe traf Nicholas in der Scheune an, wo er gerade sein Pferd versorgte. Es war offensichtlich, daß der Junge die ganze Nacht lang aufgewesen war und nun hoffte, sich ein paar Stunden hinlegen zu können. Des weiteren war offensichtlich, daß es ihm lieber gewesen wäre, nicht ausgerechnet in diesem Augenblick seinem Vater zu begegnen.

Zum Glück war Gabe in wohlwollender und großzügiger Stimmung heute morgen. Er vertrat Nicholas den Weg, dort in der kühlen Scheune, mit ihren vertrauten Gerüchen nach Heu und Leder – und natürlich auch nach Pferdemist. Und sah die 45er, die tief auf der Hüfte des Jungen ruhte.

»Sind irgendwelche Zäune eingerissen?« fragte Gabe.

Nicholas schüttelte den Kopf. Seine Miene verriet wie üblich nichts; falls er Schwierigkeiten hatte, würde er es Gabe nicht anvertrauen. »Keine, die ich sehen konnte«, sagte er. »Aber ich habe Pedro und Jimmy losgeschickt, um die gesamten Grenzen abzureiten.«

»Und?«

Nicholas seufzte. »Und ich glaube, es fehlen noch mehr Rinder. Etwa hundert, denke ich.«

»Hattest du vor, mir das zu sagen, oder wolltest du abwarten, bis ich es von jemand anderem höre?« fragte Gabe mit leiser Stimme und verschränkte seine Arme. Er war ein reicher Mann, und der Verlust von hundert oder tausend Rindern würde seine finanzielle Situation nicht ändern, aber Geschäft war Geschäft, und Diebstahl Diebstahl. Er besaß ein Recht, ganz zu schweigen von der Pflicht, sein Eigentum zu schützen, und als sein Erbe war auch Nicholas verpflichtet, es zu tun.

Mit einer ärgerlichen Bewegung streifte Nicholas die Handschuhe ab und stopfte sie in seine Hosentasche. »Ich dachte, du wärst zu einem der Bergwerke geritten – nach Cherry Hill, hat Ben gesagt.«

»Cherry Hill«, wiederholte Gabriel, im stillen wütend, aber auch besorgt. »Die Mine südlich dieser Bergkette dort drüben?« Die Arme noch immer vor der Brust verschränkt, zeigte er mit dem Kopf die Richtung an.

Nicholas errötete ein wenig, und seine Augen blitzten. Die Leute sagten, sein Sohn sei ihm sehr ähnlich, aber in diesem Augenblick sah Gabe Annabel in Nicholas und nicht das geringste von sich selbst. »Ich weiß, wo sie ist, Pa«, entgegnete er gereizt.

»Dann hättest du herüberreiten und mir Bericht erstatten können.«

Ein Muskel zuckte an Nicholas' Wange. Bevor er jedoch etwas erwidern konnte, ertönte lautes Hufgeklapper auf dem Hof – mindestens fünf oder sechs Reiter, schätzte Gabe, und viel klirrendes Metall. Soldaten also.

Stirnrunzelnd wandte er sich von Nicholas ab und ging hinaus.

Captain Sommervale war mit einigen seiner Männer zu Besuch gekommen. Nachdem er Gabriel zugenickt hatte, schwang er sich aus dem Sattel und nahm den Hut ab, um sich mit dem Arm über die Stirn zu fahren. Die Soldaten saßen reglos hinter ihm und erwarteten ihre Befehle.

»Morgen, Captain«, sagte Gabe. Er hatte noch nie mit diesem speziellen Offizier zu tun gehabt, da er neu in Fort Duffield war, aber da Gabe im Laufe der Jahre sehr viele Rinder an die Armee geliefert hatte, wußte er, wie sie funktionierte.

Sommervales Blick glitt an Gabe vorbei zu Nicholas, und langsam setzte er wieder seinen Hut auf.

»Könnten wir irgendwo in Ruhe reden?« fragte er.

Gabe deutete auf das Haus. »Drinnen«, erwiderte er schroff. »Ihre Männer können sich in der Zwischenzeit die Beine vertreten und ihre Pferde tränken, wenn sie wollen.«

Sommervale nickte geistesabwesend und gab einen Befehl, worauf die Zinnsoldaten wieder zum Leben zu erwachen schienen. Leder ächzte und Waffen klirrten, als sie absaßen, um mit den Rancharbeitern zu plaudern, die sich um sie scharten wie neugierige Hühner.

Nicholas schloß sich Gabe und dem Captain an, als sie sich zum Haus wandten, obwohl er sich einige Schritte hinter ihnen hielt, stur geradeaus schaute und ärgerlich die Lippen zusammenpreßte.

Charlie erkannte die Situation auf den ersten Blick, als die drei Männer durch die Küchentür eintraten; wortlos hörte er auf, Kartoffeln zu schälen und begann, frischen Kaffee aufzubrühen.

Gabe lächelte im stillen, trotz des unbezweifelbaren Ernstes der Lage. Sommervale schien ein anständiger Mensch zu sein, der das bittere Gebräu, das Charlie ihm gleich servieren würde, nicht verdiente.

Im Arbeitszimmer bot Gabe dem Captain einen Sessel an, während Nicholas sich mit der Schulter an eins der hohen Fenster lehnte, vermutlich, ohne sich bewußt zu sein, wie bezeichnend diese Geste war. Gabe selbst nahm hinter seinem Schreibtisch Platz.

Sommervale schaute Nicholas an, bevor er seinen Hut abnahm und ihn auf den Boden neben seinem Stuhl legte. »Wir sind alle sehr beschäftigt«, sagte er, »deshalb werde ich ohne Umschweife zur Sache kommen.« Er sah nun Gabe an, doch es war offensichtlich, daß ihm keine von Nicholas' Bewegungen entging. »Mr. McKeige, die Armee der Vereinigten Staaten hat im Laufe der Jahre sehr viele Rinder bei Ihnen gekauft. Erst kürzlich haben wir zweihundert Stück bestellt.«

Gabe nahm eine Zigarre aus einem Kasten auf dem Schreibtisch und bot Nicholas und dem Offizier mit einer Kopfbewegung eine an. Beide lehnten wortlos ab.

»Ich bin mir des Vertrauens der Armee bewußt, Captain«, erwiderte Gabe, nachdem er die Zigarre angezündet hatte, »und weiß es zu schätzen.«

Sommervale räusperte sich und warf einen Blick in Nicholas' Richtung, als erwartete er, daß er jeden Augenblick aus dem Fenster springen würde. In gewisser Weise hatte auch Gabe schon halb damit gerechnet, was natürlich albern war, wie er jetzt erkannte, da Nicholas sich schon immer durchgesetzt hatte, selbst als er noch ein kleiner Junge war. Es war nicht anzunehmen, daß sich das jetzt ändern würde.

»Diese Rinder haben wir irgendwo zwischen dieser Ranch und Fort Duffield verloren, Mr. McKeige. Die ganze verdammte Herde.«

Gabe hatte natürlich von dem Raub gewußt. Jeder hier in Parable wußte Bescheid darüber, aber er tat, als hörte er es jetzt zum ersten Mal. »Das tut mir leid«, sagte er, »aber ich wüßte nicht, inwiefern das uns betrifft. Wir haben keinen von unseren Männern zur Begleitung mitgeschickt. Ein Dutzend Soldaten kam aus dem Fort, um die Rinder abzuholen, wenn ich mich recht entsinne.« Er erinnerte sich sehr gut an das Geschäft; die Armee hatte eine beträchtliche Anzahlung für die Lieferung geleistet.

Sommervale räusperte sich, ein eindeutiges Zeichen, daß er durstig war.

Nicholas ging wortlos zum Getränkeschrank, schenkte ein wenig Whiskey in ein Glas und reichte es dem Offizier.

»Die Männer, die die Rinder abgeholt haben, waren keine Soldaten der Kavallerie, Mr. McKeige«, gestand Sommervale errötend, nachdem er sich mit einem Schluck Alkohol Mut gemacht hatte. »Sie hatten unsere Männer überfallen und ihnen ihre Uniformen und die Papiere abgenommen, die sie ermächtigten, im Namen der Armee zu handeln.«

Aus dem Augenwinkel sah Gabe, wie Nicholas die Augen verdrehte, was ihn keinesfalls beruhigte.

»Was ist mit Ihren Männern?« fragte Gabe, der sich plötzlich auch nach einem Drink sehnte. »Hat es Verletzte gegeben?«

»Nichts Ernsthaftes«, gab Sommervale zu und wich Gabes Blick für einen Moment aus. »Sie wurden allerdings auf halbem Wege zurückgelassen, in ihrer Unterwäsche, ohne Stiefel, ohne Waffen und ohne Pferde. Das hätte tragisch enden können, wenn nicht zufällig eine Patrouille vorbeigekommen wäre.«

Gabe verkniff sich ein Lächeln; obwohl die Vorstellung ziemlich komisch war, war die Situation es nicht. »Das ist wirklich sehr bedauernswert, Captain«, sagte er, »aber ich verstehe noch immer nicht, was Sie hierhergebracht hat. Es sei denn, Sie wären hergekommen, um diese Rinder zu ersetzen.«

Sommervale stürzte den Rest seines Whiskeys herunter und setzte das Glas so ärgerlich ab, daß es klirrte. »Verdammt, McKeige, Sie sind der einzige Rancher im Umkreis von hundert Meilen, der den Umfang unserer Bestellungen liefern kann, und das wissen Sie«, knurrte er. »Ich habe gar keine andere Wahl, als bei Ihnen zu kaufen!«

Gabe zog eine Braue hoch und warf einen verstohlenen Blick auf Nicholas, der jetzt auf dem Fensterbrett hockte, die Beine übereinandergeschlagen und die Arme vor der Brust verschränkt.

»Wir liefern Ihnen, was Sie brauchen«, erwiderte Gabe ruhig. »Sobald die Bank mir telegrafisch mitgeteilt hat, daß die vereinbarte Summe auf einem meiner Konten eingegangen ist.«

Wieder errötete Sommervale; er wußte nun, daß Gabe sich weigerte, der Armee Kredit zu geben, weil sie dazu neigte, sich sehr viel Zeit für die Erledigungen ihrer Verpflichtungen zu lassen. »Sie werden Ihr verdammtes Geld bekommen«, knurrte er. »Den gleichen Preis wie vorher. Aber bis dahin sollten Sie sich im klaren darüber sein, daß wir diese Viehdiebe ergreifen und sie hängen werden.«

Eine heftige Übelkeit erfaßte Gabe bei der Vorstellung von Nicholas am Ende eines Stricks. Ausgerechnet diesen Moment wählte Charlie, um anzuklopfen und mit seinem teuflischen Gebräu zu erscheinen, und bis er wieder ging, sprach niemand.

»Ich hätte gern eine Einladung dazu«, sagte Gabe, während er seinem Gast Kaffee einschenkte und ihm die Tasse zuschob. Er war nun nicht mehr der Ansicht, daß Sommervale ihn nicht verdiente. »Auch wir hatten Viehdiebstähle zu verzeichnen.«

Sommervale probierte den Kaffee, schnitt eine Grimasse und setzte die Tasse ab. »Darf ich?« fragte er und hob sein leeres Whiskeyglas auf.

Gabe deutete auf den Schrank, und der Captain stand auf, schenkte sich nach und trank den ersten Schluck im Stehen.

»Unser Geheimdienst sagt, Sie wären darin verwickelt«, sagte Sommervale dann und blickte Nicholas direkt an.

Nicholas grinste spöttisch. »Sie haben die Intelligenz Ihrer Leute eben selbst höchst anschaulich beschrieben, Captain. Da dürfte es Sie nicht überraschen, wenn ich Ihnen sage, daß sie sich irren.«

Gabe kochte im stillen und hätte seinen Sohn am

liebsten erwürgt. Dies war wirklich nicht der richtige Moment für Unverschämtheiten; der Captain war weder ein Narr noch ein Idiot. Wenn Sommervale glaubte, daß Nicholas an dem Raub dieser zweihundert Rinder beteiligt war, mußte er guten Grund dazu haben.

»Ich habe keine Beweise«, gab Sommervale zu, »aber unsere Informationen stammen aus sicherer Quelle. Falls Sie Schuld auf sich geladen haben, junger Mann, werden wir Sie kriegen.«

Gabe war, als würde ihm eine kalte Hand über den Rücken streichen. Er hatte schon viele Schicksalsschläge in seinem Leben ertragen, darunter die Entführung seiner Mutter, Susannahs Tod und Annabels Fortgehen. Er war zweimal angeschossen worden, einmal zufällig und einmal absichtlich, hatte den Biß einer Klapperschlange überlebt und sich weder von Überschwemmungen noch Schneestürmen oder Wirtschaftskrisen unterkriegen lassen. Und er hatte schon öfter vor dem Bankrott gestanden, als er sich selbst eingestehen wollte.

Doch nichts von all dem konnte mit der Qual verglichen werden, die er empfinden würde, wenn sein Sohn am Galgen endete. Lieber würde Gabe sich selbst hängen lassen.

»Für jemanden, der seine Zeit offenbar als ziemlich kostbar ansieht«, sagte Nicholas, während er Sommervale ruhig und gelassen in die Augen schaute, »scheinen Sie begierig, sie zu verschwenden. Ich habe keinen Grund zu stehlen, Captain. Ich bin der einzige Sohn und Erbe Gabriel McKeiges.« Er bedachte seinen Vater mit einem flüchtigen Grinsen, das jedoch sofort verblaßte, als er Gabes Blick bemerkte. »Bis jetzt jedenfalls.«

Obwohl Gabe wußte, daß diese letzte spöttische Bemerkung ein Hinweis war, daß die intimen und sehr privaten Ereignisse der Nacht nicht unbemerkt geblieben waren, war er zu betroffen und bestürzt, um ärgerlich zu werden. Nicholas schien nicht zu begreifen, daß er in ernsthaften Schwierigkeiten war und bloßes Leugnen nicht genügte, um ihn daraus zu befreien.

Gabe war fest entschlossen, die Angelegenheit zu klären, sobald der Captain aufgebrochen war.

»Nein«, erwiderte Sommervale schließlich und betrachtete Nicholas mit dem ernsten Blick eines Mannes, der vermutlich selber Söhne und Enkelsöhne hat. »Sie brauchen nicht zu stehlen. Aber mir scheint, daß Sie es *wollen*, was etwas völlig anderes ist.« Er seufzte und griff nach seinem Hut. »Ich habe Ihnen gesagt, wie ich darüber denke«, erklärte er, an Gabe gewandt, »und ich hoffe, dem Anstand damit Genüge getan zu haben. Wenn Sie Ihren Sohn vor einem Militärprozeß und den unglücklichen Folgen eines Schuldspruches bewahren wollen, Mr. McKeige, dann sollten Sie die Angelegenheit in Ordnung bringen, bevor wir uns gezwungen sehen, es zu tun.«

Damit nickte Sommervale noch einmal höflich und ging hinaus.

Gabe und Nicholas blieben im Arbeitszimmer zurück und schauten sich nur wütend an, da die Tür noch offenstand und sie nichts zu sagen wagten.

»Was, zum Teufel, geht hier vor?« fragte Gabe nach einem langen, angespannten Schweigen.

Nicholas beugte sich leicht vor, und in diesem Augenblick ähnelte er Annabel mehr als je zuvor.

»Jemand raubt hier Rinder«, entgegnete er gedehnt und schaute Gabe aus großen Augen an.

»Verdammt, Nicholas, wenn du irgend etwas darüber weißt, dann solltest du es mir jetzt sagen!«

Nicholas setzte seinen Hut auf und zog die Krempe tief in die Stirn. »Ich habe zu tun«, antwortete er, und Gabe entging nicht, was er ihm mit dieser kühlen Geste zu verstehen geben wollte – er hatte diese Worte selbst so oft benutzt, daß sie ihm so unwillkürlich auf die Lippen kamen wie ein Abendgebet, das er als Kind gelernt hatte.

»Nicholas ...«

Der Junge ging hinaus und schlug krachend die Haustür hinter sich zu.

Gabe, der bis jetzt wie erstarrt gewesen war, sprang nun etwas verspätet auf, um Nicholas zu folgen, doch Charlie erschien plötzlich wie aus dem Nichts und hielt ihn zurück.

»Laß ihn gehen«, sagte er. »Er wird nicht mit sich reden lassen, bis er sich beruhigt hat. Dazu ist er dir viel zu ähnlich, Gabriel.«

Gabe hieb mit der Faust auf die Schreibtischplatte, aber er folgte Nicholas nicht. »Himmel, Charlie«, sagte er rauh, nachdem er einen Moment geschwiegen hatte. »Die Kavallerie ist hinter ihm her. Sie glauben, er hätte ihre Rinder gestohlen.«

Charlie reagierte nicht. Das tat er ohnehin nur selten. »Was glaubst denn *du*?« fragte er nur ruhig.

Gabe seufzte. Er fühlte sich so hilflos und den Tränen nahe wie an jenem Tag vor vielen Jahren, als er nach einem langen Rinderauftrieb heimgekommen war und festgestellt hatte, daß Annabel ihn verlassen hatte.

»Ich kann nicht glauben, daß er ein Dieb ist«, erwiderte er.

Charlie nickte, ruhig und ernst wie immer. »Ich schätze, dann sollten wir herausfinden, wer es ist«, sagte er. »Es wäre durchaus möglich, daß es jemand von deinen eigenen Leuten ist. Denn offenbar sind es immer nur deine Rinder, die vermißt werden. Keiner der anderen Rancher hat sich über Verluste beklagt, und die Armee kauft von niemand anderem.«

»Hast du an der Tür gelauscht?«

Charlie grinste. »Natürlich«, erwiderte er prompt.

Gleich nach ihrer Ankunft in der Stadt begab Annabel sich zur einzigen Bank in Parable. Der Direktor, ein korpulenter, freundlicher kleiner Mann namens Oldmixen, war von Jessie beauftragt worden, die Geschäfte ihres verstorbenen Mannes weiterzuführen.

Er begrüßte Annabel ein bißchen zu übereifrig, vielleicht weil ihm bewußt war, welch großzügige finanzielle Unterstützung sie in all den Jahren von Gabriel erhalten hatte. Tatsächlich hatte sie im Laufe der Jahre ein eigenes kleines Vermögen angehäuft, das sie sehr geschickt in England und in den Vereinigten Staaten investiert hatte. Eigentlich hätte sie für den Rest ihres Lebens davon leben können, selbst wenn sie nie wieder einen Cent von ihrem Mann erhalten hätte.

Falls Mr. Oldmixen jedoch die Hoffnung hegte, Annabel werde seiner kleinen Bank mehr anvertrauen als ihr Nadelgeld, so befand er sich im Irrtum. Derlei Institutionen wurden beinahe regelmäßig ausgeraubt, und niemand kam für die Verluste auf.

»Guten Morgen, Mrs. McKeige«, begrüßte Oldmixen sie fröhlich und schaute dann auf seine Taschenuhr.

»Guten Morgen«, erwiderte Annabel knapp.

Er räusperte sich. »Was kann ich heute für Sie tun?« fragte er und öffnete die kleine Schwingtür, die sein Büro von der Kasse und dem Tresor trennte.

Annabel folgte Mr. Oldmixen in sein kleines, überfülltes Reich. Auf seine einladende Geste hin nahm sie Platz und stützte sich dabei auf ihren eleganten kleinen Sonnenschirm, als wäre er eine Krücke.

»Ich habe wenig oder gar keinen Bedarf für Ihre Dienste«, verkündete sie und verspürte ein leises Schuldbewußtsein, als sie seinen enttäuschten Blick sah. »Aber ich bin gekommen, um Sie in einer anderen Angelegenheit um Ihre Hilfe zu bitten, da Sie ganz ohne Zweifel einer der am besten informierten und wichtigsten Bürger dieser Stadt sind.«

Oldmixen strahlte, als hätte sie ihn mit Alexander dem Großen oder Napoleon verglichen. Sein Nicken, als er sich in seinem Sessel niederließ, drückte eine gewisse Ehrfurcht aus. »Selbstverständlich«, sagte er rasch. »Was wünschen Sie, Mrs. McKeige?«

Annabel war klar, daß ihre Antwort mindestens den gleichen Klatsch auslösen würde wie ihre unerwartete Ankunft in der Stadt, aber das beunruhigte sie nicht. »Ich suche ein kleines Haus hier«, sagte sie. »Ich hoffe, Sie kennen ein geeignetes Objekt, das ich kaufen oder mieten könnte.«

Der Bankier öffnete den Mund, schloß ihn wieder, räusperte sich und verschränkte seine Hände vor dem Bauch. »Ein Haus«, wiederholte er verblüfft, als sei ihm das Wort unbekannt. Wahrscheinlich hatte er, wie alle anderen in Parable, angenommen, sie habe sich mit Gabriel versöhnt.

Sie unterdrückte einen Seufzer und wartete geduldig. Trotz der sinnlichen Freuden der vergangenen Nacht standen sie einer Versöhnung nicht näher als zuvor. Gabriel hatte sich nicht verändert, und sie auch nicht. Sie wollte nur eine Zeitlang in Parable bleiben, ihrem Sohn zuliebe.

»Da wäre das Jennings-Haus«, meinte Oldmixen und zog die Brauen hoch, als fände er es selbst überraschend, daß er sich noch daran erinnerte. »Es müßte allerdings gründlich renoviert werden. Seit dem Mord lebt dort niemand mehr.«

Leises Unbehagen erfaßte Annabel, das jedoch nichts an ihrer Entscheidung ändern konnte. »Mord?« Nicholas hatte in seinen Briefen nichts von einem solchen Verbrechen erzählt.

»Mrs. Jennings hat dort vor zwei Jahren ihren Mann erschossen.«

»Das ist ja schrecklich!«

»Es gibt Leute, die behaupten, er habe es verdient«, erwiderte Mr. Oldmixen mit einem müden Seufzer.

»Hat er sie geschlagen?«

Oldmixen errötete. »Nein, Madam. Sie fand heraus, daß er … ihr untreu war. Daß er eine Geliebte hatte.«

Ein unbehagliches Schweigen breitete sich aus. Annabel mußte unwillkürlich an Julia Sermon denken, und Mr. Oldmixens Gedanken gingen ganz ohne Zweifel in die gleiche Richtung.

»Ich kann sie verstehen«, erwiderte Annabel schließlich leise.

Wieder räusperte sich Oldmixen und wandte das Gesicht ab. »Na ja«, sagte er. »Na ja.«

»Ich nehme das Haus«, erklärte Annabel. »Wo ist es, und an wen muß ich mich wenden?«

»An mich«, meinte Mr. Oldmixen, ganz offenbar verlegen. »Es war eine Hypothek darauf, und nach Mr. Jennings bedauernswertem Tod sahen wir uns gezwungen, sie einzufordern. Natürlich würden wir das Haus lieber verkaufen und unsere Investition wieder ausgleichen, falls es möglich ist.«

Annabel erhob sich. Was sie betraf, so war die Angelegenheit damit erledigt. »Also gut. Ich werde mir das Haus ansehen und Ihnen dann den Preis nennen, den zu zahlen ich bereit wäre. Wenn Sie so freundlich wären, mir die Adresse zu geben?«

Der Bankier keuchte von der Anstrengung, mit ihrem Tempo Schritt zu halten; die Schnelligkeit, mit der Annabel Entscheidungen traf, hatte sehr oft diesen Effekt auf andere. »Ich ... äh ... nun, das Haus ist offen. Aber ich begleite Sie gern dorthin.«

Sie nickte nur, und gemeinsam verließen sie die Bank.

Das Haus, ein einstöckiges Gebäude am Rand der Stadt, erwies sich als recht groß. Zu Annabels Erleichterung waren keine Blutspuren an den Tapeten oder auf den Böden zu entdecken – womit sie nach Mr. Oldmixens Bemerkungen eigentlich gerechnet hatte –, und die Räume waren hell und freundlich. Keine unglücklichen Gespenster also, die hier lebten und nachts über den Dachboden stapfen und Töpfe und Pfannen in der Küche klirren lassen würden.

»Was soll es kosten?« fragte Annabel, als sie ihre Besichtigung beendet hatte.

Mr. Oldmixen nannte eine Summe und besaß

genügend Anstand, dabei eine beschämte Miene aufzusetzen.

»Viel zu teuer«, erwiderte Annabel und sagte ihm, was sie bereit war zu bezahlen.

Der Bankier trat von einem Fuß auf den anderen und hüstelte verlegen. »Ich denke, das wird möglich sein«, gab er schließlich nach, und als Annabel ihm die Hand reichte, um das Abkommen zu besiegeln, riß er verblüfft die Augen auf.

»Ich werde Personal benötigen«, sagte sie, als sie an ihm vorbei zur Tür ging. »Mindestens eine Köchin und ein Dienstmädchen. Wenn Sie jemanden kennen, der eine solche Stellung sucht, setzen Sie sich bitte unverzüglich mit mir in Verbindung.«

»W-wo kann ich Sie erreichen?« wagte Mr. Oldmixen zu fragen.

»Wo? Hier in Parable natürlich«, erwiderte Annabel. *Fern der Versuchung.* »Sie werden morgen früh meinen Scheck erhalten, und dann ziehe ich ein.«

Mr. Oldmixens Lippen zuckten, aber kein Wort kam heraus, als er Annabel nachsah, wie sie die Stufen zum Bürgersteig hinunterstieg und sich in Gedanken die Hände rieb.

Sie betrat noch kurz den Gemischtwarenladen, um eine Bestellung aufzugeben, und holte dann ihren Wagen und ihre Pferde, die noch vor der Bank standen, um zu Jessie weiterzufahren, die auf der anderen Seite der Stadt, in entgegengesetzter Richtung von ihrem eigenen, neu erstandenen Haus wohnte.

Jessie reagierte überrascht, aber nicht unfreundlich, als sie die Haustür öffnete und ihre Schwägerin auf den Eingangsstufen sah.

»Es tut mir leid, daß ich dich einfach so überfalle«, sagte Annabel, »aber ich habe nicht eine einzige Visitenkarte mitgebracht – sonst hätte ich Hilditch mit einer vorbeigeschickt, um dich zu warnen.«

Jessie öffnete die Moskitogittertür. »Großer Gott, Annabel, wir halten uns hier nicht mit solch lächerlichen Kleinigkeiten wie Visitenkarten auf. Das müßtest du doch eigentlich noch wissen.«

Ein bißchen verunsichert nahm Annabel die Einladung ihrer Schwägerin an und betrat das Haus, wo sie ihren Sonnenschirm und ihre Handschuhe ablegte. Vielleicht war ihre Entscheidung ein bißchen überstürzt gewesen …

»Nun sei nicht gleich eingeschnappt, Annabel«, meinte Jessie begütigend. »Ich wollte dich nicht kränken. Komm herein und mach es dir im Wohnzimmer bequem, während ich Tee und Sandwiches bereite.«

Annabel hatte nichts mehr gegessen seit ihrem mißglückten Frühstück an diesem Morgen und hatte deshalb Hunger. Und sie sehnte sich nach einer Tasse Tee; Charlie schien keinen zu haben in seiner schlichten Küche.

»Danke«, murmelte sie.

Als Jessie Annabel zu einem Sessel geführt hatte, verschwand sie, um kurz darauf mit einem silbernen Tablett zurückzukehren. Wenigstens ein bißchen Eleganz hat in Parable überlebt, dachte Annabel, als Gabriels Schwester aromatischen Tee und feine Sandwiches servierte.

Annabel griff herzhaft zu, konnte gar nicht anders, denn obwohl sie eine Frau von großer Energie und beachtlichem Durchhaltevermögen war, besaß sie auch einen gesunden Appetit. Gabriel hatte früher, als sie jünger waren, oft die etwas unhöfliche Bemerkung fallenlassen, daß sie mehr aß als er selbst.

Jessie beobachtete sie mit einem schwachen

Lächeln. »Ich sehe, daß Charlies Küche sich nicht gebessert hat«, bemerkte sie.

Annabel errötete verlegen. »Ich fürchte, ich habe meine Manieren vergessen«, sagte sie, während sie mit einer gestärkten Leinenserviette ihren Mund abtupfte. »Und der Gerechtigkeit halber muß ich zugeben, daß nicht Charlie die Schuld an meinem Hunger trägt, sondern meine eigenen sinnlosen Versuche, mir etwas zum Frühstück zu machen.«

Darauf lachte Jessie. »Du hast mir gefehlt, Annabel – obwohl ich zugeben muß, daß es auch Zeiten gab, in denen ich am liebsten nach England gefahren wäre, um dich persönlich zur Rede zu stellen.«

Die Bemerkung erforderte keine Erklärung, und Annabel verlangte auch keine. Jessie war Gabriels Schwester, seine einzige lebende Verwandte außer Nicholas, und sie hatten sich stets sehr nahegestanden. Da war es nur natürlich, daß Jessie Gabriels Partei ergriff und wenig oder gar nichts darauf gab, daß Annabel nicht ganz allein die Schuld an dem trug, was geschehen war.

»Ich habe ein Haus gekauft«, erzählte Annabel.

Jessie beugte sich vor, so hastig, daß sie fast die Tasse umstieß. »Was? Hier – in Parable?«

»Ja«, sagte Annabel, und es klang ein bißchen trotzig.

»Ich verstehe nicht.«

Annabel befingerte ihre Serviette. »Ich kann nicht länger Gabriels Gastfreundschaft in Anspruch nehmen«, erwiderte sie leise. »Es gehört sich nicht.«

»Du bist immer noch seine Frau und Nicholas' Mutter.«

»Jessie«, sagte Annabel, jetzt etwas lauter und entschiedener, »du weißt sehr gut, daß Gabriel und ich keine richtige Ehe führen. Ich würde gern eine Weile in Parable bleiben – vor allem wegen Nicholas –, aber das ändert nichts an meinem Entschluß, mich von seinem Vater scheiden zu lassen.«

»Und ich bezweifle, daß Gabriel es sich in dieser Hinsicht anders überlegt hat«, warf Jessie ein. Wahrscheinlich waren ihr Annabels rosig angehauchte Haut und ihre glänzenden Augen aufgefallen, und sie hatte ihre Schlüsse daraus gezogen. »Ich kenne meinen Bruder, Annabel – er wird an die Decke gehen, wenn er es erfährt.«

»Er wird froh sein, mich wieder loszusein.«

Jessie schüttelte den Kopf. »Ganz im Gegenteil, Annabel. Ganz Parable wird sehen, was geschieht, genau wie vorher, und Gabriel wird sich erneut furchtbar gedemütigt fühlen. Weißt du denn wirklich nicht, wie stolz er ist?«

Annabel sprang auf und begann nervös durch den Raum zu gehen. Sie hatte dies nicht getan, um Gabriel zu demütigen, sie versuchte nur, sich selbst vor ihrer eigenen Verwundbarkeit zu schützen. Wenn sie noch länger auf der Ranch blieb, wäre sie nicht viel besser als eine Dirne.

Ob verheiratet oder geschieden, Annabel hatte nicht vor, länger als nötig in Parable zu bleiben, und weiterhin Gabriels Bett zu teilen, wäre niederträchtig und gemein gewesen. Dennoch war sie sicher, daß es ihr nicht gelingen würde, ihm zu widerstehen. Ihre hemmungslose Hingabe in der Nacht zuvor genügte ihr als Beweis dafür.

»Ich möchte weder Gabriel noch irgend jemand anderen verletzen«, beharrte sie.

»Ich weiß«, erwiderte Jessie begütigend. »Setz

dich. Du machst mich ganz nervös mit diesem Auf-und-ab-Marschieren.«

Annabel spürte, wie ihr die Tränen kamen, und blinzelte, um sie zu verdrängen. »Egal, was ich tue, es ist nie richtig. Ich war eine schlechte Mutter, eine schlechte Ehefrau …«

»*Setz* dich«, bat Jessie.

Annabel kehrte zu ihrem Sessel zurück und setzte sich. »Warum muß alles bloß so schwierig sein?« rief sie.

Jessie lächelte ein wenig traurig. »Wie sehr ich diese Art von Schwierigkeiten vermißt habe!« meinte sie.

Jede Ablenkung, und mochte sie noch so flüchtig sein, war Annabel willkommen. »Du hattest ganz bestimmt mehr als genug Möglichkeiten, eine neue Ehe einzugehen, Jessie. Warum hast du es nicht getan?«

»Ich hatte Bewunderer nach Franklins Tod, das stimmt«, gestand Jessie, während sie sich eine zweite Tasse Tee einschenkte. »Aber ich habe nie das gleiche wie bei Frank empfunden. Und mit weniger konnte ich mich nicht abfinden.«

Annabel wandte den Blick ab. »Ich verstehe.«

»Tust du das wirklich, Annabel?« fragte Jessie und streckte die Hand aus, um die ihrer Schwägerin zu berühren. »Dann hast du vielleicht auch schon die Möglichkeit bedacht, daß kein anderer Mann je Gefühle in dir erwecken wird, wie du sie bei Gabriel empfunden hast. Weder die Freude noch die Leidenschaft, weder den Ärger noch den Schmerz. Annabel, ihr beide habt zusammen diese Ranch gegründet. Zusammen habt ihr Nicholas gezeugt. Und man braucht kein Detektiv zu sein, um dir anzusehen, daß du die Nacht in Gabriels Bett verbracht hast. Du schwebst einen halben Zentimeter über dem Boden, seit du dieses Haus betreten hast, und leuchtest, als hättest du ein Stück vom Mond verschluckt. Du mußt doch wissen, daß du niemals mit weniger glücklich sein würdest.«

Annabel sah sich nicht in der Lage, etwas darauf zu erwidern.

7. Kapitel

Charlie beschäftigte sich schon seit Stunden in der Küche, als wollte er Annabel beweisen, daß seine Kochkünste sich gebessert hatten. Es kam nicht oft vor, dachte Gabe, während er vor dem Essen eine Tasse Kaffee trank, daß er und Nicholas zusammen aßen; daß nun auch Annabel dabei war, war ein Phänomen von geradezu historischer Bedeutung.

Es wirkte wie eine glückliche Szene, und doch hatte Gabe ein unbehagliches Gefühl dabei, das er nicht genau bestimmen konnte; ein Gefühl, das nichts mit der unangenehmen Lage zu tun hatte, in die Nicholas sich gebracht hatte. Er und Annabel waren jahrelang getrennt gewesen, aber das hieß nicht, daß er es nicht merkte, wenn sie etwas im Schilde führte.

Es war anzunehmen, daß Annabel diese kleine Zusammenkunft – die in jedem anderen Haushalt vollkommen normal gewesen wäre – geplant hatte, um irgend etwas Wichtiges anzukündigen, und die Möglichkeiten, worum es dabei gehen mochte, waren allesamt zutiefst beunruhigend. Vielleicht hatte sie beschlossen, sich hier auf der Ranch einzurichten. Oder – schlimmer noch – sie wollte wieder abreisen.

Gabe fuhr sich nervös durchs Haar, was ihm ein wissendes Grinsen von Charlie eintrug, als dieser eine Porzellanterrine, gefüllt mit Hirschragout, auf den großen Tisch stellte.

»Das riecht so gut«, murmelte Gabe, »daß man sich fragen muß, ob jemand anderes es gekocht hat.«

Charlie blieb ungerührt wie immer. »Wenn dir mein Essen nicht schmeckt, Boß«, antwortete er, »kannst du gerne selber kochen.«

Statt des Grinsens, mit dem Gabe zu antworten gedachte, verzog er das Gesicht. Er war müde; Annabel hatte ihm in der letzten Nacht die Kraft geraubt, und heute hatte er den größten Teil des Tages in einem der Bergwerke verbracht, wobei der beunruhigende Besuch des Offiziers die einzige Pause in seinem Tagewerk gewesen war.

Er hörte Annabel kommen, hörte sie summend das Eßzimmer durchqueren und schaute in plötzlicher Verlegenheit auf seine Kleider herab. Er hatte ein Bad im Bach genommen, wie Nicholas es meistens tat, und ein sauberes Hemd angezogen, aber jetzt, aus irgendeinem Grund, den er nicht näher untersuchen wollte, kam er sich so unkultiviert und ungehobelt wie der dümmste seiner Rancharbeiter vor.

Annabel kam nicht einfach in die Küche; ihre Ankunft wirkte fast wie eine Erscheinung.

Sie trug einen weiten Hosenrock an diesem Abend, Stiefel und eine weiße Baumwollweste, wie Gabe bemerkte, der sonst nur selten Interesse für das zeigte, was Frauen trugen. Ihr dichtes Haar, das sich in der Nacht zuvor wie reine Seide angefühlt hatte, war nicht wie üblich zu einem weichen Knoten aufgesteckt, sondern zu einem dicken Zopf geflochten.

Sie sieht wie ein junges Mädchen aus, dachte Gabe verblüfft, und der schwache Duft ihres Parfums weckte selbst aus der Entfernung seine Sinne. Es schien fast ausgeschlossen, daß fast zwanzig Jahre vergangen waren, seit er sie zur Frau genommen hatte, daß sie einen erwachsenen Sohn hatten und über ein Jahrzehnt getrennt gewesen waren.

Er hätte in diesem Augenblick nichts lieber getan, als sie in die Arme zu nehmen und sie in sein Bett hinaufzutragen.

Sie lächelte, als hätte sie erraten, was er dachte. »Hallo, Gabriel«, sagte sie.

Nicholas kam gleich nach ihr, ausnahmsweise einmal ordentlich angezogen mit einem frisch gebügelten weißen Hemd, schwarzen Hosen und auf Hochglanz polierten Stiefeln. Er schaute nacheinander Gabe und seine Mutter an. Dann, mit einem verstohlenen Grinsen, das ebensosehr zu seiner Natur gehörte wie seine sture Eigenwilligkeit, nahm er einen Teller vom gedeckten Tisch, häufte eine großzügige Portion Ragout darauf und ging ohne ein Wort auf die Veranda.

Charlie war bereits verschwunden.

»Setz dich, Gabriel«, sagte Annabel, als wäre sie noch Herrin dieses Hauses, das sie vor solch langer Zeit verlassen hatte. »Das Essen wird kalt.«

Verlegen nahm Gabe Platz. Er wunderte sich, daß Annabel das Essen in der Küche servieren ließ; früher hätte sie darauf bestanden, im Eßzimmer zu speisen. Aber dazu hätte sie auch ein eleganteres Kleid getragen.

Lächelnd setzte sie sich auf die Bank ihm gegenüber.

»Was glaubst du, wo Nicholas hingegangen ist?« fragte sie, während sie aus der Terrine ihren Teller füllte. »Dies sollte eigentlich ein Familienessen sein.«

Gabe nahm eine dicke Scheibe Brot und bestrich sie schweigend mit Butter. Alles, was ihm in den Sinn kam, war banal, und dies schien ihm nicht der geeignete Moment für oberflächliches Geschwätz zu sein.

»Er wird schon nicht verhungern«, meinte er schließlich, weil ihm beim besten Willen nichts anderes dazu einfiel.

Annabel lächelte zustimmend, aber sie wirkte jetzt beunruhigt, vielleicht sogar ein wenig geistesabwesend.

Jetzt kommt es, dachte Gabriel hilflos.

»Ich habe ein Haus in Parable gekauft«, sagte sie abrupt.

Annabels große Verkündigungen schlugen im allgemeinen mit der Wucht eines Blitzschlags ein, selbst wenn man glaubte, daß man darauf vorbereitet war. Und dies war keine Ausnahme.

Gabe legte sein Brot hin und starrte Annabel an, als sie lächelnd nach seinem Teller griff und ihn mit Charlies Hirschragout füllte. Er wußte nicht, was er empfinden sollte – Zorn oder Erleichterung –, aber er war verdammt sicher, *daß* er etwas fühlte.

Annabel beeilte sich, es ihm zu erklären – was ein schlechtes Zeichen war, da sie nie viel davon gehalten hatte, ihre Handlungsweise zu rechtfertigen. »Es wird das Beste für uns beide sein«, behauptete sie und ließ fast den Teller mit Gabes Essen fallen, als sie ihn vor ihm hinstellte. »Daß ich in der Stadt wohne, meine ich. Anstatt hier.«

»Welches Haus?« fragte Gabe. Bei Annabel kam er sich immer so vor, als stünde er auf einem Bahnhof und schaute, einen Fahrschein in der Hand, dem letzten Zug nach, der an diesem Tag abfuhr.

»Das Jennings-Haus«, antwortete sie mit aufgesetzter Fröhlichkeit. »Du weißt schon, das, wo der Mord geschehen ist.«

Gabe warf ihr einen bösen Blick zu. Er konnte einfach nichts dagegen tun, sie brachte ihn in Rage. »*Dies* ist ein schönes, großes Haus«, sagte er, aufrichtig bemüht um einen ruhigen, beherrschten Ton. »Und hier ist kein Mord geschehen.« Er beugte sich ein wenig vor. »Noch nicht.«

Annabel wirkte ein wenig verunsichert, aber alles andere als überrascht. »Verstehst du nicht, Gabriel, daß dies eine Art neutrales Terrain sein wird, bis wir alles in der richtigen Perspektive sehen?«

Gabe wollte keine Perspektive; er wollte Annabel. In dieser Küche hier, an diesem Herd; in seinem Arbeitszimmer und warm und anschmiegsam in seinem Bett.

»Was du wirklich meinst, ist, daß du nicht mehr mit mir schlafen willst«, stellte er fest. »Und das finde ich sehr verwirrend, nach allem, was gestern nacht geschehen ist.«

Annabel errötete auf jene anmutige Art, die Gabe schon immer irritiert und gleichzeitig erregt hatte. »Gabriel, der Küchentisch ist nicht der richtige Ort, um derart intime Dinge zu besprechen«, klärte sie ihn auf. Das war der Grund, weshalb sie Nicholas eigentlich hatte dabeihaben wollen – damit eben dieses Thema nicht angeschnitten wurde.

»Es wird nichts ändern, Annabel«, fuhr Gabriel ruhig fort, »ob du in Parable, in Boston oder in Timbuktu bist. Denn etwas ist gestern nacht geschehen, etwas, das sehr viel mehr war als eine flüchtige Umarmung. Die Dinge zwischen uns haben sich geändert.«

Sie wandte den Blick ab, voller Unbehagen – ein sicheres Zeichen, daß sie wußte, daß er recht hatte und sich vor der Veränderung fürchtete, die zwischen ihnen eingetreten war. Für Gabe war diese Veränderung so etwas wie das Richten eines gebrochenen Knochens oder die makellose Restaurierung eines Bildes, obwohl es natürlich mehr etwas Seelisches als Körperliches war.

»Ich kann es nicht ertragen, Gabriel«, sagte Annabel endlich leise, und ihre Augen flehten ihn an um etwas, das er nicht verstand.

Er streckte die Hand aus, schloß seine Finger um ihre und merkte, daß sie zitterte. »Was?« fragte er. »Sag mir, wovor du solche Angst hast, Annabel.«

Tränen stiegen in ihre schönen Augen, und Gabriel war gerührt, denn es war sehr ungewöhnlich für Annabel zu weinen. »Ich fürchte mich vor mir selbst, Gabriel, und auch vor dir«, flüsterte sie schließlich unglücklich. »Ich habe dich damals so sehr geliebt – und dennoch hat es nicht genügt. Das ist es, was ich nicht ertragen kann – dir nicht genug zu sein!«

Gabe holte tief Atem und stieß ihn langsam wieder aus, in einem Versuch, Empfindungen zu zügeln, die er sonst nicht an sich kannte. Oder sich nicht eingestehen wollte. Annabel bezog sich natürlich auf Julia, und Gott wußte, daß er dieser Frau tatsächlich sehr, sehr nahestand. Obwohl er sie noch nie geliebt hatte – körperlich zumindest nicht –, war ihre Freundschaft viel zu eng, um als unschuldig und harmlos abgetan zu werden. Denn es gab noch tausend andere Arten von Intimität als die bloße Vereinigung zweier Körper.

Gabe hatte viele Nächte neben Julia gelegen. Er hatte ihr Dinge anvertraut, die er mit niemand anderem hatte teilen können, und bei einer denkwürdigen Gelegenheit, als selbst große Mengen Whiskey nicht den Schmerz betäuben konnten, der ihn fast unablässig plagte, hatte er in Julias Armen wie ein Kind geweint.

Zwölf Jahre lang war sie sein einziger Trost gewesen.

»Liebst du Julia Sermon?« fragte Annabel jetzt etwas ruhiger.

»Nein«, antwortete er ohne das geringste Zögern. Julia so zu lieben, wie Annabel meinte, lag ihm genauso fern, wie Jessie in irgendeiner anderen Form als brüderlich zu lieben. Aber das hieß nicht, daß er imstande wäre, sich von ihnen abzuwenden, von Jessie *oder* Julia, und das war etwas, was er Annabel nie hatte begreiflich machen können.

Verdammt, er verstand es ja selbst die meiste Zeit nicht!

»Aber du wirst sie auch in Zukunft sehen.« Es war eine Feststellung, keine Frage.

»So, wie die Lage augenblicklich ist«, antwortete Gabe wahrheitsgetreu, »will sie mich nicht in ihrer Nähe haben.«

Annabel senkte den Blick, blinzelte und musterte Gabe dann mit jenem scharfen Blick, den er an ihr zu fürchten gelernt hatte. »Aber du würdest sie besuchen, wenn sie es erlauben würde?«

Gabe war nie ein Lügner gewesen, ganz gleich, wie Annabel darüber dachte. »Ja«, erwiderte er schlicht. Julia war nüchtern und objektiv; sie würde ihm helfen, sich über seine Gefühle klarzuwerden.

»Mir scheint, wir haben einen toten Punkt erreicht, Mr. McKeige. Du wirst deine Geliebte nicht aufgeben, und ich werde mein Leben nicht mit einem Mann verbringen, der sich eine hält.«

Ein niederschmetterndes Gefühl der Hoffnungslosigkeit erfaßte Gabe; die Entfernung zwischen ihm und Annabel war zu groß; es war eine Kluft, die so unüberbrückbar war wie der Unterschied zwischen Himmel und Hölle, und mindestens genauso nebulös.

»Ich erinnere mich nicht, dich gebeten zu haben, dein Leben mit mir zu verbringen«, entgegnete er mit einer Kälte, die aus Selbstverteidigung geboren war. »Zumindest nicht in letzter Zeit. Aber da wir schon einmal beim Thema sind, *Mrs.* McKeige, darf ich vielleicht sagen, daß ich nichts mit einer Frau anfangen kann, die auf die andere Seite des Landes – oder besser gesagt, der *Welt* – entflieht, wann immer es ein bißchen schwierig wird.«

Annabel warf ihre Serviette auf den Tisch und sprang auf. »Ich weiß nicht, warum ich versuche, mit dir zu reden – es wäre leichter, eine vernünftige Unterhaltung mit deinem verdammten Pferd zu führen!«

Gabe zuckte mit den Schultern. »Ich gebe es auf«, erwiderte er mit erzwungener Gelassenheit. »Geh nur, Annabel. Es gefällt dir nicht, was hier geschieht, was hier geredet wird. Also lauf davon, wie du es immer tust.«

Im ersten Moment glaubte er, sie werde die Suppenterrine über seinem Kopf ausleeren oder zerrissen werden von der Anstrengung, ihre Wut zu unterdrücken. Annabel zu beobachten war faszinierend – und ungefähr genauso gefährlich, wie das Herannahen eines Wirbelsturms oder einer Flutwelle zu beobachten.

Sie setzte sich wieder. Ziemlich ungraziös und heftig. »Verdammt!« murmelte sie wütend.

Gabe erinnerte sich an sein Essen, und da sein Magen jetzt nicht mehr ganz so verkrampft war wie zuvor, probierte er es. Das Ragout war kalt, und obwohl es durchaus würzig schmeckte, blieb es trotz allem ein Werk von Charlie. Charlies schlechte Küche, dachte er manchmal, war erheblich mehr, als es auf den ersten Blick erschien – sie war so etwas wie ein geheimer Racheakt des roten Mannes an den Bleichgesichtern.

»Beruhige dich und iß etwas«, sagte er. »Ich schlafe heute nacht im Gästezimmer, um deine Tugend nicht zu gefährden.«

Annabel bedachte ihn mit einem vernichtenden Blick, bevor sie ihre Gabel nahm.

Draußen, auf der Veranda, stellte Nicholas seinen Teller auf den Boden und lachte, als Annabels Hunde daran schnüffelten und wieder gingen, ohne das Essen auch nur probiert zu haben. Er ging zur Arbeiterbaracke, um sich umzuziehen, schnallte seinen Waffengurt um und holte seinen Schlafsack. Als das geschehen war, ging er in die Scheune, sattelte sein Pferd und machte sich in die Berge auf.

Bei Sonnenuntergang hatte er auf einer kleinen Lichtung am Flußufer sein Lager aufgeschlagen. Als er am Feuer hockte und Forellen für sein Abendessen briet, ritt ein halbes Dutzend Männer in das Lager. Sie alle schauten so grimmig drein, als kämen sie direkt aus der Hölle, und alle waren schwer bewaffnet.

Nicholas erhob sich ruhig und verschränkte die Arme. Der 45er Colt an seiner Hüfte gab ihm ein beruhigendes Gefühl. Er grüßte nicht, sondern wartete schlicht ab, bis Jack Horncastle aus dem Sattel stieg und zu ihm herüberkam. Die anderen Reiter blieben auf ihren Pferden sitzen.

»McKeige«, sagte Jack mit einem knappen Nicken.

Nicholas erwiderte nichts und wartete nur ab.

Horncastle lächelte etwa so charmant wie eine Leiche, griff in seine Westentasche und zog ein Kuvert hervor. »Hier«, sagte er, »wie abgesprochen.«

Nicholas nahm das Päckchen, öffnete es und zählte die Scheine, die sich darin befanden. »Danke«, meinte er, stopfte das Geld in seine Hemdtasche und kehrte zum Feuer zurück, um die Forellen aus der Glut zu nehmen.

»Willst du uns nicht zum Abendessen einladen?« fragte Jack. Er hielt sich für einen Witzbold, obwohl er ungefähr so komisch war wie ein paar lange Männerunterhosen.

»Nein«, sagte Nicholas ruhig, »das will ich nicht.«

»Dieser Captain von der Kavallerie erzählt allen in der Stadt, daß dein Pa noch zweihundert Rinder mehr nach Fort Duffield schicken wird. Es ist fast, als ob sie uns eine Falle stellen wollten.«

Nicholas biß sich auf die Lippen und blinzelte ein wenig im grellen Schein der tiefstehenden Sonne, als er zu Horncastle aufschaute. »Nur ein Idiot würde denselben Trick zweimal versuchen«, sagte er. »Wir werden auf die Silberlieferung Ende nächster Woche warten.«

Jack war nicht besonders intelligent für einen Collegeabsolventen, und er schien allmählich Angst vor seiner eigenen Courage zu bekommen. »Es gefällt mir nicht«, sagte er. »Deinen Vater zu berauben, meine ich.«

Nicholas schob ein Stück Fisch in den Mund, kaute und spuckte ein paar Gräten aus. »Auch gut«, erwiderte er. »Du brauchst nicht mitzukommen. Ich kann das auch allein erledigen.«

Jack fluchte. Eine Menge Geld stand auf dem Spiel, und es war offensichtlich, daß er nicht darauf verzichten wollte. »Verdammt, ich finde bloß, daß es verdächtig ist«, erklärte er.

»Wie schon gesagt«, wiederholte Nicholas, während er ein weiteres Stückchen Fisch aufspießte. »Ich kann das auch allein erledigen.«

»Na schön«, stieß Jack schließlich nach kurzem, ärgerlichem Schweigen hervor. »In Ordnung. Laß uns wissen, wann du uns brauchst und wo wir dich treffen sollen.«

Nicholas musterte Horncastle einen Moment lang schweigend, um ihn noch mehr zu verunsichern. »Ich lasse dir eine Nachricht zukommen«, sagte er. »Und jetzt macht, daß ihr fortkommt, bevor euch jemand sieht.«

Horncastle zögerte, noch immer unsicher, doch dann wandte er sich auf dem Absatz um, stürmte zu seinem Pferd und schwang sich in den Sattel. Wie Nicholas war er praktisch auf dem Pferderücken großgeworden. Wie Nicholas fiel es ihm ausgesprochen schwer, auf etwas zu warten, was er haben wollte.

Als Horncastle und die anderen gegangen waren, nahm Nicholas die Geldscheine aus der Hemdtasche und steckte sie in die Satteltasche. Dann beendete er sein Essen, breitete seinen Schlafsack auf dem Boden aus und legte sich hinein, um das Erscheinen der ersten blassen Sterne am Himmel zu verfolgen.

Er schlief ein, bevor ihm bewußt wurde, daß er müde war.

Es war stockfinster, als Nicholas erwachte, geweckt vom kalten Stahl einer Gewehrmündung an seiner Kehle.

»Mist, verfluchter«, sagte er.

Der Besucher lachte. »Ja, bis zu deinen Augenbrauen, Junge«, sagte er. »Ist noch etwas von dem Fisch da?«

Annabel stand sogar noch früher als normalerweise am nächsten Morgen auf, da sie schlecht geschlafen hatte, so ganz allein in dem großen Bett, das sie und Gabriel in der Nacht zuvor auf solch wundervolle Weise geteilt hatten. Die ganze Nacht lang hatte sie an nichts anderes gedacht als an Gabes sinnliche Liebkosungen, an das Gewicht seines schweren Körpers auf ihrem und seine zärtliche und doch so machtvolle Eroberung – alles leere Erinnerungen, nun, da Gabriel in einem anderen Zimmer schlief, am anderen Ende des langen Ganges, weit entfernt von ihr.

Doch nur die Entfernung kann heilen, was mich quält, beschloß sie. Und deshalb befahl sie, sobald sie völlig sicher sein konnte, daß Gabriel das Haus verlassen hatte, ihren Wagen anzuspannen, rief ihre treulosen Hunde mit einem ganz und gar nicht damenhaften Pfiff, und erlaubte dann einem überaus erfreuten Mr. Hilditch, sie nach Parable zum Warenhaus zu fahren.

Während der langen, schlaflosen Stunden der vergangenen Nacht hatte sie in Gedanken eine Liste erstellt, um sich von Gabriels Abwesenheit abzulenken – was ziemlich lächerlich war angesichts der Tatsache, daß sie über ein Jahrzehnt von diesem Mann getrennt gewesen war und wunderbar geschlafen hatte. Aber so war es eben; Gabriel hatte die alten Leidenschaften wieder in ihr entfacht, die sie solange quälen würden, bis das Verlangen nach ihm wieder verblaßte.

Zumindest war Annabel auf diese Weise in der Lage, ihre Einkäufe rasch und zügig zu erledigen – Hammer und Nägel, Farbe, einen Besen, eine Schürze und ein Kopftuch, Seife, einen Schrubber und einen Eimer, eine Teekanne, einen Wasserkessel und eine Tüte Tee – und zu guter Letzt noch eine Ausgabe von Sir Walter Scotts ›Lady of the Lake‹, die sie beschäftigen würde, wenn sie mit der Arbeit fertig war.

Möbel, Matratzen, Bettwäsche und Teppiche waren in diesem kleinen Laden nicht zu haben, aber Annabel gab eine Bestellung auf, und man versprach ihr, daß ihre Einkäufe schon bald per Frachtwaggon von San Francisco kommen würden. Bis dahin würde sie sich von Jessie borgen, was sie brauchte, und sie war ziemlich sicher, daß Charlie ihr ohne Gabriels Wissen einige Dinge aus dem Ranchhaus überlassen konnte.

Sie trug ihr Kopftuch und ihre Schürze und war damit beschäftigt, die Spinnweben im Wohnzimmer ihres neuen Hauses zu entfernen, als sie plötzlich großes Geschrei auf der Hauptstraße vernahm, die gleich neben ihrem Haus verlief.

Mr. Hilditch, der auf einer umgedrehten Obstkiste stand und ein Fenster putzte, war begeistert. »Sehen

Sie, Mrs. McKeige!« rief er. »Die Postkutsche ist eingetroffen!«

Das war tatsächlich ein Ereignis, da die Kutsche nur alle zwei Wochen in Parable haltmachte und niemand genau wußte, wann sie kam. Aus diesem Grund war Annabel mit dem Zug in die Hauptstadt gefahren und hatte für Mr. Hilditch, ihre Pferde, die Kutsche und die Hunde einen separaten Eisenbahnwaggon gemietet. Von Carson City nach Parable waren sie dann mit ihrer eigenen Kutsche weitergefahren. In Fort Duffield hatte sie das Glück gehabt, eine militärische Eskorte zu bekommen, da Captain Sommervale ohnehin nach Parable wollte.

Annabel erinnerte sich jetzt, dem Captain früher am Morgen begegnet zu sein, als er auf dem Weg zur Ranch gewesen war – sie war bisher nur zu beschäftigt gewesen, um daran zu denken –, und neue Angst um Nicholas erfaßte sie.

Rasch trat sie zu Mr. Hilditch an das Fenster.

Die Kutsche hatte vor dem Warenhaus gehalten, und ein völlig ungewohnter Lärm – die Rufe des Kutschers, das Wiehern der Pferde, das Ächzen von Holz und Leder – erfüllte jetzt die schwüle Sommerluft. Ein paar Sekunden lang schien die ganze Szene in eine riesige Staubwolke eingehüllt zu sein, und als die Kutsche wieder sichtbar wurde, begannen die Passagiere auszusteigen.

In sprachlosem Entsetzen verfolgte Annabel, wie Jeffrey Braithewait ausstieg und sich dann umwandte und einer jungen Dame in sehr schlichter Kleidung beim Aussteigen behilflich war. Als hätte er ihren Blick gespürt, schaute Jeffrey direkt zu Annabel hinüber.

Mr. Hilditch kniff die Augen zusammen. »Ist das

da nicht Braithewait?« fragte er und zerstörte damit ihre flüchtige Hoffnung, sich getäuscht zu haben.

Aus purer Verzweiflung lehnte Annabel für einen Moment die Stirn ans kühle Glas.

Jeffrey war ein wohlhabender Londoner mit gesellschaftlichen Verbindungen, von denen andere nur träumen konnten. Er verehrte Annabel seit langem, schickte ihr Blumen und kleine Geschenke, die sie postwendend zurückschickte, und Liebesbriefe, die ihr die Röte in die Wangen trieben. Bei mehr als einer Gelegenheit hatte er ihr angeboten, Evanwood zu kaufen, damit sie dort einziehen konnte, als seine Frau oder Geliebte, was immer sie auch vorzog.

Obwohl es Annabels größter Wunsch war, eine neue Ehe einzugehen, ein Heim zu gründen und noch mehr Kinder zu bekommen, hatte sie niemals in Betracht gezogen, Braithewaits Werbung anzunehmen. Denn trotz seines Charmes, seines Geldes und seines guten Aussehens war er nichts weiter als ein Abenteurer und ein Halunke – eine etwas geglücktere Ausgabe ihres eigenen Vaters, Ellery Lathams.

Annabels Schock wich sehr schnell Empörung; krachend ließ sie den Besen fallen und begann mit fliegenden Händen ihre Schürze aufzubinden. Es war bestimmt kein Zufall, daß Jeffrey – der die meiste Zeit in England oder auf dem Kontinent verbrachte – hier in Parable, Nevada, erschien. Der Westen war groß, und Parable war nicht gerade ein berühmter Knotenpunkt. Er war ihr hierher gefolgt, dieser verdammte …

»Mrs. McKeige«, sagte Hilditch rasch, als sie hinausstürmen wollte, um Jeffrey fortzuschicken. »Nicht. Wenn es noch so eine Szene gibt wie jene, als wir hier ankamen, wird niemand hier irgend etwas anderes von Ihnen in Erinnerung behalten. Das wird es sein, woran sie denken werden, wenn Ihr Name fällt.« Er hielt inne, um Luft zu holen. »Der Klatsch mag Sie vielleicht nicht stören – Sie werden ja eines Tages ohnehin nach England zurückkehren –, aber was ist mit Ihrem Sohn? Dies ist seine Heimat, und es ist anzunehmen, daß er hier auch heiraten und seine Kinder aufziehen wird.«

Dies war eine sehr lange Rede für Mr. Hilditch, und vor allem eine reichlich unverblümte, aber was er sagte, war vernünftig. Sie hatte genug Skandale ausgelöst; sie würde abwarten, bis Braithewait sie von selbst aufsuchte, und dann würde sie ihm ihre Meinung sagen. Ohne Zuschauer.

»Danke«, erwiderte sie mit so viel Würde, wie sie aufzubringen vermochte, und band sich wieder ihre Schürze um.

Eine knappe halbe Stunde später erschien Jessie, angezogen wie für eine Einladung zum Tee. Als sie Annabels Haus betrat, das noch immer dringend einer Säuberung bedurfte, drückte sie ein parfümiertes Taschentuch an ihre Nase, aber ihr Lächeln war freundlich, wenn auch ein wenig wehmütig.

»Ich gebe zu, daß ich gehofft hatte, es würde Gabriel gelingen, dich umzustimmen«, sagte sie, als sie ihre Handschuhe abstreifte und sich in dem leeren Wohnraum umsah. Im Gegensatz zu Jessies gepflegter Residenz und Gabriels großzügigem Wohnhaus auf der Ranch war Annabels neues Heim so klein, daß es nicht einmal eine Diele hatte. Es gab nur zwei große Räume unten, ein Wohnzimmer und eine Küche, und zwei etwas weniger geräumige Schlafzimmer im ersten Stock. »Aber wie ich sehe, habe ich mich geirrt.«

Annabel freute sich, ihre Schwägerin zu sehen. Dennoch antwortete sie so, wie es zu erwarten war. »Ich wußte gar nicht, daß die McKeiges sich irren können«, sagte sie.

Jessie war nicht beleidigt, da es auch nicht so gemeint gewesen war, und lachte leise. »Vielleicht war ich zu voreilig«, konterte sie. »Wahrscheinlich weiß Gabriel nicht einmal, daß du hier bist. Wir werden sehen, was geschieht, wenn er es herausfindet.«

Annabel verdrehte die Augen. »Komm herein«, bat sie, »und setz dich. Du kannst wählen – entweder eine Apfelkiste oder eine Orangenkiste. Während du es dir bequem machst, brühe ich uns Tee auf.«

Jessie wanderte durch das Wohnzimmer, als Annabel zur Küche ging.

Als sie zurückkehrte, stand ihre Schwägerin am Fenster. Sie wirkte wie eine nordische Gottheit, wie sie dort stand, in helles Sonnenlicht getaucht. Als sie Annabel hörte, wandte sie sich lächelnd um, aber ihrem Gesicht war deutlich anzusehen, daß sie beunruhigt war.

»Ich finde es verrückt von dir, dieses Haus zu kaufen, wenn du die Möglichkeit hast, auf der Ranch zu leben«, sagte sie, »aber wahrscheinlich ist es immerhin noch besser, als gleich nach England abzudampfen. Du mußt dich jetzt um Nicholas kümmern.«

Annabel schaute sich vergeblich nach einem Platz um, wo sie die beiden häßlichen Becher abstellen konnte, die sie aus der Küche hereingetragen hatte. Es gab kein feines Porzellan in diesem Haus, und es gab auch keines im Warenhaus zu kaufen. Keine hübschen Teekannen, keine schimmernden Silbertabletts und keine spitzenbesetzten Damastservietten.

In Warwickshire servierte Annabel den Tee im großen Stil. Hier war nichts dergleichen möglich.

»Ja«, stimmte sie nach kurzem Schweigen zu, froh, daß Jessie einfach die Hand ausstreckte und einen der Becher nahm. Sie seufzte wehmütig. »Ich wünschte, ich könnte Nicholas überreden, mit mir nach England zurückzukehren, und wenn auch nur für ein, zwei Jahre. Das würde so viele Probleme lösen.«

Jessie zog eine feingezeichnete Augenbraue hoch. »Würde es das? Es ist ohnehin recht unwahrscheinlich, daß Gabriel in die Scheidung einwilligt, aber wenn du ihn nicht permanent bedrängst und aus direkter Nähe, wird es dir überhaupt nicht gelingen, seine Zustimmung zu erlangen.«

»Nicholas ist wichtiger«, entgegnete Annabel mit einem kleinen Seufzer. Nachdenklich nippte sie an ihrem Tee. »Wenn er sich doch nur jemandem anvertrauen könnte. Ich weiß, daß Nicholas sich mir nicht besonders nahe fühlt. Aber warum redet er nicht mit dir, Jessie, oder mit seinem Vater?« Eine tiefe Niedergeschlagenheit erfaßte sie. »Gott im Himmel, habe ich meinen Sohn wirklich so schlimm verletzt, daß er niemandem mehr vertrauen kann?«

»Nicholas hat immer nur seinem eigenen Rat vertraut. Ich weiß nicht, ob es anders wäre, wenn du dein ganzes Leben hier auf dieser Ranch bei ihm gewesen wärst.«

Annabel dachte eine Weile über Jessies Worte nach. »Er war ein kleiner Junge, als ich ihn mit nach Boston nahm. Ich war seine Mutter und damit für ihn verantwortlich. Ich hätte Nicholas nicht gestatten sollen, nach Parable zurückzukehren.« Ihre Augen brannten bei der Erinnerung an jenen fernen Tag, an dem sie ihren kleinen Sohn in einen Zug gesetzt hatte, der nach Westen fuhr, in Begleitung einer Frau, die zu ihrem Ehemann nach Fort Duffield reiste.

»Quäl dich nicht, Annabel«, riet Jessie. »Nicholas wäre fortgelaufen, wie er dir gedroht hatte, und der Himmel weiß, was dann aus ihm geworden wäre.« Mit scharfen, prüfenden Blicken schaute sie sich im Zimmer um. »Ich glaube, ich habe noch ein paar Sachen auf meinem Dachboden, die dieses Haus etwas wohnlicher gestalten würden. Ich werde mir einen von Gabriels Wagen borgen und einige seiner Männer mitnehmen, damit sie uns beim Tragen helfen.«

Annabel war gerührt, nicht nur von Jessies Großzügigkeit, sondern vor allem von der Versöhnlichkeit ihrer Geste. Gabriels Schwester war außer sich vor Zorn gewesen an jenem Tag, als Annabel mit ihrem Sohn die Postkutsche bestiegen hatte, um Parable – und Gabriel – für immer zu verlassen. »Ich hätte solche Güte nicht von dir erwartet«, erwiderte sie auf ihre gewohnte freimütige Art.

Jessie drückte Annabels Hand. »Es tut mir leid, wenn du mich all diese Zeit als deinen Feind betrachtet hast«, sagte sie, »aber es ist wirklich deine eigene Schuld, wenn es so war. Du mußt lernen, liebe Annabel, daß Menschen wütend auf dich sein und dich dennoch sehr, sehr lieben können. Wie Gabriel beispielsweise. Oder Nicholas.«

Annabel wußte nicht, was sie darauf erwidern sollte, und trank einen Schluck Tee als taktische Verzögerung. In Gedanken sah sie ihren betrunkenen Vater vor sich, wie er sich zornig vor ihr aufbaute, nur dürftig bekleidet und mit wirrem Haar, weil sie ihn bei irgendeinem Schäferstündchen unterbrochen hatte. »Ich hätte dich in ein Waisenhaus stecken sollen«, hatte er gesagt. »Es wäre besser gewesen, wenn du zusammen mit deiner unseligen, ewig jammernden Mutter gestorben wärst. Glaub bloß nicht, daß es keine Möglichkeiten gibt, dich loszuwerden, Mädchen, denn die gibt es in der Tat.«

Annabel erschauderte und zwang sich, in die Gegenwart zurückzukehren. Ellery Latham war schon lange tot; die Wirkung seiner grausamen Worte jedoch lebten weiter.

»Ich habe beschlossen, eine Teegesellschaft für dich zu geben«, sagte Jessie, »an diesem Samstag um vier Uhr. Die Einladungen sind bereits herausgegangen.«

Annabel starrte sie mit großen Augen an, erschrocken und entzückt zugleich. Sie sehnte sich danach, akzeptiert zu werden und irgendwo dazuzugehören, aber sie wußte auch, daß die anständigen Frauen von Parable sie für eine Dirne hielten. »Es wird niemand kommen, Jessie!«

»Natürlich werden sie das«, erwiderte Jessie, am gestärkten Kragen ihrer Bluse zupfend. »Es bleibt ihnen gar nichts anderes übrig, wenn sie die neue Lehrerin kennenlernen möchten. Sie wohnt bei mir, weißt du. Sie kam heute mit der Postkutsche, so daß inzwischen alle wissen müßten, daß sie hier ist. Ihr Name ist Olivia Drummond, und sie ist auf ihre Weise ziemlich hübsch.«

Jessie beugte sich vor und senkte ihre Stimme zu einem vertraulichen Flüstern. »Sie ist höchstens dreißig und trägt keinen Ehering. Die ideale Frau für Marshal Swingler. Wir müssen dafür sorgen, daß sie sich am Sonntag nach der Messe kennenlernen.«

Annabel lachte vor sich hin. In ihrem Leben waren

so viele Dinge falsch gelaufen, daß sie sie kaum zählen konnte. Aber Jessie war wieder ihre Freundin, und das entschädigte sie für eine Menge.

8. Kapitel

Gabriel wurde auf einer kleinen Plattform, die durch ein ausgeklügeltes System aus schweren Tauen und Ketten bewegt wurde, in den Minenschacht herabgelassen. Er hielt eine Petroleumlaterne über dem Kopf und spähte unbehaglich in die Finsternis. Er hatte ein wahres Vermögen aus diesem Schacht geholt wie auch aus etlichen anderen, vermied es aber, diese Orte zu betreten, wann immer es ihm möglich war. Seiner Meinung nach sollte kein Mensch sich unter die Erde begeben, bevor er nicht begraben war.

Knut Gilchrist, sein Vorarbeiter, erschien wie ein Geist an seiner Seite. »Folgen Sie mir, Boß«, sagte er. Er bewegte sich in dieser Hölle so trittsicher und vertrauensvoll wie Gabe im Samhill Saloon. »Die neue Ader ist ziemlich weit dort hinten.«

Gabe folgte ihm. In der Dunkelheit war das leise rhythmische Geräusch von Spitzhacken an Stein zu hören und das gedämpfte Murmeln der Männer, die hier arbeiteten. In der Grube war es kalt, obwohl es Juli war, und sie roch feucht und modrig wie ein frisches Grab.

Das Licht von seiner und von Gilchrists Laterne blendete Gabe, aber er wußte, daß der andere Mann wie eine Katze in der Dunkelheit sah. Tiefer und tiefer drangen sie in den Stollen ein, durch ein Labyrinth von Katakomben, und Gabe dachte, daß er, falls Gilchrist ihn hier im Stich ließ, vielleicht nie wieder ans Tageslicht zurückfinden würde. Und zu Annabel.

»Hier ist es«, sagte Gilchrist endlich, als Gabe gerade dachte, sie müßten schon irgendwo unter dem nächsten Bundesstaat sein. Der Vorarbeiter legte eine Hand an die Felswand und hielt seine Laterne hoch. »Diese Ader sieht so aus, als verliefe sie von hier bis Carson City«, erklärte er. »Wir werden allerdings sprengen müssen, und das wird den Gang erst mal verschütten.«

Gabriel seufzte. Er besaß mehr Geld, als seine Enkelkinder jemals ausgeben konnten – vorausgesetzt natürlich, daß Nicholas lange genug am Leben blieb, um ihm Enkel zu schenken –, aber es waren auch noch andere Dinge zu bedenken. Ein Großteil der Bevölkerung von Parable war auf die Arbeit hier in diesen Bergwerken angewiesen, ganze Familien lebten von den Löhnen, die hier verdient wurden. Er konnte nicht einfach aufgeben und die Mine schließen.

»Was meinen Sie?« beharrte Gilchrist, als Gabe nicht sofort antwortete. Der Vormann war ein Witwer mittleren Alters, mit drei unscheinbaren, aber lebensfrohen Töchtern, die sich alle sehr für Nicholas interessierten. Ohne die Arbeit in der Mine hätte Gilchrist seine Töchter nicht ernähren können.

»Wenn Sie sicher sind, daß es sich lohnt, den Rest der Mine zu verschütten«, antwortete Gabe ergeben, »dann lassen Sie die Ader sprengen.«

Gilchrists schiefe Zähne schimmerten im Lampenlicht, als er lächelte. »Sie werden es nicht bereuen, Boß«, versprach er und streichelte den Fels so liebevoll wie eine Frau. »Sie werden Ihre eigene Bank eröffnen können, sobald wir dieses Erz gefördert haben.«

Gabe seufzte. »Ja«, meinte er. In der Nacht zuvor hatte er schlecht geschlafen, weil Annabel ganz in der Nähe in dem Bett lag, das sie einst geteilt hatten, und seine Laune war so düster und komplex wie das Gewirr der Gänge hier in der Mine. Sein Verlangen nach Annabel war so stark, so inbrünstig, daß es seinen Verstand umwölkte, in seinen Lenden schmerzte und ihm die Kraft aus den Knien raubte.

Wenn er auch nur die geringste Vernunft besessen hätte, hätte er Annabel die Scheidung gewährt und sie nach England zurückkehren lassen, um dort irgendeinen Dandy zu ehelichen. Die Vorstellung tat weh, und sie würde wie ein heißes Eisen in einer offenen Wunde sein, aber sobald Annabel erst einmal fort war, konnte diese Wunde heilen.

»Boß?«

Gabe fuhr leicht zusammen. Er war wieder einmal abgelenkt gewesen, und das war nicht gut – vor allem nicht so tief unter der Erde. »Sagten Sie etwas?«

Gilchrist lachte. »Ja, Sir. Ich sagte, daß in ein paar Tagen eine Ladung Erz für den Transport bereit sein wird. Ich denke, wir sollten diesmal noch einige zusätzliche Wachen mitnehmen. Angesichts des Tricks, den sie der Kavallerie gespielt haben, meine ich, als sie die Rinder raubten.«

Gabe fuhr sich mit der Hand durchs Haar, froh, daß Gilchrist wieder auf dem Rückweg zum Hauptstollen der Mine war. Er konnte im hellen Tageslicht klarer denken, und er hatte einiges zu bedenken, was Annabel, Nicholas und den bevorstehenden Rinderauftrieb nach Fort Duffield betraf.

Das Erz würde an eine Schmelze in Carson City verkauft werden – falls es je dort ankam.

»Ich bringe die Rinder selbst nach Duffield«, sagte Gabe. »Heuern Sie so viele Männer an, wie Sie können, um den Erztransport zu bewachen. Nicholas wird ihn sicherheitshalber auch begleiten.«

Sie hatten inzwischen den Hauptstollen erreicht; Gabe konnte schon die Plattform sehen, die ihn wieder an die Oberfläche bringen würde. Ihm wurde ganz schwindlig vor Erleichterung, aber trotzdem entging ihm nicht das kurze Schweigen, das Gilchrists Erwiderung voranging.

»Gut!« sagte er. »Das ist gut.«

Als Gabe auf die Plattform stieg, fragte er sich, wie begierig der Vorarbeiter wohl in diesen Tagen sein würde, eine seiner Töchter mit Nicholas zu verheiraten, so wie in letzter Zeit über seinen Sohn geredet wurde.

Gabe rief dem Mann oben am Ausgang zu, ihn heraufzuziehen. »Sagen Sie mir Bescheid, wann das Erz transportbereit ist«, bat er Gilchrist, »und geben Sie bitte eine Warnung aus, bevor Sie sprengen. Beim letzten Mal sind uns sämtliche Kühe in einem Radius von zehn Meilen entweder davongerannt oder haben einen Monat lang saure Milch gegeben. Ich habe keine Lust, schon wieder Schadenersatz zu leisten.«

Der Seilzug quietschte; die Plattform schwankte heftig und begann hinaufzusteigen.

Gilchrist lachte und winkte Gabe noch einmal zu.

Draußen, am Eingang zur Grube, atmete Gabe ein paarmal tief durch und freute sich über die warmen Sonnenstrahlen auf seiner Haut.

»Wo ist Nicholas?« fragte er zwanzig Minuten später, als er vor der Scheune seiner Ranch absaß. Er hatte sich vorgenommen, zuerst seinem Sohn Anweisungen erteilen und dann Annabel zu suchen, um mit ihr zu reden und sie wieder zur Vernunft zu bringen. Falls das nicht klappte – was durchaus anzunehmen war –, blieben ihm nur zwei andere Möglichkeiten: sie zu verführen oder in den Bach zu springen, um sich abzukühlen.

»In der Stadt, vermute ich«, antwortete einer der Cowboys. »Er war heute morgen hier, aber jetzt ist er weder in der Baracke noch draußen auf der Koppel.«

Gabe beherrschte seinen Ärger. Nicholas bezog ein Gehalt wie alle anderen Arbeiter, obwohl er die Hälfte der Zeit nicht aufzutreiben war. Kein Wunder, daß die Leute ihn für einen Banditen hielten, so wie er verschwand, wann immer ihn das Verlangen danach packte. Und mit Recht nahmen ihm die anderen dies übel, da sie selbst sehr hart für jeden Penny ihres Lohnes schuften mußten.

»Wenn du Nicholas siehst, sag ihm, daß ich mit ihm reden will.« Gabe schwang sich aus dem Sattel und band sein Pferd beim Wassertrog fest, damit es trinken konnte.

»Ja, Sir«, erwiderte der Cowboy. »Soll ich ihn suchen?«

»Nein, das tue ich schon selbst«, meinte Gabe und ging zum Haus hinüber.

Er traf Charlie in der Küche an, wo er etwas mischte, was wie Kuchen- oder Brotteig aussah. Nachdem Gabe seinem alten Freund kurz zugenickt hatte, pumpte er Wasser in einen Eimer und ging dann wieder zur Veranda, wo der Waschtisch stand.

»Hast du Nicholas gesehen?« fragte er von der Tür her.

Charlie schüttelte den Kopf. »Nicht seit gestern

abend, als er einen meiner guten Teller auf dem Hof stehenließ«, antwortete er. Der Gesichtsausdruck des Indianers hatte sich nicht verändert – das tat er nie –, aber er klang jetzt wie eine empörte Hausfrau. »Stell dir vor, er hat den Hunden mein Ragout gegeben!«

Gabe verkniff sich rasch ein Grinsen. Er wagte nicht, etwas zu erwidern; Charlies Essen mochte zwar nicht besonders schmackhaft sein, aber es füllte wenigstens den Magen, und es gab keinen anderen Mann auf der Ranch, der bereit gewesen wäre, diese Aufgabe zu übernehmen. »Erinnere mich daran, daß ich Nicholas an einen Zaunpfahl binde und ihn auspeitsche«, bemerkte er trocken. »Wo ist Annabel? Ist sie schon aufgestanden?«

Charlie wirkte jetzt belustigt, aber auch ein bißchen triumphierend, wie jemand, der gerade nach einer Reihe von Beleidigungen die Oberhand gewonnen hat. »Auf? Sie ist schon eine halbe Stunde, nachdem du das Haus verlassen hattest, fortgefahren. Sie wollte nicht einmal, daß ich ihr ein Frühstück mache.«

Gabe preßte die Lippen zusammen, ging mit dem Eimer hinaus und nahm die Emailleschüssel von ihrem Haken an der Wand. Er streifte sein Hemd ab und warf es über das Geländer, knallte die Schüssel auf den Tisch und füllte sie mit Wasser, bevor er nach der gelben Seife griff, die scharf genug war, um ein Wildschwein damit zu häuten, und schäumte mit raschen, wütenden Bewegungen sein Gesicht und seinen Oberkörper ein.

Annabels Hunde kamen zu ihm herübergetrottet, schnüffelten an ihm und winselten.

»Verschwindet!« knurrte Gabe unfreundlich. Verdammt, er hätte es aber auch wirklich besser wissen sollen, als sich einzureden, er und Annabel hätten ihre Unstimmigkeiten über ihr Leben in der Stadt bereinigt!

Die Hunde winselten weiter und rieben sich wie große Katzen an seinen Schenkeln.

Gabe bekam Seife in die Augen, als er sie öffnete, um zu sehen, was die Hunde hatten, und verjagte sie dann mit einem lauten, ärgerlichen Brüllen. Einen Moment später bekam er den Inhalt des Wassereimers ins Gesicht, gefolgt vom Wasser in der Schüssel.

Gabe schüttelte den Kopf, spritzte Seifenschaum in alle Richtungen, und als er endlich wieder sehen konnte, erkannte er Charlie.

»Da ist jemand, der dich sprechen will«, sagte der Indianer, den Eimer in der einen Hand, die Schüssel in der anderen. Wenn er verärgert war, zeigte er es durch Handlungen, nicht durch Worte. »Er wartet vorn am Eingang.«

Der Mann stand im Schatten, trug ein breites Lächeln zur Schau und die Art von Kleidung, die ihn auf der Stelle als einen Freund von Annabel auswies.

»Mr. McKeige?« fragte er.

Gabe war in Gedanken noch bei Charlie. Er tropfte wie ein nasser Hund und war nicht in der Stimmung für Gesellschaft. Er war ziemlich sicher, daß sein Gesichtsausdruck sogar Geronimo in die Flucht geschlagen hätte, als er widerstrebend nickte. »Und Sie sind …?«

Der Dandy strahlte. »Jeffrey Braithewait. Ich bin gekommen, um Annabel zu sehen. Ist sie hier?«

Gabe erinnerte sich an das Handtuch um seinen Nacken und benutzte es. »Meine Frau ist anderswo beschäftigt«, sagte er mit Betonung auf den ersten beiden Worten. »Vielleicht kann ich Ihnen helfen?«

»Das glaube ich nicht«, erwiderte Braithewait. Er wirkte jetzt besorgt, was Gabe eine gewisse Genugtuung verschaffte. »So ein Pech. Ich habe diesen weiten Weg gemacht, weil ich fest davon überzeugt war, daß Annabel – Mrs. McKeige – inzwischen längst geschieden wäre. Sie hat jahrelang von nichts anderem gesprochen.«

Charlie erschien jetzt mit ärgerlicher Miene in der Tür. Aber Gabe wußte, daß er kam, um den Fremden zu beschützen, nicht ihn.

»Ich fürchte, daß es keine Scheidung geben wird«, erklärte Gabe gelassen. War es möglich, daß Annabel dieses Greenhorn zu heiraten gedachte? Hoffte sie, von einem solchen Schwächling die Babys zu bekommen, die sie sich angeblich wünschte?

Braithewait wippte auf den Absätzen und wirkte ausgesprochen selbstgefällig. Gabe dachte, daß man jemanden, der es wagte, einen Mann herauszufordern, der doppelt so groß war wie er selbst – und den er zudem nicht kannte –, nicht unterschätzen durfte. Dieser Mann war entweder verrückt, ein Krimineller oder tapfer bis zur Selbstaufgabe.

»Das würde ich lieber von Annabel persönlich hören, wenn Sie nichts dagegen haben«, sagte dieser aufgeblasene Spinner. Er hatte rehbraunes, glatt zurückgekämmtes Haar und Ohren wie die Henkel einer Kaffeetasse, und Gabe konnte sich beim besten Willen nicht vorstellen, was seine Frau – oder irgendeine andere Frau – an ihm finden mochte.

Charlie kam heraus und reichte Gabe ein frisches Hemd. Seine braunen Augen drückten eine stumme Warnung aus. Die Hunde, die Gabe zur Vorderfront des Hauses gefolgt waren, lagen in der Nähe und knurrten den Besucher an.

Braithewait bedachte sie mit einem breiten und ganz und gar boshaften Lächeln. »Unnütze Viecher«, sagte er fröhlich. »Es ist bald vorbei mit euch, ob es Annabel paßt oder nicht.«

In aufrichtiger Verblüffung runzelte Gabe die Stirn. »Reden wir hier von derselben Frau?« fragte er.

Darüber mußte sogar Charlie lachen – Charlie, der buchstäblich niemals lachte. Gabe machte sich jedoch keine Illusionen, daß sein Freund ihm die Beleidigung vergeben hatte, ganz gleich, worin sie auch bestanden haben mochte. Die Wege des Indianers, wie die des Allmächtigen, waren meistens unergründlich.

»Annabel Latham-McKeige«, sagte Braithewait. »Meine zukünftige Ehefrau und Herrin meines Besitzes.«

Gabe trat unwillkürlich einen Schritt auf den Engländer zu, aber Charlie hielt ihn mit einem vielsagenden Blick zurück.

»Nehmen Sie Platz, Mr. Braithewait«, sagte der Indianer, förmlich wie ein Butler in einem dieser vornehmen Häuser, die Annabel so sehr zu lieben schien, und deutete auf die Schaukel. »Ich bringe Ihnen Tee.«

»Vielen Dank, aber ich hätte lieber einen Brandy«, antwortete Braithewait und nahm seufzend den angebotenen Platz ein. Dann richtete er einen fragenden Blick auf Gabe. »Ich nehme nicht an, daß Sie zufällig einen Rancharbeiter brauchen? Nur vorübergehend, meine ich? Ich bin momentan ein bißchen knapp bei Kasse, und da ich mich hier nicht an meine Bank wenden kann ...«

So, dachte Gabe, das ist es also. Die kleine Ratte war hinter Annabels Vermögen her. Die Entdeckung mißfiel ihm gar nicht mal sehr, obwohl sie natürlich nicht gerade dazu beitrug, seine Meinung über Jeffrey Braithewait zu verbessern.

»Sie werden sehen, daß ich ein guter Reiter bin«, beharrte Braithewait, als Gabriel nichts erwiderte. »Und natürlich auch ein guter Schütze.«

Es wäre gar keine schlechte Idee, dachte Gabe, diesen Spinner im Auge zu behalten, und es war anzunehmen, daß das Bündnis Annabels ausgeprägten Sinn für gesellschaftliche Umgangsformen verletzen würde. Lächelnd reichte er dem Engländer die Hand. »Gehen Sie und suchen Sie den Vorarbeiter, wenn Sie Ihren Brandy hatten«, sagte er. »Sie sind eingestellt.«

Jeffrey wirkte zunächst ein wenig überrascht, doch dann ergriff er Gabes Hand und besiegelte das Abkommen.

Als Charlie kurz darauf mit dem Brandy kam, warf Gabe ihm das Handtuch auf eine Weise zu, die ihn verärgern mußte, bevor er sich wortlos abwandte und zur Scheune ging, um sein Pferd zu holen. Er schwang sich in den Sattel, ohne zu bemerken, daß sein Hemd noch gar nicht richtig zugeknöpft war und das Wasser noch aus seinen Haaren tropfte. Sein einziger Gedanke war, Annabel zu suchen, und er hatte auch schon so eine Idee, wo er sie finden würde.

Jessie war fort, und Mr. Hilditch war irgendwohin gegangen, wahrscheinlich in den Samhill Saloon, als ein wütendes Klopfen an der Tür ertönte.

Annabel, die den Boden in dem großen Schlafzimmer im ersten Stock gescheuert hatte, schloß die Augen, als sie den Lärm vernahm. Das konnte nur

Gabriel sein. Niemand sonst auf dieser Welt hatte genug Interesse an ihr, um sich derart aufzuregen.

Seufzend richtete sie sich auf und warf einen unglücklichen Blick auf ihr schmutziges Kleid und ihre Schürze, um dann so majestätisch die Treppe hinabzusteigen, als wäre sie die Herrin eines prächtigen Landsitzes.

Gabriel schien gerade im Begriff zu sein, die Tür einzuschlagen, als Annabel sie öffnete. Er war sehr unordentlich gekleidet, sein Haar, das sonst so hübsch gewellt war, fiel glatt nach hinten wie mit Pomade festgeklebt, und seine Haut war fleckig, als hätte er im Schlamm gebadet.

Erschrocken legte sie eine Hand an ihre Brust. »Um Gottes willen, Gabriel ...«

Er stürmte an ihr vorbei und stieß krachend die Tür mit seinem Stiefelabsatz zu.

»Ich werde dich nicht fragen, was du hier machst, Annabel«, knurrte er »weil ich weiß, daß du sagen wirst, du richtest dich hier ein. Ich schätze, es gibt nichts, was ich tun könnte, um dich daran zu hindern, außer, dich an den Haaren heimzuschleifen, aber eins sage ich dir – falls du vorhast, in diesem Hause Männer zu empfangen, werde ich ...«

Er hatte Annabel soweit zur Treppe zurückgedrängt, bis sie mit dem Rücken an dem Geländerpfosten stand und seine Nase nur noch Millimeter von ihrer entfernt war.

»Wirst du was?« fragte sie und stützte angriffslustig die Hände in die Hüften. Bei Gabriel nützte es nichts, sich in die Defensive zu begeben – nur die Offensive bot ein wenig Hoffnung auf Erfolg. »Was wirst du dann tun, Gabriel?«

Sein Blut war derart in Wallung geraten, daß sie

die Hitze seines Körpers auf ihren eigenen übergehen spürte. Seine Augen funkelten wie Saphire in der Mittagssonne, und sie sah, daß eine Ader an seiner rechten Schläfe so heftig pochte, als ob sie jeden Augenblick platzen müsse.

»Ich werde ...« begann er wütend und brach dann wieder ab. Im nächsten Augenblick packte er Annabel an den Schultern und zog sie auf die Zehenspitzen. Sein Mund preßte sich auf ihren, nahm ihre Lippen in Besitz und hatte sie erobert, bevor sie auch nur den leisesten Protest erheben konnte.

Sie wimmerte, versuchte aber nicht, sich loszureißen. Tatsächlich kam ihr der Gedanke nicht einmal. Sie war Gabriels Küssen schon immer hilflos ausgeliefert gewesen, ganz gleich, wie unangebracht sie waren oder wie unpassend die Umstände, unter denen er sie küßte.

Als Gabriel sie endlich freigab, rang er nach Atem.

Annabel wäre wohl gestürzt, so kraftlos waren plötzlich ihre Knie, wenn er sie nicht immer noch an den Schultern festgehalten hätte.

»Gabriel«, wisperte sie, und der Name klang wie eine flehentliche Bitte und ein Protest zugleich.

Er hob sie auf die Arme und begann die Treppe hinaufzugehen, wobei er ihr unablässig in die Augen schaute, als wäre er wie hypnotisiert von ihr. Daß Gabriel Jeffrey Braithewait getroffen hatte und nun einen primitiven Besitzanspruch auf sie anmeldete, so wie ein Wolf oder ein wilder Hengst seine Gefährtin kennzeichnete, als Warnung für Rivalen, dessen war sich Annabel ganz sicher. Und sie wußte auch, daß sie nicht in der Lage war, ihn daran zu hindern.

Im oberen Stockwerk war es schattig und kühl. Und niemand würde sie hier stören.

Gabriel küßte sie noch einmal, von wilder Leidenschaft erfüllt.

»Ich ... es sind noch keine Betten da«, murmelte sie mit Lippen, die bereits geschwollen waren von seinen Küssen, als er sich für einen Moment zurückzog, um Luft zu holen.

»Wir brauchen kein Bett«, sagte er und zog ihre Röcke hoch, um seine Hände um ihre schmale Taille zu legen.

»Nein«, stimmte sie betrübt und zugleich freudig zu. Ihr Körper glühte wie im Fieber, ein süßer Schmerz durchzuckte ihre Glieder. Sie schlang die Arme um Gabriels Nacken und wußte, daß sie ihn später verfluchen würde – und sich selbst –, als sie leidenschaftlich seine Lippen in Besitz nahm und ihn genauso fordernd küßte, wie er es zuvor bei ihr getan hatte.

Stöhnend preßte er sie an die Wand des schmalen Korridors, und sie spürte die Hitze und Macht seiner Erregung durch ihr Kleid.

»Gabriel«, wisperte sie flehentlich. »Gabriel ...«

Er zog ihre Röcke hoch und streifte ihr die langen *pantalettes* ab, legte seine Hand zwischen ihre Schenkel und entlockte ihr einen entzückten Aufschrei, als er sie an ihrer intimsten Körperstelle streichelte.

»Sag mir, Annabel«, verlangte er, während er sie mit geschickten Fingern reizte. »Sag mir, was du willst.«

Es war ein altes Ritual, Gabriels Beharren, daß sie ihn aufforderte, zu ihr zu kommen, bevor er sie nahm, das für Momente reserviert war, in denen das Verlangen plötzlich zwischen ihnen aufflackerte. Momente, in denen die Macht seines Verlangens so außerordentlich war, daß er sie ohne ihre Hilfe nicht bezähmen konnte.

Sie küßte seinen Nacken und hauchte die Antwort an sein Ohr. »Ich möchte, daß du zu mir kommst, Gabriel.«

Er öffnete seine Hose, hob Annabel auf und drang mit einer ungestümen Bewegung in sie ein.

Mit einem leisen Schrei, der tief aus ihrer Kehle kam, schlang sie die Beine um seine Hüften. Er küßte ihren Mund, ihr Kinn, ihre Augenlider, die empfindsame Stelle hinter ihren Ohren – aber es war keine sanfte Vereinigung, trotz allem nicht. Die Bewegungen ihrer Körper wurden mit jedem Stoß noch heftiger, noch ungestümer.

Und dann, endlich, brach mit erschütternder Kraft der Sturm los; mit einem heiseren Triumphschrei drang Gabriel noch ein letztes Mal tief in sie ein, und Annabel warf den Kopf zurück und verschränkte ihre Finger in seinem Haar, während ihr Körper sich in hilfloser Verzückung unter seinem aufbäumte.

Zusammen glitten sie zu Boden, ohne ihre innige Vereinigung zu lösen, und umklammerten einander, als wollten sie sich nie wieder loslassen.

Gabriel kniete sich hin und zog Annabel auf seine Schenkel. Ihre Lippen streiften seinen Nacken; sein Gesicht war in ihrem Haar vergraben, seine Hände umfaßten noch immer ihren Po und hielten sie so nahe, wie es näher nicht ging.

Annabel begann gerade wieder zu Atem zu kommen und einen vernünftigen Gedanken zu fassen, als sie Gabriel von neuem in sich wachsen spürte. Sie stöhnte, als er sich von ihr löste, um ihr Mieder und das Hemd darunter zu entfernen, ihre Brüste entblößte und seine großen Hände darum schloß.

»Ich bin noch nicht fertig mit dir, Mrs. McKeige«, warnte er, bevor er den Kopf auf ihre Brust senkte, um die zarten Spitzen zu liebkosen.

Ihre Hüften bewegten sich bereits, langsam, rhythmisch, gegen seine. Sie stöhnte und krümmte ihren Rücken, um Gabriel noch besseren Zugang zu ihren Brüsten zu verschaffen. *Und ich noch nicht mit dir, mein Lieber …*

Als Nicholas später an diesem Tag auf Annabels Veranda stand, mit einem Netz mit Fischen in der einen Hand und einer aus Jessies Küche entwendeten Pfanne in der anderen, glühte seine Mutter wie die Sonne, die im Westen am Horizont versank. Er hätte sich vielleicht abgewandt und wäre gegangen, aus reiner Diskretion, wenn sie nicht so überglücklich gewesen wäre, ihn zu sehen.

»Nicholas!« rief sie und zog ihn über die Schwelle in ihr Haus. »Komm herein – bitte!«

Stirnrunzelnd schaute er in Richtung Treppe. »Ist Pa hier?«

Annabel errötete noch ein wenig mehr, und ihre Augen strahlten. »Er war vor ein paar Stunden zu Besuch«, sagte sie und wandte, etwas zu spät, den Blick ab.

»Ich möchte nicht stören«, erwiderte Nicholas und verbarg ein Lächeln. Vielleicht war es naiv, sich eine Versöhnung seiner Eltern zu erhoffen, aber irgendwo in ihm war jener zornige, verzweifelte kleine Junge, der seine Eltern gern zusammen gesehen hätte, noch sehr lebendig. Er hätte auch nichts gegen einen kleinen Bruder oder eine Schwester gehabt; denn dann, wenn alles schiefging, wäre jemand dagewesen, um ihn zu ersetzen.

»Du störst nicht«, beharrte Annabel. »Ich freue mich, daß du gekommen bist.« Ihr Blick fiel auf die Forellen. »Und ich habe großen Hunger.«

»Es gibt doch sicher einen Herd in diesem alten Haus«, scherzte er, als er die Tür hinter sich zuzog.

»Das ist schon ungefähr *alles*, was du hier finden wirst«, gab seine Mutter lachend zu.

Vielleicht war es ein Spiel des Lichts, aber in diesem alten Kleid mit den aufgerollten Ärmeln und dem langen Haar, das ihr offen auf die Schultern fiel, sah seine Mutter nicht älter aus als sechzehn.

»Ich glaube, ich werde meinen Stolz schlucken und zur Ranch hinausfahren müssen, wenn wir gegessen haben«, sagte sie. »Ich dachte, ich könnte auf dem Boden schlafen, aber ich habe Angst, daß es hier Ratten geben könnte.«

»Du könntest doch bei Tante Jessie schlafen«, schlug er vor, als sie in die Küche gingen. Er wollte Annabel nicht in die Arme seines Vaters treiben; sie waren beide stur, und zuviel Druck von außen würde vielleicht genau das Gegenteil bewirken.

Mit Eltern, dachte er, muß man vorsichtig umgehen – wie mit verwundeten Stachelschweinen oder Klapperschlangen, die ihren Winterschlaf hielten. Er würde sie einfach in Ruhe lassen, sie so oft wie möglich zusammenbringen und sie glauben lassen, es sei ihre Idee gewesen.

Die geborgte Pfanne klapperte leise, als Nicholas sie auf den Herd setzte. Annabel hatte Tee aufgebrüht, so daß noch Feuer in dem Herd war, es mußte nur ein wenig geschürt werden.

Geschickt legte Nicholas trockene Zweige aus der großen Holzkiste auf der Hintertreppe nach und fügte dann noch einige Holzscheite hinzu. Die Zweige brannten sofort an, und bald war die Ofenplatte glühend heiß.

Annabel sah richtig glücklich aus. »Du hast in deinen Briefen nie etwas davon erwähnt, daß du kochen kannst«, meinte sie. Sie zündete noch mehr Lampen an und suchte in einem Karton mit Lebensmitteln, bis sie ein Päckchen Schmalz fand.

»Das wäre auch gelogen gewesen, Annabel. Ich kann nur Forellen zubereiten.«

Sie trat ein bißchen näher und schaute nervös zu den Schatten auf, die sich an der Decke sammelten. »Du hast auch nichts von dem Mord geschrieben, der hier in diesem Haus geschah.«

Er grinste, gab Schmalz in die Pfanne und sah zu, wie es sich zu einem klaren, durchsichtigen Öl auflöste. »Es war ziemlich grotesk«, antwortete er. »Als Lesestoff für eine Dame nicht geeignet.«

Annabel erschauderte. »Nicholas, du wirst mir jetzt erzählen, was hier vorgefallen ist. Auf der Stelle!«

Er lachte. »Mrs. Jennings Mann kam eines Abends spät nach Hause, und sie hat ihn mit einem doppelläufigen Gewehr erschossen, direkt hier bei der Tür.« Mit Jessies Pfannenlöffel, den er ebenfalls hatte mitgehen lassen, deutete er auf die Stelle. »Er ist noch auf der Schwelle gestorben, der alte J. T., mit dem Gesicht in seinem eigenen … nun ja, mit dem Gesicht nach unten eben.«

Sichtlich entsetzt, riß Annabel die Augen auf. Die Idee, die Nacht auf der Ranch zu verbringen, erschien ihr von Augenblick zu Augenblick verlockender. »Warum hat sie ihn erschossen?«

Nicholas zuckte mit den Schultern. »Sie behauptete, sie habe gedacht, er sei ein Einbrecher, der gekommen war, um ihren Schmuck zu stehlen. Es war stockfinster draußen, weshalb es also durchaus möglich ist, daß sie die Wahrheit sagte.«

»Was ist aus ihr geworden?«

Er ließ sich Zeit für seine Antwort. Es war eine Geschichte, die er gern erzählte, und wann immer er es tat, machte er sie so spannend wie nur möglich. Später würde er dann zugeben, daß er sich praktisch jedes Wort nur ausgedacht hatte.

Er spülte die Forellen unter der rostigen Pumpe am Spülbecken ab und legte sie dann in die Pfanne. »Sie wurde verurteilt und gehängt – an dieser großen alten Eiche auf dem Pfarrhof.«

Annabels Augen wurden rund wie die Pfanne. »Nein!«

Er nickte ernst. »Ja.« Er sprach leise und achtete darauf, sie nicht zu erschrecken. Seine Mutter war keine dumme Frau, aber sie war müde, es war besonders finster heute nacht, und sobald er fort war, würde sie allein in einem fremden und fast leeren Haus sein. »Manche sagen, sie hätten eines Abends eine Gestalt von einem Ast dieses Baumes baumeln sehen und ein schreckliches, jammerndes Geräusch gehört.«

Annabel versetzte ihm einen harten Stoß. »Du Schuft!« rief sie und sah jetzt noch mehr wie ein junges Mädchen aus als vorhin. »Du sagst das nur, um mich zu erschrecken!«

Impulsiv beugte er sich vor und küßte ihre Stirn. »Na ja, vielleicht habe ich ein bißchen übertrieben«, gab er zu. »Aber so oder so brauchst du dich nicht zu sorgen. Wenn irgend jemand in diesem Haus herumspukt, kann es nur der arme alte J. T. sein. Immerhin war er das Opfer.«

»Du bist ein Schuft«, wiederholte sie, aber ihre Augen glänzten, und ihre Haut wirkte fast durchsichtig in dem schwachen Licht. Sie war schön, seine Mutter, und er, Nicholas der kleine Junge, und Nicholas der Mann, bedauerte jeden Tag, den sie getrennt verbracht hatten.

Irgendwann würden sie sich hinsetzen und reden müssen, er und Annabel, über all diese Jahre zwischen seiner Abreise aus Boston und ihrer Rückkehr nach Parable, aber heute nacht, in dieser kahlen Küche mit der abblätternden Farbe an den Wänden und den Forellen, die in der Pfanne brutzelten, war nicht der rechte Augenblick.

Ich liebe dich, Mutter, dachte er, war aber nicht sicher, wann, falls überhaupt, er diese Worte jemals laut aussprechen würde.

»Ich hoffe, du hast wenigstens ein paar Teller«, sagte er statt dessen. »Denn sonst werden wir mit den Fingern essen müssen, Annabel.«

Sie ging wieder zu dem Karton mit den Vorräten und kam mit zwei Tellern aus Emaille zurück, eben solchen, wie Nicholas sie in seiner Satteltasche mitführte, wenn er unterwegs war, und zwei genauso schlichten Blechgabeln.

Als der Fisch knusprig gebraten war, verteilte Nicholas ihn auf den Tellern, und sie setzten sich auf die Eingangsstufen, um zu essen, hielten ihre Teller auf den Knien und betrachteten die Sterne. Leise, frivole Pianomusik drang aus dem Samhill Saloon zu ihnen herüber, zusammen mit den Geräuschen von Pferdehufen und Wagenrädern auf der Hauptstraße. Cowboys waren unterwegs und Soldaten, doch alle

Damen von Parable hatten sich längst in ihre Küchen und Salons zurückgezogen, und ihre Kinder lagen schon in ihren Betten.

»Deine Tante Jessie gibt am Samstag eine Teeparty für mich«, sagte Annabel, als sie gegessen hatte und ihren Teller fortstellte. »Ich freue mich schon darauf …« Sie verstummte, und ihr Gesicht nahm einen nachdenklichen Ausdruck an.

»Aber?« fragte Nicholas.

»Aber ich habe auch ein bißchen Angst.«

»Warum?«

Annabel lehnte ihren Kopf an seine Schulter, einen flüchtigen Moment nur, und er liebte das Gefühl, das ihre Nähe ihm vermittelte. »Frauen können boshaft sein«, sagte sie. »Und auch sehr nachtragend.«

Er versteifte sich ganz unwillkürlich bei der Vorstellung, daß die Bewohner von Parable der Ansicht sein könnten, sie besäßen das Recht, seiner Mutter irgend etwas *nachzutragen*. Ihr Fortgehen war eine Familienangelegenheit und ging nur sie und seinen Vater etwas an. Und in gewisser Weise natürlich auch ihn selbst.

»Jessie wird zu dir halten«, erwiderte er und entspannte sich ein wenig. »Mach dir keine Sorgen. Alle Frauen in der Stadt werden zu diesem Ereignis kommen wollen, und wenn auch nur aus Neugierde.« Er nahm Annabels Teller, legte ihn auf seinen eigenen und stand auf, um sie in die Küche zu bringen. Bevor er jedoch ging, schaute er noch einmal seine Mutter an, die nachdenklich zu ihm aufblickte. »Du packst jetzt deine Sachen«, schlug er vor, »und ich hole deinen Wagen aus dem Mietstall und fahre dich nach Hause.«

Einen Moment lang sah es fast so aus, als würde

Annabel ihm widersprechen. Doch dann nickte sie nur stumm, und als er fünfzehn Minuten später mit dem Wagen vorfuhr, war sie bereit und wartete auf ihn.

9. Kapitel

Annabel rechnete schon halb damit, Gabriel zu begegnen, als sie in jener Nacht die Ranch betrat, erschöpft und schmutzig und sich nach einem heißen Bad und einer ungestörten Nachtruhe sehnend. Womit sie *nicht* gerechnet hatte, war, Jeffrey Braithewait zu begegnen, in einer seidenen Hausjacke und Hosen, die verdächtig nach Pyjamahosen aussahen, und einen Kognakschwenker in der Hand.

Er war auf dem Weg ins Eßzimmer, als sie in die Küche ging, um Charlie um Wasser für ein heißes Bad zu bitten, und blieb wie angewurzelt stehen, als er Annabel erblickte.

»Meine Liebe!« rief er, mit einem entsetzten Blick auf ihre schmutzige Kleidung und ihr aufgelöstes Haar. »Bist du so schnell zum Siedlerleben zurückgekehrt?«

Annabel war nicht in Stimmung für Jeffreys hochgestochene Art und seine Dreistigkeit. Seiner vornehmen Herkunft wegen bildete er sich offensichtlich ein, mit anderen Menschen reden und umspringen zu können, wie es ihm gerade paßte. Es war allmählich an der Zeit, ihm klarzumachen, daß dem nicht so war.

»Was willst du denn hier?« fragte sie unfreundlich.

Als letztes hatte sie von ihm gehört, daß er in Australien war und dort den Ureinwohnern auf die Nerven ging.

Jeffrey schwenkte den Brandy in seinem Glas und betrachtete ihn, während er sich seine Antwort überlegte. »Mr. McKeige war so freundlich, mir eine Stellung anzubieten, und … Nun ja, nach einem Blick auf die Unterkunft der Arbeiter bin ich natürlich sofort zurückgekommen, um mich der Gnade des eingeborenen Kochs auszuliefern – wie heißt er noch? Ach ja, natürlich, Charlie.« Er hielt inne, verdrehte die Augen und schüttelte den Kopf. »Ich wage zu behaupten, daß Mr. McKeige nicht so gastfreundlich gewesen wäre wie der Eingeborene. Wahrscheinlich wird er mich hinauswerfen, wenn er erfährt, daß ich in seinem Haus bin.«

Annabels Erschöpfung wurde höchstens noch von ihrem Ärger übertroffen, nicht nur auf Jeffrey, der ihr, ungebeten und unerwünschterweise, um die halbe Welt gefolgt war, sondern auch auf Gabriel, der ihn eingestellt hatte, und auf Charlie, der ihm gestattet hatte, im Haus zu übernachten. Tatsächlich war sie sogar so empört, daß ihr die Worte fehlten. Jeffrey wippte auf den Absätzen seiner kostspieligen Hausschuhe. »Also, wenn du mich jetzt entschuldigen würdest, meine Liebe, ich bin hundemüde. Die Reise war sehr *beschwerlich*, wie du dir sicher denken kannst. Gute Nacht.«

Sprachlos verfolgte Annabel, wie Jeffrey Braithewait an ihr vorbeiging, vermutlich auf seinem Weg zu einem der unteren Gästezimmer, und dabei ein romantisches Liedchen vor sich hin summte. Als ihr Schock ein wenig nachließ, ging sie in die Küche und war fast genauso verblüfft, dort Gabriel vorzufinden, wie sie es gewesen war, als sie Jeffrey im Eßzimmer begegnete.

Er saß am Tisch über seinen Rechnungsbüchern, im goldenen Schein einer Petroleumlampe. Annabels Unbehagen verstärkte sich noch durch eine eigenartige Zärtlichkeit, die sie befiel, als sie sah, daß er eine Brille trug. Sie hatte nicht gewußt, daß er schon eine Brille brauchte – wie so viele Dinge, die sie nicht gewußt hatte. Und so viele Veränderungen, von denen sie nichts mitbekommen hatte.

Gabriel erhob den Blick zu ihr, nahm die randlose Brille ab und legte sie auf den Tisch. Er wirkte reserviert, abweisend fast; niemand, der ihn sah, wäre auf die Idee gekommen, daß er Annabel erst wenige Stunden zuvor leidenschaftlich geliebt hatte.

»Du siehst schrecklich aus«, stellte er fest und betrachtete ihre schmutzigen Kleider und ihr aufgelöstes Haar, doch er, anders als Jeffrey, machte ihr keinen Vorwurf daraus.

Er erhob sich nicht, und das ärgerte Annabel, aber sie brachte nicht die Kraft auf, auf dieser Höflichkeitsbezeigung zu bestehen. Ohne etwas zu erwidern, ging sie zum Spülbecken, bückte sich zu den Eimern, die darunter standen, und begann den ersten mit Wasser vollzupumpen.

Gabriel mußte sich so lautlos bewegt haben, wie Charlie es vielleicht getan hätte, denn er stand auf einmal neben Annabel und schob sie beiseite, um ihr die Arbeit abzunehmen.

»Schür das Feuer«, sagte er. »Charlie ist schon schlafen gegangen.«

Lustlos gehorchte Annabel. Dann nahm sie die größten Wasserkessel heraus und stellte sie auf den Herd, damit Gabe sie füllte.

Und das tat er, sehr geschickt sogar.

»Warum«, fragte Annabel, als sie ihrer Stimme endlich wieder traute, »hast du Jeffrey Braithewait erlaubt, im Haus zu übernachten?« Sie schaute Gabriel nicht an, war sich seiner Nähe aber schmerzhaft deutlich bewußt. »Er behauptet, Charlie hätte es ihm gestattet, hinter deinem Rücken – aber du müßtest doch eigentlich wissen, daß er hier ist?«

Gabriel lächelte. »Ich werfe ihn morgen früh hinaus«, erwiderte er prompt. »Warum bist du so wenig gastfreundlich, Annabel? Schließlich ist er ein Freund von dir, nicht wahr?«

Sie wandte sich ärgerlich zu Gabriel um. Er hatte schon längst gebadet, sein Haar war sauber, ordentlich frisiert und glänzte wie reine Seide im Schein der Lampe.

»Mr. Braithewait ist nicht mein Freund«, erklärte sie. »Er ist nichts weiter als ein unverfrorener und größenwahnsinniger Idiot, der sich zudem noch einbildet, charmant zu sein. Wenn ich gewußt hätte, daß er hier ist, hätte ich bei Jessie übernachtet, und wenn das nicht möglich gewesen wäre, in einer Pferdebox im Mietstall!«

Gabriel grinste anzüglich, und das erinnerte Annabel an Nicholas, obwohl der Vergleich sehr schnell verblaßte. »Aber er hat diesen ganzen weiten Weg auf sich genommen, um dich um deine Hand zu bitten, Lady Annabel. Hier ist deine Chance, einen Ehemann zu gewinnen und eine ganze Horde affektierter Gören in samtenen Kniehosen und Troddelmützchen.«

Annabels Wangen schmerzten, so sehr glühten sie. Wenn sie sich nicht so nach einem Bad gesehnt hätte, wäre sie nun auf der Stelle hinausgegangen. »Ich kann weder Jeffrey noch irgendeinen anderen heiraten«, wandte sie mit kaum verhohlenem Ärger ein, »wenn ich bereits einen Ehemann habe. Einen, der sich weigert, mich aus dieser unhaltbaren Verbindung zu entlassen, darf ich vielleicht hinzufügen.«

»Unhaltbar? Ist es das, was du heute gedacht hast, als du mir mit deinen Fingernägeln die Haut vom Rücken bis zur Brust zerkratzt hast? Als du sagtest ...«

»Hör auf!« zischte Annabel und versuchte sich einzureden, daß die Leidenschaft, mit der sie antwortete, auf ihre Empörung und nicht etwa auf das Wiedererwachen irgendwelcher skandalösen Empfindungen zurückzuführen war. Sie wollte das Gesicht abwenden, aber Gabriel umfaßte sanft ihr Kinn und zwang sie, ihn anzusehen.

»Es tut mir leid, Annabel«, sagte er, scheinbar aufrichtig und mit einer gewissen schroffen Zärtlichkeit. »Ich kann sehen, daß du todmüde bist, und da sollte ich dich nicht ärgern. Geh und setz dich, dann brühe ich dir eine Kanne von dem Tee auf, den du so gerne trinkst.«

Annabel war fassungslos; der Umgang mit Gabriel war wirklich sehr verwirrend. In einem Moment führte er sich wie ein richtiger Strolch und Esel auf, im nächsten war er der perfekte Gentleman, liebevoll, beherrscht und fürsorglich. Und trug zum Lesen eine Brille.

Sie ging zum Tisch und ließ sich auf die Bank fallen.

»Hast du schon gegessen?« Gabriel füllte den Teekessel und stellte ihn zu den anderen Kesseln auf den Herd.

»Nicholas hat mir heute ein halbes Dutzend Forellen mitgebracht«, sagte Annabel und lächelte bei der Erinnerung daran. »Wir haben zusammen zu Abend gegessen.«

Gabriel schaute über seine Schulter. »Ah, der schwer zu fassende Nicholas! Ich habe ihn den ganzen Tag gesucht. Weißt du, wo er jetzt steckt?«

»In der Scheune oder in der Arbeiterbaracke, denke ich. Er hat mich in meinem Wagen hergefahren.«

Gabriel nahm eine Dose Tee aus dem Regal, zusammen mit einer Steingutkanne, einer Tasse und einer Zuckerschale. Er schien sich für einen Rancher, der die meiste Zeit als Junggeselle lebte, bemerkenswert gut mit der Zubereitung von Tee auszukennen, und Annabel fragte sich, ob er ihn für Julia zubereitet hatte, in ihren privaten Zimmern über dem Saloon.

Gabriel sagte nichts dazu. Während das Wasser sich erhitzte, ging er hinaus auf die Veranda und kam kurz darauf mit einer runden Kupferwanne wieder. Er stellte sie vor den Herd und prüfte mit dem Zeigefinger, wie heiß das Wasser in den Kesseln war.

Annabel schaute ihm mit großen Augen zu. »Du glaubst doch wohl nicht, daß ich *hier* bade«, protestierte sie, »wo Gott und die Welt hindurchmarschiert?«

Gabriel lächelte nur und zog die Schultern hoch. »Und du glaubst doch wohl nicht, Mrs. McKeige, daß ich all diese Eimer die Treppe hinaufschleppen werde, nur damit du dich beklagen kannst, dein Wasser wäre kalt.«

Annabel schluckte. »Gabriel, du weißt, wie viele Leute in die Küche kommen.«

Er ging zur Hintertür und schob einen Stuhl unter

die Klinke. Dann stellte er einen zweiten vor die Tür zum Eßzimmer.

»Ich werde persönlich Wache halten«, sagte er.

Annabel stöhnte und legte den Kopf auf die Arme. Sie sah keine Möglichkeit, Gabriel von seinem verrückten Vorhaben abzubringen, und war viel zu müde, um die Eimer mit dem Wasser selbst die Treppe hinaufzuschleppen.

»Du willst mich *quälen*!« beschuldigte sie ihn.

»Nein«, erwiderte Gabe mit einem vielsagenden Grinsen. »Ich will dich nackt sehen.«

Darauf wußte sie keine Erwiderung. Sie war nicht einmal sicher, ob es ihr etwas ausmachte, wenn Gabriel sie unbekleidet sah. Sie blieb einfach am Tisch sitzen, gelähmt vor Müdigkeit, und schaute zu, wie Gabriel den Tee aufbrühte und sich wieder um die Wasserkessel kümmerte.

Dampf stieg in Schwaden von den großen Kesseln auf, als Annabel ihren Tee bekam und die Tasse so ehrfürchtig in beiden Händen hielt wie ein Bettler, dem eine barmherzige Seele eine heiße Suppe eingeschenkt hatte. Der Tee enthielt eine großzügige Portion Whiskey.

»Warum setzt du nicht wieder deine Brille auf?« fragte sie, schon nach den ersten Schlucken ein wenig beschwipst, während Gabriel das heiße Wasser in die Wanne goß. »Es gefällt mir, wie du damit aussiehst. So gelehrt und weise.«

Gabriel lachte, sehr leise und sehr männlich, und machte eine auffordernde Handbewegung. »Wenn es doch nur so einfach wäre, weise zu sein«, sagte er. »Beeil dich, Annabel – dein Bad wird kalt.«

Während der schier endlos langen Zeit, die sie benötigte, um die nicht übermäßig große Küche zu durchqueren, gähnend und im Gehen ihre Kleider ablegend, drehte Gabriel den Docht der Lampe herunter, bis der Raum kaum noch erhellt war. Die Flamme verbreitete nur noch ein schwaches, sanftes Glühen. Gabes Gesichtsausdruck war bei der schwachen Beleuchtung nicht zu erkennen.

Wortlos reichte er Annabel ein Stück Seife und ein Tuch, bevor er seinen Posten auf dem Stuhl einnahm, der die Eßzimmertür versperrte.

Mit einem wohligen Seufzer ließ Annabel sich in das heiße Wasser sinken. Sie wäre vielleicht eingeschlafen und bis zum nächsten Morgen nicht mehr aufgewacht, wenn Gabriel nicht dagewesen wäre, um auf sie aufzupassen. *Das* hätte den unerschütterlichen Charlie wohl erschüttert, dachte sie kichernd.

»Du hast mir etwas in den Tee getan«, beschuldigte sie Gabe etwas verspätet.

»Vielleicht«, gab Gabriel zu. Sie konnte sehen, daß er die Arme verschränkte und das linke Bein über das rechte schlug.

»Das darfst du nicht«, sagte Annabel und bemühte sich vergeblich, die Seife aufzuheben, die ihr aus der Hand gerutscht war. »Und wenn wir nun ein Kind gezeugt hätten? So starker Alkohol ist doch bestimmt nicht gut für so ein kleines Wesen.«

Gabriel schwieg für eine Weile, und als er wieder sprach, klang seine Stimme heiser. »Und wenn wir ein Kind gezeugt haben, Annabel – was würdest du dann tun?«

Sie versuchte, ihr Haar zu waschen, aber die Wanne war nicht groß genug. »Was jede Frau tut, wenn sie ein Kind unter dem Herzen trägt«, erwiderte sie ruhig. »Zuviel essen. Die Beine hochlegen, wann immer sich die Möglichkeit dazu ergibt. Tausend Träume träumen und doppelt so viele Gebete sprechen.«

»Du warst wunderschön, als du mit Nicholas schwanger warst. Und bei Susannah auch.«

Sie lächelte im Schutz der Dunkelheit. »Beide Male fühlte ich mich auch großartig – bis auf morgens jedenfalls und die letzten Tage kurz vor der Geburt. Gabriel, hilf mir, mein Haar zu waschen. Ich schaffe es nicht allein, und es ist voller Staub und Spinnweben.«

Er durchquerte den Raum, holte von irgendwoher einen Krug und kniete sich neben die Wanne. Annabel seufzte glücklich und entspannte sich, als er Wasser über ihr Haar goß, es einschäumte und mit seinen starken Fingern ihre Kopfhaut massierte, bevor er den Schaum ausspülte. Dann nahm er einen Waschlappen und wusch sie so behutsam, als sei sie eine zarte Rosenblüte.

Es war ein unglaublich sinnliches Gefühl. Gabriel ging dabei so gründlich vor wie bei jeder anderen Aufgabe, die er in Angriff nahm – aber er versuchte nicht, Annabel zu entflammen. Er war nur *fürsorglich*, und das war etwas, was sie im Laufe ihres Lebens nur von sehr wenigen Menschen erfahren hatte. Bevor sie und ihr Vater nach Parable gekommen waren, als sie fünfzehn war und Gabriel begegnete, hatte es niemanden gegeben, dem sie wirklich wichtig war, weshalb sie eine leidenschaftliche Unabhängigkeit entwickelt hatte, die tief in ihr verwurzelt war und es ihr fast unmöglich machte, normale Zärtlichkeit von irgend jemandem zu akzeptieren.

»Annabel«, sagte Gabriel schließlich und zog sie auf die Füße, um sie abzutrocknen, »du hast mir meine Frage nicht beantwortet.«

»Welche Frage?« Sie ließ den Kopf an seine Schulter sinken und erlaubte ihm, sie auf seine Arme zu nehmen. Er hatte sie in ihren Unterrock gewickelt, da nichts anderes zur Hand war, das den gleichen Zweck erfüllt hätte.

»Wenn du schwanger wärst, würdest du trotzdem nach England zurückkehren?«

Annabel schaute zu Gabriels Gesicht auf, ohne wirklich etwas erkennen zu können. Ein Klumpen formte sich in ihrer Kehle, und sie spürte Tränen hinter ihren Lidern brennen. »Nein, Gabriel«, erwiderte sie leise. »Du hast mein Wort darauf – das würde ich dir nicht noch einmal antun.«

Er küßte ihre Schläfe. »Das ist gut«, sagte er und trug sie nicht durchs Eßzimmer, sondern die steile und nur selten benutzte Hintertreppe hinauf, die von der Küche in die erste Etage führte.

In ihrem Zimmer legte er sie auf das Bett, machte sich aber nicht die Mühe, eine Lampe anzuzünden.

Er suchte in den Schubladen der Kommode, bis er ein Nachthemd fand, kam dann zurück und streifte es ihr über.

»Wirst du bei mir bleiben?« murmelte sie, und ihre Augenlider zuckten, als sie gegen den Schlaf ankämpfte, der sie zu übermannen drohte.

Gabriel bückte sich und küßte ihre Stirn. »Ja«, antwortete er und deckte sie zärtlich zu. »Ich komme wieder, sobald ich die Badewanne ausgeleert und die Kessel weggeräumt habe. Schlaf jetzt, Annabel. Du hattest einen anstrengenden Tag.«

Sie lächelte und kuschelte sich in die weichen Kissen. »In Momenten wie diesem hier fällt es mir sehr schwer, mich zu erinnern, warum wir beide solche Probleme haben, miteinander auszukommen.«

Er lachte. »Es wird dir wieder einfallen«, versicherte er ihr. Dann küßte er sie noch einmal flüchtig und verließ den Raum.

Als Annabel mitten in der Nacht erwachte, war Gabriel tatsächlich neben ihr – und splitternackt. An mehrere Kissen gelehnt, saß er neben ihr und las in einem dicken Buch. Seine Brillengläser funkelten im Schein der Nachttischlampe.

Annabel versuchte, sich aufzurichten, aber das weiche Bett war zu verlockend, und so blieb sie nach einem wohligen Seufzer liegen und schaute Gabriel an.

»Wie lange dauert es noch, bis es hell wird?« fragte sie gähnend.

Gabriel schloß das Buch – kein Fachbuch über Tierzucht oder Bergbau, wie sie erwartet hätte, sondern ein Gedichtband – und legte es beiseite. Dann drehte er den Docht der Lampe herunter, bis sie nur noch einen schwachen Schein verbreitete, und Annabel hörte, wie er seine Brille auf den Nachttisch legte. »Drei oder vier Stunden noch«, sagte er und schloß sie in die Arme.

Sie seufzte glücklich. »Genug Zeit also«, meinte sie und küßte Gabriels Schulter.

Er lachte. »Allerdings«, stimmte er zu, und dann küßte er sie.

Ihre Vereinigung war diesmal weder ungestüm noch heftig. Gabriel ließ sich viel Zeit und brachte Annabel sehr langsam und sehr sanft zu einem Höhepunkt, der alles in ihr zum Vibrieren brachte und in ihr nachhallte wie der Anschlag einer großen Glocke. Als es vorbei war, blieben sie in inniger Umarmung liegen, bis ihr Herzschlag und ihr Atem sich beruhigt hatte.

»Mein Gott«, wisperte Gabriel irgendwann. »Jedesmal, wenn ich glaube, du könntest mich nicht mehr überraschen, versetzt du mich auf Gipfel der Ekstase, wie ich sie noch nie zuvor erklommen habe.«

Annabel räkelte sich, zutiefst befriedigt und schlang die Arme um seinen Nacken. »Du bist ein Schwindler, Gabriel – obwohl du dich als hartgesottener Rancher ausgibst, hast du das Herz, die Seele und den Geist eines Poeten.«

Er streifte ihre Lippen mit den seinen, und sie nahm ihren eigenen Duft auf ihnen wahr. »Was ist mit meinem Mund?« scherzte er. »Ist es der Mund eines Cowboys oder eines Schriftgelehrten?«

Sie lachte leise. »Du bist unverbesserlich.«

Gabriel hob den Kopf, und obwohl Annabel sein Gesicht nicht sehen konnte, erkannte sie an der jähen, fast unmerklichen Anspannung seiner Arme, seiner Brust und Schultern, daß seine Stimmung sich verändert hatte. »Wie kommt es, Annabel, daß wir uns in solchen Augenblicken so gut verstehen und uns tagsüber an die Kehle gehen?«

Sie strich mit einem Finger über seine Nase. »Ich weiß es nicht«, erwiderte sie traurig. »Aber laß uns nicht an morgen denken. Ist es nicht viel sinnvoller, unser Glück zu genießen, wann und wo immer wir es finden?«

»Du hast recht«, stimmte Gabriel leise zu. »Vorausgesetzt, du findest dieses Glück bei mir.«

Annabel strich ihm zärtlich über das weiche Haar. »Psst«, sagte sie. »Es gibt keinen anderen.«

»Nicht einmal Jeffrey?«

Sie lachte. »Ganz bestimmt nicht *Jeffrey*«, entgegnete sie heiter, doch bei ihren nächsten Worten merkte sie, daß sich ein ernster Ton in ihre Stimme schlich. »Wenn wir jetzt über Treue reden, verderben wir alles, Gabriel.«

Gabriel stieß einen tiefen Seufzer aus, ob aus Frustration, Verzweiflung oder beidem, hätte Annabel nicht sagen können, und lehnte seine Stirn an ihre. »Wenn wir nur noch einmal von vorn anfangen könnten, Annabel – wie bei einer Partie Schach, wenn man die Figuren neu aufbaut und das Spiel ganz von vorn beginnt.«

Annabel streichelte seinen muskulösen Rücken. »Das ist ein hübscher Gedanke, Mr. McKeige. Was würdest du dann anders machen?«

Er stützte sich auf einen Ellbogen auf und schaute nachdenklich auf sie herab. »Ich glaube, ich würde dir sagen, was ich für dich empfinde, anstatt mich darauf zu verlassen, daß du es ganz von selbst erkennst – an der Art, wie ich geschuftet habe, um dir dieses Haus zu geben und all die hübschen Kleider und den Schmuck.« Er hielt inne, und als er wieder sprach, klang seine Stimme rauh. »Ich wäre nach Susannahs Tod geduldiger gewesen.«

Sie strich zärtlich mit der Hand über sein Kinn. »Du mußtest mit deinem eigenen Schmerz fertig werden, Gabriel, und du *warst* sehr nett zu mir. Denkst du noch an sie? An Susannah, meine ich?«

»Jeden Tag.«

Sie nickte. »Ich auch«, gestand sie und lenkte das Gespräch dann in eine ungefährlichere Richtung. »Wenn ich eine zweite Chance bekäme, würde ich mich bemühen, nicht so stolz und stur zu sein und nicht nur an meinen eigenen Schmerz zu denken. Aber es gibt vieles, was ich *nicht* ändern würde. Jenen Tag zum Beispiel, an dem wir mitten in der Einöde diesen allein stehenden Ahornbaum fanden und zwei Stunden lang darunter hockten, während überall um uns herum der Regen niederprasselte. Oder unsere Hochzeitsnacht, in der niemand außer uns auf dieser Welt zu existieren schien und wir uns vorkamen wie Adam und Eva mit dem Schlüssel zum Paradies. Und vor allem würde ich niemals ändern wollen, daß wir zusammen Nicholas und Susannah erschaffen haben.«

Gabriel küßte sie zärtlich und mit einer gewissen scheuen Ehrfurcht. Dann streckte er sich neben ihr aus, zog sie an sich, und sie schliefen ein.

Als Nicholas aus der Baracke in die Küche seines Elternhauses kam, da er selbst Charlies Essen den Vorzug vor dem des Cowboys gab, der heute mit dem Kochen an der Reihe war, stellte er verwundert fest, daß ein Fremder dort am Tisch saß. Der Mann war klein, fast zierlich, und sein Haar sah aus, als hätte er es in eine Schüssel Pomade getaucht und es dann mit einem Handtuch glattgestrichen. Gekleidet war er wie ein Dandy, und um den Hals trug er ein Tuch, das so blütenweiß war, daß es Nicholas fast blendete.

»Morgen«, sagte er und wechselte einen Blick mit Charlie, als er zum Herd ging, um sich Kaffee zu nehmen.

»Sie müssen Annabels Sohn sein«, sagte der Neuankömmling, aber ein leiser Zweifel klang in seiner Stimme mit.

Nicholas hätte nicht sagen können, was diesen Fremden so verunsicherte – seine fehlende Ähnlichkeit mit Annabel oder seine grobe Arbeitskleidung und der abgeschabte Ledergurt an seiner Hüfte, der jetzt leer war, weil Charlie grundsätzlich keine Waffen in seiner Küche duldete. Vielleicht war es auch all das zusammen.

»Das ist richtig«, erwiderte Nicholas und hielt kurz inne, um einen kritischen Blick in die Pfanne mit dem Hackfleisch zu werfen, das Charlie briet, bevor er zum Tisch ging und sich zu dem Fremden setzte. »Und wer sind Sie?«

Der gutgelaunte Besucher reichte ihm lächelnd seine Hand.

»Verzeihen Sie, daß ich mich nicht vorgestellt habe«, sagte er. »Mein Name ist Braithewait, Jeffrey Braithewait, und ich bin gekommen, um Ihre Mutter nach England zurückzubegleiten. Es ist nicht ratsam für eine Frau, allein zu reisen, und dann auch noch über einen Ozean und quer durch ein Land wie dieses hier! Gott weiß, daß ich versucht habe, Annabel zu warnen, aber sie kann sehr eigensinnig sein ...«

Bei seinem Geplapper mußte Jeffrey das leise, aber vielsagende Klirren entgangen sein, mit dem Nicholas seine Kaffeetasse auf den Tisch gestellt hatte. Bevor Nicholas jedoch etwas sagen konnte, stellte Charlie rasch einen Teller vor ihn hin, und fast im selben Augenblick kam Annabel herein.

Sie trug Reitsachen – einen knöchellangen Hosenrock, Stiefel und eine weite Bluse –, und ihr Haar war zu einem einzigen dicken Zopf geflochten. Wieder war Nicholas verblüfft, wie jung sie wirkte – es schien fast unmöglich, daß sie ihn vor zwanzig Jahren unter ihrem Herzen getragen haben sollte.

»Ich werde nicht nach England zurückkehren«, verkündete Annabel mit einem Lächeln und einem freundlichen Nicken in Charlies Richtung. »Zumindest jetzt noch nicht. Und ganz sicher nicht mit dir,

Jeffrey. Wenn du unbedingt Amerika kennenlernen willst, warum fährst du dann nicht nach San Francisco weiter? Die Unterbringung und Gesellschaft dort werden dir sehr viel besser gefallen als das, was wir dir hier zu bieten haben.«

Nicholas unterdrückte ein Grinsen. Er war schon im Begriff gewesen, Annabels Partei zu ergreifen, aber es war offensichtlich, daß sie sehr gut allein zurechtkam.

Wenn jetzt nur noch sein Vater käme! Das würde die Szene noch interessanter machen.

Wie aufs Stichwort kam Gabriel die Hintertreppe herunter, angezogen für die Arbeit. Nicholas entging nicht, daß es schon recht spät für ihn war, sein Vater stand gewöhnlich noch vor Sonnenaufgang auf. Nicholas war zwar nicht entgangen, daß seine Eltern miteinander geschlafen haben mußten, aber er hatte es sich höchstens theoretisch vorgestellt, aber ganz gewiß nicht praktisch. Das hinderte ihn jedoch nicht daran zu bemerken, wie beschwingt die Schritte seines Vaters waren und wie seine Augen glänzten. Nicholas ließ sich nicht irreführen durch die Tatsache, daß beide durch verschiedene Türen eingetreten waren, und Charlie auch nicht, obwohl er sich die größte Mühe gab, so zu tun, als ob er nichts bemerkte. Was Braithewait dachte, blieb noch abzuwarten.

»Morgen«, sagte Gabe zu allen und niemandem im besonderen und nahm sich eine Tasse Kaffee und einen Teller Hackfleisch.

Annabel setzte sich neben Nicholas, der beiseite rückte, um ihr Platz zu machen, während Gabe auf die andere Seite des Tisches ging und sich zu Jeffrey setzte. Charlie bediente die Dame des Hauses formvollendet.

Der Engländer schien ebenso nervös zu sein, wie Nicholas sich fühlte, aber Gabe und Annabel benahmen sich, als wäre dies ein ganz normaler Augenblick.

Erst als er die Hälfte seines Tellers leergegessen hatte – Gabe war ein Mann von legendärem Appetit –, ließ der Hausherr sich dazu herab, den verwirrten Besucher anzusprechen.

»Wir erwarten, daß alle sich hier ihren Unterhalt verdienen«, sagte er. »Wenn Sie bleiben wollen, wird Nicholas Ihnen ein Pferd und einen Sattel geben und Ihnen zeigen, wo Sie schlafen können.«

Braithewait warf Annabel einen vorwurfsvollen Blick zu, aber sie strich gerade Butter auf ihr Brot und bemerkte es nicht. »Ich habe keine Klagen über meine Unterkunft«, sagte er nervös.

Nicholas verkniff sich ein Grinsen.

»Dies ist eine Ranch, auf der gearbeitet wird, Mr. Braithewait«, sagte Gabe ganz unverblümt und hob seine Gabel, als wollte er damit seine Worte unterstreichen. »Und sie selbst haben mich um eine Stellung gebeten. Während ich einer Dame erlauben mag, sich bis mittags in ihrem Zimmer aufzuhalten, ist es bei gesunden, leistungsfähigen Männern etwas völlig anderes.« Er machte eine kurze, vielsagende Pause. »Sie sind doch gesund und leistungsfähig, hoffe ich? Zumindest haben Sie das gestern behauptet.«

Jeffrey errötete. »Selbstverständlich bin ich das«, erwiderte er unwirsch, zerknüllte seine Stoffserviette und warf sie neben seinen Teller. Wieder schaute er hilfesuchend zu Annabel hinüber und stellte fest, daß sie noch immer intensiv mit ihrem Brot beschäftigt war. »Ich muß schon sagen – auf einen solchen Empfang war ich wirklich nicht gefaßt!«

Charlie reichte Gabe eine zusammengefaltete Zeitung – Nicholas wußte, daß sie schon eine Woche alt war und sein Vater die Schlagzeilen aus dem Kopf hätte zitieren können –, und Gabe runzelte die Stirn, als läse er sehr angestrengt.

»Nicholas«, sagte er, »sieh zu, daß Mr. Braithewait einen Schlafplatz findet, und mach ihn mit den anderen bekannt.«

Zum ersten Mal in seinem Leben beeilte Nicholas sich, einen Auftrag zu erfüllen.

»Hier entlang«, sagte er und ging zur Hintertür. Auf der Veranda draußen nahm er seinen 45er vom Fensterbrett und steckte ihn in den Halfter. Annabels Hunde, die Nicholas eben noch freudig begrüßt hatten, als er das Haus betrat, fletschten die Zähne und knurrten wieder drohend, als sie Braithewait sahen.

»Unglaublich«, murmelte der Engländer und beeilte sich, mit Nicholas Schritt zu halten.

Nicholas grinste. *Vielleicht kann der Neue einige der Jungs für eine aufregende Partie Kricket begeistern,* dachte er spöttisch.

»Wenn ich es nicht besser wüßte«, murmelte Annabel und schnappte sich die Zeitung, kaum daß Gabe sie auf den Tisch gelegt hatte, »würde ich glauben, daß du Jeffrey gern auf dieser Ranch behalten willst.«

Charlie füllte ihre Kaffeetasse, übersah geflissentlich die von Gabriel und ging hinaus, um seine Hühner zu füttern.

Gabriels Lächeln war ausgesprochen boshaft. »Ganz im Gegenteil«, erwiderte er. »Wenn ich ihn vor die Tür setzen würde, käme er ja doch nur wieder angekrochen. Und so wird er sich entweder nützlich machen oder der harten Arbeit so überdrüssig werden, daß er sich verzieht.«

Annabel überflog interessiert die Schlagzeilen. »Unterschätze Jeffrey nicht«, warnte sie. »Er ist sehr schlau und versteht es, sich bei anderen Leuten häuslich einzurichten.«

Gabriel lachte und stand auf, um seinen Teller und sein Besteck abzuräumen. »Er behauptet, er wäre ein guter Reiter«, erzählte er und wunderte sich dabei über seine gute Laune, »obwohl er so aussieht, als ob ihn der geringste Windstoß aus dem Sattel fegen würde.«

»Das Glück werden wir nicht haben«, erwiderte Annabel, ohne von dem Artikel aufzuschauen, den sie las. »Jeffrey ist bekannt dafür, daß er seine Opfer jahrelang verfolgt. Er bewegt sich in den besten Kreisen und scheint eine Menge Geld zu haben, zumindest hin und wieder, obwohl niemand weiß, woher es stammt. Denn seine Familie, obwohl von Rang und Namen, ist schon seit einer Ewigkeit bankrott …«

Gabriel trat plötzlich hinter sie, und sie war sich seiner Anwesenheit und Nähe dermaßen bewußt, daß ihr die Luft knapp wurde und sie verstummte.

Der Morgen war schließlich doch gekommen, und der nächtliche Waffenstillstand war vorbei.

Doch Gabriel bückte sich und küßte sie auf den Nacken, nachdem er den schweren Zopf beiseite geschoben hatte. »Wenigstens brauche ich keine Angst vor Konkurrenz zu haben«, sagte er. »Zumindest nicht bei ihm.«

Annabel drehte sich um und schaute zu ihrem Mann auf. »Ich auch nicht«, erwiderte sie. »Denn ich habe beschlossen, dich zu erschießen, Gabriel, wenn du auch nur eine andere Frau ansiehst.«

Julias Name stand zwischen ihnen, beißend scharf wie Rauch, doch dann war dieser Moment vorbei.

»Laß es gut sein, Annabel«, warnte Gabe.

»Mein lieber Gabriel«, erwiderte sie ruhig, »ich habe bisher nicht einmal begonnen.«

Seufzend richtete er sich auf und fuhr sich mit der Hand durchs Haar. »Na schön«, meinte er. »Falls du Abstand zu mir brauchst, außer wenn wir beide nackt sind und es dunkel ist im Haus, kannst du ihn haben.«

Annabel spürte, wie sie errötete, vielleicht, weil Gabriel der Wahrheit so peinlich nahe gekommen war. Nachts, wenn sie intim miteinander waren und er sie in den Armen hielt, vertraute sie ihm blind. Im hellen Tageslicht jedoch war sie nicht ganz so zuversichtlich.

Als Gabriel, ohne ihr noch einen Blick zu gönnen, auf demselben Weg wie Nicholas und Jeffrey das Haus verließ, ließ Annabel ihn gehen, weil es ihr widerstrebte, ihn zurückzurufen.

10. Kapitel

Annabel stützte die Hände in die Hüften und betrachtete kritisch die Auswahl an Pferden auf der Koppel, während Nicholas, eine Schulter an den hohen Zaun gelehnt, geduldig darauf wartete, daß sie sich für eins entschied. Es waren Arbeitstiere, nicht die schlanken, langbeinigen Vollblüter, die sie in England geritten hatte, aber sie sahen kräftig aus und trittsicher.

Sie entschied sich schließlich für eine kleine graue Stute, und Nicholas nickte einem der Männer zu, worauf er dem Pferd ein Halfter anlegte und es in die Scheune führte.

»Jessie hat einen Jungen geschickt, um uns zu sagen, daß sie einige Wagen und ein halbes Dutzend Männer braucht, um Möbel von ihrem Haus in deins zu bringen«, sagte er. »Hast du es dir anders überlegt?«

Annabel schüttelte den Kopf, verlegen, weil Nicholas allen Grund besaß zu glauben, sie habe beschlossen, auf der Ranch zu bleiben, und nicht nur, weil sie heute den Tag mit Ausreiten verbringen wollte, statt ihr Haus in der Stadt einzurichten.

»Nein, es hat sich nichts geändert«, erwiderte sie traurig – obwohl sich eigentlich *sehr vieles* verändert hatte oder ihr zumindest klargeworden war.

Trotz allem jedoch wollte Annabel das Haus in Parable behalten und es als ihren Zufluchtsort einrichten, denn ohne dieses Haus hätte sie sich hier in diesem weiten und zweifelsfrei noch wilden Westen genauso heimatlos gefühlt wie Jeffrey.

»Schon gut, Annabel«, meinte Nicholas und legte für einen flüchtigen Moment die Hand auf ihre Schulter. »Wir alle brauchen ab und zu einen Ort, an den wir uns verziehen können.«

Das weckte ihren Ärger, oder vielleicht war es auch nur ihr schlechtes Gewissen, das sich meldete. Sie folgte Nicholas mit raschen Schritten, als er in die Scheune ging, wo die kleine Stute gesattelt wurde. »Ist es das, was du denkst?« fragte sie leise. »Daß ich ein Feigling bin und mich in diesem Haus *verstecken* will?«

Nicholas lächelte und hob beschwichtigend die Hände. »Warum regst du dich so auf? Was ist denn schlimm daran, wenn man ab und zu allein sein will? Ich reite auch gern in die Berge, wenn ich meine Gedanken sammeln will.«

Annabel kam sich albern vor und legte eine Hand an ihre Kehle. »Entschuldige. Ich hätte dich nicht so anfahren dürfen. Es ist nur so, daß ich ... nun ja ...«

»Du brauchst mir nichts zu erklären«, unterbrach Nicholas sie gnädig und verzog den Mund zu einem Lächeln, das Annabel als liebenswert und aufreizend zugleich empfand. »Wolltest du mir sonst noch etwas sagen? Ich möchte den Sattelgurt noch überprüfen, um zu sehen, ob er richtig sitzt.«

Er hatte ihr das Stichwort gegeben, das sie brauchte, wenn auch vielleicht nur unbewußt, und Annabel ließ sich wie immer von dem Grundsatz leiten, daß es besser war, unangenehme Dinge nicht zu lange aufzuschieben. Sie schaute sich rasch um, und obwohl auf dem Hof und der Koppel die übliche Geschäftigkeit herrschte, war niemand in der Nähe, der sie hören konnte. »Reitest du wirklich in die Berge?«

Er erwiderte ihren Blick ruhig, verschränkte die Arme, wie sie es eben auch getan hatte. Über seine linke Schulter hinweg bemerkte sie Jeffrey, der richtig unglücklich in seinen schlechtsitzenden Cowboyhosen wirkte und mit wütenden Schritten auf sie zustapfte, und für einen Moment schloß sie die Augen und wünschte ihn weit fort. Weit, weit fort.

»Was soll das denn heißen, Annabel?« entgegnete Nicholas ruhig, aber seine Augen waren schmal geworden, und er sah auf einmal so wütend aus – und Gabriel so ähnlich –, daß Annabel der Atem stockte.

Darauf konnte sie natürlich nur indirekt antworten. »Sattle dein Pferd«, befahl sie, anstatt zu sagen, was sie dachte, und trat einen Schritt vor, um Nicholas zu zeigen, daß sie sich durch nichts von ihrem Kurs abbringen lassen würde. »Ich möchte mit dir reden, und es ist offensichtlich, daß wir hier keine Ruhe dazu haben werden.«

Nicholas, auch darin war er seinem Vater ähnlich, schien es gewohnt, sich durchzusetzen. Er wirkte sehr verblüfft über Annabels entschlossenes Auftreten, hob jedoch nach kurzem Zögern beide Hände und ließ sie wieder sinken, bevor er sich abwandte und loszog, um zu tun, was sie von ihm verlangt hatte. Dabei murmelte er ärgerliche Worte vor sich hin, und Annabel lächelte im stillen.

»Du hättest heute morgen ruhig meine Partei ergreifen können!« brummte Jeffrey vorwurfsvoll, als er sie endlich erreichte und vor ihr stehenblieb. »Eine schöne Freundin bist du, wenn du zuläßt, daß man deinen *Gast* zwingt, die gleiche Arbeit zu verrichten wie diese … diese tabakkauenden Barbaren!«

»Nun reg dich nicht so auf, Jeffrey«, erwiderte Annabel mit falscher Freundlichkeit. »Wenn es dir nicht paßt, wie du hier behandelt wirst, kannst du ja gehen. Im übrigen ist dies Gabriels Ranch, nicht meine. Sprich mit *ihm,* wenn du dich ungerecht behandelt fühlst. Und vergiß nicht, bitte, daß du selbst um Arbeit hier gebeten hast.«

Jeffrey blieb unbeeindruckt – aber das war zu erwarten gewesen. »Du weißt sehr gut, daß es reine Zeitverschwendung wäre. McKeige mag zwar ein

Bauerntölpel sein, aber er weiß, daß ich hinsichtlich deiner Zuneigung sein Rivale bin und als solcher …«

»Warte«, sagte Annabel und hob die Hand. »Einen Moment mal, Jeffrey. Du rivalisierst mit niemandem um etwas, was mich betrifft, und vor allem nicht um meine Zuneigung. Wenn es das ist, wozu du diesen weiten Weg gekommen bist, tut es mir leid, aber es ist deine eigene Schuld, daß du die Reise umsonst gemacht hast. Du willst ja einfach nicht hören.«

Jeffrey lief rot an. »Was soll das heißen, ich will nicht hören?« versetzte er. »Ich habe dir zehn Jahre zu Füßen gelegen, Annabel! Ich habe dir Punsch geholt auf den Gesellschaften, bin deinen verlorenen Kricketbällen durch Hecken und durch Zäune nachgejagt, und habe dir Blumen geschickt, wenn du in der Stadt warst …«

»Und ich habe dir in all diesen zehn Jahren stets gesagt, du solltest damit aufhören«, unterbrach ihn Annabel.

»Belästigen Sie die Dame?« fragte Nicholas. Annabel hatte ihn nicht kommen sehen, aber da war er, hielt ihre Stute am Zügel und seinen eigenen nervösen Wallach. »Ich hoffe nicht, Mr. Braithewait, denn sonst müßte ich Sie an Ihrem mageren Genick packen und ihren Kopf zum Abkühlen in die Pferdetränke tauchen.«

»Rüpel!« schimpfte Jeffrey, aber er schien zu wissen, genausogut wie Annabel, daß Nicholas seine Drohung ernst meinte und auch imstande war, sie auszuführen. Ohne ein weiteres Wort wandte sich Jeffrey ab und stürmte davon.

Nicholas schaute ihm grinsend nach. »Ich hoffe, der Kerl bleibt noch eine Weile. Er ist ausgesprochen unterhaltsam.«

Annabel lachte und berührte seinen Arm. »Wo ist dein Vater? Wir sollten ihm lieber sagen, daß ich dich vom Pfad des Fleißes abgebracht habe, denn sonst wird er sich fragen, warum deine Arbeit nicht erledigt wird.«

»Pa ist zu einem der Bergwerke geritten«, antwortete Nicholas und half ihr aufzusitzen, aus purer Höflichkeit, denn sie war eine erfahrene Reiterin, die keine Unterstützung brauchte. »Ich sollte ihn dort treffen – es ging um irgendeinen Erztransport.«

»Reite voran«, forderte Annabel ihn auf.

Sie hatte sich danach gesehnt, zu reiten, seit sie Warwickshire verlassen hatte, und es war einfach herrlich, die kleine Stute zu einem flotten Trab anzutreiben und dann in gestrecktem Galopp durchs hohe Gras zu jagen. Mit ihrem Sohn an ihrer Seite war ihr Glück vollkommen. Mit diesem Sohn, dem sie törichterweise erlaubt hatte, sie zu verlassen, und den sie in all diesen Jahren so verzweifelt vermißt hatte, wie nur eine Mutter ihr Kind vermissen konnte.

Nach einer Weile ließen sie ihre Pferde wieder im Schritt gehen, und Nicholas schob seinen Hut in den Nacken, um ihn gleich darauf wieder in die Stirn zu ziehen. Wenn er vorhin, als Annabel ihn nach seinen Ausflügen in die Berge gefragt hatte, ärgerlich geworden war, so pfiff er jetzt ein munteres Liedchen, und seine blauen Augen, die Gabriels so ähnlich waren, funkelten vor Vergnügen.

Annabel erkannte mit erschütternder Klarheit, was dieses Land für Nicholas bedeutete – daß er zu ihm gehörte wie das letzte Stückchen eines Puzzles; wie der blaue Himmel über ihnen oder der ewige Schnee, der auf den Bergen lag. Wenn er über diese weiten Felder und grünen Hügel ritt, auf den zu

Hunderten die Rinder seines Vaters grasten, dann war er wie ein Prinz, der das Königreich bewachte, das eines Tages sein eigenes sein würde.

Wie ist es nur möglich, fragte sich Annabel, daß ich ihn unter meinem Herzen getragen habe, ihn bis zum siebten Lebensjahr erzogen und in all diesen langen, bitteren Jahren seine Briefe gelesen habe, bis sie auseinanderfielen, und trotzdem so wenig über diesen Jungen weiß?

Nicholas hörte auf zu pfeifen. Wahrscheinlich hatte er ihren Gesichtsausdruck bemerkt. »Ich nehme an, du möchtest jetzt die Unterhaltung fortsetzen, die wir auf der Koppel begonnen hatten«, sagte er und ließ in stiller Resignation die Schultern hängen.

Annabel wäre vielleicht amüsiert gewesen, wenn die Lage nicht so ernst gewesen wäre. Wenn auch nur die Hälfte dessen stimmte, was sie gehört hatte, stand Nicholas' Leben auf dem Spiel.

Sie beugte sich vor und klopfte den Hals der kleinen Stute, weil sie Zeit gewinnen wollte, um sich die richtigen Worte zurechtzulegen. Aber keine Eingebung belohnte ihre Taktik. Wahrscheinlich *gab* es gar keine richtigen Worte – nur offenherzige und direkte, die ihn ganz gewiß in Zorn versetzen würden.

»Es gehen Gerüchte um, Nicholas«, begann sie tapfer, um gleich darauf wieder zu verstummen. Es muß ein Irrtum sein, was die Leute reden, dachte sie. Dennoch stand Nicholas' Leben auf dem Spiel, und deshalb durfte sie nicht das Risiko eingehen, sich selbst zu täuschen. Sie hatte schon ein Kind verloren; sie würde nicht zulassen, daß ihr auch das andere genommen wurde.

Er zog eine Braue hoch, sagte aber nichts, saß nur schweigend da und schaute sie an, eine Spur herausfordernd vielleicht, während er darauf wartete, daß sie fortfuhr.

Annabel hielt dem Blick ihres Sohnes ruhig stand, obwohl sie sehr nervös war und sogar ein bißchen Übelkeit verspürte. Sorgen hatten diesen Effekt auf sie, vor allem, wenn Nicholas der Anlaß dazu war; er, sogar noch mehr als Gabriel, war ihre Achillesferse, die schwache Stelle in ihrer Rüstung. »Hat Captain Sommervale Grund zu seiner Vermutung, daß du etwas mit diesem Viehdiebstahl zu schaffen hast?«

Nicholas erhob den Blick zum Himmel wie ein Prediger; seine Profil war hart und unbewegt. Ein langer Moment verstrich, bevor er Annabel wieder anschaute, und als er endlich etwas sagte, durchfuhr seine Antwort sie wie die Spitze eines scharfen Schwerts. »Was kümmert dich das?« entgegnete er.

Annabel fuhr zusammen – das konnte sie nicht verhindern –, aber sie dachte nicht daran, sich einschüchtern zu lassen. Nicholas hatte nicht *all* seine Willenskraft von Gabriel; einen sehr beachtlichen Anteil dieser Stärke hatte er auch von ihr.

»Es kümmert mich, Nicholas«, erwiderte sie ruhig. »Ich bin deine Mutter, und ich habe dich sehr lieb.«

»Die Antwort darauf kann ich mir wohl sparen.«

»Das ist sehr weise von dir, junger Mann. Denn dann brauche ich dich wenigstens nicht mit meiner Reitpeitsche zu schlagen.«

»Du hast doch gar keine Reitpeitsche dabei.«

»Das war nur bildlich gemeint, Nicholas. Ein ganz normaler Stock würde auch genügen.«

Plötzlich war der ganze Zorn, den er in all den Jahren ihrer Trennung unterdrückt hatte, deutlich in seinem Gesicht zu sehen. Annabel begriff, daß sie den wahren Nicholas nicht einmal annäherungsweise kannte, und war betroffen und beschämt.

»Warum bist du nicht zurückgekommen?« fragte er, ohne die Stimme zu erheben. Aber das war auch gar nicht nötig, denn seine Frage schien wie Donner in alle Richtungen zu schallen und dann wie ein allumfassendes Echo zu Annabel zurückzukehren. »*Warum?*«

Annabel schloß für einen Moment die Augen und sammelte ihre ganze Kraft und Selbstbeherrschung. »Es gab Probleme, Nicholas. Dinge, die du nicht verstanden hättest.«

»Oh, keine Angst, ich habe sie sogar sehr gut verstanden!« versetzte er. »Du hast um Susie getrauert. Aber Pa auch, und Gott weiß, wie sehr sie *mir* fehlte.« Ein feuchter Glanz erschien in seinen Augen, und er blinzelte rasch, um seine Tränen zu verdrängen. »Du dachtest, Julia Sermon wäre Pas Geliebte; vielleicht denkst du es sogar heute noch. Und das Teuflische daran ist, daß du dich damals schon geirrt hattest und dich auch jetzt noch irrst. Aber ich habe den Preis für deinen dummen Stolz bezahlt, und auch für den Stolz von Pa. *Ich* habe ihn bezahlt, Mutter.«

Annabel hatte sich danach gesehnt, ihn das Wort ›Mutter‹ aussprechen zu hören, aber nicht auf diese Weise. Nicht mit solcher Verachtung, mit solchem Zorn und solcher Trauer. Denn all das hörte sie in seiner Stimme, und sie wunderte sich, daß er diese Gefühle bisher so gut vor ihr verborgen hatte und seit ihrer Ankunft auf der Ranch höflich und sogar liebevoll zu ihr gewesen war.

Als er seinen Wallach zu einer schnelleren Gangart antrieb, vermutlich mit der Absicht, sie für eine Weile loszuwerden, paßte Annabel sich seinem

Tempo an. Aber ihre Stute war seinem Wallach nicht gewachsen; falls Nicholas beschloß, sich von ihr zu entfernen, würde ihr eigenes Pferd sehr rasch zurückfallen. Sie mußte sich beeilen, wenn sie mit ihm reden wollte.

»Du hast recht, Nicholas«, sagte sie. »Zumindest mit dem Vorwurf, dein Vater und ich wären zu sehr mit unseren eigenen Problemen beschäftigt gewesen und hätten uns zu wenig um dich gekümmert – mein Stolz war schon immer mein schlimmster Fehler, genau wie bei deinem Vater. Bitte, Nicholas, laß nicht zu, daß er auch dir zum Verhängnis wird.«

Nicholas zügelte seinen Wallach, aber es war ein äußerst unwilliges Entgegenkommen, das ihn sehr viel Willenskraft zu kosten schien. »Laß es gut sein, Annabel«, sagte er rauh. »Es ist sowieso zu spät.«

»Zu spät?« erwiderte sie entrüstet. »Nicholas, du bist erst neunzehn Jahre alt! Obwohl dir das von deinem Standpunkt aus sehr alt erscheinen mag, ist es noch gar nicht lange her, daß du kurze Hosen getragen hast. Du hast noch viele Möglichkeiten – so viele! Du wärst ein Narr, wenn du sie wegwirfst!«

Nicholas dachte in mürrischem Schweigen über ihre Worte nach, bevor er zum nächsten Hieb ausholte. »So wie du?« fragte er.

Tränen brannten hinter ihren Lidern, aber sie dachte nicht daran, sie zu vergießen – zumindest nicht, während Nicholas oder jemand anderer sie sehen konnte. »Wie ich«, bestätigte sie. »Hör zu, ich weiß, daß du mir jetzt nicht glauben wirst, aber eines Tages wirst du es vielleicht tun, wenn du das Glück hast, ein eigenes Kind zu haben. Ich würde mich lieber ins Gefängnis sperren oder hängen lassen, als mit anzusehen, wie man dir so etwas antut. Und ich werde kämpfen, Nicholas, bis zum letzten Atemzug, um dich davor zu bewahren. Ich werde mich gegen die gesamte Kavallerie der Vereinigten Staaten stellen, wenn es nötig ist, gegen die Banditen, mit denen du dich herumtreibst, und gegen sämtliche Engel im Himmel und Teufel in der Hölle, auf Gedeih und Verderb und mit und ohne deinen Segen. Denk darüber, was du willst. Ich bin zu verzweifelt, um mich daran zu stören.«

Nicholas biß sich auf die Unterlippe und starrte geradeaus, und Annabel hätte alles, was sie besaß, dafür gegeben, um zu erfahren, was für Gedanken ihn in diesem Augenblick bewegten.

»Wo war all diese Leidenschaft, als ich acht war – und neun und zehn?« fragte er schließlich.

»Oh, sie war da, genauso stark wie heute. Ich wollte dich aufziehen und jeden Tag und jede Sekunde deines Lebens für dich da sein. Aber du mußtest ja unbedingt hierher zurückkehren, nicht?«

»Ich dachte, du würdest nachkommen«, erwiderte er schlicht, und es lag soviel spontane Ehrlichkeit in seinen Worten, daß Annabel sich fragte, ob es nicht das erste Mal in seinem Leben war, daß er überhaupt darüber sprach.

»Ich wünschte, ich hätte es getan«, erwiderte sie, »aber ich hatte meine eigenen Dämonen zu bekämpfen. Ich wollte, daß dein Vater Julia Sermon aufgab und nach Boston kam, um mich zurückzuholen.«

Nicholas rückte wieder seinen Hut zurecht. Die Silbermine war jetzt schon in einiger Entfernung zu erkennen; sie sah wie eine Narbe auf dem ansonsten unberührten Land aus. Ihre Zeit war begrenzt, und sie hatten so wenig erreicht bisher.

»Pa wird Julia nie aufgeben«, erklärte Nicholas

ganz unverblümt. »Wenn irgendeiner diese Freundschaft aufgibt, dann wird es Miss Sermon sein.«

Wenn er Annabel damit verletzen wollte, dann war es ihm ganz gewiß gelungen.

Er starrte sie an, aber nicht mehr wütend, wie ihr schien, sondern mit irgendeinem anderen, sehr eindringlichen Gefühl, das er möglicherweise selbst nicht benennen konnte. »Du glaubst, ich sagte das nur, um dir weh zu tun«, sagte er.

Annabel nickte nur, weil sie im Augenblick nicht in der Lage war, darauf zu antworten.

»Vielleicht stimmt das auch, zumindest teilweise. Aber es gibt da etwas, was du wissen solltest, Annabel: Julia ist nicht wie ihre Mädchen. Sie ist eine Dame.«

Annabel versteifte sich. »Wenn du es sagst, Nicholas«, erwiderte sie kühl.

»Frag Pa.«

Sie schüttelte den Kopf »Das kann ich nicht. Nicht, wenn ich auch nur den Anschein des Friedens zwischen uns bewahren will – und Gott weiß, daß ich das will.« *Selbst wenn ich meinen berüchtigten Stolz dafür opfern muß.*

»Na schön«, erwiderte Nicholas. »Dann würde ich dir raten, Miss Sermon aufzusuchen. Sie wird dir eine aufrichtige Antwort geben.«

Entrüstet schüttelte Annabel den Kopf. »Ich bin beeindruckt, Nicholas. Wir sprachen eben noch über dich, und nun ist die hiesige *Madame* – und ich kann dir versichern, daß das Wort ›Madame‹, in diesem Zusammenhang gebraucht, keinesfalls das gleiche heißt wie ›Dame‹ – plötzlich das Thema unserer Unterhaltung. Glaubst du allen Ernstes, ich würde in den Samhill Saloon gehen und nach Julia Sermon fragen?«

»Das wirst du tun müssen, wenn du die Wahrheit wissen willst«, antwortete Nicholas. Und damit war die Diskussion beendet, denn sie hatten nun die Mine mit ihrer geräuschvollen Maschinerie erreicht.

Gabriel kam ihnen entgegen, und als Annabel ihn ansah, erwachte ein jähes Besitzdenken in ihr, etwas Ursprüngliches und Primitives.

Sie versuchte, dieses überwältigende Gefühl abzuschütteln, aber es gelang ihr nicht.

Ein kurzer Wortwechsel zwischen Vater und Sohn, dann tippte Nicholas an seinen Hut und ritt zur Mine weiter.

Gabriel blieb, betrachtete Annabel und sah mehr, als sie ihm zeigen wollte. »Was hat er dir gesagt?« fragte er. »Du siehst aus, als ob du jeden Augenblick aus der Haut fahren wolltest.«

Annabels Kehle schmerzte, als hätte sie sich eine Grippe eingefangen. »Er ist wütend«, gab sie zu. »Aber das ist verständlich.«

Gabriels Antwort überraschte sie. »Es tut mir leid, Annabel«, sagte er leise. »Möchtest du, daß jemand dich zur Ranch zurückbegleitet?«

Den Tränen nahe, lächelte sie und schüttelte den Kopf. »Nein – ich finde auch allein zurück.«

Er kam näher und legte eine Hand auf ihren Schenkel. »Gräm dich nicht so, Annabel. Nicholas ist ein Kind. Mag sein, daß er ein bißchen aufgebracht ist – Gott weiß, daß er das Recht hat, auf uns beide wütend zu sein –, aber du bist seine Mutter, und er liebt dich. Laß ihm Zeit.«

Annabel nickte wortlos, wendete die kleine Stute und ritt davon.

Nicholas hätte sicher nicht an Tante Jessies Teegesellschaft teilgenommen, ganz zu schweigen davon, in Rock und Kragen zu erscheinen, wenn zwei Dinge nicht gewesen wären: Erstens wollte er zeigen, daß er hinter seiner Mutter stand, ganz gleich, welche persönlichen Differenzen sie auch haben mochten, und zweitens hatte Jessie einen ihrer berühmten Befehle ausgegeben, denen man sich nicht widersetzte.

Und deshalb war er da, hielt ein albernes kleines Bowleglas mit irgendeinem Fruchtsaft in der Hand und wünschte, er wäre sonstwo, nur nicht hier an Jessies Piano, mit einer ausgefransten Palme im Rücken, die ihn im Nacken kitzelte.

Die Zusammenkunft schien jedoch ein Erfolg zu sein, und das war immerhin ein Trost. Annabel war der Mittelpunkt des allgemeinen Interesses; sie trug ein wunderschönes grünes Kleid und lächelte und strahlte, als sie mit den ehrenwerten Damen plauderte, die in Scharen zu Jessies Einladung erschienen waren.

Nicholas nippte an dem Fruchtsaft und schaute sich im Zimmer um, in der Hoffnung, den Blick seines Vaters zu erwischen und ihn wissen zu lassen, wie sehr er litt. Aber Gabe unterhielt sich mit Marshal Swingler, und jetzt wandten sich die beiden auch noch ab und gingen in den Garten.

Nicholas fühlte sich im Stich gelassen und zupfte an seinem engen Kragen. Wie lange mag so etwas dauern? fragte er sich nervös.

Er unterdrückte einen Seufzer. Drei Tage höchstwahrscheinlich, wie die Veranstaltungen der Prediger, die gelegentlich nach Parable kamen, um reumütige Sünder zu bekehren.

Er war so vertieft in seine düsteren Betrachtungen,

daß er zusammenfuhr und beinahe seinen Saft verschüttete, als Jessie plötzlich neben ihm erschien.

»Olivia«, sagte sie, »das ist mein Neffe, Nicholas McKeige. Nicholas, das ist Olivia Drummond, die neue Lehrerin.«

Miss Drummonds Augen waren von einem dunklen Schiefergrau, wie Gewitterwolken, die sich am Horizont zusammenballten, und ihr Haar war schwarz und glänzend. Ein eigenartiges Gefühl beschlich ihn, als er auf ihr apartes Gesicht hinabschaute; ihm war, als stürzte er in einen tiefen Abgrund.

In Gedanken nahm er sich zusammen und versuchte, seinen Sturz zu bremsen, aber es war bereits zu spät. Bevor die neue Lehrerin etwas sagen konnte, ja, selbst bevor sie auch nur lächelte, war Nicholas schon bis über beide Ohren in sie verliebt.

Diese unfaßbare Erkenntnis kam ihm so jäh, so überraschend, daß sie ihm für einen Moment den Atem raubte und ihn keinen vernünftigen Gedanken fassen ließ.

»Nicholas?« fragte Jessie und nahm ihm vorsichtig das Glas ab, um es wegzustellen, wofür er ihr wahrscheinlich ewig dankbar sein würde.

»Hallo«, sagte er und stieß das Wort hervor, als hätte ihn jemand mit einem spitzen Stock von hinten angestoßen.

Olivia Drummond lächelte, und wieder begann sich alles um Nicholas zu drehen. Er hatte natürlich schon von der neuen Lehrerin gehört – die Leute munkelten, sie sei noch unverheiratet, obwohl sie bereits Ende Zwanzig oder sogar schon Anfang Dreißig war. Aber diese Frau, die vor ihm stand, wirkte wie ewig jung, weshalb es ein ausgesprochen glücklicher Zufall schien, daß sie noch ledig war.

»Hallo, Mr. McKeige«, erwiderte sie und reichte ihm ihre Hand. Ihre Finger fühlten sich sehr zart und kühl an, aber ihr Händedruck war fest und kräftig.

Jessie runzelte die Stirn. »Fühlst du dich nicht wohl, Nicholas?« Zu seiner Beschämung legte seine Tante die Hand auf seine Stirn, um zu prüfen, ob er Fieber hatte. »Du glühst auf einmal so.«

Olivias Augen funkelten, als sie Nicholas über den Rand ihres Glases beobachtete, während sie daran nippte.

»Es ist ein bißchen warm hier drinnen«, meinte Nicholas und zupfte wieder unsicher an seinem Kragen, worauf er sich prompt wie ein kompletter Idiot vorkam.

Miss Drummond senkte ihre zauberhaften Augen, aber nicht aus Schüchternheit, wie Nicholas erkannte, sondern aus Barmherzigkeit, weil sie zu ahnen schien, wie peinlich ihm dies alles war. »Es ist heute wirklich ziemlich heiß«, stimmte sie zu. »Sogar für diese warme Sommerzeit.«

Nicholas nahm Olivias Arm so behutsam, als wäre er so zerbrechlich wie der Flügel eines Schmetterlings, und führte sie zur Eingangstür. Sie erhob keinen Einspruch, als er die Veranda mit ihr überquerte und an seinem Vater und Marshal Swingler vorbeiging, ohne ihnen auch nur einen Blick zu gönnen, ganz zu schweigen von einer Erklärung oder einem Gruß.

In Jessies schattigem Garten, neben der mit einem Moskitonetz versehenen Veranda, auf der Nicholas in Sommernächten oft geschlafen hatte, stand ein knorriger Ahornbaum, den sein verstorbener Onkel einst gepflanzt hatte. Eine Schaukel baumelte von einem starken Ast, und Nicholas legte seinen Rock ab und breitete ihn auf dem groben Holzsitz aus.

Olivia setzte sich, das Glas in ihrer Hand, und wirkte so anmutig und zart wie eine Blume.

Nicholas, der hinter ihr stand, ergriff die staubigen Seile und versetzte der Schaukel einen sanften Stoß. Eine angenehme Brise erhob sich und kühlte seine Haut.

»Ihre Mutter ist eine schöne Frau«, sagte Olivia, ohne sich zu ihm umzudrehen. Ihr Kleid war schlicht und vielleicht sogar ein bißchen schäbig im Vergleich zu jenen, die seine Mutter und seine Tante trugen, und doch war sie so schön, daß er nur staunen konnte.

»Danke«, antwortete Nicholas und kam sich sofort wieder töricht vor. Als ob er etwas für Annabels Erscheinung könnte.

Olivia schaute sich über die Schulter nach ihm um. Ihre Wimpern waren ungewöhnlich dicht und lang, und plötzlich kam Nicholas der Gedanke, daß er so etwas noch nie zuvor bei einer Frau bemerkt hatte. »Sind Sie hier zur Schule gegangen, Mr. McKeige?«

»Nicholas«, berichtigte er. »Ja. Ja, ich bin hier zur Schule gegangen.«

»Mr. McKeige«, beharrte Olivia freundlich und fügte dann hinzu: »Ich bin in San Francisco aufgewachsen.«

»Dann sind Sie einen weiten Weg gekommen.« Nicholas atmete endlich wieder etwas müheloser. »Werden Sie Ihre Heimat nicht vermissen?«

Sie wandte den Blick ab. »Nein«, antwortete sie. »Nein, das glaube ich nicht. Hätten Sie Heimweh, wenn Sie aus Parable fortgingen?«

Es fiel Nicholas nicht schwer, die Wahrheit zuzugeben. »O doch, das hätte ich, Ma'am«, erwiderte er. »Ich bin kein Mensch, der gerne reist.«

»Das überrascht mich etwas«, gestand Olivia. »Sie sehen wie ein abenteuerlustiger Mann aus. Ein bißchen wild vielleicht sogar.«

Ein bißchen wild sogar. Er lächelte und begann sich wieder wie er selbst zu fühlen – bis auf die Tatsache natürlich, daß sein Leben in den letzten Minuten eine unwiederbringliche Veränderung erfahren hatte. »Ich habe meine Fehler eingesehen«, sagte er.

Wieder wandte Olivia den Kopf, um ihn anzusehen. »Wie alt sind Sie, Mr. McKeige?«

»Fast zwanzig«, erwiderte Nicholas. »Aber Sie geben mir das Gefühl, mein eigener Großvater zu sein, wenn Sie mich Mr. McKeige nennen.«

»Ich bin Lehrerin«, rief sie ihm in Erinnerung, und ihre Lippen zitterten dabei ein wenig, worauf Nicholas sie am liebsten in die Arme genommen und geküßt hätte, vor Gott und aller Welt. »Ich muß den Anstand wahren, wenn ich meinen Posten behalten will.« Olivia hielt einen Moment inne. »Ich bin im vergangenen März neunundzwanzig geworden.«

Das ist mir egal, dachte Nicholas, sprach es aber nicht laut aus, weil es dazu noch zu früh war. Olivia Drummond kennengelernt zu haben, war für ihn das wichtigste Ereignis seines ganzen Lebens, und deshalb durfte er keinen Fehler machen.

»Sie werden hier bei meiner Tante wohnen?« fragte er, während er neben die Schaukel trat und in Miss Drummonds schöne Augen schaute.

Olivia nickte.

»Das ist gut«, sagte Nicholas. Vielleicht war das zu direkt gewesen, aber er freute sich, daß er es ausgesprochen hatte. Es war nicht seine Absicht, Olivia zu erschrecken, aber er wollte sie haben, so oder so, und je schneller sie das begriff, um so besser.

Sie befeuchtete mit der Zungenspitze ihre Lippen und stand auf, so unverhofft und plötzlich, daß sie Nicholas beinahe umgeworfen hätte. »Nicholas – Mr. McKeige …«

Er mußte seine ganze Willenskraft zusammennehmen, um sie nicht zu küssen.

»Was?« fragte er, und sehr viel von dem, was er empfand, mußte sich in seiner Stimme verraten haben.

Olivia war jetzt zutiefst verunsichert und errötete. »Ich … ich sollte jetzt wirklich wieder hineingehen.«

Nicholas grinste, nickte und bot ihr seinen Arm. »Sagen Sie, Miss Drummond«, fragte er, in einem Wispern, das kaum mehr war als die leichte Brise, die die dunklen, feuchten Locken an ihren Wangen und in ihrem Nacken zauste. »Sind Sie immer so besorgt darum, was andere Leute denken?«

»Eigentlich fast immer, ja«, gestand sie und errötete noch heftiger. »Ich muß mir meinen Lebensunterhalt verdienen, Mr. McKeige.«

»Nicholas«, sagte er.

»Nicholas«, gab sie mit einem leisen Seufzer nach.

»Sie ist zu alt für dich«, schalt Jessie zwei Stunden später und bemühte sich, nicht die Stimme zu erheben. Es war ihr endlich gelungen, Nicholas in der Küche zu erwischen, wo er etwas von dem übriggebliebenen Kuchen aß. Die anderen Gäste waren längst gegangen, einschließlich seiner Eltern, und Olivia war oben in ihrem Zimmer und tat, was immer

Frauen taten, wenn sie gerade von einer lebhaften, anstrengenden Gesellschaft kamen.

»Das ist mir egal – und wenn sie hundert wäre«, erwiderte Nicholas ungerührt und leckte sich den Puderzucker von den Fingern. »Ich will sie haben.«

Jessie war auf dem besten Wege, die Beherrschung zu verlieren. Sie ging zu Nicholas, blieb dicht vor ihm stehen und drohte ihm ärgerlich mit dem Finger. »Jetzt hör mir mal gut zu, Nicholas McKeige! Miss Drummond ist keine Frau, mit der man seine Spielchen treibt. Wenn du sie verführst, wirst du mir Rede und Antwort stehen müssen!«

»Sie verführen?« entgegnete Nicholas entrüstet, obwohl er den ganzen Nachmittag nichts anderes getan hatte, als sich den Kopf darüber zu zerbrechen, wie er Olivia Drummond ins Bett bekommen konnte. »Du schätzt mich völlig falsch ein, Tante Jessie.«

»Ich wünschte, es wäre so!« versetzte Jessie. »Denkst du, ich wüßte nicht, was du beabsichtigst? Ich kenne diesen Blick, ich habe ihn schon oft bei dir gesehen.«

»Ich schwöre dir, daß es diesmal anders ist«, beteuerte er und hob die Hand, als wollte er einen feierlichen Schwur ablegen.

Jessie schaute ihn nur schweigend an, aber ihre Zweifel waren offensichtlich.

»Du wirst schon sehen«, meinte Nicholas, lehnte sich mit verschränkten Armen an den Küchenschrank und grinste. »Du solltest besser schon damit beginnen, dich nach einer neuen Lehrerin umzusehen. Denn diese hier wird meine Frau werden.«

11. Kapitel

»Ich komme mit«, erklärte Annabel, als Gabriel ihr nach Jessies Teegesellschaft etwas zögernd die Ankündigung machte, er werde in den nächsten Tagen zweihundert Rinder nach Fort Duffield bringen. Er hatte Annabel zur Ranch zurückbegleitet, sich sogar dazu herabgelassen, eigenhändig ihre Kalesche zu lenken, und ihr die Eingangstür geöffnet wie ein Gentleman.

Als nächstes, dachte sie belustigt, wird er noch anfangen, Tee zu trinken.

»Nein, Annabel«, erwiderte er mit der gleichen ruhigen Entschiedenheit wie immer. Offensichtlich hielt er es für überflüssig, eine Erklärung abzugeben; sein Wort war Gesetz auf dieser Ranch, und deshalb schien er von ihr zu erwarten, daß sie ebenso widerspruchslos gehorchte wie alle anderen.

Im Haus zog sie die Nadeln aus ihrem federbesetzten Hut und nahm ihn ab, wobei sie mit einer gewissen Befriedigung bemerkte, daß Gabriels Blick nicht von ihren Brüsten wich, als sie sich durch die Bewegung ihrer Arme hoben und senkten. »Ich lasse es mir nicht ausreden«, sagte sie, während sie ihre Handschuhe abstreifte. »Ich habe etwas in Fort Duffield zu erledigen.«

Gabriel zog eine Augenbraue hoch. »In Fort Duffield?«

Annabel lächelte zerstreut. Da sie sich nicht sicher gewesen war, ob irgend jemand in Parable – oder auf der Ranch – sie aufnehmen würde, hatte sie mehrere große Reisekoffer im Fort zurückgelassen. Doch nun besaß sie ein eigenes Haus. Aber vor allem, und das war das wichtigste für sie, wollte sie unter vier Augen mit dem Kommandeur des Forts reden.

»Nur ein paar Kleinigkeiten, die ich erledigen muß«, sagte sie.

»Annabel, es handelt sich hier nicht um eine Vergnügungsreise. Wir werden zweihundert Rinder quer durch unberührte Wildnis treiben, und es ist zu erwarten, daß es Ärger geben wird.«

Langsam wandte sie sich zu ihm um und lehnte sich mit dem Rücken an den schmalen Tisch, der unter dem Spiegel in der Halle stand, wo Gabriel gewöhnlich seinen Hut und seine Handschuhe ablegte. Neben dem Spiegel befand sich ein Haken, an dem er seinen Waffengurt aufhängte.

»Du glaubst doch wohl nicht, daß Nicholas diese Herde stehlen wird ...«

Gabriel trat näher, um seinen Hut auf den Tisch zu legen, seinen Halfter hatte er an diesem Nachmittag nicht getragen, weil Waffen bei gesellschaftlichen Veranstaltungen verpönt waren; aber Annabel wußte, daß unter dem Kutschbock ihrer Kalesche ein Gewehr gelegen hatte.

Seine Nähe und seine körperliche Kraft waren ihr so stark bewußt, daß sie sich unwillkürlich zurücklehnte, in einem nutzlosen Versuch, der überwältigenden Ausstrahlung dieses Mannes zu entgehen. Heiße Röte stieg in ihre Wangen, als Gabriels warmer Atem ihre Lippen streifte und ein wundervolles Prickeln in ihr auslöste, das sie wieder vergessen ließ, was sie eigentlich beunruhigt hatte.

»Nicholas ist kein Dieb, ganz gleich, was Sommervale auch denken mag«, sagte Gabriel, doch das änderte nichts an der Tatsache, daß Nicholas bis zum Hals in dieser Sache drinsteckte, ob sie ihn für schuldig hielten oder nicht. »Nein, Annabel, ich denke, daß jemand anderer dahintersteckt. Jemand ganz anderer. Und deshalb wirst du uns auch nicht begleiten. Ich habe genug zu tun, ohne mich auch noch um eine Frau kümmern zu müssen.«

Annabel wußte nicht, ob sie froh sein sollte, daß Gabriel ihren Sohn für schuldlos hielt, oder wütend, weil er sie offenbar nicht für imstande hielt, sich während eines kurzen Rinderauftriebs um sich selbst zu kümmern. Während manche dieser Reisen über viele hundert Meilen gingen, unter schwierigsten Bedingungen, war Fort Duffield nicht so schrecklich weit entfernt. »Ich würde dich treten«, sagte sie, »wenn ich nicht so dankbar dafür wäre, daß du Nicholas vertraust.«

Gabriel lächelte – einen Moment lang dachte sie, er werde sie jetzt in die Arme nehmen und küssen – doch dann trat er seufzend zurück und legte seinen Rock ab. »Tritt mich ruhig, Annabel«, sagte er. »Du wirst uns trotzdem nicht begleiten.« Und damit wandte er sich ab und ging zu seinem Arbeitszimmer. Annabel starrte ihm einen Moment hinterher und dachte, wie unglaublich attraktiv er in seinen schwarzen Hosen, dem blütenweißen Hemd und der eleganten Weste aus Brokat aussah.

Doch dann riß sie sich aus ihren Träumereien und folgte ihm. »Du bist unvernünftig«, widersprach sie und beeilte sich, mit ihm Schritt zu halten, »ganz zu schweigen von tyrannisch. Hast du etwa schon vergessen, daß ich dieselbe Reise erst vor ein paar Tagen mit meinem Wagen unternommen habe?«

Vor ein paar Tagen. Großer Gott, es war seitdem so vieles geschehen, daß es ihr fast wie ein Jahr vorkam!

Im Arbeitszimmer schloß Gabriel die Tür und

bedeutete Annabel mit einer Geste, sich zu setzen. Sie tat es, aber nicht etwa aus Gehorsam, sie war an diesem Morgen mit Kopfschmerzen und einer leisen Übelkeit erwacht, die eine ganz eigenartige Schwäche in ihr auslösten.

Gabriel schenkte sich einen Brandy ein. »Wir werden nicht in einer bequemen Kalesche reisen«, antwortete er, als er sich zu ihr umdrehte, und sie sah, wie ein belustigtes Lächeln um seine Lippen erschien, das er jedoch rasch wieder unterdrückte.

Es fiel ihr nicht leicht, ihren Ärger zu beherrschen, aber unter Aufbietung ihrer ganzen Willenskraft gelang es ihr. »Behandle mich nicht wie ein kleines Kind, Gabriel«, sagte sie warnend. »Ich hatte daran gedacht, ein Pferd zu nehmen, und du weißt, daß ich mindestens so gut reiten kann wie du oder alle anderen hier auf dieser Ranch.«

»Das stimmt schon«, gab Gabriel zu und schwenkte ein wenig unsicher den Brandy in seinem Glas, was Annabel ein leises Triumphgefühl verschaffte. Und vielleicht sogar noch etwas anderes. »Aber die Reise wird zwei Tage dauern, wenn nicht sogar noch länger – Rinder sind sehr langsam, das weißt du selbst –, und wir haben gerade erst eine ansehnliche Herde an Viehdiebe verloren. Ich möchte nicht, daß du dabei bist, falls sie es noch einmal versuchen.«

»Und trotzdem hoffst du, daß sie es tun – wer immer sie auch sein mögen?«

»Natürlich hoffe ich das«, antwortete Gabriel, als überraschte es ihn, daß sie überhaupt fragte. Er saß jetzt in seinem bequemen Ledersessel hinter seinem Schreibtisch und sah genauso aus wie das, was er auch war: einer der mächtigsten Rancher in ganz

Nevada. Und nach allem, was Jessie Annabel erzählt hatte, erwog man in der Stadt bereits, ihn für das Amt des Marshals vorzuschlagen.

Ein schreckliches Bild entfaltete sich vor ihren Augen.

»Du könntest erschossen werden«, murmelte sie.

Gabriel hatte seine Brille aufgesetzt – Annabel verspürte wieder dieses eigenartige Flattern in ihrem Bauch, als sie es sah – und öffnete nun eins seiner Rechnungsbücher. »Diese Gefahr«, erwiderte er geistesabwesend und jetzt auch ein bißchen distanziert, »bestand schon immer.« Er schaute nicht mehr von den Zahlen auf, die er studierte. »Keiner von uns wird ewig leben, Annabel.«

»Genau«, sagte sie, nachdem sie wieder ein bißchen zu Atem gekommen war. Was mochte es nur sein an dieser Brille, was sie wie ein törichtes kleines Mädchen reagieren ließ? »Du hast mir gerade den perfekten Grund geliefert, an diesem Rinderauftrieb teilzunehmen.«

Gabriel hob den Kopf. »Nein, Annabel«, erwiderte er knapp. »Und das ist jetzt mein letztes Wort.«

»Du kennst mich viel zu gut, um so etwas zu sagen, Gabriel.«

»Mach keinen Wettbewerb daraus, Mrs. McKeige. Ich versichere dir, daß ich ihn gewinnen werde.«

»Dies ist ein freies Land, Gabriel. Wenn ich nach Fort Duffield reisen will, kann ich es tun. Ich bin ja schließlich keine Gefangene hier.«

Einen entnervenden Moment lang betrachtete Gabriel sie. Dann sagte er: »Das wäre vielleicht eine Lösung. Dich irgendwo hier einzusperren, meine ich.«

Annabel rutschte auf den Rand des Stuhls. »Wenn

du so etwas auch nur versuchst, Gabriel, werde ich persönlich dafür sorgen, daß du es bis an das Ende deiner Tage bitter bereuen wirst! Ich habe etwas Wichtiges in Fort Duffield zu erledigen, und genau das werde ich auch tun.« Sie wollte mit Captain Sommervale reden, um ihm klarzumachen, daß Nicholas nicht der gesuchte Viehdieb war, aber sie hatte nicht vor, Gabriel oder irgend jemand anderem von ihren Plänen zu erzählen. Falls es nötig war, würde sie die Armee mit ihrem eigenen Geld für den Verlust entschädigen.

Gabriel stieß einen Seufzer aus und lehnte sich zurück. Draußen legte sich bereits die Abenddämmerung über das weite Land, die Schatten im Zimmer wurden immer länger. Aus der Küche war das Klappern von Pfannen und Töpfen zu vernehmen, und direkt unter dem Fenster hatte ein Orchester aus Zikaden mit seiner abendlichen Symphonie angefangen.

»Wir würden besser daran tun, ein anderes Thema zu beginnen«, sagte er.

Annabel stimmte ihm zu. »Hast du Nicholas mit dieser neuen Lehrerin gesehen?«

Gabriel lächelte. »O ja, und ob ich ihn gesehen habe!«

»Was sagst du dazu?«

»Daß er eine hübsche Frau zu schätzen weiß.«

Annabel seufzte. »Es ist mehr als das, Gabriel. Ich glaube, er ist verliebt.«

Gabriel lachte. »Verliebt? Das ist ein Wort, das irgendwie nicht zu Nicholas zu passen scheint.«

»Unsinn«, meinte Annabel ein wenig ungeduldig. »Ich habe ihn beobachtet, als Jessie die beiden vorstellte. Er ist buchstäblich über seine eigene Zunge gestolpert, Gabriel.«

»Was willst du damit sagen, Annabel?«

»Was wissen wir über sie?« Annabel stellte diese Gegenfrage mit ruhiger Entschiedenheit.

Wieder lachte Gabriel. »Was wissen wir denn schon über Nicholas? Abgesehen davon natürlich, daß er unser Sohn ist – was unter anderem bedeutet, daß er eigensinnig bis in die Knochen ist. Wenn er vorhat, Miss Olivia Drummond oder irgendeiner anderen den Hof zu machen, dann wird er es auch tun und sich den Teufel um das scheren, was andere Leute davon halten mögen.«

»Sie ist fast dreißig«, protestierte Annabel, wenn auch nicht mehr ganz so entschieden wie zuvor. Gabriel hatte natürlich recht, und außerdem widerstrebte es ihr, über ihren Verdacht zu sprechen, *warum* Nicholas sich zu einer Frau hingezogen fühlte, die zehn Jahre älter als er selbst war.

Gabriel betrachtete sie über den Rand seiner Brille, und ein schwaches Lächeln spielte um seine Lippen. »Denkst du etwa, daß Nicholas in dieser jungen Frau eine Mutter sucht?«

»Nein!« erwiderte Annabel sofort, aber ihr war anzusehen, wie nervös sie war. »Nun ja … vielleicht.«

Gabriel lachte. »Nicholas hat in seinem kurzen Leben schon sehr viele Frauen gehabt, von denen viele älter als er waren.« Er hielt inne, als überlegte er, ob es ratsam sei, sich auf ein derart gefährliches Terrain zu wagen. Aber wie es seine Art war, zögerte er nicht lange. »Wäre es nicht möglich, daß sie ihm ganz einfach lieber sind? Im allgemeinen sind sie viel vernünftiger, ganz abgesehen davon, daß sie natürlich auch erfahrener und intelligenter sind.«

Annabel errötete, aber nur ein wenig, so daß zu

hoffen blieb, daß Gabriel es nicht bemerkte. Sie wollte zwar nicht in diesem Zusammenhang an ihren Sohn denken, war aber trotzdem froh, daß Gabriel ihr, wenn auch auf indirekte Weise, zu verstehen gab, daß er reifere Frauen vorzog. Schließlich war sie selbst schon siebenunddreißig.

»Vielleicht hast du recht«, räumte sie ein. »Aber würde eine solche Frau einen Jungen in Nicholas' Alter nicht etwas … nun ja … langweilig finden?«

Gabriel verschränkte die Hände im Nacken und dachte über die Frage nach. »Nein«, entschied er schließlich. »Nicholas hat jedes Buch in diesem Zimmer hier und auch in Jessies Bibliothek gelesen – angefangen bei *Gullivers Reisen* und *Robinson Crusoe* bis hin zu Abhandlungen über die politische Struktur des römischen Reiches. Er kennt den Atlas auswendig, und obwohl er nicht das Verlangen zu verspüren scheint, die Ranch für längere Zeit zu verlassen, hat er sich hier mindestens genausoviel Wissen angeeignet wie andere durch ausgedehnte Reisen.«

Annabel nickte nur; es wäre unhöflich gewesen, wenn sie gesagt hätte, wie sehr Gabriels umfassende Allgemeinbildung und ausgeprägte Intelligenz sie überraschten. Nicht, daß sie ihn je für dumm gehalten hätte; jeder, der mit Gabriel zu tun hatte, erkannte schnell, daß er Wissen mit der gleichen Gier aufnahm wie andere Männer Luft und Wasser.

Sie fragte sich, worüber er mit Julia gesprochen haben mochte, wenn sie allein gewesen waren. War Julia genauso wißbegierig und belesen wie er selbst?

Die Antwort auf diese Frage erschien Annabel plötzlich unendlich wichtig und bedeutete ihr sehr viel. Sie hatte sich immer gewünscht, in Gabriels Augen attraktiver und charmanter als die andere

Frau zu sein, doch nun erschien es ihr auf einmal sehr viel wichtiger, ihm in intellektueller Hinsicht zu genügen.

»Woran denkst du?« fragte Gabriel und ertappte sie, wie es so oft geschah, in ihrem dichtgewebten Netz aus Überzeugungen und Zweifeln, aus Ängsten und aus Träumen, aus Siegen und aus Niederlagen.

Sie war verständlicherweise sehr verwirrt, und vielleicht war das der Grund, warum sie ihre Worte nicht mit Bedacht wählte. »Ich fragte mich gerade, was du siehst, wenn du mich anschaust«, gestand sie freimütig und ohne nähere Erklärung.

Gabriel betrachtete Annabel nachdenklich, die noch immer auf der Stuhlkante hockte wie ein ängstliches Schulmädchen im Büro des Rektors. Dann richtete er den Blick auf ihr Gesicht. »Du bist zweifellos die schönste Frau, die ich je gesehen habe«, erwiderte er genauso direkt. »Und du hast auf mich die gleiche Wirkung wie ein teuflisches Opiat. Wenn wir lange genug getrennt sind, kann ich wenigstens ohne dich existieren. Bist du jedoch in meiner Nähe, kann ich an nichts und niemand anderen mehr denken.«

Annabel war so verblüfft von seinen Worten, daß sie im ersten Moment nicht sicher war, wie sie aufzufassen waren. Sie wußte nicht, ob sie sich beleidigt oder geschmeichelt fühlen sollte.

»Aber was ist mit *mir*, Gabriel? Wirke ich langweilig oder interessant auf dich? Hältst du mich für dumm oder intelligent? Für empfindsam oder oberflächlich?«

Er betrachtete sie lange und schweigend, dann sagte er mit ernster Miene: »Du bist eine sehr interessante Persönlichkeit, Annabel, auch wenn du dich oft wie ein impulsives Kind verhältst. Wenn du je aufhören würdest, vor diesem verängstigten, einsamen kleinen Mädchen in dir fortzulaufen, und ernsthaft Wurzeln schlagen würdest, egal, ob hier oder in England, wären deinen Möglichkeiten keine Grenzen mehr gesetzt. Aber so, wie es ist, mußt du die ganze Welt auf Armeslänge halten und ständig in Bewegung bleiben, um zu verhindern, daß irgend jemand dir zu nahe kommt, einschließlich deines eigenen Ehemanns und Sohnes.«

»Das habe ich nie getan bei Nicholas!« entgegnete Annabel empört. »*Er* hat mich verlassen!«

Gabriel beugte sich vor und stützte beide Arme auf den Schreibtisch. »Er war sieben Jahre alt. Du warst erwachsen, Annabel. Du hättest ihn nicht zu gehen lassen brauchen.«

Annabel schluckte. »Dann wäre er fortgelaufen!«

»Ja, das sagte er, und vielleicht hat er es damals auch tatsächlich so gemeint. Es ist aber auch möglich, daß er nur wissen wollte, ob er sich auf deine Autorität verlassen konnte. Kinder müssen lernen, wo ihre Grenzen sind. Sie wollen, daß wir Regeln aufstellen und dafür sorgen, daß sie auch beachtet werden. Denn sonst fühlen sie sich nicht sicher.«

Annabels Augen füllten sich mit Tränen; ärgerlich blinzelte sie, um sie zu verdrängen. »Verdammt, Gabriel«, flüsterte sie zornig. »Mußt du immer alles so darstellen, als ob es meine Schuld gewesen wäre?«

Er kam um den Schreibtisch herum, zog sie sanft auf die Beine und nahm sie in die Arme. Sie zitterte und konnte nichts dagegen tun.

»Ich wollte niemandem die Schuld zuweisen«, sagte Gabriel. Er legte einen Finger unter ihr Kinn und zwang sie, ihn anzusehen. Seine Augen blickten forschend in ihre, ernst, besorgt und voller Zärtlichkeit – so zärtlich, daß Annabel seinem Blick jetzt ausgewichen wäre, wenn er es zugelassen hätte. »Lauf nicht mehr weg, Annabel. Die Dämonen würden dir immer folgen, ganz gleich, wohin du gehst. Bleib, wo du bist, und kämpfe. Ich werde an deiner Seite sein.«

Mit einem leisen Schluchzen legte Annabel die Stirn an Gabriels Brust. Er umfaßte ihre Schultern und massierte sie sanft mit seinen Fingern.

»Es wird mir nie gelingen, wiedergutzumachen, was ich Nicholas angetan habe«, murmelte sie traurig.

Gabriel hauchte einen Kuß auf ihr Haar. »Mag sein, daß du vieles falsch gemacht hast«, stimmte er zu. »Aber vielleicht warst du die Mutter, die Nicholas brauchte, um sein Schicksal zu erfüllen. Nur Gott weiß das.«

Sie legte den Kopf zurück, um zu ihm aufzuschauen. »Seit wann bist du so philosophisch, Gabriel?«

Er lächelte traurig. »Seit eben, als mir klar wurde, wie sehr du in all diesen Jahren gelitten haben mußt. Ob du nun richtig oder falsch gehandelt hast – den kleinen Jungen Nicholas gibt es nicht mehr. Laß es also gut sein, Annabel, und hör auf, dich zu quälen, bevor du darüber den Verstand verlierst.«

»Es tut mir alles so entsetzlich leid.«

Zärtlich strich Gabriel die rotbraunen Locken aus ihrem Gesicht und ihren Wangen. »Mir auch, Mrs. McKeige. Mir auch.«

»Was?« fragte sie sehr leise, sehr behutsam, und schaute ihm prüfend in die Augen – als hinge ihre ganze Existenz von seiner Antwort ab.

»Ich wünschte, ich wäre dir damals gefolgt, Annabel. Ich wünschte, ich wäre nicht so starrsinnig gewesen.«

Sie war gerührt von seinem Eingeständnis, obwohl es längst nicht alle ihre Zweifel klärte. »Und Julia? Bereust du auch eure Beziehung?«

»Nein«, erwiderte Gabriel ohne Zögern, und als Annabel sich von ihm abwenden wollte, hielt er sie an den Schultern fest und fuhr entschieden fort: »Nein, Annabel. Ich habe keinen Anlaß, meine Freundschaft mit Julia zu bereuen, höchstens, daß ich unterlassen habe, dich über die wahre Natur unserer Beziehung aufzuklären. *Das* bereue ich.«

Sie starrte ihn an, verblüfft und zitternd und errötend. Zum ersten Mal in ihrem Leben verschlug es Annabel die Sprache.

»Annabel«, fuhr Gabriel fort, »ich habe immer nur dich geliebt. Du warst die erste Frau, mit der ich geschlafen habe, und die letzte. Es hat nie eine andere für mich gegeben.«

Die Worte rührten tief in ihrem Herzen etwas an und hallten dort auf eine Weise wider, wie es nur die pure Wahrheit konnte. Tatsächlich war sie in ihrem ganzen Leben noch nie von irgend etwas derart überzeugt gewesen; sie war plötzlich absolut sicher, daß sie wirklich und wahrhaftig Gabriels einzige Geliebte war, genau wie er der einzige Mann war, mit dem sie je intim gewesen war.

Aber wie war das überhaupt möglich? Wie hätte ein so sinnlicher, so leidenschaftlicher Mann wie Gabriel zwölf Jahre lang enthaltsam leben können?

»Aber du und Julia ...«

»Wir waren schon als Kinder Freunde, Annabel, das weißt du. Nach der Entführung meiner Mutter verlor mein Vater vor Gram fast den Verstand. Jessie war älter, und sie hatte einen Ehemann und ein eigenes Heim, um das sie sich zu kümmern hatte. Ich hatte niemanden außer Julia, und sie hatte niemanden außer mir.

Sie bewahrte mich davor, mich zu Tode zu trinken, nachdem du mich verlassen hattest, oder mich durch Schießereien oder Prügeleien umzubringen. Julia besitzt die Gabe, zuzuhören und mir gut zuzureden. Oder einfach für mich *da*zusein. Manchmal ist das alles, was man braucht.«

Annabel war noch immer eifersüchtig, sehr sogar, denn obwohl sie ihm nun glaubte, daß er nie mit Julia intim gewesen war, haßte sie den Gedanken, daß er bei einer anderen Frau Trost gesucht hatte. Trost, den sie selbst ihm nie hatte geben können.

»Und du, Gabriel? Was hast du für sie getan?«

»Ich habe dafür gesorgt, daß Julia sich nie mit Männern herumzuschlagen brauchte, die mit ihr ins Bett wollten.«

»Sich nie mit Männern ... Aber sie ist eine Prostituierte!«

Gabriel schüttelte den Kopf »Nein«, widersprach er.

»Was soll das heißen: nein? Julia Sermon führt ein Bordell!«

»Ja. Und dazu steht sie auch, wie wir alle zu den Dingen stehen müssen, die wir tun. Julia ist eine Frau ... mit Vergangenheit – mehr werde ich dazu nicht sagen, weil es ihre Sache ist, Annabel, und nicht deine oder meine –, und alles, was sie heute ist, steht in direktem Zusammenhang mit jener Zeit, bevor sie nach Parable kam.«

»Du willst mir nicht erzählen, was geschehen ist?«

»Nein«, antwortete Gabriel. »Wenn du es wissen

willst, mußt du Julia selbst fragen. Aber weißt du, das ist eigentlich gar nicht wichtig. Ich habe nie mit ihr geschlafen, Annabel. Ein, zwei Nächte habe ich in ihrem Bett verbracht, das muß ich zugeben, und ein paarmal habe ich mich sogar in ihren Armen ausgeweint.«

Annabel legte eine Hand an ihre Brust und löste sich aus Gabriels Umarmung. Eigentlich hätte sie jetzt froh sein müssen über die Erkenntnis, sich in all diesen Jahren in ihm geirrt zu haben, aber da waren noch andere Emotionen, die sie bestürmten, und alle waren ziemlich überwältigend.

Sie hatte soviel Zeit vergeudet.

Und obwohl Gabriel ihr treu gewesen war, in rein körperlicher Hinsicht jedenfalls, hatten er und Julia eine sehr enge, sehr private Bindung unterhalten, deren Tragweite vielleicht gerade wegen ihrer Unschuld noch erheblich größer war.

»Ich möchte jetzt eine Weile allein sein«, sagte sie leise.

»Ich bringe dir das Essen nach oben, wenn es fertig ist«, bot Gabriel ihr an.

Annabel erwiderte nichts und schaute sich auch nicht nach ihm um, als sie hinausging. Es war viel gesagt worden, und sie suchte Zeit und Ruhe, um dies alles zu verarbeiten.

Olivia Drummond hatte noch nie jemanden wie Nicholas McKeige gekannt, und während sie vor dem Frisierspiegel in Jessies Gästezimmer saß, überlegte sie, daß es auch nicht ratsam wäre, die Bekanntschaft mit ihm zu vertiefen.

In San Francisco hatte sie das zurückgezogene

Leben einer unverheirateten Frau geführt und für ihren verwitweten Bruder Caleb und dessen Tochter Eleanor gesorgt, sich mit Klavierstunden ihr Taschengeld verdient und ihre Nichte und einige ihrer Klassenkameradinnen in Latein und Mathematik unterrichtet. An Sonn- und Feiertagen hatte sie den Gottesdienst besucht, und an den Wochentagen hatte sie die Hausarbeit erledigt.

Mehr wurde auch nicht von ihr erwartet. Von frühester Kindheit an hatte niemand sie im Zweifel darüber gelassen, daß sie alles andere als hübsch war – daß sie so ganz und gar nichts von ihrer schönen, längst verstorbenen Mutter hätte. Bis auf ein vages, beschämendes Verlangen, das sie hin und wieder überfiel, oder einen gelegentlichen schönen Traum hatte Olivia sich mit ihrem Schicksal abgefunden.

Dann, ganz plötzlich, vor ein paar Monaten, hatte Caleb wieder geheiratet, eine Stellung bei einer Bank in Hongkong angenommen und San Francisco mit Bella, seiner neuen Frau, ihren beiden jungen Söhnen und seiner Tochter Eleanor verlassen. Natürlich war für Olivia kein Platz in dieser neu gegründeten Familie gewesen.

Im Stich gelassen hatte man Olivia dennoch nicht. Caleb hatte sie gewiß nicht ohne ein Dach über dem Kopf und ohne einen Penny in Amerika zurückgelassen, aber während der hektischen Wochen vor der Hochzeit hatte sie sehr viel nachgedacht und war sich über vieles klargeworden. Sie hatte beschlossen, daß es an der Zeit war, ihren eigenen Weg im Leben zu gehen, und aus diesem Entschluß heraus hatte sie sich nach einer Stellung umgesehen.

Sie hatte auf eine Annonce geantwortet, in der eine

Lehrerin für eine Schule in Parable, Nevada, gesucht wurde, und da war sie jetzt.

Und da war auch Nicholas. In diesem Augenblick sogar unten im Erdgeschoß des Hauses, in dem sie wohnte.

Wieder schaute Olivia sich im Spiegel an. Ihre sonst so blasse Haut war rosig angehaucht. Ihre Augen leuchteten ganz ungewöhnlich und ihr Herz hämmerte in ihrer Brust.

All diese Veränderungen hatten begonnen, als Nicholas ihr bei der Teegesellschaft seinen Arm geboten und vorgeschlagen hatte, mit ihm hinauszugehen.

Olivia stützte die Ellbogen auf den Tisch und legte die Fingerspitzen an ihre Stirn . Es ist völlig unmöglich, was du da empfindest, dachte sie. Schlicht und einfach unausdenkbar!

Seine Augen waren unglaublich blau und ausdrucksstark. Sein klarer Blick verriet wache Intelligenz und eine Qual, die oft bis an die Grenze des Erträglichen zu reichen schien. Die Form seines Mundes ließ auf den Mutwillen eines kleinen Jungen und die ausgeprägte Sinnlichkeit eines erwachsenen Mannes schließen. Sein Haar, wenn er es offen trug, reichte ihm bis auf die Schultern wie die Mähne eines Wikingers, der es gewohnt war, Eroberungen zu machen.

Olivia zitterte. Sie hatte sich schon sehr oft vorgestellt, erobert zu werden, aber diese Phantasie war immer ziemlich nebulös und verschwommen geblieben, eine Illusion, die sich wie eine exotische Blüte nur nachts entfaltete und im harten Licht des Tages wieder schloß.

Nicholas McKeige, ermahnte sie sich streng, *ist erst*

neunzehn Jahre alt. Kaum älter als die meisten ihrer Schüler. Es war geradezu skandalös, auf diese Art an ihn zu denken – wie es sein mochte, im Mondschein mit ihm spazierenzugehen, Hand in Hand; wie seine Lippen sich anfühlen würden, wenn sie sie auf ihren spürte ...

Ein entschiedenes Klopfen ertönte an der Zimmertür.

»Ja?« rief Olivia.

Nicholas' Stimme kam ihr wie ein rauhes Streicheln vor. »Das Abendessen ist fertig, Miss Drummond«, sagte er.

Das war alles, und dennoch lösten seine Worte die verschiedenartigsten Empfindungen in ihr aus – ein warmes Glühen erfaßte ihren Körper, ein fast schmerzhaftes Ziehen ging durch ihren Leib, und ihre Brüste wurden seltsam schwer.

»Ja ... danke«, erwiderte sie mit einer Stimme, die eher zu einem kleinen Mädchen zu gehören schien statt zu einer reifen Frau.

Olivia ging zum Waschtisch und kühlte ihr Gesicht mit Wasser, aber auch das konnte ihre aufgewühlten Sinne nicht beruhigen. Es war, als ob ihr Verstand und ihre Vernunft sie ganz plötzlich im Stich gelassen hätten.

Miss McKeige hatte im Eßzimmer den Tisch gedeckt, mit einem weißen Tischtuch mit kostbarem Spitzenbesatz und ihrem besten Porzellan und Silber. Nur der Schein einiger weniger Kerzen beleuchtete den großen Raum, was diesem ansonsten ganz gewöhnlichen Abend eine ausgesprochen festliche Atmosphäre verlieh.

Gewöhnlich bis auf Nicholas. Er war frisch gewaschen, sein Haar war noch feucht, und seine Haut glänzte. Er trug einen eleganten Rock, und als Olivia zum Tisch ging, lächelte er und rückte ihr den Stuhl zurecht, nachdem er bereits seiner Tante die gleiche Höflichkeit erwiesen hatte.

»Ich sehe, daß meine Bemühungen, einen Gentleman aus dir zu machen, nicht vergeblich waren, Nicholas«, bemerkte Jessie, und obwohl ihre Stimme heiter klang, lag ein besorgter Ausdruck in ihren Augen.

Wäre Olivia etwas anderes gewesen als eine Realistin, hätte sie daraus geschlossen, daß Miss McKeige schlicht müde nach ihrer Teegesellschaft war, zu der die halbe Stadt erschienen war. Aber Olivia wußte, daß ihre Gastgeberin den kleinen Flirt zwischen ihrem Neffen und der Lehrerin bemerkt hatte und daß sie alles andere als begeistert davon war.

Olivia setzte sich und breitete eine Serviette über ihrem Schoß aus, wobei sie den Blick gesenkt hielt, um ihre Fassung wiederzugewinnen. Als sie aufschaute, sah sie, daß Nicholas sie von der anderen Seite des Tischs her anlächelte.

Sie hatte natürlich gewußt, daß er im Zimmer war, und dennoch war der Blickkontakt mit ihm wie ein Schock für sie, wie ein Blitz, der unversehens in ihrer Nähe eingeschlagen hatte.

»Haben Sie die Schule schon gesehen, Miss Drummond?« fragte Nicholas. Er benahm sich wie ein wahrer Gentleman, an seinen Manieren war nichts auszusetzen, aber das mutwillige Funkeln, das in seinen Augen stand, strafte sein wohlanständiges Benehmen Lügen.

»Ich fürchte, dazu war noch keine Zeit«, warf seine Tante ein.

Olivia fragte sich, ob man sie schon wieder fortschicken würde, bevor sie eine Chance bekam zu unterrichten. Es wäre eine Schande, denn was sie am besten konnte, war, mit Kindern umzugehen. Das hatte sie gelernt, als sie die Ersatzmutter für ihre Nichte Eleanor gespielt hatte.

»Dann sollten wir das schleunigst nachholen, finde ich, und zwar gleich nach dem Abendessen«, erklärte Nicholas mit der Entschiedenheit eines Mannes, der keinen Widerspruch gewöhnt war und daher auch keinen akzeptierte. »Ein kleiner Spaziergang nach dem Essen wird uns sowieso guttun.«

Olivia hielt den Blick auf ihren Teller gesenkt, den Nicholas bis zum Rand mit Braten, Sauce, Kartoffeln und grünen Bohnen gefüllt hatte. Sie hatte sich in ihrem ganzen Leben noch nie etwas so sehr gewünscht wie diese schlichte Besichtigungstour der Schule, wußte aber trotzdem nicht, ob sie den Vorschlag annehmen konnte.

»Das ist eine gute Idee«, meinte Jessie, und überrascht schaute Olivia zu ihr hin. Doch Jessie blickte Nicholas an. »Ich hörte von deinem Vater, daß du morgen arbeiten mußt«, fügte sie hinzu.

Olivia war sich der versteckten Bedeutung des Gesprächs bewußt; irgendeine Art Konflikt wurde hier zwischen Tante und Neffe ausgetragen, während sie selbst in den Zuschauerreihen saß, ohne zu wissen, worum es ging und ganz eindeutig ein Außenseiter. Die Erkenntnis erfüllte sie mit einem jähen, scharfen Schmerz, denn in diesem Augenblick kam ihre Einsamkeit ihr deutlicher zu Bewußtsein als je zuvor in ihrem Leben.

Ich liebe diesen Mann, dachte sie betroffen, während sie Nicholas aus dem Augenwinkel beobachtete und sich sein Gesicht einprägte. *Er wird nie mir gehö-*

ren, doch ich werde niemals aufhören, mich nach ihm zu sehnen.

Olivia beherrschte das Bedürfnis, die Hände vors Gesicht zu schlagen und bitterlich zu weinen. Von diesem Moment an war sie jedoch nicht mehr imstande, auch nur einen einzigen Bissen zu sich zu nehmen.

Nicholas bemerkte es, war aber rücksichtsvoll genug, um nichts dazu zu sagen, und als die qualvolle Mahlzeit endlich beendet war und Olivia den etwas halbherzigen Vorschlag machte, beim Abräumen des Tischs zu helfen, mischte er sich ein. Jessie übernahm bereitwillig die Aufgabe, nicht ohne ihrem Neffen jedoch lächelnd zu versprechen, den Abwasch für ihn aufzuheben.

Olivia war zutiefst beschämt, denn Nicholas war deutlich anzusehen, daß er ihre Gefühle kannte, ihre Ängste und vielleicht sogar ihre bestgehüteten Geheimnisse.

Er führte sie bis in die Eingangshalle, wo schon die ersten Schatten des Abends durch die bleiverglasten Fenster fielen, und dort nahm er sie in die Arme, unendlich liebevoll und zärtlich, und küßte sie.

12. Kapitel

Wenn Annabel den Staub von zweihundert Rindern schlucken will, dachte Gabriel, als er und ein Dutzend Männer am folgenden Morgen bei Tagesanbruch mit den Rindern aufbrachen, *dann soll sie es in Gottes Namen tun.* Nachdem er den größten Teil der Nacht damit verbracht hatte, sie zu lieben, besaß er jetzt einfach nicht mehr die Kraft zu weiteren Diskussionen. Außerdem wußte er, daß sie sich etwas vorgenommen hatte; vermutlich war es irgendein verzweifelter Plan, ihren Sohn zu retten. Und da war es seiner Meinung nach natürlich sicherer, sie in der Nähe zu haben, wo er auf sie aufpassen und sie beschützen konnte.

Er lächelte, als sein Blick über die Herde glitt und er Annabel ganz in der Nähe sah. Sie sah aber auch wirklich phantastisch aus, wie sie in ihrem dunklen Reitrock und den hohen schwarzen Stiefeln neben dem Koch auf dem Bock des Küchenwagens hockte. Ein hellrosa Sonnenschirm, den sie wohl eher aus praktischen Erwägungen als aus Eitelkeit mitgenommen hatte, ruhte aufgespannt auf ihrer Schulter. Die Hunde, treu wie immer, trotteten zu beiden Seiten des Wagens mit und beschnüffelten die Erde ab und zu mit ihren langen Schnauzen, als wollten sie eine Fährte aufnehmen.

Es störte Gabriel nicht sonderlich, daß Jeffrey Braithewait sich ihnen angeschlossen hatte und bisher die ganze Zeit dicht neben Annabel geritten war. Er sah ziemlich albern aus in seiner Cowboykleidung, und das knochige Pferd, das ihm vom Vorarbeiter überlassen worden war und auf dem er mit ziemlich steifem Rücken hockte, verstärkte diesen Eindruck noch. Alles in allem wirkte er wie ein ungeschickter, aber wild entschlossener Wachsoldat, der unter allen Umständen seine Königin beschützen will. Dennoch mußte Gabriel ihm zugestehen, daß er Beharrlichkeit bewies, und das war eine Eigenschaft, die er mindestens ebensosehr schätzte wie Courage.

Als er sich überzeugt hatte, daß alles bestens organisiert war und die Treiber ihre Arbeit taten, wendete Gabriel sein Pferd und ritt zurück, um neben dem Küchenwagen zu bleiben. Annabel, fand er, sah nicht älter aus als sechzehn, aber resolut genug, um es ganz allein mit der gesamten Armee aufzunehmen – falls es das war, was sie vorhatte.

Sie war schon jetzt von Kopf bis Fuß mit Staub bedeckt, und ihr Sonnenschirm war nicht mehr rosa, sondern grau, aber sie saß trotz allem aufrecht auf dem Kutschbock da und mit einem Ausdruck in den hellen Augen, der Gabriel aufzufordern schien, etwas zu ihrer Anwesenheit zu bemerken. Tatsächlich dachte er einen Moment sogar daran, die Herausforderung anzunehmen, überlegte es sich dann aber anders und grinste sie nur schweigend an.

Es war aufrichtig, dieses Grinsen – aber vor allem diente es dazu, Annabel daran zu erinnern, wie sie sich nachts in seinem Bett aufführte. Es war der einzige Moment, in dem sie ihn die Oberhand behalten ließ – wenn sie sich liebten. Den Rest der Zeit schien Annabel ihn als eine Art arglistigen Gegner anzusehen, den man wachsam im Auge behalten mußte.

Er tippte sich an die Hutkrempe. »Morgen«, sagte er.

Annabel wußte, was er dachte – wie fast immer – und errötete bis zu den Haarwurzeln. »Guten Morgen, Mr. McKeige«, sagte sie, als wäre sie nicht erst eine knappe Stunde zuvor in seinen Armen aufgewacht, die Beine mit seinen verschlungen und ihr langes Haar auf seiner Brust wie ein seidenes, achtlos abgelegtes Kleidungsstück.

Gabriel konnte gar nicht anders, als über ihre steife Reaktion auf seinen Gruß zu lachen. »Bisher war es das«, erwiderte er.

Sie bedachte ihn mit einem Blick, der eindeutig besagte, daß sie, wenn er nicht bald aufhörte, sie an diese Nacht zu erinnern, bittere Vergeltung dafür üben würde.

Da Annabel durchaus imstande war, genau das zu tun, schlug Gabriel ein anderes, etwas weniger gefährliches Thema an. »Ich hoffe, du erwartest dir keinen allzu großen Spaß von diesem Auftrieb«, meinte er. »Wie ich dir schon vorher sagte, Mrs. McKeige, ist das hier kein Sonntagnachmittagsausflug.«

»Gabriel«, erwiderte sie mit erzwungener Gelassenheit, »ich reite genausogut wie du und schieße sogar noch etwas besser. Früher, als wir uns noch keine Treiber leisten konnten, habe ich dir bei den Auftrieben geholfen. Hör also bitte auf, mich zu bevormunden.«

Der alte Koch, der neben Annabel die Zügel führte, räusperte sich und spuckte etwas aus. Sie fuhr zusammen, und Gabe unterdrückte ein weiteres Grinsen, das jedoch sehr schnell verblaßte, als er sah, daß Braithewait noch näher herangeritten war.

»Du warst jahrelang nicht mehr auf einer Ranch«, gab Gabriel zu bedenken. »Und niemand wird von dir verlangen, daß du schießt.« Wieder tippte er sich an den Hut, aber diesmal, um sich zu verabschieden. »Überanstrenge dich also bitte nicht.«

Und damit wandte er sich ab und ritt auf die große, laute Herde zu, um seinen Vormann zu suchen.

Nicholas betrachtete den kleinen Zug von Erzkarren, die vor dem Bergwerk aufgereiht waren. Er hatte jedem Wagen zwei Männer zugeteilt, von denen einer darauf saß, während der andere nebenherritt, und beide trugen außer ihren üblichen Revolvern noch Gewehre bei sich. Ein unbehagliches Gefühl machte sich in seinem Magen breit, obwohl er wußte, daß er alles bestens organisiert hatte und auf alles vorbereitet war.

Alles bestens, dachte er, bis auf die Tatsache, daß er in der letzten Nacht in Tante Jessies Haus kaum Schlaf gefunden hatte, sondern die halbe Nacht mit offenen Augen dagelegen, an die Decke gestarrt und Pläne geschmiedet hatte, wie er Miss Olivia Drummond für sich gewinnen konnte.

Es war nicht so, als ob sie ihn nicht wollte – von ihrem schüchternen, aber sehr bereitwilligen Kuß und der Art, wie sie ihn ansah, wußte er, daß sie das gleiche fühlte wie er auch –, aber der Altersunterschied von zehn Jahren lag wie eine schier unüberbrückbare Kluft zwischen ihnen. Zeit war für ihn nicht von Bedeutung, nur Charakter, aber er wußte, daß Olivia anders über diese Dinge dachte. Und wahrscheinlich auch die halbe Stadt.

Hätte Nicholas zu den Männern gehört, die Tabak kauten, dann hätte er jetzt sicher ausgespuckt. Aber da er diese Angewohnheit nie angenommen hatte, fluchte er nur unterdrückt. Zum Teufel mit Parable und all seinen Bewohnern, wenn sie seine Wahl nicht billigten! Er pfiff darauf, was die Leute dachten.

Olivia aber leider nicht. Er hegte nicht den geringsten Zweifel, daß sie sich wünschte, in die Gemeinde aufgenommen und als ein angesehenes Mitglied akzeptiert zu werden, und das bedeutete, daß Anstand ihr sehr wichtig war. Wenn sie herausfand, welchen Ruf er hatte, genügte das wahrscheinlich schon, sie für immer abzuschrecken.

»Morgen, McKeige«, sagte Jack Horncastle, als er

sein Pferd neben Nicholas lenkte, eine Hand hob und dem ersten Wagenführer zuschrie, sich in Bewegung zu setzen. Die Reise würde eine ganze Woche dauern, wenn alles nach Plan verlief.

Was natürlich nicht der Fall sein würde.

Nicholas brummte eine Antwort, während er mit einem schnellen, aber geübten Blick die umliegenden Hügel absuchte.

Horncastle war offensichtlich bester Laune. »Die jungen Damen aus Parable versprühen Gift wie aufgescheuchte Bienen, und ihre Mütter ebenso«, bemerkte er belustigt. »Offenbar hast du gestern bei der Teegesellschaft deiner Tante eine nicht zu übersehende Vorliebe für die neue Lehrerin gezeigt.«

Nicholas warf Horncastle einen Blick zu, erwiderte aber nichts. Jack mußte dabeisein – das gehörte zu seinem Plan –, und Nicholas hatte ihn sogar persönlich eingestellt. Aber das hieß nicht, daß er ihn gerne um sich hatte.

»Weißt du, wer sich von allen am meisten aufgeregt hat? Die Tochter des Marshals. Ich hoffe, du hast Callie in euren romantischen Momenten nichts erzählt, was uns belasten könnte, denn so gekränkt, wie sie jetzt ist, wäre es durchaus möglich, daß sie zu ihrem lieben, alten Daddy geht und alles weitertratscht.«

»Was bezweckst du eigentlich mit dem Gerede?« fragte Nicholas, während sein Blick unablässig in die Ferne glitt. Daß es Ärger geben würde, wußte er – er braute sich über ihnen zusammen wie Sturmwolken am Horizont. Das einzige, was er nicht wußte, war, wann und wo das Gewitter losbrechen würde.

Horncastle grinste, aber es war ein böses, hinterhältiges Grinsen. Das war nicht weiter überraschend – obwohl er und Nicholas in dieser Sache Komplizen waren, waren sie nie Freunde gewesen.

»Das werde ich dir sagen«, antwortete Jack. »Ich will erreichen, daß du in Gedanken bei der Arbeit bist, McKeige, und nicht bei dem, was deine Lehrerin unter ihren Röcken trägt. Es steht eine Menge auf dem Spiel für uns – unsere Hälse beispielsweise.«

Nicholas ritt neben Horncastle und schlug ihn mit dem Handrücken auf den Mund. Das geschah so schnell, daß es vorbei und vorüber war, bevor Nicholas die möglichen Konsequenzen seiner Tat bedenken konnte.

Aber das hätte auch nicht viel geändert, selbst wenn er es getan hätte.

Blut tropfte aus Horncastles aufgeplatzter Unterlippe, und wilder Zorn sprühte aus seinen Augen, aber er versuchte nicht, den Schlag zurückzugeben. Und das ist klug von ihm, dachte Nicholas, obwohl er eine leise Enttäuschung dabei verspürte. Er hätte sich Horncastle am liebsten auf der Stelle vorgeknöpft und ihn Stück für Stück entzweigerissen. Er wartete schon seit Monaten auf die Gelegenheit – ach was, seit Jahren schon!

»Was zum Teufel …« stieß Horncastle hervor, wütend und auch ein bißchen blaß, als er sich den Mund am Ärmel abwischte.

»Wenn du irgend etwas über Miss Drummond zu sagen hast«, entgegnete Nicholas kalt, »dann behalte es für dich. Dann brauche ich dir nicht die Zähne einzuschlagen.«

Horncastle stieß einen leisen, schrillen Pfiff aus. »Ich will verdammt sein«, meinte er. »Nun ist es endlich doch passiert!«

»Sieh zu, daß du an deine Arbeit kommst«, fuhr

Nicholas ihn an. »Du wirst bezahlt, um diese Wagen zu bewachen, und nicht, damit du hier herumschwatzt wie ein altes Weib.«

Horncastle grinste nur und wendete ohne ein weiteres Wort sein Pferd, um seine Position neben den Wagen einzunehmen.

Wieder fluchte Nicholas verhalten, nahm seinen Hut ab und wischte mit dem Arm den Schweiß von seinen Augenbrauen. Als er den Hut wieder aufsetzte, lenkte Charlie seinen sandfarbenen Maulesel neben ihn. Da niemand auf der Ranch war, den er versorgen müßte, hatte der Indianer sich selbst zum Koch des Erztransports ernannt, seinen Maulesel gesattelt und sich den Männern angeschlossen.

Aus Gründen, die nichts mit Charlies ungenießbarem Kaffee und miserablem Essen zu tun hatten, wäre es Nicholas lieber gewesen, wenn sein alter Freund mit seinem Vater und Annabel nach Fort Duffield geritten wäre. Charlie kannte und durchschaute ihn zu gut, was unter den gegebenen Umständen tödlich sein könnte.

Wenn die Hölle losbrach – und das würde sie – wollte Nicholas Charlie nicht dabeihaben, weil sonst Gefahr bestand, daß er ins Kreuzfeuer geriet.

»Diese Reise ist auch so schon schlimm genug, ohne daß du sie durch dein Essen noch verschlimmerst«, sagte er, weil er nicht wagte, seinen Gedanken Ausdruck zu verleihen.

Charlie, der eine schwarze Melone trug, die Annabel ihm vor Jahren aus England geschickt hatte, gestattete sich nur ein schwaches Lächeln.

»Jemand muß sich schließlich um dich kümmern«, entgegnete er ruhig.

»Niemand hat dich zu meinem Schutzengel

ernannt«, antwortete Nicholas, ein wenig bitter und ohne Charlie anzusehen. Ließ man Charlie in einem verwundbaren Moment einen Blick in seine Augen tun, war es vorbei mit den Geheimnissen. Der alte Mann konnte einem direkt in die Seele schauen, wenn er wollte, und sah alles, was sich dort verbarg.

»Du steckst in echten Schwierigkeiten, Nicholas«, meinte Charlie ruhig. »Ich möchte dir nur helfen, Junge.«

»Das kannst du nicht«, erwiderte Nicholas flach. »Niemand kann es.«

Charlie seufzte. »Das hast du damals auch gesagt, als du wegen diesem Schulfest fortgelaufen bist, um dich in den Bergen zu verstecken. Alle sollten ihre Mutter mitbringen, weißt du noch? Du warst damals etwa neun, wenn ich mich recht entsinne. Gabe und ich fanden dich zwei Tage später, und er fragte dich, was du dir dabei gedacht hattest, einfach in die Berge abzuhauen, ohne irgend jemandem ein Wort davon zu sagen. Du hast geantwortet, das könne er nicht verstehen, niemand könne es, weshalb es sinnlos wäre, irgend etwas zu erklären. Gabe hätte dir am liebsten den Hintern versohlt, und zwar auf der Stelle, weil du ihm so einen furchtbaren Schrecken eingejagt hattest. Aber das ließ ich nicht zu – ich setzte dich vor mir in den Sattel und brachte dich auf dem Weg zurück zur Ranch dazu, mir zu erzählen, was dich quälte. Und ich machte dir den Vorschlag, deine Tante Jessie zu dem Schulfest einzuladen.«

»Dies hier ist etwas anderes«, erwiderte Nicholas geduldig.

»Vielleicht«, stimmte Charlie versonnen zu. »Vielleicht aber auch nicht.«

Nicholas hätte sich seinem Freund gern anvertraut – es war eine schwere Bürde, die er auf seinen Schultern trug –, aber das hätte möglicherweise alles ruiniert. Er hatte Jessie nichts von seinen Plänen gesagt, obwohl er tausendmal daran gedacht hatte, und auch sein Vater wußte nichts davon; es wäre einfach zu riskant gewesen.

»Sei vernünftig, Charlie«, sagte er ruhig. »Kehr zurück und reite mit den anderen nach Duffield. Ich brauche dich hier wirklich nicht.«

Charlie schwieg für lange Zeit. Wie Nicholas behielt auch er ständig die Hügelkette vor ihnen im Auge und warf höchstens ab und zu mal einen Blick zurück. »Ich bleibe lieber«, antwortete er schließlich. »Miss Annabel ist mitgeritten, um Gabe zu helfen.«

Nicholas mußte lachen, als er sich seine elegante Mutter bei einem schmutzigen, aufreibenden Rinderauftrieb vorstellte. Als nächstes würde sie wohl noch ein Brandeisen schwingen und Wildpferde einreiten wollen. »Sie ist nur mitgeritten, um sicherzugehen, daß mein Vater keine ruhige Minute von heute bis zum Jüngsten Tag mehr hat«, bemerkte er.

Die Augen des Indianers funkelten vor Belustigung. »Das wird ihr zweifellos gelingen.«

Nicholas nahm seinen Hut ab und legte den Kopf zurück, um seine verkrampften Nackenmuskeln ein wenig aufzulockern.

»Ich glaube, sie lieben sich«, sagte er so leise, daß es niemand außer Charlie hören konnte. »Annabel und mein Vater, meine ich.«

»Dann besteht also doch noch Hoffnung für dein Wahrnehmungsvermögen.«

Charlies spöttischer Tonfall veranlaßte Nicholas, ihn anzusehen. »Glaubst du, daß sie bleiben wird?« Er meinte natürlich Annabel. Sie ›Mutter‹ zu nennen, dazu konnte er sich nach wie vor nicht überwinden. Es hatte nichts mit Groll zu tun; er war schließlich derjenige gewesen, der sie vor all diesen Jahren in Boston alleingelassen hatte, und nicht umgekehrt. Nein, es lag wohl eher daran, daß er sie einfach noch nicht gut genug zu kennen glaubte, um eine so vertraute Anrede zu benutzen.

Charlie seufzte. »Ich weiß es nicht.«

Plötzlich kam Nicholas sich wieder wie ein siebenjähriger kleiner Junge vor. »Aber wenn sie meinen Vater liebt?«

»Liebe ist etwas Gutes«, erwiderte Charlie, »aber sie genügt nicht immer, um zwei Menschen zusammenzuhalten – vor allem dann nicht, wenn sie so eigensinnig und verbohrt sind wie Gabe und Annabel. Sie erinnern mich an einen wilden Hengst und seine Stute. Wenn sie sich paaren, dann mit großer Leidenschaft. Wenn sie kämpfen, ist es lebensgefährlich, ihnen zu nahe zu kommen. Und beide haben einen unbändigen Freiheitsdrang, der sie zwingt, sich ab und zu aller Bande zu entledigen, um ihr eigener Herr zu sein.«

»Du redest jetzt von Julia.«

Charlie schüttelte den Kopf. »Nein, Nicholas. Vielleicht wäre es besser, wenn die Dinge so einfach wären, aber das sind sie leider nicht. Nein, was deinen Vater dazu treibt, liegt in ihm selbst begraben und hat nichts mit irgendeiner Frau zu tun. Und das gleiche gilt für deine Mutter. Sie sind beide nicht zu zähmen.«

Der Gedanke stimmte Nicholas ein wenig traurig. »Ich verstehe es nicht.«

Charlie lächelte nun zum ersten Mal. »Sie auch nicht«, erwiderte er. »Und das ist gut so.«

Den ganzen Tag lang schluckte Annabel den Staub der Herde. Sie schmeckte ihn auf der Zunge und nahm ihn mit jeder Pore ihres Körpers auf, doch trotz allem kam nicht ein einziges Wort der Klage über ihre Lippen. Eher hätte sie sich unter einem ganzen Berg Erde begraben lassen, als zuzugeben, wie unglücklich sie war.

Als die Treiber die Herde für die Nacht in eine kleine Schlucht getrieben hatten, befahl Annabel Mr. Hilditch, ihr Zelt neben dem Küchenwagen aufzubauen. Gabriel und die Treiber waren schon lange vor ihnen im Lager eingetroffen; ein großes Feuer brannte, und es wimmelte nur so von müden Cowboys, die auf Kaffee und Essen warteten. Das Abendessen, wenn man es so nennen durfte, würde jedoch noch eine Weile auf sich warten lassen, weil der Koch gerade erst mit seinem Wagen eingetroffen war.

Gabriel, der arrogante Schuft, wartete bereits auf Annabel. Er war von Kopf bis Fuß mit Schmutz bedeckt, und doch sah man ihm die Müdigkeit nicht an; genausogut hätte er den ganzen Tag im Schaukelstuhl verbringen können. Während er mit einer Hand grüßend an den Hutrand tippte, reichte er Annabel die andere, um ihr vom Wagen zu helfen.

Sie ließ ihren Sonnenschirm zuschnappen und widerstand nur mühsam der Versuchung, Gabriel damit zu schlagen. Sie hätte ihre Seele für ein heißes Bad, ein sauberes Nachthemd und ein Bett verkauft. Schlaf war in diesem Augenblick das einzige, wonach sie sich sehnte.

»Es tut mir leid, daß ich dir keinen Tee anbieten kann«, sagte Gabriel, »aber es gibt gleich Kaffee.«

Annabel schickte Jeffrey und ihren Kutscher fort, die ihr, wie ihre Hunde, während der gesamten Fahrt nicht von der Seite gewichen waren, und beide waren klug genug, sich woanders zu beschäftigen, Mr. Hilditch mit dem Zelt, und Mr. Braithewait an dem kleinen Bach in der Nähe des Lagerplatzes.

Sehnsüchtig schaute Annabel einen Moment lang zu dem klaren Quellwasser hinüber, obwohl sie wußte, daß sie unmöglich darin baden konnte, da sie die einzige Frau in einem Lager voller Männer war. Seufzend wandte sie sich wieder Gabriel zu.

»Ich hätte sehr gern Kaffee«, sagte sie leise. »Vorausgesetzt natürlich, daß Charlie ihn nicht aufgebrüht hat.«

Gabriel lachte. »Charlie ist bei Nicholas, du brauchst also keine Angst zu haben.«

Als Annabel mit Gabriel durch das Lager ging, war sie so erschöpft, daß sie kaum noch einen Fuß vor den anderen setzen konnte. Jeder Muskel in ihrem Körper schmerzte, aber das hätte sie nicht einmal Petrus an der Himmelspforte eingestanden, wenn dies ihr Todestag gewesen wäre. *Ich will verdammt sein, wenn ich mir vor Gabriel oder irgendeinem der anderen anmerken lasse, daß dieser aufreibende Tag einfach zuviel für mich gewesen ist.*

Gabriel nahm einen der Emaillebecher, die auf einer alten Wagendeichsel standen, die irgendein Reisender vor langer Zeit zurückgelassen hatte, und ging damit zum Feuer hinüber. Mühelos, als ob er nicht den geringsten Muskelkater nach einem langen Tag im Sattel hätte, ging er in die Hocke, nahm einen alten Lappen und hob die große, rußgeschwärzte Kaffeekanne aus der Glut.

Der Kaffee, den er Annabel brachte, die sich inzwischen auf einer umgedrehten Kiste niedergelassen hatte, war heiß und herrlich aromatisch. Sie konnte nicht umhin, einen erfreuten kleinen Seufzer auszustoßen, als sie den ersten Schluck probierte.

Gabriel zog sich eine weitere Kiste heran und setzte sich neben sie. »Du kannst immer noch zur Ranch zurückkehren, Annabel«, sagte er ruhig. »Hilditch wird dich begleiten, und ich gebe dir noch zwei oder drei andere Männer mit, damit du sicher heimgelangst.«

Es war ein liebevoll vorgebrachtes Angebot, und an Gabriels Ton erkannte Annabel, daß er ihr helfen wollte, ihr Gesicht zu retten – ganz zu schweigen von ihren schmerzenden Gliedern. Aber trotz allem konnte sie sich nicht dazu überwinden, den leichteren Weg zu wählen und einfach umzukehren.

Zuviel hing von ihrem bevorstehenden Gespräch mit Captain Sommervale ab.

»Ich würde lieber bleiben«, antwortete sie mit leichter Resignation in der Stimme.

Gabriel schob seinen Hut zurück und kratzte sich am Kopf. »Na schön«, erwiderte er seufzend. Er schaute zu ihrem Zelt hinüber, einem rosa und weiß gestreiften Etwas, das er vor vielen Jahren nach einer Gartenparty in der Scheune untergebracht und dann vergessen hatte, und schüttelte den Kopf. »Ich rate dir aber, dich früh zurückzuziehen, denn morgen wird ein langer Tag werden.«

»Aber wir werden doch noch vor Sonnenuntergang im Fort eintreffen?«

Gabriel zuckte mit den Schultern. »Das kann ich noch nicht sagen. Es hängt ganz davon ab, wem wir unterwegs begegnen.«

Annabel machte große Augen und tat, als wäre sie entsetzt. »Viehdieben, meinst du?« fragte sie und schlug dann den Blick nieder. »Aber vor denen würdest du mich doch bestimmt beschützen.«

Er lachte. »Mag sein. Und hör auf, dich über mich lustig zu machen. Dies ist keine Fuchsjagd, wie du sie aus England kennst, Annabel. Tausend verschiedene Dinge können auf so einem Transport geschehen, und davon sind neunhundertneunundneunzig schlecht.«

Sie beugte sich ein wenig vor und war wieder völlig ernst, als sie jetzt sprach. »Wie was zum Beispiel?«

»Stampeden«, erwiderte Gabriel geduldig. »Abtrünnige Indianer, Gewitter, gebrochene Wagenachsen oder -deichseln, verdorbenes Essen, schlechtes Wasser, Banditen, verletzte Cowboys, Klapperschlangen, Wölfe ...«

Annabels Müdigkeit war plötzlich so überwältigend, daß sie sogar eine leise Übelkeit verspürte. Aber das schob sie auf ihre monatliche Periode, die sich immer pünktlich einstellte und nun wieder fällig war. »Wölfe?« wisperte sie. Ihre kindliche Angst vor diesen Tieren kehrte ganz unverhofft zurück, und voller Unbehagen schaute sie zum dunklen Horizont hinüber.

Ihre Hunde hatten sie in dem Gewimmel von Mensch und Tier gefunden, lagen neben ihr und kauten Suppenknochen, die der Koch offensichtlich für sie mitgebracht hatte, Annabel sah die undankbaren Tiere kaum noch; sie hatten begonnen, auf der Ranch ihr eigenes Leben zu führen.

»Keine Angst, Mrs. McKeige«, sagte Gabriel in vielsagendem Tonfall und beugte sich zu ihr vor. »Ich werde dich vor ihnen beschützen.«

Errötend wandte Annabel den Blick ab. Gabriel würde sie ganz bestimmt vor Wölfen, Banditen und

Lebensmittelvergiftungen beschützen, aber wer beschützte sie vor ihm? Falls er beschließen sollte, sie heute nacht zu lieben, würde sie ganz sicher nicht die Kraft aufbringen, sich ihm zu widersetzen. Und wenn sie sich nicht ein Handtuch oder einen Strumpf als Knebel in den Mund steckte, würde das ganze Lager hören, was sich in ihrem Zelt abspielte.

Gabriel legte eine Hand unter ihr Kinn und drehte sanft ihr Gesicht zu sich herum. Sie sah, daß seine Augen vor Mutwillen funkelten und ein amüsiertes Lächeln um seine Lippen spielte. »Wir werden bachabwärts gehen, sobald es richtig dunkel ist, und dann kannst du baden. In der Zwischenzeit werde ich sehen, ob ich irgendwo eine Salbe für deine schmerzenden Glieder finde.«

»Du wirst nicht zusehen, wie ich bade«, flüsterte Annabel rasch, und ihr Ton stand in absolutem Widerspruch zu der Erleichterung, die sie bei dem Gedanken empfand, all diesen Staub von ihrem Körper abzuwaschen. »Und wie kommst du eigentlich darauf, daß meine Glieder schmerzen?«

»Du hinkst. Und im übrigen habe ich vor, noch sehr viel mehr zu tun, als dir beim Baden *zuzusehen*, Mrs. McKeige«, erwiderte Gabriel schmunzelnd. »Ich werde selbst die Seife in die Hand nehmen.«

Damit erhob er sich und ging, um mit seinen Männern zu sprechen, die in kleinen Grüppchen hier und dort herumstanden. Die Hunde, treulos, wie sie waren, trotteten ihm nach, als wäre er ihr Herr.

Annabel stöhnte leise auf bei der Vorstellung von Gabriels Händen auf ihrem nackten Körper, selbst wenn er nichts anderes damit tun würde, als sie von dem im Laufe des Tages angesammelten Schmutz zu befreien. Aber noch stärker als ihre Bedenken, dies in der Nähe all dieser Männer mit sich tun zu lassen, war die pochende Erregung, die in ihr erwachte.

Das Abendessen bestand aus gepökeltem Schweinefleisch, das fast schwarz gegrillt worden war, und noch mehr Kaffee. Einige Cowboys aßen, während andere mit ihren Pferden die unruhige Herde hüteten und wieder andere sich auf der Erde ausgestreckt hatten, um zu schlafen. Sie schenkten Annabel ganz bewußt keine Beachtung, diese größtenteils sehr jungen Männer, aber sie mieden sie auch nicht. Die Geschichten, die sie sich erzählten, waren nicht ganz so frivol, wie sie sonst vielleicht gewesen wären, dachte sie, und als einer der Jungen eine Mundharmonika herausnahm und eine süße, traurige Melodie spielte, fühlte Annabel sich richtig zugehörig zu der Gruppe um das Lagerfeuer.

Die Nacht legte sich wie eine dunkle Decke über das rauhe Land, und Annabel begann sich nach Gabriel umzusehen, obwohl sie wußte, daß er rasch etwas gegessen hatte, um die erste Wache zu übernehmen.

Sie fühlte sich sehr zufrieden und behaglich, als sie dort am Feuer saß und der Musik und den leisen Stimmen der Cowboys lauschte. Jetzt endlich konnte sie sich eingestehen, daß sie diese Reise eigentlich nur mitgemacht hatte, um in Gabriels Nähe sein zu können und an einigen seiner alltäglichen Aufgaben teilzuhaben.

Sie war kurz davor, am Feuer einzudösen, als er so plötzlich, wie er verschwunden war, zurückkehrte, sie wortlos auf die Beine zog und in die vom Mond nur schwach erhellte Dunkelheit entführte.

Er trug eine Satteltasche über einer Schulter, als er sie mit großen, sicheren Schritten vom Lager fortführte, weg von den Geräuschen, der Musik und dem flackernden Schein des Lagerfeuers.

Irgendwann erreichten sie einen Ort, wo der Bach sich zu einer Art Teich erweiterte, der geschützt zwischen großen Felsen lag und mindestens eine halbe Meile vom Lager entfernt war.

Gabriel warf die Satteltasche auf einen Felsbrocken, schleuderte seinen Hut beiseite und streifte zuerst den rechten und dann den linken Stiefel ab. Dann öffnete er seinen Waffengurt und legte auch ihn beiseite – aber so, daß er ihn rasch ergreifen konnte, wie Annabel bemerkte – und zog seine Socken aus. Ohne sich lange damit aufzuhalten, die Knöpfe seines Hemds zu lösen, streifte er es über den Kopf.

Ein Klumpen formte sich in ihrer Kehle, als sie ihm dabei zusah, denn er war ein so unglaublich gutaussehender Mann. Sie wußte, daß er sich selbst nie so sah, denn trotz all seiner Intelligenz, seines Geldes und seiner Macht war er in vielen Dingen noch so naiv und unerfahren wie ein kleiner Junge.

»Falls du in diesem Reitrock schwimmen willst«, sagte er ruhig, aber mit einem Funkeln in den Augen, »wirst du vermutlich untergehen und ertrinken.« Damit knöpfte er seine Hose auf, streifte sie hastig ab und schob sie mit dem Fuß beiseite, bevor er, nackt und schön wie Michelangelos *David*, zum Ufer ging und in das Wasser watete. Er stieß einen unterdrückten Fluch aus angesichts der Kälte, war aber bald schon mittendrin und schäumte sich mit einem Stück Seife ein. Der Schein der Sterne reflektierte sich in seinem Haar und beschien sein gutgeschnittenes Gesicht, seine unglaublich breiten Schultern und die makellose Perfektion seiner Brust und seines flachen Bauchs.

Annabel bewunderte ihn eine Zeitlang und fing dann langsam an, sich auszuziehen. Gabriel hörte auf, sich einzuseifen, und nun war er es, der sie mit unverhohlener Bewunderung betrachtete, als sie ihm ins Wasser folgte.

Ihre Zähne klapperten vor Kälte, und als sie Gabriel erreichte, nahm er sie in die Arme und wärmte sie an seinem Körper, hielt sie fest an sich gepreßt und streichelte mit seinen starken, schwieligen Händen ihren Rücken und ihre Arme. Bald kam ihr der Teich so warm wie ein Bad am Küchenofen vor, und wenn sie jetzt noch zitterte, dann ganz sicher nicht vor Kälte.

Gabriel küßte sie, sehr behutsam anfangs, dann immer leidenschaftlicher und fordernder. Es gelang ihm mühelos, sie zu erregen, aber ohne die geringste Hast, und Annabel lehnte sich kraftlos an ihn, als er ihren ganzen Körper einseifte, einschließlich ihres Haars, und ihr das Bad gab, das er ihr versprochen hatte.

Als es vorbei war, wimmerte sie vor Verlangen und hielt sich hilflos an ihm fest.

»Liebe mich«, flüsterte sie, weil sie wußte, daß er sie nie ohne Aufforderung genommen hätte.

Sanft schob er eine Hand zwischen ihre Schenkel und drang mit zwei Fingern in sie ein, was ihre Qual jedoch, statt sie zu lindern, höchstens noch vergrößerte. So sehr, daß sie sich aufstöhnend und in einer stummen Einladung an seinen Körper preßte.

»Nicht jetzt, Annabel«, murmelte er rauh.

»Warum nicht?«

»Weil ich will, daß du mich willst.«

Annabels Ungeduld wurde höchstens noch von

ihrer lustvollen Begierde übertroffen. »Aber ich will dich doch!« rief sie aus.

Gabriel schob seine freie Hand unter ihr langes Haar und bog ihren Kopf zurück, um sie ansehen zu können, die Finger der anderen Hand setzten ihre süße Tortur fort. Mühelos hatten sie diese ganz besonders sensible Stelle in ihr gefunden, wo ihre Empfindungen am intensivsten waren.

»Nicht genug«, sagte er.

Annabel stieß ein Wimmern aus, gefolgt von einem leisen Schrei. »O Gott … Gabriel …«

Das Wasser plätscherte in sanften Wellen, als Annabel sich hilflos und verzweifelt an Gabriel preßte. Er senkte den Kopf und begann eine ihrer Brüste zu liebkosen; ihre zarte Spitze war eiskalt und noch viel empfindsamer, als sie es sonst vielleicht gewesen wäre.

Annabel schluchzte erstickt, aber es war ein Ton, der nichts mit Trauer oder Leid zu tun hatte, sondern pure Begierde und Verzückung ausdrückte. »Bitte«, flehte sie. »Bitte …«

Gabriel würde sie zum Höhepunkt bringen, daran bestand kein Zweifel. Aber wenn er sie mit seinen Fingern oder seinem Mund erregte, war die Erfüllung – obwohl sie heftig genug war, um ihren Körper in wilde Zuckungen zu versetzen und ihr heisere Schreie zu entlocken – immer nur vorübergehend. Nur wenn er sie ganz in Besitz nahm, mit harten, schnellen Bewegungen seiner Hüften, erfuhr sie dauerhafte Erlösung. Und jede andere Art von Liebesspiel vergrößerte ihr Verlangen höchstens noch.

Und das wußte er natürlich.

Sie vergrub ihre Finger in seinem Haar, hauchte

heiße, fieberhafte Küsse auf seine nasse Haut und flehte ihn verzweifelt an, zu ihr zu kommen, aber Gabriel war nicht umzustimmen. Ungerührt setzte er seine skandalösen Bemühungen fort und liebkoste und erregte sie, bis Annabel sich jäh versteifte und mit einem erstickten Schrei den Kopf zurückwarf. Ihre Beine lagen nun um Gabriels Taille, ihre Brüste streiften seine Brust, und nicht einmal, als ihr Körper von schier endlosen Zuckungen geschüttelt wurde, brach er seine Zärtlichkeiten ab, sondern steigerte höchstens noch ihre sinnliche Ekstase, bis sie irgendwann erschöpft zusammenbrach und ihren Kopf auf seine Schulter sinken ließ.

Und die ganze Zeit lang wußte sie, daß ihr Verlangen zurückkehren würde, noch bevor die Stunde um war, noch heißer und noch stärker und noch zwingender als je zuvor.

Zärtliche, liebevolle Worte murmelnd, veränderte Gabriel jetzt ihre Stellung, bis sie auf seinen Armen lag, kraftlos wie ein Engel, dem die Flügel genommen worden waren.

Wieder beugte er sich über sie und küßte ihre Brüste, und Annabel konnte nicht anders, als sich ihm mit einem leichten Krümmen ihres Rückens anzubieten. Ein fast unhörbares Wimmern entrang sich ihren Lippen, denn in solchen Momenten besaß sie keinen eigenen Willen mehr, keine Kraft, keinen Stolz und keine Scham. Gabriel war ihr Meister, war ihr Herr, und sie hätte es gar nicht anders gewollt, selbst wenn sie es gekonnt hätte.

Sie spürte seine Erregung an ihrer Hüfte, hart und machtvoll, trotz des kalten Wassers, und bezog ein wenig Trost aus der Gewißheit, daß er sie mindestens ebenso heftig begehrte wie sie ihn. Es war nur so, daß er in intimen Dingen mehr Kontrolle über sich besaß als sie und unendlich viel geduldiger war.

Annabels Haar trieb auf dem Wasser wie irgendeine tropische Wasserpflanze, während Gabriel ausgiebig ihre Brustspitzen liebkoste, zuerst die eine, dann die andere.

»Das werde ich dir heimzahlen«, versprach sie ihm zwischen kleinen, lustvollen Aufschreien und Seufzern.

Gabriel lachte, erwiderte aber nichts, sondern ließ seine Hand nach unten zwischen ihre Schenkel gleiten, zu dem seidenweichen Haar dort ...

Annabel biß sich auf die Lippen, um einen heiseren Schrei der Lust zu unterdrücken.

Natürlich würde sie Vergeltung üben ... aber jetzt war nicht der richtige Augenblick dafür.

13. Kapitel

Da die Schule nicht vor Ende August beginnen würde, hatte Olivia Zeit genug, um Lehrpläne zu erstellen, und sie verfügte dank einer großzügigen Spende von Mr. Gabriel McKeige über ein recht umfangreiches Budget für Neuanschaffungen von Schulmaterial wie Landkarten und Lehrbüchern.

Neue Bücher, dachte Olivia, als sie an jenem stillen Julimorgen in der kleinen Schule stand, nachdem ihre private Welt unwiederbringlich verändert worden war, *brauche ich wirklich unbedingt.* Die alten Lesebücher waren schmutzig, es fehlten darin viele Seiten und die meisten Rechenbücher hatten schon lange keinen Einband mehr.

Langsam ging Olivia durch die Reihen kleiner Pulte. Sie liebte den Geruch des Klassenzimmers – es roch nach Kreide, altem Papier und natürlich auch nach Staub, was unvermeidlich war. Die Reinigung und das Instandhalten der Schule gehörten ebensosehr zu ihren Aufgaben wie das Unterrichten, aber das machte ihr nichts aus. Ganz im Gegenteil sogar, denn dadurch wurde die Schule zu ihrem eigenen Bereich – und dem der Kinder.

Nachdenklich ging Olivia zurück zu ihrem eigenen Pult vor der kleinen Tafel, wo sie die karge Auswahl an Schulbüchern gestapelt hatte, um sie noch einmal durchzusehen und vielleicht ein oder zwei davon zu retten. Die meisten waren jedoch höchstens noch zum Anzünden eines Feuers in dem kleinen Ofen in einer Ecke des großen Raumes zu gebrauchen, aber Olivia wollte sie nicht einem solchen Schicksal überlassen, denn es waren trotz allem Bücher, ganz gleich, wie zerrissen und verschmutzt sie waren.

Sie beschloß, sie in die Kirche zu bringen. Dort würden sie vielleicht ein neues Zuhause bei verschiedenen Mitgliedern der Gemeinde finden – ein Zuhause, in dem sie geschätzt und trotz ihres schäbigen Aussehens vielleicht sogar als kostbarer Besitz betrachtet würden.

Die kindliche Schrift unter dem losen Einband eines Lesebuchs kam für Olivia völlig unerwartet und ließ ihre Kehle plötzlich eng werden. ›Nicholas McKeige‹, hatte eine kleine Hand in großen, nicht besonders ordentlichen Buchstaben geschrieben. ›McKeige-Ranch, Parable, Nevada, 1869‹.

Olivia schloß die Augen, auf eine süße, unerklärliche Art verwundet, und drückte das kleine, abgeschabte Buch an ihre Brust. Die Erinnerung daran, wie jung Nicholas noch war, brachte sie so sehr aus der Fassung, daß sie all diesen widersprüchlichen Gefühlen, die sie jetzt erfaßten, machtlos ausgeliefert war.

In dieser Stimmung hörte Olivia nicht, wie die Tür der Schule geöffnet wurde, und erst, als das Geräusch von Schritten sie erreichte, schaute sie auf und erblickte Jessie, die in einem eleganten Vormittagskleid, einem modischen Hut und einem großen Korb am Arm majestätisch wie eine Königin durch den Gang zwischen den Pulten schritt.

Olivia straffte die Schultern und hob das Kinn, obwohl – oder vielleicht gerade weil – sie sich so klein und unbedeutend vorkam. Sie wäre aufgestanden, wenn Jessie ihr nicht mit einer Handbewegung zu verstehen gegeben hätte, sie solle sitzenbleiben.

Mit einem erzwungenen Lächeln blieb Olivia sitzen, Nicholas' erstes Lesebuch unter ihrer Hand wie eine Bibel. Ihr Herz klopfte so heftig, daß sie es in ihren eigenen Ohren dröhnen hörte.

»Ich habe Ihnen einen kleinen Imbiß mitgebracht, Miss Drummond, da Sie ganz offenbar nicht vorhatten, zum Essen heimzukehren.«

Olivia wußte nicht, was sie außer einem gemurmelten »Danke« dazu sagen sollte. Sie war nicht so lebenserfahren wie diese Frau vor ihr, und dennoch war ihr klar, daß es bei diesem Besuch um mehr ging als um Sandwiches und Tee.

Jessie setzte ihren Korb auf das Pult, schaute sich nach einem Stuhl um, entdeckte einen in einer Ecke und zog ihn heran. Nachdem sie sehr sorgfältig ihre

Röcke zurechtgezogen und -gezupft hatte, setzte Miss McKeige sich hin. »Also dann«, sagte sie.

Olivias Magen verkrampfte sich. Jessie war gekommen, um sie fortzuschicken, fort von diesem Ort, an dem sie so gern gelebt und unterrichtet hätte. Bestimmt würde sie sie nach San Francisco zurückschicken, wahrscheinlich schon mit der nächsten Postkutsche und ohne ihr ein Empfehlungsschreiben für die nächste Stellung mitzugeben.

Jessie beugte sich leicht vor und schaute sie aus schmalen Augen an. »Großer Gott, Sie sehen ja schrecklich aus – richtig grün um die Nase! Was haben Sie denn nur, Miss Drummond?«

Olivia schluckte, aber die Wahrheit lag ihr schon auf der Zunge und war ausgesprochen, bevor sie es verhindern konnte. »Ich ... ich will nicht, daß Sie mich fortschicken.«

»Fortschicken?« wiederholte Jessie, als sei das Wort ihr völlig unbekannt. »Warum sollte ich das tun, wenn Sie noch nicht einmal Gelegenheit hatten, Ihre Fähigkeiten zu beweisen?« In offensichtlicher Verwirrung runzelte sie die Stirn. »Es stimmt doch hoffentlich, was Sie in Ihrem Bewerbungsschreiben angaben? Daß Sie weder im Gefängnis waren noch verheiratet sind?«

Olivia lachte, wenn auch eine Spur nervös. »Es ist alles wahr, was ich geschrieben habe.«

Jessie strahlte, als ihr plötzlich die Erkenntnis kam, und lehnte sich auf ihrem unbequemen Stuhl zurück. »Ah«, sagte sie. »Dann muß es wegen Nicholas und seiner offensichtlichen Verliebtheit in Sie sein.«

»Ja«, erwiderte Olivia ein wenig ungläubig. Niemand, soweit sie wußte, war je in sie verliebt gewesen; sie war immer ein Mauerblümchen gewesen, zurückhaltend und scheu. »Es ist wegen Nicholas.«

»Der dumme Junge«, meinte Jessie mit einem liebevollen Lächeln. »Ich hoffe, Sie werden geduldig mit ihm sein, Miss Drummond. Er wird es überwinden, aber bevor es soweit ist, wird nicht mit ihm zu reden sein. Nicholas ist zu sehr wie sein Vater, wissen Sie. Und natürlich auch wie seine Mutter, die genauso eigensinnig ist.«

Olivia wagte nicht zu sagen, daß sie Nicholas sehr anziehend fand und daß er für sie, obwohl er nicht einmal zwanzig war, das Selbstvertrauen eines Mannes ausstrahlte, der viel erfahrener und reifer war. Er erschien ihr klug und wißbegierig, und er konnte sie mit einem bloßen Wort oder einem Blick zum Lachen bringen – was allein schon Grund genug war, ihn zu lieben.

Und da waren natürlich auch noch seine körperlichen Vorzüge, die Olivias Herz schneller schlagen ließen und ihr einen unruhigen Schlaf bescherten. Nicholas hatte ihr intime Versprechungen gemacht, mit seinen Blicken und der Berührung seiner starken Hand auf ihrer, die sie – möge Gott ihr beistehen – erfüllt und eingehalten sehen wollte.

Olivia räusperte sich leise, nicht sicher, was sie auf Jessies Versicherung, Nicholas' Interesse für sie werde bald schon nachlassen, erwidern sollte. Obwohl sie Miss McKeige einerseits nicht belügen wollte, wollte sie andererseits auch nicht aus Parable verbannt werden, weil sie unmoralische Gedanken hegte.

»Ich bin sehr gern in Nicholas' Gesellschaft«, räumte sie ein, während sie dachte, daß dies die größte Untertreibung ihres ganzen Lebens war, und sie sich sehr zusammennehmen mußte, um nicht zu erröten.

Jessie, die inzwischen den Korb geöffnet und an einer Seite des Pults ein Tischtuch ausgebreitet hatte, nahm nun zwei kleine Porzellanteller heraus. »Ja«, sagte sie versonnen. »Das habe ich schon bemerkt.«

»Und Sie sind hergekommen, um mich aufzufordern, mich von ihm fernzuhalten«, platzte Olivia heraus, bevor sie es verhindern konnte.

»Nein«, antwortete Jessie. »Jedenfalls nicht so, wie Sie denken mögen. Olivia – ich darf Sie doch Olivia nennen? –, ich gebe zu, daß Nicholas ein sehr charmanter und attraktiver junger Mann ist. Doch neben seiner äußeren Erscheinung und seiner wachen Intelligenz hat er etwas Geheimnisvolles, Mysteriöses an sich – man kann nie sicher sein bei ihm, ob man einen Teufel oder einen Engel vor sich hat. Ich schätze, daß er höchstwahrscheinlich beides ist.«

Jessie unterbrach sich, um zu seufzen, schraubte dann den Deckel eines Einmachglases ab und goß duftenden Tee in zwei zierliche Porzellantassen. »Olivia, ich kenne keinen anderen Weg, als es Ihnen ganz direkt zu sagen: Man kann Nicholas nicht vertrauen – zumindest nicht in Liebesdingen. Er hat mehr Frauen verführt, als ich Ihnen nennen könnte – einige waren in seinem eigenen Alter, andere erheblich älter –, und ihnen dann das Herz gebrochen. Ich möchte nicht, daß er das gleiche auch bei Ihnen tut.«

Olivia wäre am liebsten aufgesprungen und geflohen, aber sie nahm sich zusammen und umklammerte die Lehne ihres Stuhls so fest, daß ihre Knöchel weiß hervortraten. Ihr war klar, daß ihre Wangen glühten und verrieten, was sie viel lieber verborgen hätte, aber das war leider nicht zu ändern.

»Ich werde versuchen, vorsichtig zu sein«, versprach sie mit einer Art hoffnungsloser Tapferkeit. Wie lange machte Nicholas diese Eroberungen schon? Er war doch kaum mehr als ein Junge!

Ganz gleich, wie viel oder wenig Erfahrung er auch haben mochte, sein Charme war jedenfalls beträchtlich, und Olivia wußte, daß sie ihm nicht lange widerstehen würde. Vielleicht wollte sie es in Wirklichkeit auch gar nicht, trotz der unvermeidlichen Qual, die daraus resultieren würde: Sie hatte fast dreißig Jahre als Jungfrau gelebt und wollte, wenn sie schon keine wahre Liebe und Ehe haben konnte, wenigstens einmal in ihrem Leben Leidenschaft erfahren, egal, wie flüchtig oder kostspielig dies auch sein würde.

Jessie schüttelte den Kopf. »Es zu versuchen, reicht nicht«, sagte sie, griff nach einem Sandwich und biß mit Appetit hinein. Sie kaute endlos lange, schluckte dann endlich und sprach weiter: »Sie müssen bei Nicholas sehr entschieden sein. Sagen Sie ihm ganz unverblümt, daß seine Flirtversuche Ihnen nicht willkommen sind.«

Olivia nahm eins der Häppchen, die Jessie auf einem Goldrandteller arrangiert hatte, betrachtete es zerstreut und legte es wieder zurück. »Aber das stimmt ja gar nicht.«

»Meine liebe Olivia«, erwiderte Jessie seufzend, »wenn Sie Ihren Vertrag brechen würden, um zu heiraten, wären Sie nicht die erste Lehrerin, die so etwas tut. Gabriel und ich würden schon irgendwie einen Ersatz finden. Aber suchen Sie sich einen anderen Mann aus, jemanden, der älter und seriöser ist – einen netten Witwer beispielsweise.« Sie schnappte plötzlich mit den Fingern, und ihr klassisch schönes

Gesicht errötete. »Ich kenne genau den Richtigen für Sie, Olivia! Er heißt Alexander Wallingford und hat eine gute Position als Aufseher in einer von Gabriels Silberminen – er ist Ingenieur, wenn ich mich recht entsinne. Er hat seine Frau vergöttert, aber sie ist vor etwa fünf Jahren an einer Herzkrankheit gestorben.«

Olivia wußte selbst nicht, woher sie den Mut nahm, auszusprechen, was sie dazu dachte. »Vielleicht sollten Sie lieber selbst diesen Mr. Wellingford heiraten, Miss McKeige, wenn Sie ihn so empfehlenswert finden.«

Jessie sah für einen Moment so aus, als wäre sie geschlagen oder mit kaltem Wasser übergossen worden. Aber im nächsten Augenblick schon, dem Himmel sei Dank dafür, mußte sie erkannt haben, daß Olivias Worte nicht boshaft gewesen waren, sondern schlicht und einfach eine Feststellung.

»Das könnte ich nicht«, sagte sie und errötete sogar noch heftiger als vorher, als ob irgendeine innere Flamme in ihr entzündet worden wäre.

Olivia dachte, daß die innere Genugtuung, die sie verspürte, durchaus verzeihlich war. Es kam nämlich nur äußerst selten vor, wie sie inzwischen herausgefunden hatte, daß ein McKeige sich aus der Fassung bringen ließ, und wenn das geschah, tat man gut daran, diesen kleinen Triumph auszukosten.

»Aber warum denn nicht?« fragte Olivia ehrlich interessiert. Erstaunlicherweise war ihre Kehle jetzt nicht mehr wie zugeschnürt, und auch in ihrem Magen rumorte es nicht länger. Sie war jetzt sogar hungrig und knabberte an dem kleinen Sandwich, während sie auf eine Antwort der sichtlich verlegenen Jessie wartete.

»Nun, weil ich dann meine Freiheit aufgeben

müßte«, sagte diese schließlich und preßte in einer seltsam theatralischen Geste die Hand auf ihre Brust.

Olivia zog eine Augenbraue hoch. Was immer auch mit Nicholas geschah, sie hatte nicht die Absicht, ihren Lehrerinnenposten aufzugeben, solange sie nicht offiziell entlassen wurde. Was allerdings durchaus geschehen konnte angesichts der Vorurteile, die gegen verheiratete Lehrerinnen herrschten.

Verheiratete Lehrerinnen? Erwartete sie etwa allen Ernstes, daß Nicholas sie heiraten würde?

Ja, dachte Olivia, genau das erwarte ich – obwohl ich selbst nicht weiß, warum.

»Ihre Freiheit aufgeben?« fragte sie nach einem Schluck Tee. »Was tun Sie denn jetzt, was Sie nicht mehr tun könnten, wenn Sie mit Mr. Wellingford verheiratet wären?«

Jessies Wangen glühten immer noch, was sie jedoch höchstens noch schöner machte. »Nun ja … angenommen, ich wollte auf Reisen gehen – auf eine Weltreise zum Beispiel. Mr. Wellingford liebt seine Arbeit und würde sie sicher nicht für eine so lange Reise aufgeben wollen.«

»Hat er Ihnen das gesagt?« fragte Olivia zwischen zwei Bissen. Sie hatte sehr wenig gegessen und war wie ausgehungert.

»Nun ja … nein, nein, natürlich nicht. Mr. Wellingford ist ein Angestellter meines Bruders. Wir haben nie von Reisen gesprochen, ganz zu schweigen davon zu heiraten.«

Olivia schürzte einen Moment nachdenklich die Lippen. »Dann halten Sie ihn also nicht für standesgemäß? Weil er für Mr. McKeige arbeitet?«

Jessies Augen blitzten in gerechtem Zorn. »Keineswegs!« versetzte sie. »Alexander ist ein gebildeter Mann. Er hat in Harvard studiert, und ich habe schon einige sehr interessante Unterhaltungen über Poesie mit ihm geführt.«

Olivia lächelte. »Ah«, meinte sie.

Jessies Wangen glühten vor Empörung, aber ihr ärgerlicher Blick wich bald schon einem Ausdruck plötzlicher Erkenntnis. »Vielleicht wären Sie Nicholas ja doch gewachsen«, sagte sie plötzlich. »Sie besitzen seine Fähigkeit, von den Themen abzulenken, die Ihnen unangenehm sind.«

Olivia schaute auf das Buch herab, in dem der kleine Nicholas sich verewigt hatte, und all ihre Zweifel und Bedenken kehrten mit einem Schlag zurück. »Ich werde Ihren Rat beherzigen«, versprach sie und senkte für einen Moment den Blick, um Mut zu sammeln. »Ich muß allerdings gestehen, daß ich wünschte, Nicholas wäre älter.«

Jessie, die erkannte, daß der Lunch vorüber war, begann die Reste einzusammeln und verstaute alles in ihrem Korb. »Anstatt zu wünschen, daß *Sie* jünger wären?« fragte sie, nicht unfreundlich.

Olivia seufzte. »Ich fühle mich weder alt noch jung«, sagte sie. »Ich fühle mich wie ich selbst und hatte nie den Ehrgeiz, etwas anderes zu sein.«

Jessie lächelte traurig und griff nach dem Korb, als sie sich von ihrem Stuhl erhob. »Ich habe Ihnen geraten, vorsichtig zu sein, und diesen Rat auch selbst viele Jahre lang befolgt. Komisch, nicht, daß ich mich bisher nie gefragt habe, ob diese Vorsicht wirklich ratsam ist?« Sie streckte die Hand aus und berührte Olivias Hand, die noch immer auf Nicholas' längst vergessenem Schulbuch lag. »Was ist das Leben schon ohne Risiko, ohne Leidenschaft und ohne Schmerz und Freude?«

»Nichts«, erwiderte Olivia und dachte an Nicholas, der in irgendeiner geheimnisvollen Mission eine ganze Woche unterwegs sein würde und ihr jetzt schon fehlte. »Überhaupt nichts.«

Wie Gabriel erwachte auch Annabel schon vor dem Morgengrauen. Sie lagen in dem rot und weiß gestreiften kleinen Zelt, so dicht aneinandergeschmiegt zwischen zwei Decken, daß sie wie eins erschienen.

Und dann merkte Annabel plötzlich, daß es nicht nur so *schien*.

»Gabriel!« protestierte sie, aber er umfaßte ihre Hüften und bewegte sich bereits in ihr.

In der Ferne war das klagende Blöken der Kälber zu vernehmen und die schrillen Pfiffe und Rufe der Cowboys, die die Herde schon für einen weiteren aufreibenden Tag zusammentrieben. Das Lagerfeuer war angefacht worden, und der Duft von frisch aufgebrühtem Kaffee drang verlockend durch die Zeltleinwand.

Annabel kam sehr schnell zum Höhepunkt, und ausnahmsweise einmal, ohne einen Laut von sich zu geben. Erschauernd lag sie unter Gabriel, und als sich seine Leidenschaft in ihr entlud, preßte er seinen Mund auf ihren, um seine eigenen lustvollen Schreie zu ersticken.

Als es vorüber war, küßte er sie noch einmal, diesmal sehr viel zärtlicher, und zog sich dann aus ihr zurück. Während Annabel noch immer dalag und nach Atem rang, zog er seine Hosen, sein Hemd und seine Stiefel an, nahm seinen Hut und Waffengurt und ging hinaus, um seine Arbeit zu beginnen.

Annabel beeilte sich beim Anziehen – der Morgen war nicht gerade ihre beste Zeit, aber heute konnte sie sich nicht den Luxus leisten liegenzubleiben. Nicht mitten in einem Auftrieb mit Rindern, Pferden und Cowboys, die ihr Tagewerk bereits begonnen hatten. Laute Geräusche draußen, das Klirren von Metall und der Hufschlag vieler Pferde ließen darauf schließen, daß die Kavallerie gekommen war, um die Rinder abzuholen, und das Lager nun auch noch voller Soldaten war.

Hastig zog Annabel sich an und steckte ihr zu einem Zopf geflochtenes Haar zu einer Krone auf. Dann, nach einem tiefen Atemzug, um Mut zu sammeln, trat sie in den neuen Tag hinaus. Kaum hatte sie das Zelt verlassen, kamen sofort zwei Cowboys herüber, um es abzubauen.

»Morgen, Mrs. McKeige«, sagte der Koch, als sie sich dem Lagerfeuer näherte, und bot ihr einen Becher Kaffee und einen Teller mit Resten des Schweinefleischs vom Vorabend an.

Ihr wurde unerklärlich übel bei dem Anblick, und sie schüttelte den Kopf und griff nach dem Rad des Küchenwagens, um sich festzuhalten. »Nein, danke«, erwiderte sie, so höflich, wie es ihr in diesem Zustand möglich war. »Aber wenn Sie etwas Wasser hätten …«

Der grauhaarige Mann nahm den Deckel von einem Holzfaß, das an der Seite des Karrens befestigt war, und bot ihr eine Kelle Wasser an. Annabel betrachtete den Schöpflöffel zuerst mißtrauisch, nahm ihn dann aber und trank, und das lauwarme Wasser beruhigte ihren Magen ein wenig.

»Besser, Mrs. McKeige?« fragte der Koch und beugte sich vor, um ihr prüfend ins Gesicht zu schauen. Sein Atem, der nach Whiskey und faulen Zähnen roch, verursachte ihr solche Übelkeit, daß sie fast hinter den Wagen gestürzt wäre, um sich zu übergeben. »Soll ich den Boß holen?«

»Nein, bitte nicht«, protestierte sie. »Bemühen Sie sich nicht. Es geht mir gut.« Ganz gleich, wie schlecht es ihr auch ging, sie würde nicht die Primadonna spielen und Gabriel an der Arbeit hindern. Das hätten ihr Stolz und ihre ausgeprägte Selbstbeherrschung niemals zugelassen.

Nachdenklich strich sie mit den Händen über ihren Hosenrock – im Gegensatz zu vielen anderen Frauen, die sich im stillen danach sehnten, Hosen zu tragen, kleidete Annabel sich lieber feminin, mit Rüschen, Samt und Spitze. Obwohl sie eine ausgezeichnete Reiterin war und sehr eigenwillig und temperamentvoll, war nichts Männliches an Annabel. Sie war froh und glücklich, eine Frau zu sein, und hielt es sogar für das bessere Schicksal, weil Mut, Kraft und Intelligenz für sie ebensosehr weibliche wie männliche Eigenschaften waren. Und weil das weibliche Geschlecht zudem noch mit vielen anderen guten Gaben ausgestattet waren, die bei Männern seltener waren, wie Intuition, Beharrlichkeit, Vernunft und Mitgefühl.

Annabel krümmte sich innerlich vor Verlegenheit, als Captain Sommervale in seiner eindrucksvollen, wenn auch etwas staubigen Uniform in ihre Richtung kam. Sein Haar und Bart schienen frisch gestutzt zu sein, und er war offenbar bereits am Bach gewesen, um sich nach dem langen Ritt zu waschen, denn sein Gesicht war noch gerötet von dem kalten Wasser.

Seine Männer hatten sich unter die Cowboys gemischt, tranken mit ihnen Kaffee und unterhielten sich leise mit ihnen, während das erste Tageslicht den Himmel rötlich färbte.

»Guten Morgen, Mrs. McKeige«, sagte er freundlich und tat, als bemerkte er Annabels zerknitterte Kleidung und ihre auch sonst etwas vernachlässigte Erscheinung nicht. Sie merkte plötzlich, daß sie sich noch immer am Wagenrad festhielt, war aber nicht imstande, es wieder loszulassen.

»Captain Sommervale«, erwiderte sie mit einem Nicken und straffte die Schultern, um eine würdevolle Haltung anzunehmen. Sie durfte vor diesem Mann keine Schwäche zeigen; er war möglicherweise derjenige, der Nicholas' Schicksal in den Händen hielt, und es lag bei ihr, ihm klarzumachen, daß ihr Sohn kein Viehdieb war.

»Ich hoffe, daß die Unbequemlichkeiten dieser Reise Ihnen nicht zu sehr zu schaffen machen«, sagte er mit aufrichtiger Besorgnis in der Stimme.

Annabel war verlegen und genierte sich ein wenig, weil sie ziemlich sicher war, daß inzwischen alle wußten, was in der Nacht im Zelt geschehen war. Aber trotz ihrer Verlegenheit verlor sie ihr Ziel nicht aus den Augen. Mit einem warmen Lächeln nahm sie den Arm des Captains. »Wir alle haben uns unseren ganz privaten Herausforderungen zu stellen.«

»Selbstverständlich«, erwiderte der Captain und neigte zustimmend den Kopf »Aber Sie – verzeihen Sie mir bitte die Bemerkung – sehen aus, als ob Sie krank wären.«

»Ich bin nicht krank«, erklärte Annabel entschieden. Dann, im nächsten Augenblick, riß sie sich plötzlich los, wirbelte herum und gelangte noch gerade auf die andere Wagenseite, bevor sie sich heftig in das Gras erbrach.

Als sie jemanden neben sich spürte, der ihr das Haar aus dem Gesicht hielt und ihr eine Kelle herrlich kühles Wasser reichte, diesmal aus dem Bach, wußte sie, ohne sich umzusehen, daß es Gabriel war.

»Es tut mir leid!« rief sie beschämt.

»Warum?« entgegnete Gabriel in aufrichtiger Verwunderung. Aber da war noch etwas anderes in seiner Stimme – eine Mutmaßung vielleicht. Annabel fühlte sich zu schwach, um sich zu fragen, was genau es war.

Sie spülte ihren Mund aus und trank dann durstig, an Gabriel gelehnt und sich von ihm stützen lassend, weil ihre Knie zitterten und sie sich nicht sicher war, ob ihr Magen nicht von neuem rebellieren würde. »Du sagtest, eine solche Reise wäre nichts für mich. Du hast versucht, es mir zu sagen, aber ich wollte ja nicht hören – und jetzt habe ich mich vor allen lächerlich gemacht.«

Er schlang noch fester seine Arme um sie und zog sie tröstend an sich. »Psst«, sagte er mit einem leisen Lachen und küßte ihre feuchten Schläfen. »Du bist zu allem fähig, was du dir vornimmst, Annabel. So ist es immer schon gewesen.«

Es war eine rätselhafte Erwiderung, und wieder ließ Annabel sie durchgehen, ohne darüber nachzudenken. »Ich habe mich nicht mehr so schlecht gefühlt, seit ich … seit …« In freudigem Erschrecken brach sie ab und schaute zu Gabriel auf. »Seit ich mit Susannah schwanger war.«

Gabriel grinste. Er war ihr schon wieder einen Schritt voraus gewesen. »Ich erinnere mich sehr gut daran«, erwiderte er. »Noch keine fünf Minuten, nachdem wir sie gezeugt hatten – und bei Nicholas war es genauso – fingst du schon mit dieser Übelkeit an.«

Ein Schluchzen entrang sich ihrer Kehle, und in einer Mischung aus Freude und Bestürzung ließ sie sich an Gabriels starke Brust sinken.

Er hielt sie schweigend in den Armen, während die Cowboys die Herde anzutreiben begannen und so taten, als sähen sie Gabriel und Annabel nicht, als sie an ihnen vorbeiritten.

Irgendwann kamen auch die Hunde, die zu spüren schienen, daß ihre Herrin sich nicht wohl fühlte, winselten und stießen sie mit ihren langen Schnauzen an. Hilditch bewahrte rücksichtsvoll Distanz, obwohl auch er sich bestimmt seine Gedanken machte, und selbst Jeffrey besaß genügend Anstand, um mit den anderen zu reiten.

Nach einer Weile legte Gabriel sehr zärtlich eine Hand unter ihr Kinn und küßte ihre Stirn. Dann strich er mit dem Daumen ihre Tränen weg und lächelte auf sie herab.

»Wir werden eine Lösung finden, Annabel«, sagte er. »Das verspreche ich dir.«

Sie glaubte ihm und nickte. »Du solltest dich beeilen, um deine Männer einzuholen«, erwiderte sie mit einem unsicheren Lächeln. »Ich komme nach.«

Wieder küßte er sie auf die Stirn und hob sie dann auf den Küchenwagen – ein Vehikel, von dem sie jetzt wünschte, es nie erblickt zu haben –, bestieg sein Pferd und ritt den anderen Männern nach.

Es wurde ein fast unerträglich langer Tag für Annabel, die ununterbrochen auf dem harten Sitz des alten Karrens saß und sein Holpern und Schütteln in allen ihren Gliedern spürte. Erst kurz vor der

Abenddämmerung tauchte der hohe Palisadenzaun von Fort Duffield vor ihnen auf.

Die Soldaten und Cowboys trieben die blökenden Kälber auf die Koppeln vor dem Fort, während Annabel, Gabriel und Captain Sommervale durch die großen Tore in das Innere der Befestigungsanlage ritten.

Annabel wußte nicht, ob sie sich freuen oder es bedauern sollte, daß es keine Zwischenfälle auf dem Weg gegeben hatte. Nicholas begleitete den Erztransport, der in die entgegengesetzte Richtung zog, und war daher noch lange nicht in Sicherheit.

Es gab nur sehr wenige Frauen in Fort Duffield, nur eine Handvoll Offiziersfrauen und ihre Töchter, und sie waren so froh, Annabel zu sehen, wie schon vor ein paar Tagen, als sie auf dem Weg nach Parable hier haltgemacht hatte. Falls sie schockiert waren über ihr Hemd und ihre Hosen, ließen sie es sich nicht anmerken, und während Gabriel mit Captain Sommervale und einigen der anderen Offiziere sprach, bat Mrs. Sommervale Annabel in ihre Wohnung, bot ihr Tee und ein Zimmer an und ließ ihr ein heißes Bad bereiten.

Da Annabel mehrere ihrer großen Reisekoffer in Lavinia Sommervales Obhut zurückgelassen hatte, konnte sie sich nach dem Bad umziehen und fühlte sich schon sehr viel besser, als Gabriel mit dem Captain zurückkehrte. Sie trug nun ein Kleid aus lavendelfarbener Seide und hatte ihr Haar, das noch feucht vom Bad war, lose im Nacken aufgesteckt.

Als sie ihrem Mann gegenübersaß, am reich gedeckten Tisch der Sommervales, fühlte sie sich wie neugeboren. Sie wußte, daß der sanfte Lavendelton dieses Kleids, das eins ihrer liebsten war, ihr ebenso schmeichelte wie das Licht der Kerzen, die auf dem festlich gedeckten Tisch brannten. Als Gabriel sein Weinglas in einem unausgesprochenen Toast zu ihr erhob, begann ihr Herz schneller zu schlagen, und ein erwartungsvolles Prickeln breitete sich in ihrem Körper aus.

Sie liebte Gabriel, daran bestand kein Zweifel, auf eine Art und Weise, wie sie ihn noch nie zuvor geliebt hatte. Jetzt, wo sie älter war und klüger, besaß sie genug Vertrauen in sich selbst und ihre eigenen Instinkte, um ihm uneingeschränkt ihre Seele und ihr Herz zu öffnen. Gabriel in ihrem Körper aufzunehmen, war im Vergleich dazu sehr leicht gewesen. Ihm ihr Herz zu öffnen, war etwas unendlich viel Intimeres, das ihr erst jetzt gelungen war und all diese Jahre der Trennung und des Leids erfordert hatte.

Sie hatte so viel verloren in dieser Zeit der Vorbereitung, ihr Mann und ihr Sohn desgleichen, aber was nützte es schon, darüber nachzugrübeln? Annabel war fest entschlossen, die Vergangenheit ruhen zu lassen und die Gegenwart zu leben.

Später an jenem Abend, als Gabriel im Sommervaleschen Gästezimmer endlich zu ihr ins Bett kam, hatte Annabel schon eine ganze Zeit geschlafen. Sie erwachte jedoch augenblicklich, und obwohl Gabriel keine Lampe angezündet hatte, wußte sie, daß er beunruhigt war.

»Was ist?« fragte sie und berührte zärtlich seinen Arm.

Gabriel schüttelte den Kopf, und sein Haar schimmerte im Mondlicht, das durch die offenen Fenster fiel. »Heute abend nicht«, sagte er.

Annabel erschrak, denn noch nie hatte sie einen so mutlosen Tonfall bei ihm bemerkt. Was mochte hinter den geschlossenen Türen des Arbeitszimmers besprochen worden sein, in dem Gabriel und Captain Sommervale fast den ganzen Abend zugebracht hatten?

»Nicholas«, wisperte sie. Sie hatte bisher noch nicht mit Captain Sommervale gesprochen, weil es ihr von größter Wichtigkeit erschien, den passenden Moment zu wählen.

»Ja«, antwortete Gabriel und ließ sich schwer neben sie auf die Matratze sinken.

Sie nahm ihn in die Arme, und eng umschlungen blieben sie lange liegen, schweigend, bis der Schlaf sie schließlich übermannte.

Die Nacht verging nur allzu schnell. Sie standen schon früh am nächsten Morgen auf, kleideten sich an und frühstückten mit Mrs. Sommervale. Der Captain, sagte sie, sei bereits in sein Büro gegangen.

Annabel folgte ihm, während Gabriel mithalf, ihre schweren Koffer, die sie im Fort zurückgelassen hatte, auf den Küchenwagen aufzuladen. Ein ernster junger Soldat ließ sie in das Büro des Kommandanten ein.

Sommervale seufzte, als er sie erblickte, erhob sich aber und bedeutete ihr mit einer Geste, Platz zu nehmen. »Ich habe selbst Söhne, Mrs. McKeige«, sagte er ohne Einleitung und zeigte auf das gerahmte Foto eines jungen Mannes in einem Regal. »Das ist John, der Älteste.«

Annabel zitterte innerlich, aber sie zwang sich, Mut zu fassen. »Dann werden Sie sich sicher denken können, warum ich hergekommen bin.«

»Setzen Sie sich«, forderte der Offizier sie ruhig auf, und erst da merkte Annabel, daß sie noch stand.

Sie setzte sich, schweigend und ganz krank vor

Sorge. Captain Sommervales Gesichtsausdruck war deutlich zu entnehmen, daß er durch nichts mehr umzustimmen war, was Nicholas' Schuld betraf.

»Wir haben Beweise, Mrs. McKeige«, sagte er ruhig. »Es tut mir leid.«

»Sie irren sich«, widersprach Annabel und meinte es auch so, von ganzem Herzen.

»Das«, antwortete der Captain seufzend, »würde mich mehr freuen, als irgend etwas anderes es könnte.« Ruhig erwiderte er ihren Blick. »Ich möchte Ihren Sohn bestimmt nicht leiden sehen, Mrs. McKeige. Aber ich muß meine Arbeit tun.«

Sie nickte nur – es gab nichts mehr zu sagen – und verließ schweigend und mit hängenden Schultern sein Büro. Dies war eine Situation, in der Beharrlichkeit nichts nützen würde.

Am späten Vormittag machten sich Annabel, der Koch und Gabriel, der neben dem Küchenwagen ritt, auf den Weg zurück zur Ranch. Hilditch war schon früher losgeschickt worden, genau wie die Cowboys, und da sie zu Pferd sehr viel zügiger vorankamen, waren sie ihnen bereits weit voraus.

»Erzähl mir, was der Captain dir über Nicholas gesagt hat«, verlangte Annabel, als sie zu einer Rast anhielten und der Koch für einen Moment nicht in der Nähe war. Sie hatte die Frage lange genug zurückgehalten und gewartet, bis sie mit ihrem Mann allein war.

»Die Armee besitzt nicht zu widerlegende Beweise, daß er an dem Diebstahl jener ersten Herde beteiligt war«, sagte Gabriel. »Sie wollen ihn anzeigen, und er wird verhaftet, sobald sie Marshal Swingler gefunden und ihn dazu gebracht haben, diese Verhaftung vorzunehmen.«

Annabel hätte nicht überrascht sein dürfen nach ihrem eigenen Gespräch mit Captain Sommervale, und doch war sie zutiefst erschüttert. »Es ist nicht wahr«, murmelte sie zwischen zusammengebissenen Zähnen, obwohl sie es am liebsten laut herausgeschrien hätte. »Es ist nicht wahr!«

»Es gibt Leute, die bereit sind, gegen ihn auszusagen«, entgegnete Gabriel ruhig und ohne sie dabei anzusehen. »Angesehene Bürger offensichtlich.«

»Wer?« wollte Annabel wissen. »Wer sind diese angesehenen Bürger?«

»Das wollte der Captain mir nicht sagen«, antwortete Nicholas. »Das kann er nicht, solange Nicholas noch frei ist.«

Bevor Annabel etwas erwidern konnte, berührte Gabriel ihren Arm und zeigte ihr mit einer Kopfbewegung einen Reiter in der Ferne, der durch das hohe Gras in ihre Richtung galoppierte. Stunden schienen zu verstreichen, bevor sie endlich in der Lage waren, Charlie zu erkennen, der sein altes Maultier zu einem gnadenlosen Tempo antrieb.

»Jesus, Maria, Josef«, murmelte Gabriel, und die Hunde rannten bellend auf den Reiter zu.

Annabels Herz saß in ihrer Kehle, noch bevor Charlie bei ihnen war und sein Maultier zügelte.

Zum ersten Mal, seit Annabel den Indianer kannte, sah sie Verzweiflung und furchtbare Angst in seinen sonst so unbewegten Zügen.

Sie wollte sich die Ohren zuhalten und in die andere Richtung laufen, um die schlechten Nachrichten nicht zu hören, die er offensichtlich brachte. Doch statt dessen blieb sie wie erstarrt an Gabriels Seite stehen und hörte ihren eigenen Herzschlag in den

Ohren hämmern. Auch Gabriel stand völlig reglos da und sagte nichts.

»Nicholas!« stieß Charlie schweratmend hervor. »Er ist angeschossen worden.«

14. Kapitel

Der Schmerz, der Nicholas fast die Besinnung raubte, war so heftig und allumfassend, daß er an nichts anderes mehr denken konnte. Hinzu kam, daß er nicht einmal in der Lage war, seiner Qual Ausdruck zu verleihen, höchstens durch ein Wimmern, was alles nur noch viel schlimmer machte.

Verzweifelt kämpfte er, um aus seiner Ohnmacht aufzutauchen, doch nur, um gleich darauf wieder zurückzustürzen, immer und immer wieder, in dieses erstickende Inferno seines Schmerzes. Beharrlich, wie er war, nahm er jedoch den Kampf von neuem auf, bis es ihm irgendwann gelang, sich an die Oberfläche des Bewußtseins vorzutasten.

Als er die Augen aufschlug, sah er Marshal Swingler, der sich über ihn beugte – und fühlte die harte Ladefläche eines Karrens unter seinem Rücken.

»Halt durch, Junge«, befahl der Marshal. »Wir haben sie. Sie alle, hörst du? Du darfst jetzt nicht schlappmachen.«

Nicholas konnte nichts darauf erwidern, konnte weder die Augen offenhalten noch mit seiner Zunge Worte bilden, die so angeschwollen war, daß sie seinen ganzen Mund ausfüllte, der trocken war wie ein Wasserloch nach einer langen Dürre. Als könne er

Gedanken lesen, hob der Marshal sanft Nicholas' Kopf an, um ihm aus einer Feldflasche Wasser einzuflößen.

Nicholas schluckte ein wenig und erstickte beinahe an dem Rest, was wieder furchtbare Krämpfe in seiner Brust und seinem Bauch auslöste. Diesmal war er beinahe froh, wieder in einen Zustand verwirrter Träume zurückzusinken. Der Schmerz war da, aber er pochte nur noch wie aus weiter Ferne und war deshalb etwas erträglicher.

Und dann war plötzlich alles wieder da, Sekunde für Sekunde. Er war wieder auf der Straße mit den Wagen mit dem Silber …

Die Banditen waren von einer Sekunde auf die andere aufgetaucht. Die Härchen an Nicholas' Nacken richteten sich auf – das war seine einzige Warnung – und der 45er in seinem Halfter schien wie von selbst in seine Hand zu springen … Aber es war bereits zu spät. Im nächsten Augenblick verwandelte sich der schwüle, stille Nachmittag in wildes Chaos. Die Tiere, die die Erzkarren zogen, wieherten und zerrten an ihren Geschirren, während die Fahrer in wütender Verzweiflung auf sie einschrien.

Schüsse knallten aus Revolvern und Gewehren, Kugeln sirrten durch die Luft. Männer schrien auf in Schmerz und Zorn, und der Staub stieg zu einer großen Wolke auf, die das Sehen fast unmöglich machte. Und das Atmen.

Reiter erschienen rechts und links vom Weg im hohen Gras wie Schlangen, die irgendein Magier mit seinem Stab berührt und in Männer und Pferde verwandelt hatte, die nun aus allen möglichen Löchern und Verstecken auf die Straße strömten. Horncastles

Bande kam aus einer Richtung, der Marshal und seine Posse kamen aus der anderen.

Nicholas' Anweisungen waren, unter einem der Wagen Schutz zu suchen, aber er dachte gar nicht daran zu gehorchen. Als er herumfuhr, um auf Horncastle zu zielen, stieß der Wallach, den er selbst mit sehr viel Liebe aufgezogen hatte, einen schrillen Schmerzensschrei aus, brach unter ihm zusammen und riß ihn mit sich auf den Boden.

Es gelang Nicholas, sich blitzschnell zur Seite zu rollen, um nicht unter dem Tier begraben zu werden, und da das Pferd noch immer vor Schmerz, Angst und Entsetzen schrie, benutzte Nicholas die Kugel, die für Horncastle bestimmt gewesen war, um das Tier von seinem Elend zu erlösen. Bevor der Zylinder der 45er sich gedreht hatte und die nächste Kugel in der Kammer war, sah Nicholas Jack zielen und das Mündungsfeuer aufblitzen.

Obwohl es natürlich im Bruchteil einer Sekunde geschah, hatte Nicholas das Gefühl, hilflos im Weg der Kugel zu stehen und zusehen zu müssen, wie sie auf ihn zukam.

Die Kugel traf ihn unterhalb des rechten Rippenbogens, zerfetzte Haut und Muskeln, Knochen und Gewebe, und brannte wie eine im Feuer erhitzte Eisenstange …

»Nicholas?« Die Stimme hätte die seiner Mutter oder Jessies sein können, das wußte er nicht, aber sie riß ihn jedenfalls aus seinem Dämmerzustand. Nicht genug zwar, um bis zu dieser süßen Stimme vorzudringen – ein fast unerträglicher Schmerz blockierte ihm den Weg –, aber er empfand das kühle Tuch auf seiner Stirn wie die zärtliche Berührung eines Engels.

Er hörte noch mehr, Worte und Sätze, in verschiedenen Stimmen, die vor und zurückzuschweben schienen, und ihm war, als hörte er sie mit den Augen statt mit seinen Ohren, als sähe er sie über seinem Kopf hin und her gleiten. Alle Emotionen hatten ihn verlassen, er war jetzt nur noch ein Beobachter, der keine eigene Meinung mehr besaß.

»… Operation … viel Blut verloren …«

»… was immer nötig ist …«

Nicholas seufzte innerlich und überließ sich wieder einer segensreichen Ohnmacht.

Annabel saß in Jessies Haus und drückte seine Hand an ihr Gesicht und befeuchtete sie mit ihren Tränen. Gabriel stand hinter ihr, sprachlos und noch immer wie gelähmt vor Angst und vor Entsetzen. Auch an Susannahs Bett hatten sie einst gemeinsam Wache gehalten und doch den Kampf verloren.

Der Arzt, ein nervöser junger Mann, der irgendwo an der Ostküste aufgewachsen war, hatte Nicholas' Wunde versorgt, so gut er konnte, und jetzt blieb ihnen nichts anderes mehr übrig als zu warten, zu hoffen und zu beten. Nicholas war dem Tod gefährlich nahe gewesen, und er war noch immer in Gefahr, aber zumindest lag er nun in einem sauberen Bett und hatte ärztliche Betreuung.

Andere hatten bei diesem Überfall nicht so viel Glück gehabt wie er.

Annabel wußte noch immer nicht genau, was eigentlich auf jener fernen Straße vorgefallen war, und sie bezweifelte, daß Gabriel es wußte. Ein Teil von ihr verlangte nach der Wahrheit, selbst während sie Wache am Bett ihres Sohnes hielt und sogar ihren Puls und ihre Atemzüge den seinen anpaßte, als könne sie seine Lungen und sein Herz damit ermutigen, ihre Arbeit fortzusetzen.

Leise begann Annabel ein Wiegenlied zu summen, das sie Nicholas und Susannah vor langer, langer Zeit vorgesungen hatte, bevor ihr Stolz, ihre Feigheit und Verzweiflung sie so weit fortgetrieben hatten. Ihre Tränen strömten unablässig, als wollten sie nie wieder versiegen, während sie auf ein Zeichen wartete, das Flattern eines Augenlids oder das Zucken eines Muskels, das der Beweis sein würde, daß Nicholas noch in diesem bleichen Körper war und um sein Leben kämpfte.

Lieber Gott, betete sie stumm, wenn mein Sohn je stur und eigensinnig war, dann soll er es auch jetzt sein.

Sie beugte sich vor, Gabriels Hand auf ihrer Schulter, und küßte Nicholas' fieberheiße Stirn. Eine Infektion war nun nach der Operation die größte Gefahr, die Nicholas drohte, aber Annabel fand die Kälte, die sein Körper ausgestrahlt hatte, als sie bei ihm eingetroffen waren, noch viel schlimmer als das Fieber, das ihn jetzt erhitzte.

»Annabel.« Das war Gabriels Stimme, die von irgendeinem fernen Stern zu kommen schien statt von direkt hinter ihr. »Komm jetzt mit und ruh dich aus.«

Sie schüttelte den Kopf und weigerte sich entschieden aufzustehen. Solange sie hier war und Nicholas' Hand hielt, konnte er ihr nicht entgleiten. Solange sie bei ihm war, würde er das Atmen nicht vergessen. Hatte sie nicht Susannah einen winzigen Moment verlassen, und ihr Kind war während ihrer Abwesenheit gestorben?

»Ich kümmere mich um Nicholas, Annabel.« Das

war Jessie, die jetzt auf der anderen Seite des Bettes stand und eine Wasserschüssel in den Händen hielt.

Angriffslustig schaute Annabel zu Jessie auf. »Du warst sehr gütig, Jessie«, sagte sie ruhig, »und ich bin dir sehr zu Dank verpflichtet. Aber ich bin Nicholas' Mutter und werde ihn selber pflegen.«

»Annabel ...« begann Gabriel, aber sie schüttelte seine Hand ab.

»Nein«, widersprach sie. »Ich werde ihn nicht verlassen.«

Jessie schaute Gabriel an und seufzte dann. »Also gut«, kapitulierte sie. »Aber laß mich dir wenigstens helfen.«

Widerstrebend nickte Annabel.

Jessie stellte die Schüssel auf den Nachttisch, zog einen Stuhl an Nicholas' Bett und setzte sich. »Er hat Fieber«, stellte sie fest, »und er ist blutverschmiert. Laß mich ihn waschen, Annabel. Das Wasser wird ihm helfen, wie es auch dir immer geholfen hat.«

Annabel hatte schon protestieren wollen, bis Jessie die Heilkraft eines Bads erwähnte. Wieder nickte sie, und Jessie zerriß das saubere, weiße Tuch, das sie mitgebracht hatte, in zwei gleiche Stücke.

Zusammen wuschen die beiden Frauen vorsichtig das geronnene Blut und den Schmutz von Nicholas' Haut ab, den der Arzt bei seinen hastigen Vorbereitungen für die Operation wohl übersehen hatte.

Danach begann Nicholas sehr stark zu schwitzen, und Annabel hoffte, daß dies ein gutes Zeichen war. Sie war einem Zusammenbruch nahe nach dem anstrengenden Ritt nach Parable – sie hatten den Küchenwagen zurückgelassen und waren zusammen auf Gabriels Wallach hingeritten –, aber die

Angst um Nicholas hielt sie aufrecht. Dafür zumindest war die Angst gut, die ihr im Nacken saß.

Der Abend dämmerte bereits, als Gabriel eine Liege hereintrug und Annabel bis auf ihr Hemd und ihre langen Unterhosen auszog. Er überredete sie, sich hinzulegen, und sie tat es, weil er ihr versprach, sie brauche nicht zu schlafen.

Noch immer Nicholas' reglose Hand umklammernd, sank sie schließlich in einen leichten, unruhigen Schlaf. Im Traum war sie wieder eine junge Mutter, und Nicholas war klein und krank und lag mit hohem Fieber zwischen ihr und Gabriel in ihrem großen Bett im Ranchhaus. Sehr viele Kinder waren dem Scharlach zum Opfer gefallen, nicht nur ihre eigene kleine Susannah, aber diesmal war es Annabel und Gabriel gelungen, dem Tod mit ihren eigenen Körpern Einhalt zu gebieten, damit er Nicholas nicht holen konnte.

»Was, zum Teufel, ist dort draußen eigentlich passiert?« fuhr Gabriel in Jessies Arbeitszimmer Marshal Swingler an. Oben kämpfte Nicholas um sein Leben, aber es war nicht vorauszusehen, ob er den Kampf gewinnen würde. Annabels Verfassung war auch nicht sehr viel besser; Gabriel wußte, wenn er seinen Sohn verlor, würde er vielleicht auch seine Frau verlieren. Die Trauer um Nicholas würde sie umbringen. Die Trauer und die Reue.

Der große, kräftige Gesetzeshüter seufzte, wandte den Blick von Gabriel ab und starrte in sein Brandyglas. Wie Gabriel stand er, denn beide waren zu aufgeregt, um sich zu setzen, und zu erschöpft, um auf und ab zu gehen.

»Der Junge hat nicht getan, was ich ihm befohlen hatte«, erwiderte Swingler nachdenklich, als sähe er die ganze Szene plötzlich noch einmal in seinem Brandyglas.

»Verdammt, sagen Sie mir endlich, wieso mein Sohn angeschossen wurde!« Gabriel war bereit, den Marshal so lange zu würgen, bis er ihm eine Erklärung gab, wenn es nicht anders ging.

»Der Erztransport ist überfallen worden. Es waren vielleicht zwanzig Männer, von denen einige Nicholas selbst angeheuert hatte, als Wächter und als Fahrer.« Das Gesicht des Marshals verzog sich leicht bei der Erinnerung daran, aber er wich Gabriels Blick nicht aus. »Ich war auch da, mit einer Posse aus Sydney, aber wir achteten natürlich darauf, daß sie uns nicht sahen. Als die Hölle losging, blieb Nicholas, wo er war, anstatt sofort in Deckung zu gehen, wie wir vereinbart hatten. Er geriet ins Kreuzfeuer.«

Gabriel schloß für einen Moment die Augen und konnte sich den Zwischenfall nur allzu lebhaft vorstellen. »Nicholas hat ganz bewußt diese Banditen angeheuert?« fragte er, weil er sogar den Schmerz, den diese Erkenntnis ihm verursachte, als willkommene Ablenkung empfand.

»Ja«, gab Swingler mit einem weiteren Seufzer zu. »Das hat er, und er hat auch diesen Überfall geplant. Ich hatte ihn auf die Idee gebracht.«

»Was?« stieß Gabriel hervor, und das Bedürfnis, den Marshal mit bloßen Händen zu erdrosseln, wurde noch stärker.

Swingler besaß die Dreistigkeit zu lächeln. »Der Junge ist unerschrockener als ein Grizzlybär. Kam vor etwa achtzehn Monaten zu mir und erzählte mir von seinem Verdacht, Horncastle und einige seiner

Freunde seien diejenigen, die Sie, die Armee und ungefähr auch alle anderen bestahlen. Ich brauche Ihnen wohl nicht zu sagen, wie viele Postkutschen- und Eisenbahnüberfälle wir im letzten Jahr hatten, ganz zu schweigen von den Rindern, die Sie verloren haben. Wir hatten aber keine Beweise. Nicholas' Wort hätte gegen Jacks gestanden, und Jack hatte natürlich von beiden den besseren Ruf. Deshalb faßten Nicholas und ich einen Plan, der uns erlaubte, sie auf frischer Tat zu erwischen. Leider hat es sehr lange gedauert, bis Nicholas das Vertrauen dieser Bande gewann und als vollwertiges Mitglied von ihnen akzeptiert wurde.«

»Jemand hätte mir etwas davon sagen können«, wandte Gabriel verärgert ein, obwohl er insgeheim eine gewaltige Erleichterung empfand. »Sie zum Beispiel! Oder dieser dumme Junge, der mit einem Loch im Bauch dort oben liegt!«

»Das wäre sehr ungeschickt gewesen, Gabe, und das wissen Sie«, hielt Swingler ihm entgegen. »Sie hätten es nicht zugelassen, wenn ich mit Ihnen darüber gesprochen hätte, und es war sonst niemand da, der für die Aufgabe geeignet war. Nicholas hatte das richtige Alter, und er hatte sich bereits einen Namen als Draufgänger und Rebell gemacht. Doch selbst so mußte er Horncastle und den anderen erst beweisen, daß er keine Skrupel hatte, Züge und Postkutschen zu überfallen.«

»Großer Gott«, flüsterte Gabriel. Schmerz und Entsetzen schwangen in seiner Stimme mit, schüttelten ihn. »Züge – Postkutschen? So weit ging Nicholas' Beteiligung an der ganzen Sache?«

Swingler nickte mit einem gewissen Stolz. »Er hat mir seinen Anteil an der Beute natürlich stets so schnell wie möglich übergeben, und ich habe ihn dann seinen rechtmäßigen Besitzern zurückgegeben.«

Gabriel sank auf einen Stuhl. »Bei Gott«, schwor er, »wenn der Junge nicht dort oben läge und mit dem Tode kämpfte, würde ich ihn aus dem Bett holen und ihm eine gesalzene Tracht Prügel dafür geben!«

Die Stimme des Marshals war rauh, aber nicht unfreundlich. »Verlieren Sie nicht den Mut, McKeige. Nicholas ist zäh, und er wird es überleben – und wenn auch nur, um Jack Horncastle beim Prozeß ins Gesicht spucken zu können.«

Gabriel schaute auf und sah Olivia Drummond mit blassem Gesicht und großen Augen in der Tür stehen.

Sofort stand er auf, ging zu ihr hinüber und nahm ihren Arm, um sie zu einem Stuhl zu führen.

O ja, Nicholas würde kämpfen wollen, ganz bestimmt. Aber nicht etwa seiner alten Rivalität mit Horncastle oder gar des Ruhmes wegen, den er durch diese leichtsinnigen Taten zu erlangen hoffte. Nein, er würde kämpfen, weil diese junge Frau hier auf ihn wartete – diese stille, unauffällige Schönheit, die den einst so kecken Nicholas bis in die Seele mit ihrem sanften Lachen erschüttert hatte.

Swingler war diskret genug, sich zu entschuldigen, und als er den Raum verlassen hatte, ging Gabriel zum Schrank und schenkte der Lehrerin einen Sherry ein.

»Trinken Sie das«, befahl er und reichte ihr das Glas.

Mit zitternden Händen nahm sie das schlanke Glas, nippte daran, verzog das Gesicht und nippte noch einmal. Allmählich begann sie sich ein wenig zu entspannen.

»Wird er sterben?« wisperte sie und erstickte beinahe an den Worten. Als Gabriel sich setzte, richtete sie einen verzweifelten, flehentlichen Blick auf ihn. »Ich hörte, daß es ein Überfall war, aber das ist alles, was ich weiß.«

Behutsam schilderte Gabriel ihr, was geschehen war. Als er seinen Bericht beendet hatte, fragte er leise: »Möchten Sie Nicholas sehen?«

»Seine Mutter – seine Tante ...« Sie spreizte die Hände.

»Sie werden Ihnen Platz machen«, sagte Gabriel. Dafür würde er schon sorgen, falls es nötig war, obwohl er bezweifelte, daß es Probleme geben würde. Derartige Gelegenheiten vereinten Frauen im allgemeinen mehr, als sie zu trennen.

Olivia zögerte nur einen Moment, bevor sie aufsprang und hinauseilte. Kurz darauf hörte Gabriel ihre Schritte auf der Treppe.

Seine Gefühle schwankten zwischen Sorge und Stolz auf diesen tapferen, wenn auch viel zu leichtsinnigen Sohn. Er stellte seinen Brandy fort, stand auf und ging hinaus auf die Veranda, in der Hoffnung, daß die kühle Abendluft ihn wieder ein wenig beleben würde.

Doch als er an dem weißgestrichenen Geländer lehnte und sich darauf stützte, glitt sein Blick ganz unbewußt zum Saloon hinüber – und ganz besonders zu einem Fenster im zweiten Stock, von dem er wußte, daß es Julias war. Obwohl es noch nicht ganz dunkel war, fiel ein goldener Lichtschein durch die Scheiben, warm und einladend.

Wie gern wäre er jetzt zu Julia gegangen, um ihr

alles zu erzählen – von Nicholas, von Annabel und seinen Gefühle für sie, und natürlich auch von dem Kind, von dem er inzwischen sicher war, daß sie es unter ihrem Herzen trug. Er wagte jedoch nicht, sich an seine alte Freundin zu wenden, nicht nur, weil Julia es ihm selbst verboten hatte, sondern vor allem, weil er wußte, daß Annabel es nie verstehen würde. Der Frieden zwischen seiner Frau und ihm war sehr zerbrechlich, und er hatte nicht vor, ihn zu gefährden.

Dennoch war er einsam, wie er es noch nie zuvor gewesen war, nicht einmal nach der Entführung seiner Mutter oder als seine Tochter gestorben war und Annabel ihn verlassen hatte. Er fühlte sich innerlich zerbrochen, als ob die Kugel, die Nicholas getroffen hatte, in seinem eigenen Körper explodiert wäre.

Es war durchaus möglich, daß sein einziger Sohn die Nacht nicht überleben würde, und selbst wenn das neue Kind ein Junge war oder noch ein Dutzend weiterer folgten – keiner würde Nicholas ersetzen können.

Gabe hätte gern geweint, doch selbst dazu fehlte ihm die Kraft, und so stand er einfach da, hielt sich aufrecht, zählte seine Atemzüge und starrte zu Julia hinüber.

»Warum gehst du nicht zu ihr?« Annabels Stimme ließ ihn zusammenfahren; er hatte weder die Tür aufgehen noch ihre Schritte auf der Veranda gehört. Eigentlich hatte er sogar geglaubt, sie schliefe.

Gabe straffte die Schultern und wandte sich langsam zu ihr um. Ihr schönes Gesicht war von Angst und Qual geprägt, ihr Haar löste sich aus seinen Nadeln und fiel ihr in unordentlichen Wellen auf die Schultern, obwohl sie sich umgezogen hatte und ein frisches Kleid trug. Es lag kein Groll in ihrem Blick, kein Vorwurf, nur eine Resignation, die sein Herz in tausend Stück brach.

Gabe ignorierte ihre Bemerkung und zog sie in die Arme. »Wie geht es Nicholas?« fragte er und war unendlich erleichtert, als sie sich ihm nicht entzog, sondern ihm erlaubte, sie zu halten. Annabel ließ sich nur selten so umarmen, wenn es nicht zu ihrem Liebesspiel gehörte; schlichte Zuneigung zu empfangen, war ungeheuer schwer für sie.

»Ich weiß es nicht«, erwiderte sie leise, das Gesicht an seiner Brust geborgen. Dann hob sie den Kopf und schaute ihm prüfend in die Augen. »Es war mir ernst, Gabriel. Wenn du Miss Sermon sehen möchtest, dann solltest du zu ihr gehen.«

Gabe schüttelte den Kopf. »Es wäre nicht richtig. Das weißt du so gut wie ich.«

Annabel lächelte ein bißchen traurig und legte ihre Wange an seine Brust. Er spürte ihre Tränen durch sein Hemd. »Dann geh und setz dich ein bißchen zu Nicholas. Olivia ist auch da, die Arme. Jessie und ich werden etwas zu essen machen. Wie Jessie ganz richtig sagt, müssen wir anderen Leib und Seele zusammenhalten, wenn wir Nicholas eine Hilfe sein wollen.«

Gabe küßte ihre Stirn. »Ich liebe dich, Annabel«, sagte er leise.

Sie berührte sein Haar. »Das weiß ich«, antwortete sie lächelnd. »Und ich liebe dich auch, Gabriel.«

Er umarmte sie noch einmal und wandte sich dann ab, um hineinzugehen und nach Nicholas zu sehen.

Er war schon eine ganze Weile bei ihm, bevor ihm zu Bewußtsein kam, daß Annabel ihm nicht ins Haus gefolgt war.

Annabel betrat den Saloon über die Hintertreppe, ohne die schockierten Gesichter der Angestellten und der Gäste zu beachten, die ihr auf dem Korridor im ersten Stock begegneten.

Es war möglich, daß Julia Sermon sie vom Fenster aus gesehen hatte, oder vielleicht war jemand mit der Nachricht zu ihr gelaufen, daß Gabriel McKeiges Frau sich auf dem Weg zu ihr befand. Wie dem auch sei, es war nicht wichtig. Annabel hatte keine Kraft mehr, sich den Kopf darüber zu zerbrechen; jede Sekunde, die sie nicht an Nicholas' Bett verbrachte, war unendlich kostbar für sie und teuer erkauft mit ihrem eigenen Seelenfrieden. Deshalb war sie froh, als die Bordellbesitzerin ihr auf halbem Weg entgegenkam.

Annabel hatte Julia noch nie aus der Nähe gesehen und wäre unter anderen Umständen vielleicht bestürzt gewesen über die aparte Schönheit und stolze Haltung dieser Frau. Doch so, wie die Dinge lagen, sagte sie nur: »Könnten wir uns irgendwo in Ruhe unterhalten?«

»Selbstverständlich«, erwiderte Julia, und ihre braunen Augen schimmerten vor Mitgefühl. Sie hatte natürlich von der Schießerei gehört; derartige Neuigkeiten verbreiteten sich mit der Schnelligkeit eines Buschfeuers in Kleinstädten wie Parable.

Sie wandte sich ab und ging zu einer anderen, schmaleren Treppe voran, führte Annabel dann in ein gemütlich eingerichtetes Wohnzimmer.

Als Julia ihr anbot, Platz zu nehmen, schüttelte Annabel in höflicher Entschiedenheit den Kopf. Doch selbst in ihrer Aufregung und Verwirrung fiel ihr auf, daß ihre langjährige Rivalin ein schlichtes, hochgeschlossenes Kleid aus braunem Satin trug und ihr Haar zu einem losen Knoten aufgesteckt hatte. Keine durchsichtige Seide, Spitze oder Taft, wie solche Frauen sie angeblich trugen.

Julia lächelte freundlich. »Ich schätze, ich bin so gar nicht das, was Sie erwartet hatten.«

»Nein«, antwortete Annabel ehrlich. Sie dachte an Nicholas, fühlte sich wie durch eine unsichtbare Nabelschnur zu ihm hinübergezogen, aber sie konnte nicht anders, als sich Gabriel in diesem hübschen, ausgesprochen femininen Zimmer vorzustellen. Die Sessel schienen viel zu klein und zierlich, die Tische zu zerbrechlich und die Couch zu kurz für ihn.

»Ich habe gehört, was Ihrem Nicholas zugestoßen ist. Es tut mir leid«, sagte Julia.

Annabels Kehle wurde eng, und sie schloß die Augen, um ihre Tränen zu verdrängen. »Danke«, erwiderte sie. »Aber ich bin nicht gekommen, um über meinen Sohn zu sprechen. Es geht um meinen Mann.«

Julia runzelte die Stirn. »Das ist doch wohl kaum der richtige Moment, Mrs. McKeige …«

»Es ist der einzig richtige, Miss Sermon«, versetzte Annabel. »Sie sind Gabriels beste Freundin, und er ist Ihr Freund. Er braucht Sie jetzt.«

Julia wandte für einen Moment die Augen ab, und als sie Annabel wieder anschaute, verriet ihr Blick Verwirrung. »Ich werde nicht so tun, als läge mir nichts an Ihrem Ehemann«, sagte sie. »Und ich kann auch nicht behaupten, daß ich verstehe, was Sie von mir wollen. Gabriel und ich hatten nie eine … eine eheähnliche Beziehung.«

»Wenn ich gedacht hätte, daß es so gewesen wäre«, antwortete Annabel, »wäre ich mit einem Gewehr gekommen.« Impulsiv ging sie zu Julia und ergriff mit beiden Händen ihre Hände. »Nicholas ist Gabriels einziger Sohn, und Gabriel liebt ihn mehr als sein eigenes Leben. Er muß mit jemandem darüber sprechen, wie sehr er leidet, aber er wird es weder mir noch Jessie anvertrauen, weil er glaubt, er müsse für uns stark sein. Gabriel sagte mir, Sie besäßen die Gabe zuzuhören, und daß er sehr oft Trost im Gespräch mit Ihnen fand. Ich bitte Sie, ihm auch jetzt zu helfen. Tun Sie es für ihn – und auch für Nicholas.«

Tränen glitzerten in Julias langen Wimpern. »Wenn Sie es wirklich wollen …«

Annabel unterbrach sie, indem sie ungeduldig nickte, und zog sie an der Hand zur Tür.

Julia wischte sich die Tränen ab, schüttelte verwirrt den Kopf und ließ sich dann von Annabel hinausführen.

Zusammen gingen sie hinunter, diesmal über die Haupttreppe, die in den Saloon führte, durchquerten den verrauchten Saal und traten durch die Schwingtür auf die Straße. Annabel spürte all die neugierigen Blicke, aber sie beachtete sie nicht, denn im Augenblick kannte sie keine andere Sorge als Nicholas und Gabriel.

Jessie stand auf der Veranda, als sie ihr Haus erreichten, und war so verblüfft über ihr Erscheinen, daß sie sich an den Hals griff und große Augen machte. »Mein Gott«, murmelte sie, trat aber beiseite, um Julia vorbeizulassen.

Nachdem Annabel Julia in das Arbeitszimmer geführt hatte, bot sie ihr Tee oder Sherry an.

Nervös, wie sie war, bat Julia um Sherry und begann mit dem Glas in der Hand eine unruhige Wanderung durch das Zimmer, als Annabel sie allein ließ, um in den ersten Stock hinaufzugehen.

Nicholas' Zustand hatte sich nicht verändert, aber seine bandagierte Brust hob und senkte sich unter seinen gleichmäßigen Atemzügen, und für den Augenblick war das genug.

Olivia saß an seinem Bett, eine Hand auf seiner Stirn und die andere auf seinem Arm. Gabriel stand und starrte auf seinen Sohn herab, als könne er ihm so etwas von seiner eigenen Kraft vermitteln und ihn zwingen, sich am Leben festzuklammern.

Annabel sagte nichts, schaute Gabriel nur an, und nach einer Weile spürte er ihren Blick und schaute auf. Die nackte Qual, die sie in seinen Augen sah, zerriß ihr fast das Herz.

Olivia schien sich ihrer beider Anwesenheit gar nicht bewußt zu sein; ihre ganze Aufmerksamkeit galt Nicholas. Und das ist auch ganz gut so, dachte Annabel, denn die Lehrerin war vermutlich der einzige Mensch in dieser Stadt, der nicht wußte, daß Annabel gerade in ein Bordell gegangen war, um die angebliche Geliebte ihres Mannes herzuholen.

»Unten im Arbeitszimmer ist jemand, der dich sprechen möchte«, sagte Annabel.

»Dann soll er wieder gehen«, erwiderte Gabriel schroff.

»Das wäre ausgesprochen unhöflich. Denn schließlich war es meine Idee, sie herzubitten, und nicht ihre eigene.«

Gabriel erblaßte. »Julia?« fragte er ungläubig.

Annabel nickte.

Anstatt froh zu sein oder erleichtert, wie Annabel erwartet hatte, reagierte Gabriel mit Fassungslosigkeit und Ärger. »Allmächtiger!« zischte er. »Du hast doch nicht etwa jemanden nach ihr geschickt?«

»Nein«, erwiderte Annabel ungerührt. »Ich bin selbst hingegangen, um sie zu holen.«

Gabriel beugte sich über Nicholas und berührte zärtlich seine Wange, bevor er ohne ein weiteres Wort oder einen Blick für Annabel hinausging und nicht allzu sanft die Tür hinter sich zuzog.

Julia, fiel Gabriel auf, versuchte weder, ihn zu berühren, noch kam sie ihm entgegen. Sie stand nur da und schaute ihn mitleidig an, als er ins Arbeitszimmer kam, wo sie auf ihn wartete.

»Es tut mir so leid«, sagte sie.

Auch Gabriel näherte sich ihr nicht, zog aber die Tür zu und lehnte sich dagegen. »Annabel hätte dich nicht herbringen sollen«, meinte er, nachdem er ihre mitfühlenden Worte mit einem kurzen Nicken zur Kenntnis genommen hatte.

»Ich weiß«, erwiderte Julia mit dem Anflug eines Lächelns. »Aber Mrs. McKeige scheint zu glauben, daß meine Anwesenheit dich trösten könnte.«

Gabriel seufzte. »Vor einer halben Stunde dachte ich das auch noch«, sagte er. Er war immer ehrlich zu Julia gewesen und sie zu ihm. Diese Offenheit hatte ihnen ihre unkonventionelle Beziehung sehr erleichtert. Beide waren von Ereignissen in ihrem Leben sehr verwundet worden und hatten Trost, wenn nicht sogar Heilung, im Verständnis des anderen gefunden.

»Und jetzt?«

»Jetzt suche ich keinen Trost mehr. Es ist mein Sohn, der dort oben liegt und mit dem Tod ringt. Warum sollte ich etwas anderes als Schmerz und Zorn und Trauer verspüren – und mehr Angst, als ich je geglaubt hätte, ertragen zu können, ohne den Verstand darüber zu verlieren?«

»Das ist eine gute Frage«, sagte Julia. »Du hast jetzt Annabel, und so sollte es auch sein. Was mich betrifft, so kann ich dir nur sagen, daß ich allmählich von dieser kleinen Stadt genug habe und bereit bin fortzugehen. Denn mir scheint, daß wir beide einander nicht mehr länger nötig haben.«

Gabriel schloß für einen Moment die Augen. »Ich bin dir sehr, sehr dankbar, Julia«, erwiderte er und meinte es auch so. Sie hatte ihm in so manchen schweren Augenblicken seines Lebens beigestanden und ihm Trost vermittelt. Aber wieviel Leid hätte er sich und allen anderen ersparen können, wenn er nicht vor zwölf Jahren bei *ihr* Trost gesucht hätte, anstatt Annabel und Nicholas nachzureisen und sie heimzubringen! »Und es tut mir leid.«

»Was?« fragte Julia, und es klang aufrichtig erstaunt. »Du hast dich um mich gekümmert, als ich ein kleines Mädchen war. Du hast dafür gesorgt, daß mein Vater mir nichts mehr antun konnte. Ich war dir eine Freundin, so gut ich konnte, aber jetzt ist es vorbei. Wir beide hätten es schon vor langer Zeit beenden sollen, Gabe. Wir haben uns wie dumme Narren aufgeführt, ganz gleich, wie ehrenhaft unsere Absicht auch war.«

»Was hast du vor?« fragte Gabe. Sie hatte schon oft davon gesprochen, Parable zu verlassen, um in einer großen Stadt ein neues Leben zu beginnen, einer Stadt, in der es Theater gab und Symphonieorchester, Bibliotheken, Parks und elegante Läden. Wo die Vergangenheit einer Frau nicht ganz so mächtig war und es nichts gab, was qualvolle Erinnerungen heraufbeschwören konnte.

»Ich warte ab, bis Nicholas außer Gefahr ist«, sagte sie. »Dann werde ich mein Geld auf irgendeine Bank in San Francisco, Chicago oder New Orleans überweisen, den Saloon verkaufen und Parable verlassen. Wie ich es schon vor langer Zeit hätte tun sollen.«

»Nenn mir deinen Preis«, sagte Gabe, womit er natürlich den Saloon meinte. Ihn zu kaufen, war das mindeste, was er für eine gute Freundin wie Julia tun konnte.

Julia lächelte über den Vorschlag, dann schüttelte sie den Kopf. »Nein, Gabriel. Ich werde dir den Saloon nicht verkaufen. Welche Chance hättest du bei Annabel, wenn du eines schönen Tages mit dem Schlüssel eines Bordells am Gürtel heimkämst?«

Er erwiderte ihr Lächeln, obwohl er nichts lieber getan hätte, als sich abzuwenden und die Treppe hinaufzuflüchten, um sich neben Nicholas' Bett zu knien und zu weinen, offen und ohne die geringste Scham, wie Jessie, Annabel und Olivia es taten.

»Du hast natürlich recht, wie immer«, sagte er mit unsicherer Stimme. »Aber falls du irgend etwas brauchst …«

»Schick mir jemanden mit einer Nachricht hinüber, sobald es Nicholas bessergeht. Das ist alles, was ich von dir brauche, Lieber.«

»Danke«, antwortete Gabe mit einem zustimmenden Nicken, dann trat er beiseite und öffnete die Tür, um Julia hinauszulassen.

»Wofür?« fragte sie und drehte sich auf der Schwelle noch einmal nach ihm um.

»Für deine Zuversicht, daß er gesund wird.«

Julia hob die Hand und berührte Gabes stoppelbärtiges Gesicht. »Das war nicht nur so dahingesagt, Gabriel«, erwiderte sie zärtlich. »Nicholas ist dein

Sohn und Annabels. Er ist viel zu stur, um aufzugeben.«

»Laß es mich wissen, falls du etwas brauchst«, wiederholte Gabe, und seine Stimme klang jetzt sogar noch rauher als zuvor.

Sie berührte seine Schulter. »Ich brauche nur zu wissen, daß du glücklich bist«, erwiderte sie. »Das ist alles.«

Damit verließ Julia Jessies Haus, ohne sich noch einmal umzudrehen, und Gabe dankte ihr im stillen dafür, genauso wie für all jene anderen Gelegenheiten, bei denen sie sich als wunderbare, vertrauenswürdige Gefährtin erwiesen hatte.

»Leb wohl«, murmelte er verhalten.

15. Kapitel

Nicholas' erster bewußter Gedanke war, daß er Wasser lassen mußte, sein zweiter, daß er noch am Leben sein mußte – denn im Himmel hätte ihn ein solch irdisches Bedürfnis ganz gewiß nicht mehr gequält. Und in der Hölle hätte diese schlichte Handlung zu viele Feuer ausgelöscht.

Bei dieser Vorstellung entrang sich seiner Kehle ein rauhes Lachen, das fast so schmerzte wie die Wunde in seiner Seite. Es war stockfinster, und da er noch zu benommen war, um seine Fähigkeiten richtig einzuschätzen, fragte er sich, ob es noch eine zweite Kugel gegeben haben mochte. Vielleicht war er in den Kopf getroffen worden und erblindet?

»Nicholas?«

Die Stimme seines Vaters klang gebrochen.

»Ja«, sagte Nicholas, obwohl es ihn große Mühe kostete. Es ist nur ganz normale Dunkelheit, schloß er erleichtert, als er hörte, wie ein Streichholz angezündet wurde und er Licht aufflackern sah.

Gabe holte einen Becher Wasser, nachdem er Licht gemacht hatte, und hielt ihn an Nicholas' Lippen. Die Augen seines Vaters schimmerten verdächtig feucht, als Gabe mit der freien Hand vorsichtig den Kopf vom Kissen hob.

»Es ist schön, dich zu sehen, Junge«, sagte Gabe.

Nicholas schaffte es zwar zu lächeln; aber er war zu schwach, um irgend etwas anderes zu tun. Als er noch ein paar Schlucke Wasser trank, sah er das müde, verzweifelte Gesicht seiner Mutter an Gabes Schulter, und alle Zweifel, die er im stillen noch an ihr gehegt hatte, lösten sich auf wie Nebel in der Sonne.

»Horncastle und die anderen?« krächzte er.

»Sind alle im Gefängnis«, antwortete Gabe. »Mehr als ein Dutzend insgesamt.«

Annabel wartete, bis Gabe zurücktrat, wenn auch sichtlich ungeduldig, und bückte sich dann, um Nicholas' Stirn zu küssen. Die Geräusche hatten Olivia geweckt, die sich jetzt verschlafen aus dem Sessel auf der gegenüberliegenden Seite des Betts erhob.

»Ist denn die ganze Stadt hier?« versuchte Nicholas zu scherzen.

Olivia weinte und lächelte zugleich, was Nicholas an den Durchbruch der Sonne in einem Regenschauer denken ließ. Sie murmelte irgend etwas – ein Gebet oder eine stille Fürbitte – und ging hinaus.

Nicholas fiel wieder ein, was ihn geweckt hatte,

und gab es seinen Eltern ohne große Umschweife zu verstehen.

Annabel ging hinaus, und Gabe holte das entsprechende Gerät.

»Das kann nicht dein Ernst sein«, sagte Gabe, als er zwei Männer eine alte Couch von Jessies Dachboden heruntertragen sah, etwa eine Woche nachdem Nicholas aus seiner Bewußtlosigkeit erwacht war. Da Gabe seit Tagesanbruch mit mehreren seiner Männer draußen auf den Weiden gewesen war, fühlte er sich so schmutzig, daß er das blitzsaubere Haus seiner Schwester nicht betreten wollte und unten in der Halle stehengeblieben war.

Annabel, die die ganze Sache wie ein römischer Feldherr vom oberen Treppenabsatz aus dirigierte, würdigte ihn nicht einmal eines Blickes. »Natürlich ist es mein Ernst«, erwiderte sie. »Niemand kauft ein Haus nur so zum Spaß, Gabriel.«

Sie richtete also tatsächlich das frühere Haus der Jennings ein und hatte offenbar auch vor, dort einzuziehen – und das nach allem, was zwischen ihnen vorgefallen war! War denn gar nichts davon wichtig – all die Zugeständnisse, die Entschuldigungen, die Erklärungen, die Geständnisse und Versprechungen?

Gabe war zutiefst verletzt und wütend, aber er dachte gar nicht daran, etwas zu sagen, jedenfalls nicht vor diesen Männern, die Annabel angeheuert hatte, damit sie Jessies alte Möbel vom Dachboden herunterschleppten.

Annabel schaute ihn an, wenn auch nur flüchtig, und er sah den alten Eigensinn in ihren Augen.

Ärgerlich trat er beiseite, um den Möbelträgern Platz zu machen.

»Verdammt, Annabel«, zischte er, als sie draußen waren, »was habe ich denn jetzt schon wieder falsch gemacht?«

Sie seufzte. »Lieber Himmel, Gabriel, wieso glaubst du eigentlich, daß alles, was auf dieser Welt geschieht, etwas mit dir zu tun hat? Nicholas ist noch zu schwach, um zur Ranch zurückzukehren, aber er kann auch nicht hier bei Jessie bleiben, wo doch die ganze Stadt schon weiß, daß er Olivia den Hof macht.«

Draußen fluchten und murrten die Möbelpacker, als sie das häßliche, sperrige Sofa auf die Ladefläche eines Wagens hievten. »Wäre es nicht einfacher, wenn Miss Drummond umziehen würde?« wandte Gabe ein.

»Wo sollten wir sie denn unterbringen?« entgegnete Annabel ein wenig ungeduldig und stützte ärgerlich die Hände in die Hüften. Nach den morgendlichen Anstrengungen war ihr Haar ein wenig feucht an Stirn und Nacken. »Nein, Gabriel«, fuhr sie fort, »das ist die einzige Lösung. Bitte mach es mir nicht noch schwieriger mit deinen Einwänden.«

Gabriel klatschte mit dem Hut an seinen Schenkel, biß die Zähne zusammen und zwang sich dann, sich wieder zu entspannen. »Annabel, du bist meine Frau und ...«

Sie vergaß die Möbelpacker draußen und warf Gabriel einen ärgerlichen Blick zu. »Ja, Gabriel, ich bin deine Frau. Aber das gab und wird dir nie das Recht geben, mich herumzukommandieren, und deshalb hoffe ich, daß du es auch gar nicht vorhast.«

Er schloß die Augen und zählte stumm bis zehn.

»Entschuldige bitte«, sagte er dann gepreßt. »Ich dachte, wir hätten uns darauf geeinigt, daß wir uns versöhnen wollen.«

»Wir haben uns darauf geeinigt, uns nicht gegenseitig umzubringen«, entgegnete Annabel.

»Aber du sagtest …«

»Und das meinte ich auch«, unterbrach sie ihn. »Ich liebe dich. Aber trotzdem wäre es vielleicht das Beste, wenn wir unseren gegenwärtigen Frieden durch getrennte Wohnsitze bewahren würden. Für den Augenblick zumindest.«

Gabe starrte sie offenen Mundes an, und bevor er etwas Vernünftiges darauf zu erwidern wußte, machte Annabel ihm eine weitere unverhoffte und noch viel schockierendere Eröffnung.

»Habe ich dir eigentlich schon gesagt, daß ich den Saloon gekauft habe?« fragte sie so beiläufig, als spräche sie davon, sich einen ganz besonders teuren Hut gekauft zu haben.

Gabe biß die Zähne so fest zusammen, daß er kaum ein Wort herausbekam. »Du hast … was getan?«

Annabel lächelte erfreut, wie immer, wenn sie wußte, daß sie ihn schockiert hatte. »Ich glaube, du hast mich schon sehr gut verstanden, Gabriel«, erwiderte sie gelassen. »Du brauchst allerdings keine Angst zu haben, daß ich das Etablissement selber führen werde. Ich werde es natürlich schließen.«

»Schließen?« Fassungslos versuchte Gabe, sich eine Stadt voller Cowboys vorzustellen, die gerade von einem langen Rinderauftrieb heimkehrten und nirgends hingehen konnten, um sich zu vergnügen. Kein Saloon? Himmelherrgott, eine Stadt ohne Kirche oder Gemischtwarenladen hätte bessere Überlebenschancen!

Annabel ging hinaus auf die Veranda. »Verkratzen Sie mir nicht das Holz, wenn Sie die Couch hineintragen«, rief sie ihren Möbelpackern zu. »Stellen Sie sie vor dem Erkerfenster auf, gegenüber vom Kamin.«

»Ja, Mrs. McKeige«, antwortete einer der Männer mit gesenktem Kopf, während er nervös an seinem Hutrand zupfte.

Sein Partner war damit beschäftigt, die bunte Sammlung unterschiedlichster Möbelstücke, die Jessie so großzügig gestiftet hatte, mit dicken Seilen festzuzurren. Oder hatte sie bloß eine Chance gesehen, das Gerümpel loszuwerden?

»Annabel«, sagte Gabe warnend.

Sie lächelte auf ihre engelhafte Weise zu ihm auf. »Ja?«

Er stieß einen unterdrückten Fluch aus. »Du kannst nicht einfach den Saloon schließen! Dann haben die Männer nichts mehr, wo sie abends hingehen können.«

»Sie könnten ja zu Hause bleiben«, erwiderte Annabel und strahlte, als sei ihr die Idee gerade erst gekommen. »Sie könnten mit ihren Frauen reden. Oder mit ihren Kindern Schulaufgaben machen. Ein gutes Buch lesen oder so.«

»Du verstehst nicht«, beharrte Gabe und fand, daß er sich bemerkenswert gut unter Kontrolle hatte angesichts des Aufruhrs, der in ihm tobte.

»Und ob ich das tue«, entgegnete Annabel liebenswürdig. »Es ist der Beginn einer neuen Ära in Parable. Bedenk doch nur – ohne Saloon wird diese Stadt der reinste Garten Eden sein.« Sie provozierte ihn, das war ihm klar, und doch konnte er nicht anders, als nach dem Köder zu schnappen.

»Ohne Saloon«, entgegnete er hitzig, »wird hier das reinste Chaos ausbrechen!»

Wie üblich blieb sie ungerührt. Wenn Annabel in dieser Stimmung war, war nicht mit ihr zu reden. In gewisser Weise hatte diese ganze Anti-Alkohol-Kampagne natürlich etwas mit ihrer Kindheit und ihrem trinkfreudigen Vater zu tun, der sie von einem Saloon in den anderen geschleppt hatte, aber das hätte sie natürlich niemals zugegeben.

»Wir werden sehen, nicht?« meinte sie.

»Nein«, erwiderte Gabriel, »das werden wir nicht, denn wenn du diesen Saloon schließt, dann baue ich einen neuen, größeren und besseren. Zehn neue werde ich bauen! Verdammt, Annabel, ich bin nicht Ellery Latham, und du brauchst mich nicht zu bekämpfen, als ob ich er wäre!«

Annabel stützte die Hände auf die Hüften und betrachtete ihn aus schmalen Augen. »Das würdest du wirklich tun, nicht wahr – und wenn auch bloß, um mich zu ärgern!«

Er beugte sich vor, bis seine Nasenspitze nur noch Millimeter von ihrer eigenen entfernt war. »Ja, das würde ich, Mrs. McKeige, und deshalb wärst du gut beraten, wenn du keine Herausforderung daraus machen würdest«, riet er. Obwohl er deutlich verärgert war, verspürte er auch ein gewisses Triumphgefühl und kam sich wie ein Mann vor, der gerade auf einem hohen Gipfel eine Flagge angebracht hatte.

Die Hände noch immer auf den Hüften, stellte Annabel sich auf die Zehenspitzen. »Und du würdest besser daran tun, es als keine zu betrachten!« versetzte sie. »Ich versuche nur, etwas für diese Gemeinde zu tun. Willst du, daß dein Kind in einem Sündenpfuhl aufwächst?«

Gabe grinste unwillkürlich, aber nicht nur aus Belustigung, sondern auch aus Überraschung. Dies war wohl eins der Dinge, die er am liebenswertesten – und natürlich auch am aufreizendsten – an Annabel fand. Es war leichter, das Frühlingswetter oder den Ausgang eines Kartenspiels vorauszusagen, als zu erraten, was sie als nächstes tun oder sagen würde.

»Annabel« entgegnete er geduldig, »die *Welt* ist ein Sündenpfuhl.«

»Nun, dann werde ich wenigstens eine Ecke davon reinigen«, antwortete sie und errötete in selbstgerechtem Eifer. »Wenn du mir schon nicht dabei helfen willst, dann störe mich gefälligst nicht dabei.«

Gabe lachte, schlang seinen Arm um ihre Taille und zog sie an sich, um sie zu küssen. Dann wandte er sich pfeifend ab, ging zu seinem Pferd zurück, das in der Nähe angebunden war, saß auf und ritt davon. Er konnte sich beim besten Willen nicht entsinnen, wozu er eigentlich hergekommen war, tröstete sich jedoch mit dem Gedanken, daß es ihm mit der Zeit schon wieder einfallen würde.

Die Unterhaltung auf der Veranda seiner Tante stieg leise in der sommerlichen Luft zu Nicholas empor, wie leise Musik in einer stillen Nacht, und entlockte ihm ein amüsiertes Lächeln. Er brauchte endlich nicht mehr zu liegen und saß aufrecht im Bett, gestützt von einem dicken Stapel Kissen.

Er hatte in den letzten Tagen sehr viel über seine

Eltern nachgedacht, vielleicht seiner erzwungenen Muße wegen – sie gab einem Mann Gelegenheit, über vieles nachzudenken, was er unter anderen Umständen vielleicht eher ignoriert hätte. Dabei war ihm der Gedanke gekommen, daß die Diskussionen zwischen seinem Vater und Annabel eine Art Spiel waren, so etwas wie eine Übung ihres Intellekts und Geistes, und daß sie sich dessen wahrscheinlich nicht einmal bewußt waren.

Auch Annabels Flucht nach Boston vor so vielen Jahren war eine Art Schachzug gewesen, ein sehr gewagter Zug, den sein Vater jedoch nicht erwidert hatte.

Oder vielleicht hatte Gabriel McKeige ihn ja doch gekontert, indem er ihn *nicht* erwidert hatte. Sie waren Nicholas ein Rätsel, diese beiden, und obwohl sie eine Art Waffenstillstand geschlossen zu haben schienen, war es offensichtlich, daß das Spiel noch lange nicht zu Ende war. Sie hatten einfach gelernt, es mit mehr Geschicklichkeit und größerer Geduld zu spielen.

Nicholas seufzte und wandte den Kopf, um die Frau anzusehen, der er vor wenigen Tagen erst begegnet war. Olivia döste in dem Sessel neben seinem Bett, eine Ausgabe von ›Gullivers Reisen‹ – seinem momentanen Lieblingsbuch – auf dem Schoß.

Er fragte sich, wie eine Beziehung zwischen ihnen sein würde. An Leidenschaft würde es ihr nicht mangeln, das war klar. Nicholas war sich dessen völlig sicher, und nach den wenigen Küssen, zu denen sie Gelegenheit gefunden hatten, wußte er, daß Olivia, obwohl sie noch unberührt war, den Moment der körperlichen Vereinigung mit ihm genauso ungestüm wie er herbeisehnte und sich ihm bedenkenlos hingeben würde, wenn der richtige Augenblick gekommen war.

Nicholas spürte, wie sein Körper reagierte. Seufzend lehnte er den Kopf zurück und schloß die Augen, um seinen Gedanken eine andere Richtung zu verleihen, weil er wußte, daß in absehbarer Zeit auf keine körperliche Erleichterung zu hoffen war.

Aber es war sinnlos; sein erregter Körper wollte ihm einfach nicht gehorchen.

Olivia, bemerkte er mit einem raschen Seitenblick, war wach und schaute zu. Ihre Wangen waren stark gerötet, und sie schluckte, wandte aber den Blick nicht ab. Jedenfalls nicht, bis sie bemerkte, daß Nicholas sie beobachtete.

Da senkte sie den Kopf.

»Du brauchst nicht so schüchtern zu sein«, sagte Nicholas ruhig. Sanft. In den drei oder vier Jahren, seit er zum erstenmal mit einer Frau geschlafen hatte, einer eifrigen Angestellten von Miss Julia Sermon, war er nie mit einer Jungfrau ins Bett gegangen. Obwohl er Olivia fast schmerzhaft stark begehrte – der Beweis dafür war ja nicht zu übersehen –, fürchtete er sich auch ein bißchen vor dem Moment und war froh, daß ihm noch Zeit blieb. »Wenn wir verheiratet sind, wirst du erheblich mehr sehen als das hier.«

Olivia lächelte, wenn auch zögernd, als sie sich zwang, ihn anzusehen. Doch dann wurde sie wieder unsicher. »Ich habe noch nie erlebt, daß jemand sich verliebt hätte wie wir«, sagte sie. »Ich denke immer wieder, daß es ein Irrtum sein muß, daß es unmöglich ist. Und doch ...«

Nicholas streckte die Hand aus und ergriff Olivias.

»Und doch ...?« beharrte er sanft, als sie mitten im Satz verstummte.

»Es ist wie in den Liebesromanen, die ich lese, seit ich ein junges Mädchen war. Ich sah dich an und ... und es war gar nicht so, als ob wir uns noch nie begegnet wären, sondern eigentlich mehr, als hätten wir uns vor langer Zeit getrennt und einander endlich wiedergefunden.«

»Komm her und küß mich«, bat Nicholas.

Sie warf einen besorgten, aber zugleich auch ausgesprochen interessierten Blick auf den sichtbaren Beweis seines Verlangens, bevor sie aufstand und sich, errötend und ein wenig steif, zu Nicholas auf das Bett setzte.

Er legte eine Hand auf ihren Nacken und zog sie zu sich herab, bis seine Lippen ihren Mund berührten, doch bevor er ihre Ängste beschwichtigen und sie wirklich küssen konnte, wie er es vorgehabt hatte, ging die Tür zu seinem Zimmer auf.

»Ich wußte ja, daß ich recht hatte«, verkündete Annabel mit einem leisen Vorwurf in der Stimme, der Nicholas' Erregung prompt verblassen ließ. »Nicholas, du bist hier nicht als Gentleman bekannt, sondern als Wüstling, und dein schlechter Ruf würde durch eine solche Episode höchstens noch gesteigert werden. Olivia hingegen hat sehr viel zu verlieren. Verlassen Sie also sofort dieses Bett, Miss Drummond.«

Beschämt schlich Olivia zurück zu ihrem Sessel, aber Nicholas bedachte seine Mutter mit einem ruhigen, gelassenen Blick, der nicht die geringste Verlegenheit verriet. Er wußte, daß Olivia aufgesprungen und hinausgelaufen wäre, wenn er sie nicht an der Hand zurückgehalten hätte.

»Würden Sie uns für ein paar Minuten entschuldigen, Miss Drummond?« fragte Annabel in jenem liebenswürdigen, aber auch ein wenig schrillen Ton, den niemand außer Nicholas und seinem Vater je zu ignorieren wagte. »Sie hätten doch sicher gerne eine gute Tasse Tee und ein paar Minuten Zeit, um Ihre Haltung wiederzugewinnen.«

Mit einem flehentlichen Blick auf Nicholas zog Olivia an ihrer Hand, und er gab sie frei, damit sie gehen konnte. Was sie natürlich unverzüglich tat.

Annabel schloß die Tür hinter ihr und blieb dann vor Nicholas stehen, um ärgerlich auf ihn herabzuschauen. Es war klar, daß sie ihm ihre Meinung sagen wollte, das war ihrer Miene deutlich anzusehen, selbst wenn sie nicht so angriffslustig die Hände in die Hüften gestützt und die Ellbogen angewinkelt hätte.

»Ich denke, daß sie vielleicht zu schüchtern für dich ist«, sagte Annabel.

Nicholas lachte, einerseits weil seine Mutter ihn mal wieder überrascht hatte, und andererseits, weil er erleichtert war. »Mir scheint, daß der Familie ein bißchen weniger Temperament ganz guttäte«, bemerkte er.

Annabel setzte sich in den Sessel, den Olivia freigemacht hatte. ›Gullivers Reisen‹ lag jetzt auf dem Nachttisch, und sie hob es auf, blätterte in den abgegriffenen Seiten und legte das Buch dann wieder fort. »Das ist etwas, was ich nie bei dir vermutet hätte, Nicholas«, sagte sie in einem Tonfall trauriger Versonnenheit. »Daß du genauso leidenschaftlich gerne wie dein Vater liest, meine ich.«

»Es gab nicht viel anderes zu tun, wenn die Tagesarbeit erledigt und das Abendessen vorüber war«, erwiderte er vorsichtig. Das Verhältnis zwischen ihm und Annabel war besser – seit seiner Schußverletzung zweifelte er nicht mehr an ihrer aufrichtigen Liebe – aber das hieß nicht, daß er nicht wütend auf sie war. Denn das war er. Sehr sogar.

Sie strich ihm über das Haar. »So viele Gebete, die nie gesprochen wurden. So viele Geschichten, die nie gelesen wurden. Ach, Nicholas, es tut mir leid – für mich genausogut wie für dich.«

Er wandte den Blick ab. »Ich bin kein kleiner Junge mehr, Annabel. Du brauchst dich nicht zu entschuldigen.«

Sie legte eine Hand an seine Wange und drehte sein Gesicht zu sich herum. »O doch, ich glaube, irgendwo bist du noch immer dieser kleine Junge, Nicholas. Irgendwo, tief im Grunde deines Herzens, ist er noch vorhanden und grollt mir, weil ich nicht gekommen bin, wenn er nach einem bösen Traum oder zu vielen grünen Äpfeln nachts nach mir gerufen hat.« Sie seufzte. »Es war falsch von mir, dich gehen zu lassen. Das habe ich schon ein paarmal zugegeben. Aber wenn du nicht bereit bist, mir wenigstens einen Teil des Wegs entgegenzukommen, weiß ich nicht, was ich sonst noch unternehmen könnte.«

Nicholas erkannte den Tonfall seiner eigenen Stimme nicht. »Bist du deshalb hereingekommen? Um über die Vergangenheit zu reden?«

Annabel ließ die Hand sinken und legte sie zu ihrer anderen in den Schoß. »Ich kam, um dir zu sagen, daß wir beide in mein Haus umziehen werden«, sagte sie. »Und nach dem, was hier vorging, als ich hereinkam, ist es wohl mehr als offensichtlich, daß ich die richtige Entscheidung getroffen habe.«

Nicholas verdrehte die Augen und verkniff sich ein Lächeln. »Die Ironie dieser Bemerkung, Annabel, müßte eigentlich auch dir bewußt sein. Aber da ich mehr von einem Gentleman habe, als du mir zugestehen willst, werde ich sie ignorieren. Ausnahmsweise.«

Annabels makellose Haut glühte vor Entrüstung und Verlegenheit. »Dein Vater hätte dich viel öfter übers Knie legen sollen«, entgegnete sie.

Nicholas lachte. »Das hätte er vielleicht auch, wenn es ihm je gelungen wäre, mich zu erwischen. Und wenn Pas Zorn wirklich einmal größer war als seine Geduld, ist Charlie dazwischengegangen.«

»Apropos Charlie«, sagte Annabel stirnrunzelnd. »Ich glaube, ich habe ihn seit dem Tag, an dem du angeschossen wurdest, nicht mehr gesehen. Was glaubst du, wo er stecken könnte?«

Diese Frage hatte Nicholas sich bisher nie gestellt – bis jetzt. Charlie war in erster Linie ein Indianer, und obwohl er im Haus gewesen war, solange Nicholas sich zurückentsinnen konnte, machte er, was er wollte und wann er es wollte. Aber Annabel hatte recht – es war schon eigenartig, daß er noch nicht aufgetaucht war.

Nicholas spürte, wie sich seine Nackenhaare aufstellten, obwohl er sich bemühte, gleichgültig zu erscheinen, um seine Mutter nicht unnötig zu beunruhigen. »Wahrscheinlich ist er irgendwo in den Bergen und erholt sich von der Kocherei oder palavert mit seinem Namenspatron – es ist ein Panther, glaube ich.«

Annabel tat, als wolle sie ihn schlagen. »Du bist respektlos, und das gefällt mir nicht.«

Nicholas verzog das Gesicht. »Das ist mir egal«,

meinte er. »Würdest du Olivia bitte wieder zu mir schicken?« Mit einer Kopfbewegung deutete er auf das Buch auf seinem Nachttisch. »Sie war gerade an der Stelle, wo Gulliver die Ungeheuer trifft.«

»Ich werde dir Ungeheuer geben!« erklärte Annabel mit gespielter Strenge. Es machte ihr ganz offensichtlich Spaß, ihn zu bemuttern, wenn auch verspätet, und weil er sich manchmal gern bemuttern ließ, ließ er es sich gefallen. »Und warte nicht darauf, daß Olivia bald wiederkommt. Sie wird mir helfen, meinen neuen Haushalt einzurichten.«

»Ja, darum wollte ich sie auch schon bitten«, bemerkte Nicholas grinsend. »Wenn auch in etwas anderer Hinsicht.« Er brauchte nur zu überleben – was keine einfache Aufgabe war, nicht einmal jetzt. Er fühlte sich, als wären ihm sämtliche Glieder einzeln ausgerissen und falsch wieder zusammengesetzt worden.

»Sieh zu, daß du aus dem Bett kommst, du Faulenzer«, scherzte Annabel, obwohl sie eine ernste Miene dabei bewahrte. »Dir geht es offenbar schon gut genug, um deine normalen Beschäftigungen wieder aufzunehmen.«

Nicholas zwinkerte ihr zu, griff nach seinem Buch und tat, als verlöre er sich in die Abenteuer Gullivers im Land der Ungeheuer. In Wirklichkeit jedoch dachte er über Charlies Verschwinden nach, über Jack Horncastles Bande, die etwas weiter unten an der Straße im Gefängnis saß, und die Tatsache, daß seine Zielsicherheit und die Schnelligkeit, mit der er seine Waffe zog, unter der langen Untätigkeit sehr leiden würden.

Annabel fand, daß Miss Julia Sermons Abreise aus Parable eine sehr diskrete Angelegenheit war, verglichen mit ihrer eigenen aufsehenerregenden Ankunft in der Stadt. Die frühere Bordellbesitzerin, die dezent wie eine Pfarrersfrau gekleidet war, bestieg die Postkutsche nur mit einem kleinen Koffer in der Hand. All ihren anderen Besitz hatte sie entweder bei einer Frachtgesellschaft aufgegeben oder unter ihren Mädchen verteilt, die traurig auf den hölzernen Bürgersteigen standen und ihr mit Seidentaschentüchern nachwinkten, als die Postkutsche sich in Bewegung setzte.

Annabel, die das Schauspiel durch das Fenster der Bank verfolgte, prüfte noch einmal ihr Gewissen, was den Erwerb des Samhill Saloons betraf, und konnte sich nicht ganz von egoistischen Motiven freisprechen. Obwohl ihr Vorhaben, die Stadt von Whiskey, Kartenspiel und Prostitution zu befreien, durchaus lobenswert war – wenn auch möglicherweise undurchführbar, selbst für sie –, konnte Annabel nicht leugnen, daß sie froh war, Miss Sermon loszusein. Für immer.

Sie biß sich auf die Lippen, weil diese Überlegungen sie beschämten. Miss Sermon war nur eine Frau, kein Ungeheuer – eine ganz normale Sterbliche mit genügend eigenem Kummer.

Gabriel war ein erwachsener Mann, der Verstand besaß und ein Gewissen; er würde immer tun, was er für richtig hielt, was bedeutete, daß sie ihm bedenkenlos vertrauen konnte. Und sie vermutete, daß er recht hatte, als er ihr vor einigen Tagen auf Jessies Veranda sagte, es werde mehr Probleme schaffen als lösen, wenn sie den Saloon schloß.

Der Bankdirektor trat lächelnd hinter Annabel und

wippte auf den Absätzen. Er hatte die unangenehme Angewohnheit, mit der Zunge zu schnalzen, was Annabel maßlos auf die Nerven ging.

»Es wird sich noch nicht herumgesprochen haben, daß Sie den Saloon in ein Hotel verwandeln wollen«, sagte er. Sie hatten gerade die Verträge für den Erwerb der Immobilie unterzeichnet, obwohl Miss Sermon nicht persönlich erschienen war, um ihre Interessen zu vertreten.

Annabel vermied Oldmixens Blick. Es war schon schlimm genug, ihm zuhören zu müssen, ohne ihn auch noch anzusehen. »Ich werde es den Leuten am Sonntag morgen sagen, nach dem Gottesdienst«, erwiderte sie, eine Spur zu defensiv vielleicht. Sie fühlte sich nicht besonders gut, und Nicholas, der gegen seinen Willen in jenes Haus umgezogen war, das sie gekauft und mit Jessies abgelegten Möbeln eingerichtet hatte, begann sich als ausgesprochen schwieriger Patient zu erweisen. Am schlimmsten jedoch war, daß sie Gabriel seit dem Tag nicht mehr gesehen hatte, als sie ihm von ihrem Vorhaben erzählt hatte, den Saloon zu kaufen und zu schließen, und sie merkte jetzt, daß er ihr ganz schrecklich fehlte.

Ihr Stolz erlaubte ihr nicht, ihn aufzusuchen, obwohl die Versuchung von Tag zu Tag größer wurde. Es waren nicht so sehr die Nächte mit ihm, was sie vermißte, obwohl das natürlich auch ein Grund war. Aber mehr noch als Gabriels Zärtlichkeit und leidenschaftliche Umarmungen vermißte sie ihre Wortgefechte.

Trotz allem jedoch war es ein erhebendes Gefühl, einen Punkt gegen Gabriel McKeige errungen zu haben – das war etwas, was nur sehr schwer zu erreichen war und gebührend gefeiert werden mußte.

»… wir werden alle ruhiger schlafen, sobald Captain Sommervale eine bewaffnete Patrouille herschickt, um Jack Horncastle und die anderen nach Fort Duffield zum Prozeß zu überführen.«

Annabel widmete ihre Aufmerksamkeit wieder Mr. Oldmixen. Sie hatte nicht viel über die Bande nachgedacht – sie wußte nur, daß etwa ein Dutzend Männer im Gefängnis saßen. Und wenn sie überhaupt einmal an sie gedacht hatte, dann nur mit dem sehr unchristlichen Gedanken, sich an dem Mann zu rächen, der ihren Sohn verwundet hatte.

»Nicholas wird zu dem Prozeß als Zeuge vorgeladen werden«, sagte sie.

»O ja, ganz sicher«, stimmte Oldmixen zu. »Es war für die ganze Stadt ein Schock zu erfahren, daß einer ihrer beliebtesten Söhne nichts weiter als ein gewöhnlicher Strauchdieb ist.«

»Jack Horncastle ist erheblich schlimmer als das«, sagte Annabel und dachte schaudernd daran, wie Nicholas am Tag der Schießerei ausgesehen hatte. Blutüberströmt und dem Tod so nahe, daß er ihr manchmal beinahe durchsichtig erschienen war und sie in ihrer Verzweiflung oft gedacht hatte, sie könne ihre Hand durch ihn hindurchstrecken. Jetzt, wo sie sich daran erinnerte, fühlte sie, wie sich eine kalte Hand auf ihre Seele legte. »Er hätte meinen Sohn getötet, wenn Gott nicht seine Hand über ihn gehalten hätte.«

Der Bankdirektor warf einen unbehaglichen Blick zum Gefängnis hinüber; es war nicht viel zu sehen auf der Straße, nun, wo die Postkutsche abgefahren war und Miss Sermons Mädchen, die keine Ahnung hatten, daß sie schon bald entlassen würden, sich in den schattigen Saloon zurückgezogen hatten.

»Ich hoffe, daß Captain Sommervales Division bald kommt«, bemerkte Oldmixen versonnen. »Ein Dutzend Männer in einer einzigen Zelle festzuhalten, ist, als wollte man genauso viele Klapperschlangen in einer Tabakdose einsperren. Irgendwann müssen die Wände unter dem Druck ganz einfach nachgeben.«

Annabels Magen verkrampfte sich, und sie verspürte die ersten Anzeichen einer aufsteigenden Übelkeit. Seit dem Tag, an dem ihr klargeworden war, daß Nicholas überleben würde, hatte sie sich nicht mehr um ihn gesorgt, aber jetzt begriff sie plötzlich, daß er noch nicht außer Gefahr war. Er stand zwar schon hin und wieder auf, aber er ermüdete sehr schnell, und wenn er nicht gerade schlief oder Miss Olivia Drummond im Wohnzimmer becircte, spielte er mit seinem 45er Revolver. Zog ihn, ein wenig ungeschickt noch, aus dem Halfter, steckte ihn wieder ein und zog ihn wieder – immer wieder, bis er schließlich blaß war vor Erschöpfung und neu erwachtem Schmerz.

Natürlich, dachte Annabel mit wachsendem Entsetzen. Nicholas wollte seine verlorene Schnelligkeit aus einem ganz bestimmten Grund zurückgekommen – und nicht nur aus Prinzip. Wie hatte sie nur glauben können, er vertreibe sich lediglich die Zeit damit? Er rechnete damit, Horncastle noch einmal zu begegnen, und das nicht etwa in der relativen Sicherheit eines Militärgerichts.

Annabels Herz pochte in ihrer Kehle wie ein aufgeschreckter kleiner Vogel, und sie war so aufgeregt, daß sie mehrmals vergeblich nach dem Türknauf griff, bevor sie ihn erwischte.

»Mrs. McKeige!« rief der Bankdirektor und eilte

ihr rasch nach. »Sie haben Ihre Besitzurkunde vergessen.«

Annabel beachtete ihn nicht, sondern hastete hinaus zur Straße, wo sie um ein Haar mit Jeffrey Braithewait zusammenstieß, der gerade aus dem Mietstall kam, und zum ersten Mal in ihrem Leben war sie froh, ihm zu begegnen.

Das Leben auf dem Land schien Jeffrey gut zu tun; er hatte das Stadium des Anfängers mit bewundernswertem Tempo überwunden. Jetzt wirkte er fast sympathisch, und auch von seinem früheren Hochmut war ihm nichts mehr anzumerken.

»Annabel!« sagte er lachend, während er nach ihren Schultern griff, um sie zu stützen. »Wo willst du hin, daß du es so eilig hast?«

Sie atmete mehrmals tief ein und dann langsam wieder aus, aber die Technik, die ihr sonst immer half, sich zu beruhigen, versagte heute. »Jeffrey, sag mir, wo ich Gabriel finden kann – oder besser noch, bring mich hin zu ihm!«

Jeffreys Miene wurde ernst, aber nicht aus Eifersucht, wie sie erleichtert feststellte, sondern weil er beunruhigt war. »Er ist in einer der Silberminen. In der Silver Shadow, glaube ich. Komm mit, wir mieten uns einen Wagen, um hinzufahren.«

Annabels eigener Wagen befand sich auf der Ranch, weil er angeblich irgendwelche Reparaturen nötig hatte. »Danke«, sagte sie und atmete schon etwas ruhiger.

»Was ist denn los?« fragte Jeffrey, während einer der Mietstallangestellten den Wagen vorbereitete. »Du siehst schrecklich aus – ganz und gar nicht so gesund und blühend wie sonst befürchte ich.«

Annabel legte eine Hand an ihre Stirn und versuchte zu lächeln, aber es gelang ihr nicht. Sie neigte sonst eigentlich nicht dazu, in Panik zu geraten, aber die plötzliche Erkenntnis, daß ihrem Sohn auch weiterhin Gefahr drohte, hatte sie zutiefst bestürzt. »Es ist nur so, daß ... Wahrscheinlich klinge ich jetzt wie eine hysterische Mutter, Jeffrey, aber ... ich habe Angst um Nicholas.«

Der Wagen wurde aus der Scheune vorgefahren, und Jeffrey half Annabel beim Einsteigen, bevor er selbst aufstieg, um die Zügel zu übernehmen. »Ich dachte, er befände sich auf dem Weg der Besserung?«

Wie hatte sie so blind sein können? Und wieso war Gabriel so blind gewesen?

»Annabel?« beharrte Jeffrey, während er das Pferd mit einem leichten Klatschen der Zügel in Bewegung setzte.

»Verdammt, Jeffrey«, rief Annabel nervös, »halt den Mund und fahr einfach!«

Ein unangenehmes Schweigen herrschte auf dem Weg zur Mine zwischen ihnen. Annabel konnte sich nicht zu einer Entschuldigung überwinden, obwohl sie wußte, daß sie angebracht gewesen wäre, und Jeffrey war verständlicherweise nicht geneigt, eine Unterhaltung mit ihr zu beginnen. Als sie endlich eintrafen, nach fast einer Stunde schneller Fahrt, und Gabriel aus den Tiefen des Schachts gerufen wurde, von Kopf bis Fuß mit schwarzem Staub bedeckt, als er erschien, kam sie sich ein bißchen albern vor.

Was ihre Entschlossenheit jedoch in keinster Weise minderte.

»Ich muß dich unter vier Augen sprechen«, informierte sie Gabriel und stieg vom Sitz des Wagens, bevor weder er noch Jeffrey ihr behilflich sein konnten, was dazu führte, daß sie sich fast mit den Füßen in ihrem langen Rock verhedderte.

»Nicholas …?«

Annabel nahm Gabriels Arm und zog ihn mit sich fort.

»Nicholas geht es gut«, versicherte sie ihm hastig. »Im Augenblick zumindest noch.«

Gabriel blieb stehen und starrte ärgerlich auf sie herab. »Verdammt noch mal, Annabel, du hast mich so erschreckt, daß ich fast einen Herzanfall bekommen hätte«, fuhr er sie an und gab sich nicht die geringste Mühe, nicht zu laut zu werden. »Was, zum Teufel, wolltest du mir sagen?«

Annabel befeuchtete mit der Zungenspitze ihre Lippen. »Ich mache mir Sorgen, weil Nicholas … weil er dauernd übt …«

»Übt?« fragte Gabriel verständnislos.

»Mit seinem 45er«, beeilte Annabel sich zu erklären. »Ich weiß nicht, warum wir es nicht schon früher erkannt haben … Gabriel, Nicholas scheint ganz fest damit zu rechnen, daß es zu einer Schießerei zwischen ihm und Jack Horncastle und vielleicht noch einigen anderen kommen wird!«

Zuerst sah Gabriel sehr verblüfft aus, aber dann hätte Annabel schwören können, daß er unter all dem Schmutz in seinem Gesicht erblaßte. »Horncastle ist im Gefängnis – das weißt du. Und die anderen Mitglieder seiner Bande auch.«

Zum zweiten Mal an diesem Tag spürte Annabel, wie eine kalte Hand über ihren Rücken strich. »Nein«, widersprach sie. »Da muß noch ein anderer sein, verstehst du? Jemand, der vielleicht imstande ist, den anderen zum Ausbruch zu verhelfen.«

Gabriel machte ein grimmiges Gesicht und

umklammerte Annabels Arm noch fester. »Vielleicht ist das der Grund, warum wir Charlie so lange nicht mehr gesehen haben«, murmelte er.

»Vielleicht ist er hinter dem Mann oder den Männern her, die der Falle entkommen sind.«

Annabel nickte, und erst als Gabriel mit einem schmutzigen Daumen über ihre Wange wischte, merkte sie, daß sie weinte.

16. Kapitel

Ein harter Zug lag um Gabriels Mund, als er mit Annabel vor dem Mineneingang stand. »Ich bringe Nicholas zurück zur Ranch«, erklärte er, »und bevor du Einwände erhebst, laß dir gesagt sein, daß ich darauf pfeife, ob du dein Einverständnis dazu gibst!«

Annabel war sehr erleichtert, obwohl Gabriels autoritäre Art sie unter anderen Umständen vermutlich sehr empört hätte.

»Fahr in die Stadt zurück und packe seine Sachen«, fuhr er fort, während er einem seiner Männer ein Zeichen machte, ihm sein Pferd zu bringen. »Ich komme nach, sobald ich alles hier geregelt habe.«

Annabel erwähnte gar nicht erst die Möglichkeit, daß Nicholas sich weigern könnte, Parable – und vor allem Olivia Drummond – zu verlassen, weil sie wußte, daß es Gabriel genausowenig kümmern würde wie sie selbst. Das mußten Nicholas und sein Vater allein untereinander ausmachen.

So oder so war es unvermeidlich: Nicholas würde heimkehren, und da sie in diesem kritischen Moment auf keinen Fall von ihrem Sohn getrennt sein wollte, würde auch sie zur Ranch zurückkehren.

Pflichtbewußt fuhr Jeffrey Annabel zurück nach Parable, wo sie ihm hastig dankte, als sie vor ihrem Haus ausstieg. Auf der Rückfahrt hatten sie sich wenigstens unterhalten, und wenn auch nur über unwichtige und banale Dinge.

Wie Annabel schon ganz richtig vermutet hatte, war Nicholas alles andere als froh über die Aussicht, auf die Ranch zurückzukehren, wo er von Olivia getrennt sein würde, aber er war nicht stark genug, um sich zu wehren, und als Gabriel ihn abholte, konnte er nichts anderes tun, als für eine aussichtslose Sache zu plädieren.

Zum ersten Mal seit ihrer Heimkehr erkannte Annabel sich selbst statt Gabriel in ihrem Sohn und war belustigt. Sie hatte Nicholas keinen Gefallen getan, als sie ihm ihren Eigensinn und ihre Unabhängigkeit vererbt hatte, aber sie konnte zumindest sicher sein, daß er nicht untätig zusehen würde, wie das Leben an ihm vorüberfloß.

Olivia, die in den letzten Tagen etwas selbstbewußter geworden war, durch den ständigen Umgang mit dem einen oder anderen McKeige vermutlich, ging sehr entschieden um mit Nicholas, ignorierte sein Nörgeln und half Annabel, die wenigen Sachen zusammenzupacken, die er mit in dieses Haus gebracht hatte – Rasierzeug, einen Kamm, seine Lieblingsbücher und einige wenige Kleidungsstücke.

Gabriel, der noch immer seine Arbeitskleidung trug, begleitete seinen Sohn zu dem Wagen, der draußen auf der Straße stand, half ihm auf den Kutschbock und kehrte dann zum Tor zurück, um mit Annabel zu sprechen. Olivia blieb auf der Veranda und hielt sich in diskretem Abstand.

»Du wirst auch zur Ranch kommen?« fragte Gabe Annabel.

Sie nickte. »In ein, zwei Stunden«, antwortete sie. »Ich habe etwas mehr einzupacken als Nicholas.«

Einen Moment lang schaute Gabriel sie an, als versuchte er, sich über die Bedeutung ihrer Worte klarzuwerden. »Ich schicke dir in ein paar Stunden einige meiner Männer mit dem Wagen.«

»Ich werde viel früher fertig sein, Gabriel McKeige«, erwiderte Annabel, »und ich brauche auch keine Eskorte.«

Gabriel schaute zu Nicholas hinüber, der resigniert und traurig auf dem hohen Kutschbock saß, und richtete den Blick dann wieder auf Annabel. »Dieses Haus hier ist dein Eigentum; es steht dir frei, hier zu befehlen, was du willst. Aber auf der Ranch bin ich derjenige, der die Befehle gibt. Du wirst Männer haben, die dich begleiten werden, und das ist mein letztes Wort in dieser Angelegenheit.«

Annabel seufzte. »Na schön«, sagte sie, aber hinter diesem Zugeständnis verbarg sich eine kleine, heiße Freude, die sie nicht einmal sich selber eingestanden hätte. »Dann sehen wir uns zu Hause.«

Und dann winkte sie dem stirnrunzelnden Nicholas, wandte sich ab und ging schnellen Schritts zum Haus zurück. Olivia, sah sie, beobachtete sie lächelnd.

Zwei Stunden später, mit einem Wagen voller Truhen und Koffer, machte Annabel sich auf den Weg zur Ranch, mit Hilditch, der auf dem Kutschbock saß, und zwei bewaffneten Cowboys, die auf ihren Pferden neben dem Wagen herritten.

Es war wie eine Niederlage, mit dem größten Teil ihres Hab und Guts zurückzukehren, aber das kümmerte sie nicht. Sie sagte sich, daß Nicholas wichtiger als ihr Stolz war und ihr schier unerschöpfliches Bedürfnis, Gabriel zu beweisen, daß sie auch allein zurechtkam.

Und genau das hatte sie getan. Gabriel war in finanzieller Hinsicht stets sehr großzügig gewesen, aber sie hätte ihrem Mann jeden Cent, den er ihr je gegeben hatte, mit Zinsen zurückzahlen und trotzdem auch weiterhin ein sehr bequemes Leben führen können.

Als sie die Ranch erreichte, schaute Annabel sich sogleich nach ihrem Sohn um und stellte fest, daß er sich in sein Zimmer zurückgezogen hatte. Er schlief tief und fest und wirkte sehr jung und sehr verwundbar.

Leise verließ Annabel das Zimmer und zog vorsichtig die Tür hinter sich zu.

Gabriel war irgendwo in der Nähe; sie wußte nicht genau, wo, aber das war auch nicht wichtig. Für eine Zeitlang würden sie sich alle unter einem Dach aufhalten. Das wollte sie genießen, solange es dauerte, und es wie einen Schild gegen die finsteren Mächte nutzen, die sie vielleicht zerstören oder sie zumindest trennen würden.

Unten in der Küche, die leer und einsam ohne Charlie war, schürte Annabel das Feuer im Herd und begann Wasser in Kessel und Töpfe zu pumpen. Wasserdampf stieg in Schwaden auf, als Gabe eine Dreiviertelstunde später hereinkam und in dem Nebel mit der Badewanne zusammenstieß.

»Du wirst doch nicht am hellichten Tag ein Bad nehmen wollen«, sagte er. Durch den Wasserdampf konnte Annabel sehen, daß er noch immer dieselben Kleider trug, die er angehabt hatte, als sie ihn aus dem Schacht der Silbermine hatte rufen lassen.

»Nein«, erwiderte sie kurz und schüttete den ersten Kessel Wasser in die Wanne. »Du wirst baden. Du siehst aus, als hättest du nach Kohle statt nach Silber gegraben, und im übrigen bist du vollkommen erledigt und kannst ein bißchen Fürsorge gebrauchen. Also zieh dich aus.«

Gabriel war sehr verblüfft; gewöhnlich war er derjenige, der Befehle gab, anstatt sie zu befolgen. »Ich habe noch zu tun«, sagte er, aber es klang nicht sehr überzeugend.

»Unsinn«, erwiderte Annabel, während sie einen weiteren Kessel in die Wanne ausleerte und eine neue Dampfwolke aufsteigen ließ. »Für einen Nachmittag wird die Ranch wohl ohne dich auskommen, und es ist ja nicht so, als müßtest du dich zu Tode schuften, um deinen Lebensunterhalt zu verdienen. Also zier dich nicht und zieh dich aus, bevor das Wasser kalt wird.«

Er ließ sich auf die Bank am Tisch fallen und streifte seine Stiefel und sein schwarzes Hemd ab. Er wirkte noch immer ein bißchen mißtrauisch, als ob er einen Hinterhalt erwartete.

Nach einem besorgten Blick zu den Türen und dem Fenster über der Spüle zog Gabriel auch seine Unterwäsche aus und tauchte einen Fuß ins Wasser.

Erschrocken schrie er auf und zog den Fuß zurück, und als Annabel ihn so vor sich sah, splitternackt und schmutzbedeckt, beschloß sie, ihn zu verführen. Und wenn er noch so wütend dreinschaute.

»Verdammt, Frau, willst du mir die Haut versengen?«

Lachend schüttelte sie den Kopf »Nein, Gabriel«, antwortete sie. »Ich möchte dich nur für das Bett einer Dame herrichten.«

Darauf errötete er unter all dem Schmutz und wartete, bis Annabel einen Eimer mit kaltem Wasser gefüllt und ihn die Wanne ausgegossen hatte.

»Wir können nicht am hellichten Tag zusammen schlafen«, sagte er mit einem auffallenden Mangel an Überzeugung, als er erneut das Wasser testete und es diesmal akzeptabel fand.

»Und das aus dem Munde eines Mannes, der mich erst vergangene Woche im Stehen an der Wand genommen hat?« scherzte Annabel und beobachtete vergnügt, wie erregt er wurde. »Setz dich, Gabriel – ich würde eine Leiter brauchen, um dich zu waschen, wenn du stehst.«

Gabriel ließ sich in das Wasser sinken und stieß einen lustvollen Seufzer aus. »Was soll das eigentlich, Annabel?« fragte er jedoch gleich darauf mit neu erwachtem Mißtrauen.

Annabel kniete sich neben die Wanne und nahm einen Waschlappen und ein Stück Seife in die Hand. »Muß alles immer irgendeinen Zweck erfüllen?« entgegnete sie. »Ich habe Lust, dich ein bißchen zu verwöhnen – vielleicht liegt das daran, daß ich schwanger bin.«

»Wenn das so ist«, sagte Gabriel mit einem weiteren Seufzer und schloß in unverhohlener Verzückung seine Augen, als Annabel seine Brust einseifte und sie wusch, »dann sollte ich wohl besser dafür sorgen, daß du von jetzt an immer schwanger bist.«

Sie lachte leise und setzte ihre sanften, aber dennoch aufreizenden Bemühungen fort, spülte die Seife von seinem Oberkörper und strich mit der Zungenspitze über seine flachen, braunen Brustwarzen. Gabriel stöhnte auf.

Er war so erregt, daß er sie am liebsten gleich genommen hätte, hier auf dem Küchenboden und zwischen all den Wasserpfützen, doch sie stand auf, um einen Kessel heißes Wasser zu holen, das sie aufgehoben hatte, um sein Haar zu waschen.

»Du bist eine Hexe«, sagte er. Seine Augen glitzerten verlangend, als er sie beobachtete, und als sie sein Haar gewaschen hatte und es wieder sauber war, umfaßte er ihre Taille, öffnete das Mieder ihres Kleids und entblößte ihre vollen Brüste unter dem dünnen Stoff des Hemdchens.

Hungrig nahm er ihre Brustspitzen zwischen seine Lippen, eine nach der anderen, und sie streichelte sein Haar, während er sie liebkoste, und legte in sinnlicher Kapitulation den Kopf zurück.

Er küßte sie mit verzehrender Leidenschaft und erlaubte ihr nicht, das Kleid zu schließen.

Jeder einzelne Nerv in ihrem Körper schien zu pochen und zu pulsieren, all ihre Hemmungen und Bedenken hatten sich verflüchtigt.

»Geh ins Schlafzimmer, Annabel«, wisperte Gabriel zwischen leidenschaftlichen Küssen. »Aber zieh dich nicht aus. Das möchte ich tun.«

Irgendwie gelang es ihr, sich aufzurichten, obwohl sie am ganzen Körper zitterte. Vielleicht hatte Gabriel ihr auch geholfen; sie erinnerte sich nicht mehr. »Gabriel …«, sagte sie flehentlich.

»Geh«, wiederholte er in schroffem Tonfall.

Halb lief, halb stolperte sie die Hintertreppe hinauf, und sie stand vor ihrer Harfe, die so lange stumm geblieben war, als Gabriel endlich zu ihr kam, mit nichts anderem am Körper als einem Handtuch um die Taille. Sein nackter Körper glitzerte noch von Wassertropfen, und sein Haar war glatt zurückgekämmt.

Er zog die Tür zu und verriegelte sie. Seine Augen brannten, als er Annabel betrachtete.

»Deine Schuhe«, sagte er, ohne sich ihr zu nähern. »Zieh sie aus.«

Annabel bückte sich und streifte mit hastigen, ungeschickten Bewegungen ihre Schuhe ab.

»Die Strümpfe.«

Zitternd stellte sie einen Fuß auf einen Sessel, zog ihre Röcke hoch und löste ihre Strumpfbänder, eins nach dem anderen, bevor sie, ohne den Blick von Gabriel abzuwenden, langsam ihre Strümpfe hinunterrollte.

Eins nach dem anderen legte sie ihre Kleidungsstücke ab, auf sein Kommando und im Rhythmus, den er vorgab, bis sie nackt war.

Gabriel kam zu ihr hinüber – bis dahin hatte er sich nicht vom Fleck gerührt –, schob seine Finger unter Annabels langes Haar und bog sanft ihren Kopf zurück, um sie zu küssen. Sie war Eva – vor dem Sündenfall und vor dem Feigenblatt – und während Gabriel sie leidenschaftlich küßte, ließ er seine freie Hand entnervend langsam ihren Bauch hinuntergleiten, zwischen ihre Schenkel und zu dem seidenweichen Haar, das seine Finger zärtlich teilten.

Annabels Aufschrei wurde von seinem Mund erstickt.

Seine Liebkosungen waren Lohn und Strafe gleichzeitig; er brachte Annabel dazu, sich wimmernd und stöhnend in seinen Armen aufzubäumen, während er sie mit der gleichen exquisiten Geschicklichkeit erregte, mit der sie früher die Saiten ihrer Harfe bewegt hatte, die jetzt leise in der Brise summte, dir durch das Fenster hereinkam. Wieder und wieder brachte er Annabel bis kurz vor den Höhepunkt, erlaubte ihr aber nicht, den Gipfel zu erklimmen, bis sie schließlich so schwach war, daß sie nicht mehr stehen konnte.

Er trug sie zum Bett, legte sie hin und streckte sich an ihrer Seite aus.

»Ich werde dich dazu bringen, heulen zu wollen wie eine Wölfin«, versprach er, bevor er ihre Lippen küßte. Dann hob er den Kopf, um ihr noch einmal lächelnd in die Augen zu schauen. »Aber du wirst natürlich still sein, nicht? Wie eine Dame?«

Annabel wimmerte nur leise. Nicholas' Zimmer war am anderen Ende des langen Gangs, und die Wände, die aus massiven Holzbalken bestanden, waren dick. Aber wenn sie sich jetzt schon sehr beherrschen mußte, um nicht aufzuschreien vor Verlangen, obwohl das Ritual noch kaum begonnen hatte, würde sie dann nicht die Kontrolle über sich verlieren, wenn der kritische Moment gekommen war und ihre Sehnsüchte gestillt würden?

Gabriel begann sich wieder mit einer ihrer Brustspitzen zu beschäftigen und reizte sie auf eine Art und Weise, die Annabel vollkommen aus der Fassung brachte. Sie war von Kopf bis Fuß mit Schweiß bedeckt; ihr Haar klebte in ihrem Nacken, an ihrer Stirn und ihren Wangen, und sie wand und krümmte sich verlangend.

»Wirst du dich wie eine Dame aufführen«, fragte Gabriel, »oder wirst du wie eine Wölfin heulen?«

»Verdammt«, keuchte Annabel, und irgendwo in dieser wundervollen Verzweiflung, die er in ihr weckte, fand sie die Kraft, sich ihm zu entziehen und langsam an ihm hinabzugleiten, über seinen flachen, harten Bauch und seine muskulösen Schenkel. »Verdammt«, sagte sie noch einmal, bevor sie ihn mit ihrem Mund eroberte und ein triumphierendes kleines Lachen ausstieß, als er sich ihr aufstöhnend ergab.

Danach wurde ihr Liebesspiel zu einem zärtlichen Kampf, einem Test, bei dem es festzustellen galt, wer den anderen zuerst in den Wahnsinn treiben konnte. Es war wie ein außer Kontrolle geratener Sturm, der sich in diesem Raum austobte, und der Sieg so überwältigend und machtvoll wie ein Naturereignis. Bei einer solchen Vereinigung mußten Zeus oder Apollo gezeugt worden sein – oder jemand wie Nicholas McKeige.

Als Annabel wieder in ihren erschöpften und noch immer bebenden Körper zurückkehrte, nahm sie überrascht und vielleicht sogar etwas beschämt zur Kenntnis, daß sie mit dem Gesicht zur Wand stand – oder vielmehr von Gabriel gehalten wurde, der hinter ihr stand und ihre Beine um seine Taille schlang. Seine großen Hände umfaßten ihre Brüste, seine Lippen strichen liebevoll über ihre Wirbelsäule. Er war noch immer tief in ihr und begann sich erst ganz langsam zu entspannen, was bedeutete, daß seine männliche Erregung jeden Augenblick von neuem erwachen und er sie wieder nehmen konnte, bevor sie auch nur neuen Atem fand.

»Wie ist denn das passiert?« fragte Annabel mit einem leisen Seufzer.

Gabriel strich mit der Zungenspitze über ihre Schulterblätter. »Nun ja, auf die übliche Art und Weise, denke ich«, erwiderte er nach einer Weile. Und da spürte sie, wie er sich wieder in ihr regte, und es war fast ein bißchen demütigend, daß dies buchstäblich alles war, was er zu tun brauchte, um sie zu erregen.

»Verdammt«, rief Annabel, während ihre Finger sich an den groben Holzbalken der Wand festklammerten, »das habe ich nicht gemeint.«

Er strich ihr Haar beiseite, küßte ihren Nacken und biß sie sanft hinein. Ein heftiges Erschauern durchzuckte ihren Körper.

»Was«, fragte er, »hast du denn gemeint?«

Sie stöhnte auf, als Gabriel ihre empfindsamen Brustspitzen streichelte und sich gleichzeitig langsam und rhythmisch in ihr zu bewegen begann. »O Gott ...«

»Ich glaube nicht, daß dies der richtige Moment für theologische Gespräche ist«, scherzte Gabriel.

Annabel stieß einen Schrei aus, der ihre ganze Frustration verriet. »Sollten wir nicht ... Können wir uns nicht auf einem Bett lieben wie andere Leute auch – und ab und zu mal ausruhen?«

Gabriel lachte und begann sich heftiger und schneller zu bewegen. »Ich weiß nicht«, keuchte er. »Ich habe das noch nie mit irgend jemand anderem als dir getan ... Großer Gott, Annabel, wenn du dich so bewegst ...«

Aber Annabel konnte nicht mehr antworten, denn ihr zweiter Höhepunkt kam schnell und heftig, und sie verlor sich in ihren machtvollen Gefühlen und kannte keine andere Sprache mehr als die der rückhaltlosen Hingabe.

Annabel schlief fest, als Gabriel sich vom Bett erhob, nach frischen Kleidern suchte und sie leise anzog. Er hatte keine Ahnung, wie spät es war; das Haus war still und dunkel, und draußen schienen schon die Sterne, aber er vermutete, daß es noch nicht sehr spät sein konnte. Immerhin war es noch heller Tag gewesen, als Annabel ihn in die Badewanne gelockt hatte …

Er grinste bei der Erinnerung daran und hob seine Stiefel auf. Annabels Harfe stand im Sternenschein, und ein einzelner Strumpf hing zwischen ihren Saiten. Ihre restliche Unterwäsche und ihr Kleid lagen überall im Zimmer verstreut.

Gabe zog leise die Tür hinter sich zu, als er hinausging; Annabel brauchte ihre Ruhe.

Die Stufen knarrten, als er über die Hintertreppe hinunterging und sich am Fuß der Treppe hinsetzte, um seine Stiefel anzuziehen. Als das geschehen war, zündete er eine Lampe an und schaute sich in der Küche um, in der es aussah wie auf einem Schiffswrack.

Vorsichtig, um keinen Lärm zu machen, räumte Gabe die Kessel fort, trug die Wanne in den Hof hinaus und leerte sie dort aus. Dann ging er wieder hinein, um den Boden aufzuwischen und das fast erloschene Feuer im Herd zu schüren.

Er war hungrig, und es war anzunehmen, daß es eine lange Nacht wurde, gefolgt von einem noch längeren Tag sogar.

Innerhalb weniger Minuten hatte Gabe Kaffee aufgebrüht und eine Dose Bohnen aus der Speisekammer aufgewärmt.

Als er gegessen hatte, legte er seinen Waffengurt an und ging ins Arbeitszimmer, um sein bevorzugtes Gewehr zu holen. Er hatte eigentlich vorgehabt, eine Nachricht für Annabel zu hinterlassen, doch dieser Gedanke war vergessen, als er über die Schwelle trat und sah, daß eine Lampe brannte und Nicholas, voll angekleidet, hinter seinem Schreibtisch saß.

Der 45er lag vor ihm und glänzte noch vom Öl, mit dem Nicholas ihn eben erst gereinigt hatte.

»Ein bißchen spät, um auszugehen«, bemerkte er und wischte sich die Finger an demselben Tuch ab, mit dem er den Colt gereinigt hatte. Er besaß die Waffe seit seinem fünfzehnten Geburtstag und kannte sich bestens damit aus, konnte sie sogar im Dunkeln auseinandernehmen und wieder zusammensetzen. Dafür hatte Gabe gesorgt. Persönlich.

»Findest du?« fragte Gabe, während er das Gewehr, die Lederscheide und eine Schachtel Patronen aus dem Schrank nahm.

»Du willst Charlie suchen«, sagte Nicholas ruhig.

»Wäre es dir lieber, wenn ich es nicht täte?« fragte Gabriel und setzte sich, um das Gewehr zu laden.

Nicholas schüttelte den Kopf »Nein. Er ist schon viel zu lange fort, und irgend etwas stimmt da nicht. Ich möchte dich bloß begleiten.« Er konnte sehr geduldig sein – und ausgesprochen höflich – wenn es seinen Zwecken diente.

»Da hast du leider Pech gehabt«, antwortete Gabriel. »Du würdest aus dem Sattel fallen, falls es dir überhaupt gelänge, dich hineinzusetzen, und deine Mutter würde mir das Fell über die Ohren ziehen, wenn ich es dich versuchen ließe.«

»Du weißt nicht, wo du suchen mußt. Ich schon. Ich bin schon tausendmal mit Charlie dort oben in den Bergen gewesen.«

»Ich auch. Ich schätze, du wirst mir wohl nicht sagen wollen, wo ich ihn finden kann?«

Nicholas grinste. »Nein«, antwortete er. »Und falls du ohne mich aufbrichst, mache ich mich allein auf den Weg. Es wird niemand hier sein, um mich davon abzuhalten.«

»Ich glaube, du unterschätzt deine Mutter.«

»Vielleicht. Aber ich habe vorhin, bevor ich herunterkam, nach ihr gesehen – als du die Küche aufräumtest – und bin mir ziemlich sicher, daß sie nicht vor morgen nachmittag erwachen wird.«

Gabe spürte, wie ihm eine heiße Röte in den Nacken stieg, und wartete einen Moment, bevor er antwortete. »Du bist mir nicht gewachsen, Junge – an einem guten Tag nicht und schon gar nicht mit all diesen Bandagen um deinen Bauch. Ich hätte keine Schwierigkeiten, dich hier festzuhalten, wenn ich es wollte.«

»Du kannst es gern versuchen, Pa.« Nicholas' Ton war höflich und zuvorkommend. »Und wahrscheinlich würde es dir sogar gelingen. Es erscheint mir aber wie eine Menge sinnloser Ärger, da du doch wissen mußt, daß ich mir auf jeden Fall ein Pferd nehmen und Charlie suchen werde. Wärst du da nicht lieber bei mir, um mich im Auge zu behalten?«

Gabriel lachte rauh. »Verdammt. Du bist genau wie deine Mutter, wenn sie sich etwas in den Kopf gesetzt hat.«

Nicholas stützte die Ellbogen auf den Schreibtisch und das Kinn auf seine Hände und betrachtete Gabe belustigt. »Ja, ich bin wie Annabel«, räumte er lächelnd ein. »Zumindest in den wenigen Dingen, in denen ich nicht auf dich komme.«

Gabe schaute zu, wie sein Sohn aufstand, den

frisch gereinigten 45er in seinen Halfter schob und um den Schreibtisch herumkam. »Wer soll sie beschützen, wenn wir beide fort sind?«

Die List versagte; Nicholas zog nur eine Augenbraue hoch und schüttelte den Kopf, als ob er sagen wolle: *Was für ein kläglicher Versuch.* Beide wußten, daß Annabel Troja gegen die Griechen hätte verteidigen können, und das vermutlich ohne fremde Hilfe, aber keiner von beiden wollte das Risiko eingehen, die Theorie zu testen. Und so wurden schließlich der Vorarbeiter und mehrere von Gabes vertrauenswürdigsten Cowboys damit beauftragt, das Haus von allen Seiten zu beobachten.

Zum ersten Mal in seinem Leben hatte Gabe sich dem Druck gebeugt, wenn auch ganz und gar nicht freiwillig. »Also gut«, knurrte er ergeben, während er das Gewehr in das Futteral steckte und sich zur Tür wandte. »Aber du mußt dich meinem Tempo anpassen. Ich denke nicht daran, mich alle fünf Minuten nach dir umzudrehen, um zu sehen, ob du kommst.«

Nicholas nickte zustimmend, und tatsächlich gab er sich die größte Mühe, mit seinem Vater Schritt zu halten, als sie zur Scheune hinübergingen. Das stimmte Gabe ein bißchen nachgiebiger, und er sattelte einen temperamentvollen Fuchs, den er Nicholas irgendwann einmal hatte schenken wollen. Er hatte im Laufe der Jahre selbst einige Pferde verloren und wußte, wie sehr das schmerzte.

Stur wie der sprichwörtliche Ochse, griff der Junge mit beiden Händen nach dem Sattelhorn und zog sich mühsam auf das Pferd. Er war blaß vor Schmerz und schweißüberströmt allein von dieser kleinen Anstrengung, und Gabe mußte sich sehr zusammennehmen, um sich nicht anmerken zu lassen, daß er es bemerkt hatte.

Der Vorarbeiter, der gehört hatte, daß sie die Pferde sattelten, kam aus der Arbeiterbaracke, und Gabe befahl ihm, unter allen Umständen für Mrs. McKeiges Sicherheit zu sorgen. Als er und Nicholas wieder allein waren, schwang er sich in den Sattel.

»Und jetzt sag mir, wo wir diesen verrückten Indianer finden.«

Nicholas deutete mit dem Kopf nach Osten, wo sich die Berge vor dem Nachthimmel erhoben, und sie machten sich in einem langsamen, aber stetigen Trab in diese Richtung auf. »Charlie wird eine Spur für uns hinterlassen haben«, sagte Nicholas mit ruhiger Überzeugung. »Vorausgesetzt natürlich, daß er gefunden werden will.«

Als Annabel erwachte, stand die Sonne schon hoch und heiß am Himmel, und Gabriels Seite des Betts war leer. Er war vermutlich schon vor Stunden aufgestanden, um seiner Arbeit nachzugehen, aber Annabel sah keinen Grund, sich zu beeilen.

Sie blieb still liegen, bis die unvermeidliche Übelkeit verflogen war, und als sie sich endlich wieder besser fühlte, stand sie auf, goß Wasser in die Waschschüssel und wusch sich gründlich.

Dann zog sie ein leichtes Kleid und nur einen einzigen Unterrock an, weil es so heiß war, und errötete ein wenig, als sie die Kleidungsstücke aufhob, die sie am Abend zuvor verstreut hatte. Dann betrachtete sie nachdenklich die Harfe.

Früher war sie eine gute Harfenspielerin gewesen; sie hatte es sich mit sehr viel Übung selbst beigebracht. Später am Tag vielleicht, wenn sie nach Nicholas gesehen, die Hühner gefüttert und sich in der Speisekammer umgesehen hatte, würde sie sich an die Harfe setzen und versuchen, sich einige der Melodien, die sie früher so oft gespielt hatte, in Erinnerung zu rufen.

Als sie Nicholas' Tür erreichte, blieb sie stehen und klopfte leise.

Keine Antwort.

Annabel klopfte noch einmal, runzelte die Stirn, als wieder keine Antwort kam, und öffnete die Tür.

Nicholas war nicht im Zimmer, und sein Bett war ungemacht. Es war auch unerträglich schwül im Zimmer, und deshalb öffnete Annabel sämtliche Fenster und zog die Laken ab. Wahrscheinlich hatte er Hunger, dachte sie, und wartete unten darauf, daß sie das Frühstück für ihn zubereitete. Das war es. In der Küche würde sie ihn finden.

Entsetzt verhielt sie ihren Schritt. Um Himmels willen, die Küche! Jeder, der die Wanne sah, die Wasserpfützen auf dem Boden, die herumstehenden Kessel, konnte gar nicht anders, als daraus zu schließen …

Aber auch die Küche war leer, und sämtliche Spuren von Gabriels Badefreuden waren beseitigt.

»Nicholas?« rief Annabel, nachdem sie die Bettlaken auf die Veranda neben den Waschtisch gelegt hatte.

Er war nirgendwo zu finden, und Gabriel auch nicht. Sie wollte gerade in der Scheune nachsehen, als Jeffrey plötzlich um die Ecke kam, gefolgt von ihren Hunden, die ihre alte Abneigung gegen ihn vergessen zu haben schienen.

»Du siehst schon etwas besser aus heute morgen«,

bemerkte Jeffrey, »obwohl ich leider sagen muß, daß du immer noch nicht ganz die alte bist.«

Annabel lächelte. »Ich muß dich um Entschuldigung bitten, Jeffrey«, sagte sie. »Ich war sehr grob zu dir gestern.«

Jeffrey tippte sich an die Krempe seines Huts und machte eine angedeutete Verbeugung. »Schon vergessen, Ma'am.«

Annabel lachte, und die Hunde, die sich darüber freuten, kamen zu ihr gelaufen und schnüffelten an ihren Händen. Sie streichelte sie beide und kraulte sie hinter den langen Ohren.

»Hast du Nicholas heute morgen schon gesehen?« fragte sie, während sie Jeffrey mit einer Geste einlud, ihr ins Haus zu folgen.

»Ist er nicht hier?« fragte Jeffrey zurück und trat ein, dicht gefolgt von ihren Hunden, die natürlich prompt wieder hinausgeschickt wurden. Durch die offene Tür sah Annabel, wie sie sich hechelnd im Schatten eines großen Baumes niederließen.

»Nein.« Sie wusch ihre Hände am Becken und setzte Wasser auf, um frischen Kaffee aufzubrühen. Die Hausarbeit ging ihr ein wenig leichter von der Hand, seit sie allein mit Nicholas in ihrem Haus in der Stadt gelebt hatte, und deshalb hatte sie den ehrgeizigen Plan gefaßt, heute mit der Wäsche zu beginnen.

Jeffrey ließ sich dankend eine Tasse Kaffee geben, und Annabel setzte sich mit ihrer eigenen zu ihm.

Er lächelte. »Verzeihen Sie, Madam«, scherzte er, »aber können Sie mir sagen, wie ich eigentlich in diesen wilden, wilden Westen gekommen bin? Das Letzte, woran ich mich erinnere, ist, daß ich in meinem Londoner Club saß, die Zeitung las und einen Brandy trank.«

»Du warst immer schon ein Abenteurer«, antwortete Annabel. Sie hatte geglaubt, Jeffrey habe sich vor seiner Reise nach Amerika in Australien aufgehalten. »Was hast du als nächstes vor? Es muß dich doch allmählich langweilen, Zäune abzureiten – immerhin machst du das schon eine ganze Woche.«

Jeffrey verzog das Gesicht. »Ich fürchte, dieses Leben ist zu idyllisch für mich. Ich werde bald nach San Francisco weiterreisen.«

»Und wohin von dort aus?«

»Wer weiß? Dann fahre ich vielleicht nach Hongkong oder in irgendein anderes fernes, unbekanntes Land.«

Annabel seufzte. Obwohl sie sehr glücklich war in Amerika, mit Gabriel und Nicholas und dem neuen Kind, auf das sie sich so freute, hatte sie den Traum, Evanwood, ihren Familiensitz, zurückzugewinnen, viel zu lange gehegt, um ihn so einfach aufzugeben. »Du wirst also nicht nach England zurückkehren?«

Ein Ausdruck von Trauer erschien für einen Moment in Jeffreys Augen, den er jedoch rasch verbarg. »In der nächsten Zeit wohl nicht«, sagte er. »Ich hatte vorgehabt, dort mit dir zu leben. Ich ertrage es noch nicht, zurückzukehren – zu viele zerbrochene Träume, über die ich stolpern würde.«

»Es tut mir leid«, sagte Annabel aufrichtig. »Aber du mußt zugeben, daß ich dich nie zu dem Glauben ermutigt habe …«

»Oh, das weiß ich«, gab Jeffrey zu. »Aber ich war trotzdem optimistisch. Mach dir nichts daraus. Das ist so meine Art.« Er hielt einen Moment lang inne. »Und du, meine schöne Annabel? Wirst du dein Haus in England und all deine hübschen Sachen dort verkaufen?«

»Ich weiß es nicht«, erwiderte sie versonnen. Sie konnte sich ihre Gemälde und ihre Teppiche, ihren Schmuck und ihre seidenen Kissen nicht in diesem rustikalen Haus hier im Wilden Westen vorstellen, ganz gleich, wie solide und geräumig es auch sein mochte. »Dinge, die mir früher ungeheuer wichtig waren, kommen mir jetzt wie unnützer Ballast vor. Es sind die Menschen, die wichtig sind, Jeffrey, und nicht ein Stückchen Porzellan und Glas. Warum habe ich nur so lange gebraucht, um das zu begreifen?«

Jeffrey nahm ihre Hand und drückte sie. »Du weißt es jetzt – und hast es wahrscheinlich schon die ganze Zeit gewußt«, sagte er tröstend, um dann ganz plötzlich, wie es so typisch für ihn war, das Thema zu wechseln und ihr von seinen Plänen für seine Reise nach San Francisco zu erzählen.

Annabel versuchte, ihm zuzuhören, aber ihre Gedanken schweiften immer wieder ab. Das Zimmer, das eben noch so voller Licht gewesen war, wurde für eine Sekunde oder zwei ganz dunkel, als die Sonne hinter einer Wolke verschwand, und obwohl es sehr warm an diesem Morgen war, fröstelte es Annabel.

Wo war Nicholas?

17. Kapitel

Gabe verspürte jeden Ruck und jedes Holpern, jedes Stolpern des Pferdes seines Sohnes in seinen eigenen Knochen, als Nicholas mit grimmigem Gesichtsausdruck und ohne sich zu beklagen an seiner Seite ritt.

Die Landschaft wurde felsiger, bewaldeter und

schroffer, als sie immer höher ins Gebirge vordrangen. Obwohl es erst Mitte Juli war, war die Nachtluft hier so kalt wie im Oktober unten in den Tälern. Die Rufe kleiner Tiere und das Wispern des Windes vereinten sich zu einer ganz besonderen Musik, die nie dieselbe Note zweimal anschlug.

Gabe vermutete, daß sie auf dem Weg zu einem ganz bestimmten Lager waren, oder zum ersten in einer ganzen Reihe solcher Lager, zu denen Charlie Nicholas im Laufe der Jahre mitgenommen hatte. Wahrscheinlich sogar recht häufig, denn Nicholas schien sich hier bestens auszukennen.

Das war für Gabriel eine schmerzhafte Erkenntnis; Charlie war seinem Sohn in so mancher Hinsicht ein besserer Vater gewesen als er selbst. Oh, natürlich hatte er, Gabe, dem Jungen das Reiten und Schießen beigebracht, unter anderem, und er glaubte nicht, daß Nicholas je an seiner Zuneigung gezweifelt hatte wie an Annabels, aber Tatsache war, daß Gabe zuviel Zeit damit verbracht hatte, sich mit seinen eigenen Verlusten abzufinden. Er hatte Jessie die mütterliche Seite der Erziehung überlassen, und Charlie die alltägliche.

»Bist du genauso besorgt um ihn wie ich?« fragte Gabe, wenn auch eher, um eine Unterhaltung zu beginnen. Weder er noch Nicholas hatten mehr als das Nötigste gesprochen, seit sie vor ein paar Stunden aufgebrochen waren.

»O ja, natürlich«, antwortete Nicholas, aber er schien sich seiner Sache dennoch sehr, sehr sicher. Zweimal hatte er bereits Zeichen entdeckt, die Charlie hinterlassen hatte – ein Häufchen Steine, einen Schnitt in der Rinde eines Baumes.

Gabe seufzte. »Ich hatte mir nicht viel dabei

gedacht, daß er nicht da war, bis deine Mutter zu mir kam und sagte, du hättest mit dem Colt geübt. Sie war zu dem Schluß gekommen, daß du mit Problemen rechnest, was auch Charlies plötzliche Wanderlust in einem völlig anderen Licht erscheinen ließ.« Er hielt einen Moment inne, bevor er wieder fortfuhr. »Wie viele andere Männer waren noch dabei?« fragte er. »Wie viele gehörten zu Horncastles Bande, meine ich.«

»Horncastle ist nicht der Anführer«, antwortete Nicholas ein wenig widerstrebend. »Er ist der Joker.«

»Das beantwortet meine Frage nicht.«

»Nicht viele. Zwei oder drei, vermute ich.«

»Ich schätze, du wirst mir wohl nicht sagen wollen, wer dahintersteckt?«

Nicholas rückte umständlich seinen Hut zurecht – was für Gabe erfahrungsgemäß ein Zeichen dafür war, daß er das Thema wechseln oder einfach Zeit gewinnen wollte.

»Ich würde es dir sagen«, antwortete er schließlich seufzend, »wenn ich es wüßte.«

»Marshal Swingler scheint zu glauben, er hätte die ganze Bande geschnappt.«

»Da irrt er sich«, entgegnete Nicholas flach, das Gesicht im Schatten seines Huts verborgen. »Er wird es aber schnell begreifen, sobald er diese Zelle voller Schlangen endlich los ist.«

»Was macht dich – und Charlie – so sicher, daß es noch andere gibt?«

»Horncastle. Ich habe ihn fast mein ganzes Leben lang gekannt und weiß, daß er sogar zu tolpatschig und blöde wäre, um einer alten Dame den Kuchen vom Fensterbrett zu stehlen. Und die Männer, die mit ihm reiten, sind auch nicht besser – sie sind nichts weiter als ein Haufen Strauchdiebe und Taugenichtse.«

»Trotz allem habe ich den Eindruck, daß sie nur sehr schwer zu fassen waren.«

Nicholas wandte sich grinsend zu ihm um. »Sie hatten ja mich, der sie beriet«, sagte er. »Ich bin der geborene Verbrecher, Pa, ich will dich nicht belügen – die Planung der Überfälle und selbst ihre Ausführung hat mir großen Spaß gemacht. Es war wie ein Spiel. Das einzige Problem war, daß ich ein Gewissen habe und die Leute nicht gern erschrecke. Das hat mir den Spaß daran verdorben.«

Gabe verlagerte sein Gewicht im Sattel und wünschte, die Sonne möge endlich aufgehen. Und daß sie Charlie finden würden, wohlauf und sicher. »Du mußt doch irgendeine Ahnung haben, wer hinter der ganzen Sache steckt«, beharrte er.

»Manche Leute glauben, du wärst es«, erwiderte Nicholas.

Gabe war zunächst zutiefst verblüfft, dachte dann aber, daß es ihn eigentlich nicht überraschen dürfte. »Welches Motiv könnte ich schon haben? Ich könnte mein Geld mit beiden Händen zum Fenster hinauswerfen, von heute an bis zum Tage meines Todes, und würde trotzdem noch als reicher Mann begraben werden.«

Nicholas grinste, seine weißen Zähne blitzten dabei auf. Es gelang ihm nicht oft, Gabe zu verblüffen, und es war offensichtlich, daß er den Triumph genoß. »Vielleicht bist du mir ähnlicher, als du glaubst, Pa. Vielleicht waren es ja gar nicht die Zahlen in deinen Rechnungsbüchern, die dich dazu trieben, so zu schuften, wie du es getan hast, um zu erlangen, was du heute hast. Vielleicht war es schlicht und einfach die Herausforderung, der Nervenkitzel und das Risiko.« Er zuckte mit den Schultern, und Gabe sah, daß die Bewegung schmerzhaft für ihn war und Nicholas sich nur noch aus purer Willenskraft im Sattel hielt. »Andere Männer haben das Gesetz schon aus viel geringeren Gründen übertreten.«

»Du glaubst doch nicht im Ernst …«

Nicholas lachte; aber es klang alles andere als humorvoll. »Nein. Dein Gewissen würde dir dabei im Wege stehen, genau wie meins mich gestört hat. Ich habe nur Spaß gemacht, Pa.«

Gabe stieß einen unterdrückten Fluch aus.

»Schade, daß Annabel nicht schon früher zurückgekommen ist«, fuhr Nicholas belustigt fort. »Seit sie da ist, scheint bei dir jedenfalls keine Langeweile mehr aufzukommen.«

»Ich hoffe nur, daß diese Bemerkung nicht den nötigen Respekt vermissen läßt, mein Junge«, knurrte Gabe.

»Aber keineswegs«, versicherte Nicholas seinem Vater. »Es war mir völlig ernst. Ich glaube, daß Annabel ein Rätsel für dich ist, genau wie du es für sie bist. Sie läßt dir keine Ruhe, weil du ständig über sie nachdenkst und versuchst, ihren nächsten Schritt zu erraten und ihr zuvorzukommen.«

Gabe lachte. »Das mag schon sein«, gab er zu. Im Augenblick vermißte er Annabel mit jeder Faser seines Seins, trotz ihrer scharfen Zunge, ihrer leichtsinnigen Ideen und verrückten Einfälle. Der östliche Horizont begann sich mit dem ersten Tageslicht zu färben, obwohl noch Stunden vergehen würden, bevor die Sonne aufging, und Gabe wünschte plötzlich, er wäre noch bei Annabel zu Hause und läge neben ihr in seinem Bett.

»Es ist anders bei Olivia und mir«, sagte Nicholas. Für ihn war das ein völlig unverhofftes Eingeständnis; Gabe hatte bisher nicht einmal den Namen einer Frau aus dem Munde seines Sohns gehört, ganz zu schweigen von einem Wort über seine Gefühle zu irgendeiner Frau. »Bei ihr zu sein ist wie in einer kalten Nacht an einem warmen Feuer zu stehen – oder sich vor dem Regen unter ein solides Dach zu flüchten.« Er hielt einen Moment inne, um dann mit einiger Überwindung fortzufahren: »Auch die Leidenschaft ist da. Manchmal denke ich, daß ich den Verstand verliere, wenn ich diese Frau nicht bald haben kann – aber das Warten ist auf seine Weise auch sehr schön.«

Gabe hörte nur schweigend zu, ein Trick, den er in der Vergangenheit schon oft erfolgreich angewandt hatte. Es gefiel ihm nicht, wie Nicholas aussah, aber er wußte auch, daß er ihn nicht davon hätte abhalten können, ihn zu begleiten.

»Ich kann Olivia erst bitten, mich zu heiraten, wenn diese ganze Sache endlich ausgestanden ist«, sagte Nicholas mit einem wehmütigen Blick auf die dicken Verbände, die sich unter seinem Hemd abmalten. »Nicht eher, bis ich ihr ein richtiger Ehemann sein kann.« Er richtete seinen ernsten Blick auf Gabe. »Ich werde ein Haus auf der Ranch bauen, sobald ich entschieden habe, wo es stehen soll.«

Gabe schwieg noch immer und freute sich im stillen, daß sein Sohn endlich erwachsen wurde, obwohl er andererseits auch dem temperamentvollen kleinen Jungen nachtrauerte, der Nicholas einst gewesen war. Er wollte jedoch nichts dazu sagen, bis Nicholas ihm eine direkte Frage stellte; ein weiser Entschluß, da Gabe nicht sicher war, ob er seiner eigenen Stimme trauen konnte.

»Es stört Olivia, daß sie älter ist als ich.«

Keine Frage, keine Antwort. Gabe hütete sich, etwas zu sagen. Anders als Annabel und Jessie sah er den Altersunterschied nicht als Problem an. Außerdem schien seine Theorie sich zu bestätigen: Miss Olivia Drummond hatte einen mäßigenden Einfluß auf Nicholas, und das war in jeder Hinsicht gut.

»Ich persönlich finde, daß das Alter überhaupt nichts damit zu tun hat«, erklärte Nicholas im beschwörenden Tonfall eines Anwalts, der vor den steinernen Mienen der Geschworenen für seinen Fall plädiert. »Selbst wenn es einen Unterschied in ihrem Aussehen machen würde, was nicht der Fall ist, würde es mich nicht kümmern. Wichtig für mich ist nur, welche Gefühle Olivia in mir weckt. Daß sie mich wünschen läßt, ein besserer Mensch zu sein, als ich es bin.«

Gabe lächelte nur und wartete.

»Du magst sie, Pa, nicht wahr?«

»Ja«, sagte Gabe. »Und deine Mutter auch. Obwohl es ihr wahrscheinlich widerstrebt, dich so schnell wieder herzugeben.«

Nicholas biß für einen Moment die Zähne zusammen, doch dann entspannte er sich wieder und hielt den Blick auf den mondbeschienenen Pfad vor ihnen gerichtet. »Das hätte sie sich früher überlegen sollen, meinst du nicht?«

Gabe brach seine eigene Regel und gab Nicholas einen guten Rat. »Schließ Frieden mit deiner Mutter«, sagte er ruhig. »Die Kraft, die es dich kostet, sie zu hassen, würdest du besser darauf verwenden, ein besseres neues Leben zu beginnen.«

Selbst in der Dunkelheit sah Gabe, wie Nicholas errötete. »Ich hasse Mut … Annabel nicht«, erwiderte er grollend. »Es ist viel komplizierter.«

»Ganz und gar nicht«, widersprach Gabe ruhig. »Deine Mutter war nicht hier, als du sie gebraucht hast, und das hat dich furchtbar wütend gemacht. Es wäre besser, wenn du dir das endlich eingestehen würdest, dir selbst und deiner Mutter.«

»Wenn ich beginnen würde, Annabel zu sagen, was ich denke, könnte ich wahrscheinlich nicht mehr aufhören. Und das würde sie zerstören.«

Gabe gab einen leisen Ton von sich, der wie ein Kichern klang. »Du kennst Annabel nicht, wenn du glaubst, daß bloße Worte sie zerstören könnten.« Danach schwieg er und betrachtete Nicholas' trotziges Profil für eine Weile, bevor er fortfuhr. »Es stimmt schon, daß deine Mutter ein paar Tränen vergießen und verletzt sein würde, wenn sie hört, was du zu sagen hast. Aber sie ist stark genug, um das zu ertragen und noch sehr viel mehr, Nicholas, und wenn es die Barrieren zwischen euch einreißt, wird sie unendlich froh darüber sein, ganz gleich, wie sehr sie im ersten Moment auch leiden mag.«

Nicholas wandte sich nun endlich um und schaute seinen Vater an. »War dieser kleine Vortrag für mich bestimmt, Pa«, fragte er, »oder hast du mit dir selbst geredet?«

Gabe unterdrückte einen Seufzer. Er und Annabel hatten sich versöhnt, zumindest körperlich, und wahrscheinlich sogar ein Kind dabei gezeugt. Aber es gab noch immer Dinge, die geklärt, und Einigungen, die zwischen ihnen erzielt werden mußten.

»Du verfügt über einen gesunden Menschenverstand, Nicholas«, erwiderte er schließlich, »und manchmal habe ich Schwierigkeiten, das zu akzeptieren.«

Nicholas streckte die Hand aus und klopfte seinem Vater kameradschaftlich auf die Schulter. »Ich auch«, gab er zu.

Danach ritten sie schweigend weiter, jeder in seine eigenen Gedanken versunken, obwohl sie beide den Willen auf ein gemeinsames Ziel gerichtet hatten: Charlie aufzuspüren.

Annabel fragte sich, ob es ein Anzeichen für eine positive Veränderung ihres Charakters war, daß sie nicht auf der Stelle loszog, um Nicholas zu suchen, oder ob es nicht eher ein Symptom einer neu erworbenen Feigheit war, geboren aus sinnlicher Zufriedenheit und Schwangerschaft.

Nachdem Jeffrey seinen Kaffee getrunken hatte und gegangen war, hängte sie die Laken ihres Sohnes an die Wäscheleine, um sie auszulüften, schaute sich den Inhalt von Charlies Speisekammer an und beauftragte zwei der Cowboys, draußen im Hof ein großes Feuer anzuzünden und Wasser für die Waschzuber zu pumpen. Nachdem sie Seifenpulver und Bleiche gefunden hatte, holte sie die schmutzige Wäsche aus ihrem und aus Nicholas' Zimmer. Die meisten seiner Sachen lagen in einem unordentlichen Haufen auf dem Boden seines Schranks.

Sie vermutete, daß dieser hektische Anfall von Ordnungsliebe bald vergehen würde, da es eine schier unlösbare Aufgabe war, einen so großen Haushalt ohne Dienstboten zu führen, aber Annabel war fest entschlossen, diese Energie zu nutzen, solange sie vorhanden war. Diese normalen alltäglichen Verrichtungen, so simpel sie auch sein mochten, erschienen ihr realer als alles, was sie in den letzten zwölf Jahren ihrer Abwesenheit getan hatte.

Gegen Mittag flatterten frisch gewaschene Hemden und Hosen an der Wäscheleine, Bettwäsche und viele ihrer eigenen Röcke und Blusen. Ihre Unterwäsche – Hemden, Beinkleider und Unterröcke aus feinsten Seiden- und Baumwollstoffen, die die Cowboys, die den ganzen Tag lang ein und aus gingen, nicht zu sehen brauchten, hingen auf einem hölzernen Wäschetrockner im großen Schlafzimmer.

Als sie mit der Wäsche fertig war, erstellte Annabel eine ausführliche Liste aller Vorräte, die benötigt wurden, und bat Mr. Hilditch, ihren Wagen anzuspannen und vorzufahren. Obwohl sie eigentlich erwartet hatte, nach diesem anstrengenden Morgen müde und erschöpft zu sein, war sie auch jetzt noch voller Energie und Tatkraft.

Ein Liedchen summend, zog Annabel sich um, steckte ihr Haar auf und fuhr mit ihrer Einkaufsliste in die Stadt. Gabriels Vorarbeiter und zwei andere Männer bestanden darauf, sie zu begleiten, hielten sich aber in respektvoller Distanz.

Der Anblick des Samhill Saloons, der trostlos und verlassen wirkte, seit Miss Sermon abgereist war, dämpfte Annabels gute Laune ein wenig, und wenn auch nur vorübergehend. Am Sonntag nach dem Gottesdienst würde sie der Gemeinde wie geplant verkünden, daß das Lokal geschlossen war – aber sie wußte, daß die ganze Sache damit noch längst nicht ausgestanden war.

Erstens konnte sie die Saloonmädchen nicht einfach auf die Straße setzen, obwohl die Aussichten, diese Frauen zu einer anderen Art von Arbeit zu bewegen, vermutlich nur gering sehr waren. Sie alle würden Geld für Postkutschen- und Bahnfahrkarten brauchen, ganz zu schweigen von einem kleinen Anfangskapital, um irgendwo – und hoffentlich weit fort – ein neues Leben zu beginnen. Des weiteren mußten die beträchtlichen Whiskeyvorräte irgendwie entsorgt werden, bevor man überhaupt daran denken konnte, mit dem Umbau zu beginnen …

Angesichts der Vorstellung, welch enorme Arbeit es für sie bedeuten würde, ihre Pläne auszuführen und den Saloon in ein anständiges Hotel zu verwandeln, wie es die Stadt so dringend brauchte, begann Annabel die ersten Anzeichen von Ermüdung zu verspüren. Wer würde das Etablissement führen, sobald die Umbauten beendet waren? Es war leicht zu sagen, daß sie selbst es konnte – aber sie war schwanger, und dieses Kind, das schwor sie sich, würde all die Liebe und Aufmerksamkeit erhalten, die Nicholas gefehlt hatte. Und da war auch noch Gabriel, der ihr Herz und ihren Geist beschäftigte, ganz zu schweigen von den körperlichen Freuden, die er ihr schenkte. Sie konnte und würde nicht auf ihn verzichten.

Sie seufzte und wurde jäh aus ihrer Versunkenheit gerissen, als Mr. Hilditch den Wagen recht unsanft vor dem Gemischtwarenladen zum Stehen brachte. Anders als Jeffrey, fand Mr. Hilditch keinen Gefallen an seinen Cowboypflichten, und Annabel zu kutschieren bedeutete daher eine willkommene Ablenkung für ihn.

»Hier sind wir, Mrs. McKeige«, sagte er und sprang vom Bock, um ihr die Hand zu reichen.

Annabel verdrängte alle Gedanken an ihre ehrgeizigen Pläne und betrat den Laden, in dem ihr die verschiedensten Gerüche entgegenschlugen – Leder, Zwiebeln, Staub und Rosenwasser, Papier und Pfeffer. Sie rechnete damit, mit mehr Neugier als Zuvorkommenheit begrüßt zu werden, und war weder enttäuscht noch ärgerlich darüber; man konnte seiner Vergangenheit nie ganz entfliehen, und sie würde stets die Frau sein, die einst fortgegangen war und einen guten Mann und ihren Sohn im Stich gelassen hatte.

Mit der raschen Gründlichkeit, die ebensosehr zu ihrer Natur gehörte wie ihr Temperament und ihre Entschlossenheit, suchte Annabel die Dinge aus, die auf ihrer Einkaufsliste standen: Mehl und andere Grundnahrungsmittel, Hefe und Gewürze, Konserven mit Obst und Gemüse, Seife und ein Kochbuch.

Aus einem Katalog bestellte sie eine Porzellanbadewanne mit bronzenen Wasserhähnen, ein Waschbecken, eine Toilette mit Wasserspülung und sämtliche dazugehörigen Leitungen und Rohre – der erste Einkauf dieser Art in Parables Geschichte, wie der allgemeinen Aufregung der anderen Kunden zu entnehmen war – und freute sich über das Aufsehen, das sie damit erregte. All diese Sachen abzuholen und zu installieren würde natürlich Gabriels Aufgabe sein.

Eine zweite Katalogbestellung erregte mindestens genausoviel Aufsehen: Annabel kaufte eine Waschmaschine, deren Trommel mit einem Pedal betrieben wurde, und ein Gerät, mit dem man Wäsche auswringen konnte.

Olivia stand wartend auf dem Bürgersteig, als Annabel ihre Einkäufe beendete und hinausging, um das Einladen der Kisten und Säcke zu überwachen, die Mr. Hilditch unter den Sitzen und hinter ihnen verstaute.

»Mrs. McKeige?« fragte Olivia.

Lächelnd wandte Annabel sich zu ihr um. »Hallo, Olivia.«

»Wie geht es Nicholas?«

»Keine Ahnung«, erwiderte Annabel. »Er ist verschwunden.«

Olivias dunkle Augen weiteten sich vor Überraschung. Sie mochte zwar schon Anfang Dreißig sein, doch in diesem Augenblick sah sie nicht älter aus als sechzehn und wirkte ungefähr genauso welterfahren. »Verschwunden?«

Annabel seufzte. »Eigentlich hatte ich gehofft, Sie hätten ihn gesehen – ich dachte, er hätte Sie vielleicht bei Jessie besucht.«

Olivia schüttelte den Kopf. Sie trug eine Schute und ein schlichtes Baumwollkleid; immerhin war sie als Lehrerin eingestellt worden, und die Schule würde schon in ein paar Wochen beginnen. »Nein«, erwiderte sie beunruhigt und warf einen besorgten Blick auf das Büro des Marshals mit dem anschließenden Gefängnisbau. »Ich mache mir große Sorgen, Mrs. McKeige. Die Soldaten sind noch immer nicht gekommen, um die Gefangenen abzuholen, und … Nun ja, die Atmosphäre in der Stadt ist ziemlich angespannt.«

»Das habe ich auch bereits gemerkt«, gab Annabel zu und zog Olivia beiseite. »Vielleicht sollte ich Captain Sommervale telegrafieren, um mich nach dem Grund der Verzögerung zu erkundigen.« Das wäre zwar eine Einmischung gewesen und somit eine Angewohnheit, die Annabel sich abzulegen vorgenommen hatte, aber es war offensichtlich, daß irgend jemand etwas unternehmen *mußte*.

»Würden Sie das tun?« fragte Olivia erfreut. »Es

wäre eine solche Erleichterung für uns alle, diese Verbrecher in sicherem Gewahrsam zu wissen.«

Annabel stimmte ihr darin zu, obwohl sie spürte, daß die Ereignisse bereits ins Rollen gekommen waren wie eine riesige Maschine, die alles unter sich begrub und nicht mehr aufzuhalten war. »Warum kommen Sie nicht zu einem Besuch mit mir zur Ranch zurück? Vielleicht ist Nicholas inzwischen wieder da, und dann können Sie sich persönlich davon überzeugen, daß es ihm schon sehr viel besser geht.«

Olivia errötete. Sie hatte sehr lange, dichte Augenwimpern und eine makellose Haut. Annabel fragte sich, warum sie sie je für unscheinbar gehalten hatte.

»Das würde ich sehr gern tun«, sagte Olivia. »Ich muß nur rasch ein halbes Dutzend Eier für Miss McKeige einkaufen, wie ich ihr versprochen habe, und ihr Bescheid geben, wohin ich fahre. Können Sie die Zeit erübrigen?«

Annabel nickte. »Ich telegrafiere in der Zwischenzeit und hole Sie dann bei Jessie ab.«

Olivia nickte eifrig und eilte in den Laden, wo man sie zweifellos über Mrs. Gabriel McKeiges verblüffende Bestellungen informieren würde. Annabel machte sich in der Zwischenzeit auf den Weg zum Telegrafenamt, das zwischen der Bank und dem Gefängnis lag.

Die Nachricht, die sie für Captain Sommervale verfaßte, war kurz und bündig: »Captain. Grüße Sie und Mrs. Sommervale. Erwarten voller Ungeduld die Abholung der Gefangenen. Annabel Latham-McKeige.«

Annabel schrieb die wenigen Zeilen in Blockbuchstaben auf ein gelbes Blatt, bezahlte die Gebühr und wartete, bis die Nachricht durchgegeben war. Annabel wußte, daß die Stadt auf eine Eisenbahnverbindung hoffte, jetzt, wo sie durch Telegrafenmasten mit dem Rest der Welt verbunden war; Parable war ein Ort mit großen Zukunftsplänen.

Und er brauchte ein Hotel.

Annabel lächelte, während sie geduldig auf die Antwort auf ihr Telegramm wartete.

Keine fünfzehn Minuten später kam sie schon: »Mrs. McKeige. Freiwillige sind frühzeitig heute morgen aufgebrochen. Bitte um sofortige Mitteilung, falls sie nicht vor heute abend eingetroffen sind. Freundliche Grüße, J. D. Sommervale.«

Stirnrunzelnd las Annabel das Telegramm gleich zweimal. Fort Duffield war weniger als einen Tagesritt für junge, kräftige Reiter entfernt wie Captain Sommervales Soldaten. Für sie war ›sofort‹ nicht früh genug; sie fragte sich, was die Soldaten aufgehalten haben mochte, und überlegte, ob sie ein zweites Telegramm absenden sollte.

Zum guten Schluß beschloß sie, daß es nicht viel nützen würde, nicht zu diesem Zeitpunkt jedenfalls. Sie faltete das Telegramm des Captains, steckte es in ihre Tasche und verließ das Telegrafenamt.

Als sie und Mr. Hilditch vor Jessies Haus vorfuhren, wartete Jessie schon auf der Veranda. Sie bestand darauf, daß beide zum Lunch blieben, und Annabel, die hungrig war und wußte, daß Jessie kein Nein als Antwort akzeptieren würde, stimmte zu.

Mr. Hilditch aß in der Küche, während Jessie, Annabel und Olivia ihre Mahlzeit im Eßzimmer einnahmen, wo sie eine ungestörte Unterhaltung führen konnten, während sie hauchdünne Sandwiches, Teekuchen und Jessies wunderbare eingemachte Birnen aßen.

Falls Annabels Tatkraft etwas nachgelassen hatte, wurde sie durch das Essen wieder belebt, und sie war in bester Stimmung, als sie und Olivia sich endlich auf den Weg zur Ranch machten, mit Mr. Hilditch summend auf dem Kutschbock und gefolgt von Gabriels Vorarbeiter und den beiden Cowboys, die sie zu ihrem Schutz begleitet hatten. Bis sie zu Hause waren, war Nicholas bestimmt schon wieder von seinem unerwarteten Ausflug zurückgekehrt. Schließlich war er noch viel zu schwach, um weit zu reiten.

Eine Stunde, nachdem es Nacht geworden war, erreichten Gabe und Nicholas den ersten Lagerplatz.

Es war klar, daß weder Charlie noch sonst jemand in letzter Zeit an diesem Ort gewesen war; die rußgeschwärzten Steine, in denen das Lagerfeuer gebrannt hatte, lagen verstreut im Gras, und die Asche und verkohlten Holzreste waren kalt.

Nicholas sah aus, als ob er jeden Augenblick das Bewußtsein verlieren und aus dem Sattel fallen werde. Verdammt, dachte Gabriel reumütig, ich hätte dem Jungen nicht erlauben dürfen, mitzukommen. Annabel wäre vernünftiger gewesen. Und sie würde vor Empörung an die Decke gehen, wenn sie es herausfand …

Gabe drückte Nicholas eine kleine Flasche in die Hand. »Trink, soviel du schlucken kannst«, befahl er.

Nicholas schraubte die Flasche auf, hob sie an die Lippen und legte den Kopf zurück. Er schluckte mehrmals und rülpste anerkennend, als er die Flasche wieder zuschraubte und sie Gabe zurückgab.

»Das war es beinahe wert, angeschossen zu werden«, sagte er.

»Wie weit ist es bis zum zweiten Lager?« fragte Gabe, während er die Flasche in die Innentasche seines Rocks steckte.

»Noch etwa fünf Meilen oder so«, antwortete Nicholas, nachdem er sich mit der Hand über den Mund gefahren war. Mit dem Kopf deutete er auf die Tasche, in der Gabriel den Whiskey untergebracht hatte. »War das das Frühstück?«

»Wenn du ihn bei dir behältst, dann nicht«, erwiderte Gabe. »Aber wenn du es nicht schaffst, wäre es ziemlich sinnlos, dir noch irgend etwas anderes zu geben, nicht?«

Nicholas lachte, aber es war ein solch scharfer, schriller Ton, daß er Gabriel in den Ohren schmerzte. »Annabel wird dir dafür das Fell über die Ohren ziehen«, sagte er und schien die Vorstellung ganz offensichtlich zu genießen. »Zuerst schleppst du ihren kleinen Jungen mit in die Wildnis, um einen Indianer zu suchen, der vermutlich überhaupt nicht gefunden werden will, und dann gibst du ihm noch Schnaps zum Frühstück.«

Gabe fand das gar nicht lustig, einerseits, weil Nicholas ganz recht hatte – Annabel *würde* ihn dafür zur Rechenschaft ziehen –, und andererseits, weil der Junge wie ein Bild des Todes aussah.

»Ich könnte es ihr nicht verdenken, wenn sie mich dafür erschießen würde«, entgegnete er düster. »Ich würde es an ihrer Stelle auch tun.« Er streckte die Hand aus und nahm Nicholas die Zügel ab. »Wir kehren um. Wir reiten sofort heim.«

Nicholas fluchte, aber als er versuchte, die Zügel wieder zu ergreifen, schwankte er, und nur Gabes schnellem Zugriff hatte er zu verdanken, daß er nicht kopfüber aus dem Sattel stürzte.

»Ich glaube, ich könnte noch ein bißchen mehr von diesem Whiskey vertragen«, murmelte Nicholas mit belegter Stimme. Dann wandte er den Kopf ab und erbrach sich in das Gras.

Danach zitterte er so heftig, daß Gabe die Hände seines Sohnes am Sattelhorn festbinden mußte, damit er nicht vom Pferd stürzte. In quälend langsamem Tempo ritten sie zum ersten Lagerplatz zurück, wobei Nicholas immer wieder für kurze Zeit bewußtlos wurde und Gabe sich im stillen dafür verfluchte, den Jungen mitgebracht zu haben. Wenn er das überlebt, dachte er, dann bestimmt nicht, weil sein Vater nicht sein Bestes getan hätte, um ihn umzubringen.

Nicholas' Hemd war naß von Blut und Schweiß, als Gabe ihn schließlich vom Pferd hob und ihn in den kühlen Schatten einer Baumwollpappel legte.

Nicholas bäumte sich auf und lachte wie ein Wahnsinniger, um gleich darauf in Tränen auszubrechen und so bitterlich zu schluchzen, daß es nicht einmal das Herz eines Henkers kaltgelassen hätte. Gabriels Gesicht war naß von Tränen, als er einen Schlafsack für seinen Sohn ausrollte und ein Feuer anzündete, in der Hoffnung, ihn damit warm zu halten. Und Charlie auf sie aufmerksam zu machen, falls er irgendwo in der Nähe war.

Charlie, mit seiner ruhigen Besonnenheit und seinem Wissen über die althergebrachten Heilmethoden der Indianer, würde Nicholas helfen können.

Gabe fand eine Quelle und füllte seine Feldflasche mit klarem, frischem Wasser, mit dem er sein Halstuch befeuchtete, um es seinem fiebernden Sohn auf die Stirn zu legen. Zumindest hatte die Blutung aufgehört, aber als Gabe die Verbände abnahm, war er entsetzt über den Anblick, den die Wunde bot – sie war dick angeschwollen und sonderte eine übelriechende gelbe Flüssigkeit ab. Er war kein Arzt, aber er wußte, daß er eine Infektion vor sich hatte, die tödlich enden konnte.

Er benutzte jeden trockenen Zweig und Ast, den er finden konnte, um das Feuer zu vergrößern, und betete stumm, während er wartete. Das Bild eines Grabsteins mit Nicholas' Namen darauf, der gleich neben dem Susannahs lag, drängte sich immer wieder vor sein inneres Auge, und immer wieder zwang er sich, diese Vorstellung aus seinem Bewußtsein zu verbannen.

Es war später Nachmittag, als Charlie endlich auftauchte und mit einem abgezogenen Kaninchen in der Hand ins Lager kam. Zum ersten Mal in seinem Leben verlor der Indianer die Beherrschung über sich.

»Nicholas!« schrie er, als er den Jungen bewußtlos dort am Feuer liegen sah, und ließ das Kaninchen achtlos in den Staub fallen, um sich neben Nicholas niederzuknien. Nachdem er die häßliche Wunde unter seinem Hemd gesehen hatte, drehte er sich wütend und empört zu Gabriel um. »Was hast du dir dabei gedacht, ihn in diesem Zustand hierherzubringen?«

Gabe war zu müde, um irgend etwas zu erklären. »Das tut jetzt nichts zur Sache. Ich habe den halben Wald verbrannt, um dich auf uns aufmerksam zu machen, also tu gefälligst etwas!«

Charlie schien im ersten Moment ratlos, doch dann kehrte seine übliche Besonnenheit zurück. »Hast du Whiskey bei dir?« fragte er.

Gabe zog den Flachmann aus der Tasche, der nach Nicholas' durstigen Zügen an diesem Morgen nur noch halb gefüllt war.

Unverständliche Worte vor sich hin murmelnd, schraubte Charlie den Deckel ab, warf ihn beiseite und leerte die Flasche über Nicholas' offener Wunde aus. Nicholas gab einen schrillen Schrei von sich, als der Alkohol sein wundes Fleisch berührte – er mußte brennen wie Feuer, obwohl er nur halb bei Bewußtsein war –, und bäumte sich auf, um den unerträglichen Schmerzen zu entgehen.

»Jesus«, hauchte Gabe und strich sich mit der Hand über das Gesicht.

»Wenn du schon betest«, knurrte Charlie, während er Nicholas' Lider hob und ihm prüfend in die Augen schaute, »kannst du deinen großen Geist auch gleich bitten, die Banditen, denen ich auf der Spur war, von uns fernzuhalten. Wenn ich dein Feuer gesehen habe, müssen sie es auch gesehen haben. Es sind sechs, und sie sind schwerbewaffnet und tragen Kavallerieuniformen.«

»Was?«

Charlies ganze Aufmerksamkeit galt Nicholas. »Mach das Kaninchen sauber und steck es auf einen Zweig über das Feuer. Ich hole derweil Decken und Medizin.«

»Woher?« fragte Gabe, der in seiner Angst und Wut, daß Nicholas sterben könne, keinen klaren Gedanken fassen konnte. Wenn Nicholas starb, war es ausschließlich seine Schuld.

»Das ist unwichtig«, erwiderte Charlie. »Ich habe keine Zeit, deine dummen Fragen zu beantworten.« Er packte Nicholas unter den Armen und schleifte ihn noch näher an das Feuer.

»Der Whiskey hilft vielleicht ein bißchen, aber er allein genügt nicht. Ich hätte es besser wissen müssen, als ihn diesem weißen Quacksalber zu überlassen.«

Nachdem Charlie sich überzeugt hatte, daß Gabriel seine Anweisungen befolgt hatte und das Kaninchen bereits über der Glut garte, verschwand er nach einem letzten Blick auf Nicholas in dem dichten Wald, der sie umgab. Er verließ das Lager auf die gleiche Art, wie er gekommen war – zu Fuß.

Der Indianer war vielleicht eine halbe Stunde fort, als Nicholas die Augen öffnete, Gabe ansah, ohne ihn zu erkennen, und dann wieder ohnmächtig wurde.

Gabe preßte sein Ohr an Nicholas' Brust. Der Junge atmete, und sein Herz schlug. Für den Moment war das genug.

Er setzte sich neben Nicholas, mit dem Rücken an einen Baum gelehnt und sein Gewehr über den Knien. Erst jetzt nahm er sich die Zeit, um richtig über das nachzudenken, was Charlie ihm berichtet hatte: daß sechs Banditen irgendwo dort draußen waren, gekleidet wie Kavalleriesoldaten …

»Verdammter Mistkerl!« stöhnte Gabe, als ihm endlich dämmerte, was das zu bedeuten hatte. Er war ziemlich sicher, daß er und Nicholas sich nicht in unmittelbarer Gefahr befanden, doch das war nur ein schwacher Trost, wenn man vom Gesamtbild ausging.

Marshal Swingler erwartete Soldaten, die seine Gefangenen abholen würden, und wenn sechs Männer in Kavallerieuniformen in Parable erschienen und vielleicht sogar noch offizielle Papiere vorlegten, würde er ihnen Horncastle und seine Komplizen ohne das geringste Zögern übergeben.

Und sie damit freilassen.

18. Kapitel

Marshal Swingler war sehr schlecht gelaunt an jenem heißen Julinachmittag, als die Soldaten endlich erschienen, um Jack Horncastle und die anderen abzuholen. Als wären die Banditen nicht schon lästig genug, die zusammen in einer viel zu kleinen Zelle hockten und andauernd miteinander stritten, Nachttöpfe von ihm verlangten, die er dann leeren mußte, und Tabak, den er ihnen nicht geben durfte, machte ihm zusätzlich auch noch sein Rheumatismus wieder schwer zu schaffen. Und um all dem die Krone aufzusetzen, war seine Tochter Callie schon seit Tagen unausstehlich, weil Nicholas McKeige sich für die neue Lehrerin interessierte.

Insgeheim war Swingler froh, daß McKeige das Interesse an seiner Tochter verloren hatte. Er war schlau, der Junge, mutig wie ein Apachenkrieger und ungeheuer einfallsreich, und Jack Horncastles Bande ohne ihn zu fassen, wäre ein Ding der Unmöglichkeit gewesen. Aber Nicholas war auch viel zu wild und unbeherrscht für seine Callie, die ein erheblich simpleres Gemüt besaß.

Dabei war sie alles andere als unschuldig – sie war ein wenig verwahrlost, seit ihre Mutter vor zwei Jahren gestorben war –, aber sie war sehr leichtgläubig und brauchte eine feste Hand. Der Marshal hatte einen jungen Farmer für sie im Auge, und wenn die Lage sich beruhigt hatte, würde er sie dazu überreden, den jungen Mann zum Abendessen einzuladen.

Es war ein Segen, daß Callie und Nicholas noch keinen kleinen McKeige gezeugt hatten, bevor Miss

Olivia Drummond in der Stadt erschienen war. Das hätte alles noch viel schwieriger gemacht.

Er seufzte im stillen, als er die Papiere unterzeichnete, die ihm ein junger Lieutenant vorlegte; der Junge kam ihm irgendwie bekannt vor, und er dachte, daß sie sich vielleicht auf der Feier zum Unabhängigkeitstag begegnet waren, als Sommervale einen Trupp Soldaten, der allen wie ein ganzes Regiment erschienen war, mit nach Parable gebracht hatte. Wahrscheinlich war der junge Offizier auch schon des öfteren an seinen freien Tagen in der Stadt gewesen. Niemand konnte von ihm erwarten, daß er sie alle mit Namen kannte, so häufig, wie sie in der Stadt kamen und gingen.

Der Lieutenant salutierte, als Swingler ihm die Papiere überreichte, hier im Büro, in Gegenwart der Gefangenen, die sich hinter den Gittern drängten und zum ersten Mal, seit sie verhaftet worden waren, mucksmäuschenstill waren. Diese Stille war beunruhigend und machte ihn noch viel nervöser, als er ohnehin schon war.

»Danke, Marshal«, sagte der junge Offizier.

Swingler runzelte die Stirn. Zum ersten Mal fiel ihm jetzt auf, daß keiner der Soldaten Handschellen oder Eisenketten bei sich hatte. Hoffentlich erwarteten sie nicht von ihm, daß er die Ausrüstung für den Transport der Gefangenen stellte; das waren Dinge, die die Armee selbst hätte bereitstellen sollen.

»Sind Sie sicher, daß Sie mit diesen Schurken fertig werden?« fragte er. Er bekam allmählich Kopfschmerzen und wollte endlich seine Ruhe haben, um sich für eine Stunde hinzulegen.

Der Lieutenant sah aus, als ob er lächeln wollte, gab dem Impuls jedoch nicht nach. »Das werden wir schon, keine Sorge«, antwortete er und deutete mit einer Kopfbewegung auf die Zelle. »Wenn es Ihnen nichts ausmacht, Marshal – wir sind in Eile.«

Swingler nickte erleichtert und wandte dem jungen Offizier für einen Moment den Rücken zu, als er die Schlüssel holte. Das nächste, was er wußte, war, daß das Dach auf ihn herabzustürzen schien und ein Balken ihn hart am Hinterkopf traf. Ein gräßlicher Schmerz durchzuckte ihn, dann wurde es dunkel um ihn, und er wurde ohnmächtig.

Das Erwachen war brutal; jemand schüttete ihm einen Eimer kaltes Wasser ins Gesicht, und als Swingler sich taumelnd aufrichtete, wurde ihm übel von dem Schmerz in seinem Kopf und der plötzlichen Erkenntnis, einen furchtbaren Fehler gemacht zu haben.

Zuerst dachte er, die ersten Besucher wären zurückgekommen, denn der Mann, der sich über ihn beugte und den leeren Eimer in der Hand hielt, trug eine blaue Kavallerieuniform mit glänzenden Bronzeknöpfen. Auch er war ein Lieutenant, aber da hörte die Ähnlichkeit unglücklicherweise auch schon auf. Dieser Mann war klein und schlank, mit einem gepflegten blonden Bart und Schnurrbart, und seine Augen traten fast aus den Höhlen, so wütend war er.

»Wo sind die Gefangenen?« stieß er zwischen zusammengebissenen Zähnen hervor.

Swingler richtete sich ohne Hilfe auf, in der Hoffnung, daß die bevorstehende Unterredung kurz sein würde, damit er nicht auch noch die zusätzliche Demütigung erlitt, sein Mittagessen auf die Stiefel dieses Lieutenants zu erbrechen. »Es waren Männer hier …« er schaute auf die Wanduhr – »vor etwa einer Stunde. Sie trugen Kavallerieuniformen und hatten die Entlassungspapiere bei sich.«

Der Soldat lief rot an vor Zorn, und die Männer, die sich hinter ihm drängten, schauten einander aus den Augenwinkeln an.

»Das scheint ein beliebter Trick bei diesen Kerlen zu sein«, erwiderte der Lieutenant ärgerlich. »Mir scheint, daß Sie etwas mißtrauischer hätten sein können, Marshal Swingler, angesichts der Tatsache, daß jene zweihundert Rinder vor zwei Wochen auf die gleiche Art gestohlen wurden.«

Swinglers Sehnsucht, endlich in Pension zu gehen, war inbrünstiger als je zuvor. Er würde Callie gut verheiraten, nahm er sich vor, und dann die Witwe, die er schon seit einem Jahr besuchte, bitten, seine Frau zu werden. Sie besaß gutes Land, das brachlag, und er hatte im Laufe der Jahre ein ansehnliches Kapital erspart; damit würde er ihre Ranch bewirtschaften und ein friedliches Leben führen. Sollte doch ein anderer diese elende Arbeit übernehmen, bei der man niemals etwas richtig machen konnte.

»Ich denke, wir sollten die Zeit lieber nutzen, um diesen Kerlen nachzujagen«, erwiderte Swingler resigniert, »anstatt tatenlos herumzustehen und zu jammern.«

Dem hatte der Offizier nichts entgegenzusetzen, aber bevor er sich abwandte, machte er noch einmal seinen Zorn deutlich. »Ich werde dafür sorgen, daß man Ihnen den Stern abnimmt, Marshal.«

»Den können Sie gerne haben«, antwortete Swingler trocken.

»Wo sollen wir anfangen zu suchen, bitte?«

Swingler dachte nach, und selbst das schmerzte. »Großer Gott«, rief er erschrocken, »sie werden sich jetzt Nicholas McKeige vornehmen wollen! Das letzte, was ich hörte, war, daß Gabe und Miss Annabel ihn auf die Ranch hinausgebracht hatten.«

»Zeigen Sie uns den Weg«, befahl der Lieutenant.

Charlie kehrte erst kurz nach Mittag zurück, als das Kaninchen schon lange gar war. Gabe hatte sich gezwungen, etwas davon zu essen, und den Rest der Zeit damit verbracht, Nicholas zu versorgen oder unruhig im Lager auf und ab zu wandern.

Der Indianer brachte einen Lederbeutel mit getrockneten Kräutern mit, die er mit Wasser aus Gabes Feldflasche vermischte und zu einem Brei verrührte, bevor er sich in einem beschwörenden Singsang in seiner eigenen Sprache über Nicholas beugte.

Gabe war alles andere als beeindruckt. »So ein Affentheater«, sagte er. »Ich reite in die Stadt zurück, um den Arzt zu holen.«

Charlie beachtete ihn nicht, sondern öffnete nur Nicholas' Hemd, reinigte die Wunde mit Wasser und einem Tuch und trug den Kräuterbrei auf. Er stank so sehr, daß Gabriels Augen tränten.

Ungeduldig sprang er auf und nahm seine nervöse Wanderung durchs Lager wieder auf.

Als Charlie seine Arbeit endlich beendet hatte, ging er zur Quelle und bückte sich, um seine Hände zu waschen. Gabe trat hinter den Indianer, nicht sicher, ob er ihn erwürgen oder sein nächstes Kind nach ihm benennen sollte.

»Verdammt noch mal«, rief er, als Charlie offenbar nicht daran dachte, eine Unterhaltung zu beginnen, »ich hoffe bloß, daß das nicht irgend so eine uralte Mixtur aus Tannennadeln, Vogelmist und Mäusedreck war!«

Charlie richtete sich langsam auf und bedachte seinen Freund und Arbeitgeber mit einem Blick, der Teerpappe hätte schmelzen können. »Es ist die gleiche Medizin, die ich vor fünf Jahren bei dir benutzt habe, als du deine Hand an diesem rostigen Stacheldraht aufgerissen und dir nicht die Zeit genommen hattest, die Wunde zu versorgen. Wenn ich mich recht entsinne, hatte dein feiner Arzt aus Boston dich bereits aufgegeben.«

Gabe fuhr sich mit der Hand durchs Haar; seinen Hut hatte er schon lange abgenommen. »Wird er sterben?«

Charlie betrachtete Nicholas lange. »Nein, wahrscheinlich nicht. Die Kräuter werden das Gift aus der Wunde ziehen, und dann kann erst die wirkliche Heilung beginnen.«

Weil er Charlie glaubte und ganz schwach war vor Erleichterung, setzte Gabe sich unter einen nahen Baum und lehnte sich mit geschlossenen Augen an den Stamm. Charlie klopfte ihm kurz auf die Schulter und ließ ihn dann allein, damit er sich beruhigen konnte.

Als Gabe zum Lagerfeuer zurückkehrte, sah Nicholas schon etwas besser aus, obwohl er immer noch nicht wach war. Sein Gesicht hatte bereits ein bißchen Farbe, und seine ruhigen Atemzüge verrieten, daß er nicht mehr bewußtlos war, sondern nur noch schlief.

»Es ist ein ganz natürlicher Prozeß«, sagte Charlie achselzuckend, als Gabe ihm dankte. »Durch die Entzündung befreit der Körper sich von dem Gift in Blut und Gewebe.« Er hockte neben Nicholas, als er sprach, und aß einen gerösteten Kaninchenschenkel. »Aber wir haben andere Probleme, Boß.«

Gabe nickte. »Die Banditen«, stimmte er zu. Es kam selten vor, daß er sich so desorientiert und hilflos fühlte wie in diesem Augenblick; im allgemeinen wußte er ganz genau, was er zu tun hatte. Ein Dutzend blutrünstiger Verbrecher konnten jeden Augenblick auf Parable und die Umgebung losgelassen werden – wenn sie nicht inzwischen längst von ihren sechs weiteren Komplizen befreit *waren*. Es war seine Pflicht, bei ihrer Ergreifung mitzuhelfen, aber er konnte Nicholas unmöglich unbewacht und krank hier liegenlassen. Er hatte von Anfang an nicht richtig über die drohende Gefahr durch die Banditen nachgedacht, weil er sich solche Sorgen um seinen Sohn und um Charlie gemacht hatte.

Selbst wenn sie auf der Ranch gewesen wären und Nicholas im Bett, wo seine Mutter ihn hätte pflegen können, wäre Gabe nirgendwohin gegangen.

Charlie mußte erraten haben, was er dachte. »Falls Nicholas ihr Ziel ist«, sagte er, während er aufstand und seine fettigen Finger an seinen Hirschlederhosen abwischte, »dann ist er auch der Köder.«

»Sie haben es auf ihn abgesehen, das ist klar«, pflichtete Gabe ihm bei. Aber das zu wissen, war kein Trost für ihn; er wäre glücklicher gewesen, wenn die Bande einfach nach Mexiko geritten wäre, um dort den Rest ihres Lebens bei Tequila und hübschen Señoritas zu verbringen, aber er wußte, daß sie es nicht tun würden. Nicht, bevor sie seinen Sohn getötet und seinen Verrat gerächt hatten.

»Er kennt ihre Namen«, sagte Charlie mit ernster Miene. Einen Moment betrachtete er Nicholas sorgenvoll, dann glitt sein Blick zu Gabe. »Wenn man den Namen eines Mannes weiß, besitzt man Macht über ihn.« Er hielt inne. »Wir haben keine Zeit, zur

Ranch zurückzukehren. Und wenn Horncastle und die anderen uns hier draußen erwischen, haben wir keine Chance.«

»Du kennst dich in dieser Gegend besser aus als ich«, antwortete Gabe. Im Gegensatz zu Nicholas und Charlie hatte er die meiste Zeit seines Lebens im flachen Land verbracht, Rinder gezüchtet und Silber aus seinen Bergwerken gefördert. Und alles mögliche getan, um Annabel zu vergessen. »Was schlägst du also vor?«

Charlie wandte kurz den Blick ab und zwang sich dann, Gabriel wieder anzusehen, was ihm jedoch sichtlich schwerzufallen schien. »Wenn wir uns beeilen, schaffen wir es vielleicht noch bis zum Haus deiner Mutter.«

Nach dieser Erklärung, die für Gabriel wie ein Schlag unter die Gürtellinie war, warf der Indianer Erde auf das Feuer und hockte sich neben Nicholas. Er hob den Jungen auf die Arme, wie es schien, ohne die geringste Anstrengung. Nicholas kam kurz zu sich und verlor dann wieder das Bewußtsein.

»Er wird mit dir reiten«, befahl Charlie, als bemerkte er Gabes erschüttertes und unheilvolles Schweigen nicht. »Es ist nicht weit. Ich reite auf Nicholas' Pferd voran.«

Gabe schwang sich in den Sattel und bückte sich, um seinen Sohn zu nehmen, als Charlie ihn zu ihm hinaufreichte. Eine seltsame Benommenheit hatte Besitz von ihm ergriffen; die ganze Welt um ihn herum schien im Rhythmus seines eigenen Herzschlags zu pulsieren.

»Es tut mir leid«, sagte Charlie, als er Nicholas' Pferd bestieg. »Ich hätte es dir nicht auf diese Art gesagt, wenn ich eine andere Wahl gehabt hätte.«

»Du hättest mir gar nichts gesagt!« entgegnete Gabe wütend, während er Nicholas mit einem Arm festhielt und mit der anderen das Pferd lenkte. All diese Zeit war sie irgendwo ganz in seiner Nähe gewesen – die Mutter, um die er fast sein ganzes Leben lang getrauert hatte.

Charlie erwiderte nichts; sie hatten keine Zeit. Er trieb den Wallach in den Wald, und Gabe zögerte keine Sekunde, ihm zu folgen.

Sie ritten fast eine Stunde, und ein- oder zweimal waren sie gezwungen anzuhalten, weil Charlie zurückritt, um sich zu überzeugen, daß sie nicht verfolgt wurden. Irgendwann jedoch wich der dichte Wald dann endlich einer grasbestandenen Lichtung mit einem Bach und einer kleinen Hütte.

Eine Frau in einem abgetragenen Kleid aus Hirschleder und blondem, mit silbernen Strähnen durchsetztem Haar, das ihr auf die Schultern fiel, erwartete sie vor der offenen Tür der Hütte. Sie wäre eine Ausgestoßene unter ihren eigenen Leuten gewesen, und dennoch wirkte sie so stolz und majestätisch wie eine Königin, als sie dort stand und ihnen entgegensah.

Gabe hatte sie für tot gehalten oder geglaubt, sie lebte zumindest sehr, sehr weit entfernt. Doch nun, während er seinen todkranken Sohn in seinen Armen hielt, begriff er, daß sie die ganze Zeit nur einen knappen Tagesritt von ihm entfernt gewesen war. Aber sie hatte sich entschieden – *freiwillig* –, ihn und Jessie all diese Jahre im Ungewissen über ihr Schicksal zu belassen. Ob sie wohl je bedacht hatte, wie ihre Kinder unter der Vorstellung gelitten hatten, welch schreckliches Schicksal sie befallen haben könnte? War ihr bewußt gewesen, was für unglaubliche Geschichten er sich als kleiner Junge auf dem Schulhof anhören mußte? Selbst heute, als erwachsener Mann, träumte er manchmal noch von all den furchtbaren Dingen, die die Indianer ihr angetan haben mochten!

Er haßte sie für ihren Verrat, für all die Qual und all den Schmerz, und der Ausdruck in ihren blauen Augen verriet, daß sie es wußte.

»Gabriel«, sagte sie, als sie zu ihm kam und eine Hand auf seinen Oberschenkel legte. Ihr Blick ruhte jedoch auf Nicholas. »Was ist geschehen?«

Gabe schaute auf den Jungen herab, der nach wie vor bewußtlos war. »Er wußte, daß du hier warst, nicht?« entgegnete er, ohne ihre Frage zu beantworten. »Er hat es die ganze Zeit gewußt, nicht wahr?«

»Darüber könnt ihr später reden«, sagte Charlie, als er absaß und herüberkam, um Nicholas vom Pferd zu heben.

»Ja«, stimmte Louisa zu und eilte in die Hütte.

Gabe band die Pferde dahinter an und sattelte sie ab. Er hörte nichts und sah nichts, und doch erkannte er an dem merkwürdigen Prickeln in seinem Nacken, daß sie an diesem idyllischen, verborgenen Ort nicht allein waren. Zu jeder anderen Zeit hätte er sich jetzt genauer umgesehen; in seinem gegenwärtigen Zustand war er jedoch schon froh, nicht aus der Haut zu fahren, so aufgeregt war er.

»Warum?« herrschte er Louisa in der kleinen, nur spärlich möblierten Hütte an, wo Nicholas auf einem schmalen Bett lag und bereits ausgezogen war. Gabes Mutter wechselte die Verbände seines Sohnes, und Charlie ging hinaus, die Waffe in der Hand, vermutlich, weil er Brennholz für die Nacht hereinholen wollte.

Louisa schaute ihn aus kummervollen Augen an.

»Weil ich wußte, daß du nie verstehen würdest, warum ich fortgehen mußte. Und ich hatte recht. Du verstehst es nicht.«

»Du hast sogar verdammt recht! Wie sollte ich das verstehen?« versetzte Gabriel schroff. »Weißt du, wie es war, nicht zu wissen ... sich zu fragen ...«

»Sprich leiser«, forderte ihn seine Mutter ruhig auf. »Nicholas muß sich auf seine Genesung konzentrieren, und dein Geschrei stört ihn und lenkt ihn ab.«

»Du bist gar nicht entführt worden!« warf Gabe ihr vor. »Du bist *freiwillig* mitgegangen!«

»Ja«, gab sie mit einem betrübten kleinen Seufzer zu. »Ja, das bin ich.«

»Warum?«

»Weil ich mich verliebt hatte, Gabriel. Weil ich liebte, wie ich noch nie zuvor geliebt hatte.«

»Du warst verheiratet.«

»Dein Vater war zwanzig Jahre älter als ich und alles andere als liebevoll. Zumindest nicht zu mir. Ich habe ihn nie geliebt, und auch er hat nie Liebe für mich empfunden.«

»Und was war mit Jessie und mir?« fragte Gabriel, der sich plötzlich wieder vorkam wie der Fünfjährige, der in der Obhut eines lieblosen Vaters zurückgelassen worden war. »Haben wir dir denn überhaupt nichts bedeutet?«

»Ich konnte euch nicht unter Indianern aufziehen, Gabriel. Ihr hättet nicht dahingepaßt.«

»Weiß sie es? Jessie, meine ich?«

Wieder seufzte Louisa und strich zärtlich über Nicholas' Haar. »Vielleicht – wenn sie meine Tagebücher gelesen hat. Ich habe darin alles festgehalten – wie ich durch Zufall Graue Wolke kennenlernte, als ich Beeren für einen Kuchen pflückte.« Sie hielt inne, lächelte traurig bei der Erinnerung daran. »Er war ein Schamane, ein Medizinmann, kein Krieger, und sammelte dort Kräuter. Irgendwie schienen wir uns immer an der gleichen Stelle zu begegnen, und nach einer gewissen Zeit konnte ich nicht mehr so tun, als ob es Zufall wäre.«

»Irgendwann wurde ich seine Geliebte. Ich wurde von ihm schwanger – und glaub jetzt nur nicht, ich hätte es nicht gewollt – aber als es geschehen war, wußte ich, daß ich nicht länger in zwei Welten leben konnte. Wenn ich deinem Vater ein indianisches Kind zur Welt gebracht hätte, hätte er uns beide umgebracht und auch noch eine Medaille dafür bekommen. Also arrangierte Graue Wolke meine Flucht und sorgte dafür, daß es so aussah, als wäre ich entführt worden.«

Gabe umklammerte die Rückenlehne eines Stuhls, weil er den Boden unter den Füßen zu verlieren glaubte. »Du bekamst ein Kind von ihm?«

Sie nickte und gestattete sich ein Lächeln, das Gabe ein wenig an Nicholas' mutwilliges Lächeln erinnerte. »Ich habe ihn Charles genannt, nach meinem Vater, und er wuchs zu einem wunderbaren Mann auf. Zu einem Schamanen, unter anderem.«

»Charles?« Gabe drehte den Stuhl um und ließ sich rittlings darauf nieder. Alle Stärke hatte ihn verlassen. »Charlie?«

Sie lachte leise, und ihre Augen leuchteten. »Du hast es nie erraten?«

Er schaute tief in sein Innerstes und erkannte, *daß* er es gewußt hatte, irgendwie. Charlie war immer mehr ein Bruder als ein Freund für ihn gewesen, und auch für Nicholas gehörte er zur Familie. Und für Annabel. »Wußte Nicholas davon?«

Sie seufzte. »Er konnte es sich vermutlich denken. Charlie hat ihn sehr oft hergebracht, aber wir haben ihm nie die ganze Geschichte erzählt. Es war schwer genug für einen kleinen Jungen, seinem Vater etwas zu verheimlichen. Nicholas vergöttert dich, Gabriel. Ich hoffe, daß dir das klar ist.«

Gabe schluckte einen Kloß von der Größe eines Apfels. »Und dein ... Mann? Was ist aus ihm geworden?«

»Graue Wolke ist vor zehn Jahren gestorben, und danach war für mich kein Platz mehr in seinem Stamm. Die Weißen hätten mich natürlich auch nicht akzeptiert, und deshalb half Charlie mir, diese Hütte hier zu bauen, in der ich seitdem lebe.«

Nicholas' Lider flatterten; er schlug die Augen auf und schaute zuerst seine Großmutter und dann Gabriel an. Dann blinzelte er und begann noch einmal ganz von vorn.

»Oh, Shit!«, sagte er, als er sicher sein konnte, daß es keine Halluzination war.

»Das kannst du laut sagen, Junge«, versicherte Gabe ihm. »Du steckst nämlich bis zum Hals darin.«

Louisa strich die Decke ihres Enkels glatt und richtete sich auf. »Es ist nicht fair, Nicholas die Schuld zu geben«, sagte sie zu Gabe. »Ich habe ihn schwören lassen, daß er weder dir noch Jessie je erzählte, daß ich hier war.«

Nicholas grinste schon wieder, und der Anblick war wie Balsam für Gabes wunde Seele. Charlie – sein Bruder – hatte Nicholas mit seinen Kräutern und seinen geheimnisvollen Gesängen das Leben gerettet. Und nur *das* allein war wichtig, ganz gleich, was sonst geschehen war.

»Nicholas erzählte mir, daß Annabel zurückgekehrt ist«, sagte Louisa, als sei es etwas ganz Alltägliches für eine Mutter, so zu tun, als hätten Indianer sie entführt, und ihre Kinder dreißig Jahre lang in diesem Glauben zu belassen. Als ob es nichts mehr dazu zu sagen gäbe. »Ich hoffe, daß du diesmal nicht ganz so dumm und stur bist, Gabriel. Ich glaube nämlich nicht, daß es irgendeine andere Frau auf Erden gibt, die besser zu dir passen würde.«

Ein wenig unsicher erhob sich Gabriel von seinem Stuhl. »Entschuldigt mich«, murmelte er. »Ich muß nach draußen.«

Charlie lehnte an der Hüttenwand, die Arme über der Brust verschränkt und die Pistole in der Hand, und beobachtete den Rand des Waldes.

»Du hättest mir sagen können, daß du mein Bruder bist«, meinte Gabe mit rauher Stimme.

Charlie schaute ihn belustigt an. »Das war nicht nötig. Es war auch so schon schwer genug, nach dir zu sehen, vor allem, nachdem Annabel fortgegangen war, ohne dich auch noch auf die Idee zu bringen, wir sollten die gleichen Sachen tragen oder so. Außerdem hätte ich nichts sagen können, ohne meine – unsere Mutter zu verraten.«

»Es wird wohl noch eine Weile dauern, bis ich das alles verarbeitet habe«, räumte Gabe ein. Er fühlte sich ausgesprochen unbehaglich; fast zwanzig Banditen lauerten irgendwo dort draußen zwischen den Bäumen und gierten nach Nicholas' Blut.

Charlie lachte. »Ich hatte mehr Zeit, mich damit abzufinden«, sagte er.

»Sie könnten sich von hinten anschleichen«, meinte Gabe und bezog sich damit natürlich auf die Banditen. »Was für ein miserabler Indianer bist du eigentlich, daß du nicht schon von selbst auf die Idee gekommen bist?«

»Ich bin zur Hälfte weiß«, antwortete Charlie achselzuckend. »Das dürfte die Erklärung dafür sein.«

»Ich gehe nach hinten«, erklärte Gabe und wandte sich ab, um zum Eingang der Hütte seiner Mutter zurückzugehen. »Du kannst den Eingang bewachen. Und komm jetzt endlich herein, verdammt noch mal, bevor sie dir eine Kugel in den Schädel jagen!«

Die Warnung war prophetisch; Charlie hatte kaum die Tür hinter ihnen zugezogen, als aus dem Wald ein Schuß erklang und eine Kugel in die Hüttenwand einschlug.

»Es geht los!« schrie Nicholas und ließ den Zylinder seiner Waffe kreisen, um sich zu vergewissern, daß sie geladen war, während Charlie und Gabe ihre Plätze an den beiden Fenstern einnahmen, eins vorn und eins im hinteren Teil der Hütte.

Louisa nahm ein Gewehr aus der Halterung über dem steinernen Kamin und begann, es ruhig zu laden.

Gabe sah, daß die Banditen von allen Seiten kamen, mit Ausnahme von oben, schien es, und das einzige, was er tun konnte, war, ihr Feuer zu erwidern.

»Wir sitzen in der Klemme«, verkündete Nicholas munter, dem es irgendwie gelungen war, aufzustehen und sich auf der anderen Seite des Fensters zu postieren, an dem sein Vater stand. Nachdem er sorgfältig gezielt hatte, feuerte er seinen 45er ab und traf einen Mann in Kavalleriehosen, Flanellhemd und Hosenträgern.

»Du auf jeden Fall«, antwortete Gabe und gab selbst einen Schuß ab. Er erfuhr noch die Genugtuung, Jack Horncastle auf die Knie fallen zu sehen, bevor aufblitzendes Mündungsfeuer ihn zwang, den Kopf zurückzuziehen.

»Was kannst du mir schon tun?« entgegnete Nicholas und wartete, bis drei oder vier Kugeln im Holz des Fensterrahmens eingeschlagen waren. Das Glas war längst zersplittert und lag in Scherben um ihre Füße. »Ich habe meine Mama, die mich beschützen wird.«

Gabe lachte, obwohl sie den Angreifern eindeutig unterlegen waren und mit an Sicherheit grenzender Wahrscheinlichkeit den Kampf verlieren würden. »Es ist schade, daß Annabel jetzt nicht bei uns ist«, sagte er. »Wir hätten ihre Hilfe gut gebrauchen können.«

»Ich habe Mrs. McKeiges Tagebücher gelesen«, gestand Olivia beim Tee im Salon des Ranchhauses. Sie und Annabel waren beide sehr enttäuscht gewesen, als sie bei ihrer Ankunft feststellten, daß Nicholas noch immer nicht zurückgekehrt war. »Die Tagebücher Ihrer Schwiegermutter, meine ich.« Sie hielt inne, errötete ein wenig und beeilte sich hinzuzufügen: »Mit Jessies Erlaubnis selbstverständlich. Sie sagte, sie hätte es nie über sich gebracht, sie selbst zu lesen.«

Annabels Neugier war geweckt, trotz ihres Unbehagens über andere Dinge. Nicholas' unerklärliches Verschwinden beispielsweise. Und Gabriels. »Ich erinnere mich, davon gehört zu haben«, sagte sie.

»Anscheinend …«, begann Olivia und brach dann ab, um sich zu räuspern. »Also, es sieht ganz so aus …«

Bevor sie den Satz beenden konnte, entstand ein

Tumult draußen vor dem Haus, die Hunde kläfften wie verrückt, Hufgetrappel von vielen Pferden und metallisches Klirren wie von Säbeln waren zu vernehmen.

Annabel und Olivia erhoben sich fast gleichzeitig und hasteten zur Tür.

Mindestens fünfzig berittene Soldaten standen vor dem Haus, in einer großen Staubwolke, die sie aufgewirbelt hatten, und angeführt von einem ziemlich bekümmert dreinschauenden Marshal Swingler.

Annabel lief eilig auf ihn zu, gefolgt von einer mindestens ebenso besorgten Olivia. »Was ist passiert?« rief sie, in der sicheren Überzeugung, daß er ihr jetzt sagen würde, Nicholas – oder Gabriel – sei tot.

Der befehlshabende Offizier, ein Mann, den Annabel von ihrem ersten Besuch in Fort Duffield kannte, spornte sein Pferd an und kam zu ihr hinüber, um die Frage zu beantworten, an der Marshal Swingler offensichtlich zu ersticken schien.

»Wir suchen Ihren Sohn, Mrs. McKeige«, erwiderte er höflich. »Die Banditen, die im Gefängnis waren, sind geflohen, und wir hatten gehofft, daß Nicholas uns zu ihrem Versteck führen könnte.«

Annabel schwankte, als ihr die Bedeutung seiner Worte klar wurde, und Olivia streckte rasch die Hand aus, um sie zu stützen.

»Ich … ich weiß nicht, wo er ist«, murmelte Annabel unglücklich.

Olivia trat vor. »Es wäre möglich, daß er in die Berge geritten ist«, sagte sie. »Seine Großmutter hat eine Hütte an einem Ort, der sich Wedding Bells Spring nennt.«

»Dann wird er dort auch sein«, erwiderte Marshal Swingler mit neu erwachter Zuversicht und wandte sich an den Lieutenant. »Wir sollten unverzüglich aufbrechen, wenn wir noch vor Horncastle dort erscheinen wollen!«

Und damit donnerten sie davon und ließen Annabel und Olivia in einer weiteren Wolke braunen Staubs zurück.

Abrupt drehte Annabel sich zu Olivia um. »Woher wußten Sie das?« fragte sie. »Und was meinten Sie mit Nicholas' Großmutter und einer Hütte in den Bergen?«

»Sie sollten sich lieber hinsetzen«, sagte Olivia und führte Annabel bis zu den Verandastufen, weil sie weiter nicht gekommen wäre.

Zusammen setzten sie sich hin.

»Ich kenne ihn aus den Tagebüchern. Den Namen des Ortes, meine ich. Nicholas' Großmutter pflegte sich dort mit Graue Wolke, ihrem Liebhaber, zu treffen, und sie hatten schon immer vorgehabt, sich irgendwo dort in der Nähe niederzulassen, wenn sie älter waren und nicht mehr mit seinem Stamm mitziehen wollten.«

Annabels Mund klappte auf, aber sie nahm sich zusammen und schloß ihn wieder.

Olivia drückte ihre Hand, als sie sah, daß Annabel viel zu konsterniert war, um zu sprechen. »Als Nicholas sich in Ihrem Haus in der Stadt von seiner Verwundung erholte, vertraute er mir eines Tages an, daß seine Großmutter noch lebte. Sie war nicht wirklich entführt worden, wie alle glaubten, sondern aus freien Stücken fortgegangen. Ihre Tagebücher gaben Aufschluß darüber, wie ihre Liebesgeschichte sich im Laufe vieler Monate entwickelt hatte, und den Rest hat Nicholas mir erzählt.«

Annabel war fassungslos. All diese Jahre hatten

Gabriel und Jessie geglaubt, ihre Mutter sei von den Indianern gefangengenommen worden und inzwischen vielleicht schon lange tot. Sie hatten schrecklich gelitten, wenn sie sich vorstellten, welche furchtbaren Qualen ihre Mutter erlitten haben mochte, und nun auf einmal zu erfahren …

»Mein Gott«, flüsterte sie und legte eine Hand an ihre Stirn.

»Ich finde, Sie sollten sich jetzt ein bißchen hinlegen«, schlug Olivia vor.

»Nicht für alles Gold auf dieser Welt!« erwiderte Annabel. »Kommen Sie – wir werden uns Pferde satteln und den Soldaten in die Berge folgen!«

Olivia wollte widersprechen, sah aber, daß es sinnlos war, und so nickte sie nur.

Jeffrey war in der Scheune und striegelte ein Pferd, als sie den großen Raum betraten. Es erschien Annabel ein bißchen merkwürdig, daß er nicht nach den Soldaten fragte, die eben auf den Hof und gleich wieder hinausgeritten waren – er mußte sie gesehen oder zumindest doch gehört haben –, aber in ihrer Eile verfolgte sie den Gedanken nicht weiter. Während sie Jeffrey zurief, ein Pferd für Olivia zu holen, lief sie in den Geräteraum, um ihren Sattel und ihr Zaumzeug zu holen.

Jeffrey gehorchte mit bewundernswerter Schnelligkeit, und als die beiden Frauen losritten, bestand er darauf, sie zu begleiten. Annabel hätte es vielleicht abgelehnt, aber sie wußte, daß Jeffrey ein hervorragender Reiter war und sie nicht aufhalten würde. Wie erwartet, folgten ihnen die drei Männer, die Gabriel mit ihrem persönlichen Schutz beauftragt hatte, in respektvoller Entfernung.

Die Soldaten hatten eine leicht zu erkennende

Spur hinterlassen, und da ihr Vorsprung noch nicht so groß war, konnte man sie sogar noch hören.

Aber sie kamen erst auf Sichtweite an den Trupp heran, als sie nach zwei Stunden angestrengten Reitens die Berge erreichten, und die Sonne mit jeder Meile, die sie zurücklegten, immer tiefer sank. Am Rand des Walds zügelten Annabel, Olivia und Jeffrey ihre Pferde, da sie die Lichtung erreicht hatten, die Nicholas Olivia beschrieben hatte. Von der kleinen Eskorte hinter ihnen war nichts mehr zu sehen.

Vor ihnen wütete eine blutige Schlacht, die es ihnen unmöglich machte, sich näher heranzuwagen, wenn sie sich nicht der Gefahr aussetzen wollten, von einer verirrten Kugel getroffen zu werden. Zu qualvollem Nichtstun verurteilt, verfolgte Annabel den harten Kampf, den Soldaten und Banditen auf der Lichtung ausfochten. Sie sah weder Gabriel noch Nicholas, aber die Tür der Hütte stand offen, und keine Bewegung war im Inneren zu sehen. Es war durchaus möglich, daß alle dort drin bereits tot waren.

Tränen rannen über Annabels Wangen. Sie war so weit gekommen und hatte so viele Irrtümer begangen – um nun möglicherweise nicht nur ihren Sohn, sondern auch noch ihren Mann zu verlieren. Ausgerechnet jetzt, wo sie fest entschlossen war, einen neuen Beginn zu machen, die Vergangenheit ein für allemal hinter sich zurückzulassen und ein neues Leben mit Gabriel und Nicholas zu beginnen, sollte das Schicksal sie so grausam bestrafen?

Wenn sie tot waren, ihr Mann und Sohn, würde sie einen Weg finden müssen weiterzuleben, sich selbst und ihrem ungeborenen Kind zuliebe, aber diese Aussicht erfüllte sie mit Schrecken. Warum hatte sie

Gabriel nicht vertraut, wo sie doch gewußt hatte, daß er sie liebte und sie sein Leben lang geliebt hatte? Er war schließlich *Gabriel* und nicht ihr Vater.

Verstohlen schaute sie zu Olivia hinüber und sah, daß auch ihr die Tränen über die Wangen liefen.

Annabel hätte nicht sagen können, wie lange es anhielt, dieses furchtbare Töten und Sterben, aber dann, als die Sonne schon lange hinter den Bäumen versunken war, endete der Kampf ganz plötzlich.

Die Armee hatte ganz offenbar den Sieg davongetragen, und während Annabel noch zuschaute, sah sie Gabriel, Charlie und dann Nicholas aus der Hütte kommen und zu den Soldaten und Marshal Swingler hinübergehen.

So groß war ihre Freude, daß sie ihrem Pferd die Absätze in die Flanken stieß und dicht gefolgt von Olivia zu den Männern hinübergaloppierte. Gabriel sah sie als erster und begann ihr entgegenzugehen.

Aber da war Jeffrey plötzlich neben ihr, griff mit einer Hand in das Zaumzeug ihrer Stute und zwang sie anzuhalten. Als Annabel sich ärgerlich umwandte, stellte sie verblüfft fest, daß er eine Pistole gezogen hatte und damit auf sie zielte.

»O nein, Mrs. McKeige«, sagte er. »Du bleibst schön hier bei mir.«

Gabriel verhielt abrupt den Schritt und blieb stehen, wo er war. Annabel hatte den Eindruck, daß auch alle anderen um sie herum erstarrten. Ganz plötzlich herrschte eine solche Stille, daß sie nur noch das ängstliche Pochen ihres eigenen Herzens hörte.

»Jeffrey«, sagte Annabel, aber dieses eine Wort besagte alles.

Er lächelte. »Ein einfacher Cowboy zu sein war

nicht aufregend genug«, erklärte er. »Ein Bandit zu sein war das größere Abenteuer. Und es brachte auch mehr Geld ein.«

19. Kapitel

»Bitte, lassen Sie die Pistole fallen, Mr. Braithewait«, bat Olivia höflich. Sie hielt einen Derringer auf ihn gerichtet, und ihre Hand war fest und zielsicher. Niemand sonst bewegte sich – weder die Soldaten noch Gabriel, Nicholas oder Charlie.

Jeffrey lachte und schlug Olivia die Waffe aus der Hand. »Allein dafür«, sagte er mit spöttischem Bedauern, »werde ich Sie und Annabel töten müssen, Miss Drummond. Aber ich glaube, ich tue der Welt nur einen Gefallen, wenn ich sie vor einem weiteren Wurf McKeiges bewahre.«

Aus dem Augenwinkel bemerkte Annabel, wie Gabriel einen vorsichtigen Schritt in ihre Richtung tat und Nicholas zurück zu Charlie stieß, der den Jungen festhielt, als er folgen wollte.

Annabel flehte Gabriel im stillen an, nicht näher heranzukommen; er hatte keine Deckung und gab ein perfektes Ziel ab – das Jeffrey, der ein ausgezeichneter Schütze war, ganz sicher nicht verfehlen würde.

»Du warst es also? Du warst der mysteriöse Anführer dieser Bande von Halsabschneidern?« fragte sie, wobei sie ihre beträchtliche Willenskraft und ihren ganzen Zorn auf Jeffrey richtete.

Er beugte sich vor, um sich auf Cowboyart mit den Armen auf den Sattelknauf zu stützen. Die Pistole, die er auf Annabel gerichtet hielt, zielte auf ihren Bauch, dorthin, wo das Kind in ihr heranwuchs. »Ja«, erwiderte er. »Ich bin schon seit Monaten in Amerika – ich habe nur so getan, als wäre ich mit der Postkutsche eingetroffen, damit niemand Verdacht schöpfte. Und jetzt, wo alles vorbei ist, werde ich dich erschießen müssen.«

»Warum?« fragte Annabel so ruhig und besonnen, daß es sogar sie selbst verblüffte. Denn in Wahrheit war sie zutiefst entsetzt und wild entschlossen, ihr ungeborenes Kind, ihr eigenes Leben genau wie das von Olivia, Gabriel und Nicholas zu schützen. Es gab so vieles, was sie Gabriel noch sagen wollte; so viele Dinge, die sie noch mit ihm tun wollte …

Annabel sah, wie er einen weiteren Schritt in ihre Richtung tat, und hielt ganz unbewußt den Atem an. »Warum tust du das, Jeffrey?« fragte sie dann leise.

»Er will anscheinend unbedingt erschossen werden«, bemerkte Jeffrey geistesabwesend und deutete mit dem Pistolenlauf auf Gabriel.

»Du hast meine Frage nicht beantwortet«, erklärte Annabel entschieden. »Ich glaube, ich habe ein Recht zu wissen, warum du mich und meinen Mann umbringen willst. Warum du all das getan hast.«

Etwas Schreckliches, das weder dem Himmel noch der Hölle zuzuordnen war, erschien in Jeffreys schmalen Augen. »Ich hätte es nicht getan«, erwiderte er. »Euch umzubringen, meine ich. Es war anfangs mehr ein Spiel und sehr viel aufregender für mich als Polo oder Fuchsjagden. Natürlich habe ich auch viel Geld damit verdient – und das brauchte ich ja schon immer, wie du dich erinnern wirst. Aber jetzt ist das Spiel zu Ende, nicht? Ich habe verloren, wie du siehst. Sie werden mich wahrscheinlich aufhängen, aber ich kann mich nicht damit abfinden, in den Tod zu gehen, solange ich weiß, daß du noch lebst, Annabel, und dich lustvoll in Mr. McKeiges Bett herumwälzt. Es ist schon schlimm genug, in diesem Augenblick daran zu denken, aber dieses Bild mit in die Ewigkeit zu nehmen … *niemals*!«

»Du bist wahnsinnig«, sagte Annabel. Sie war sich der Umstehenden und ihrer Umgebung mit einer Eindringlichkeit bewußt, die sie selbst verblüffte. Es war fast, als würden ihre Sinne durch die Gefahr verschärft. Gabriel machte einen weiteren Schritt; Nicholas versuchte, sich von Charlie loszureißen. Die Soldaten standen so reglos da wie Zinnsoldaten, und Olivia saß schweigend auf ihrem Pferd und vermittelte ihr Kraft, auch wenn sie ihr nicht zu Hilfe kommen konnte.

Olivia wäre die ideale Frau für Nicholas, dachte Annabel, wenn sie den heutigen Tag überlebte.

Jeffrey hob die Pistole wieder, zielte und betätigte den Abzug. Annabel hörte ein pfeifendes Geräusch, während sie sich zu Boden warf, in der Hoffnung, dieser ersten Kugel zu entgehen und Jeffrey gleichzeitig davon abzulenken, daß Gabriel jetzt in ihre Richtung lief.

Wieder ertönte ein Schuß, Olivia schrie auf, und die Soldaten schienen endlich aus ihrer Erstarrung zu erwachen.

Annabel richtete sich vorsichtig auf, unverletzt, und spähte zwischen den Beinen ihrer verängstigt tänzelnden Stute zu Jeffrey hinüber, der jetzt auf dem Boden lag – mit einem langen Pfeil in seiner Brust.

Er lebte noch und blutete; Annabel rutschte auf Händen und Knien zu ihm und nahm seinen Kopf in ihre Arme.

»Jeffrey, du Narr!« rief sie bekümmert. »Du verdammter Narr. Warum hast du das getan, wenn du doch wissen mußtest, wie es enden würde?« Sie erwartete im Grunde keine Antwort; sie hatte eigentlich nur laut gedacht.

Eine Frau, die nur Gabriels Mutter sein konnte, stand in der offenen Tür der Hütte und hielt einen Bogen in der rechten Hand.

Jeffrey schaute mit einem gütigen Lächeln auf zu Annabel, der Mann, der sie wenige Minuten zuvor noch hatte töten wollen. Er litt ganz offensichtlich, aber zum Glück für ihn schien er einer Ohnmacht schon sehr nahe. »Ein Spiel«, sagte er mit schwacher Stimme. »Ich habe gespielt … und verloren.«

Und dann schloß er die Augen.

Gabriel, der Annabel inzwischen erreicht hatte, zog sie auf die Beine und nahm sie in die Arme. Hielt sie ganz fest an sich gepreßt und sagte nichts, wie auch sie nichts sagte, weil Worte in diesem Augenblick vollkommen überflüssig waren.

Olivia glitt aus dem Sattel und lief zu Nicholas, dem sie sich schluchzend vor Erleichterung in die Arme warf. Lächelnd beobachtete Annabel, wie sie einander stützten.

Nicholas erwachte in seinem eigenen Bett zu Hause, einige Stunden nach der Schlacht von Wedding Bells Spring. Sie hatten ihn betäubt, erinnerte er sich jetzt, mit einer dieser Kräutermischungen seiner Großmutter, und seine Muskeln waren auch jetzt noch schwer wie Blei.

Er starrte eine Weile zu den Schatten an der Zimmerdecke auf, während er darauf wartete, daß diese bleierne Schwere in seinen Gliedern nachließ, und als sie es nicht tat, hob er den Kopf, um an sich herabzuschauen, und stellte fest, daß er mit dicken Tauen an das Bett gebunden war.

»Verdammt!« sagte er.

»Du bist also wach«, bemerkte Olivia freundlich. Nicholas' Ausgabe von ›Gullivers Reisen‹ lag aufgeschlagen auf ihrem Schoß.

Nicholas war so entrüstet, daß er im ersten Moment keine Worte fand. »Wessen Idee war das?« fragte er dann ärgerlich.

Olivia lächelte und machte keine Anstalten, ihn zu befreien. »Jonathan Swifts, glaube ich«, erwiderte sie.

»Annabels, willst du wohl sagen«, knurrte Nicholas, und dann nahm er die ganze Kraft seiner gerechtfertigten Wut zusammen und schrie: *»Mutter!«*

»Sie wird dich nicht hören«, sagte Olivia. »Und selbst wenn sie es täte, würde sie dich nicht losbinden. Noch nicht zumindest. Allen außer dir ist klar, Nicholas, daß du Ruhe brauchst, um wieder gesund zu werden, und dies schien der einzige Weg zu sein, dich davon abzuhalten, in der Gegend herumzureiten.«

Er zerrte noch einen Moment an seinen Fesseln, aber sie gaben nicht nach. Die Idee mochte zwar von Annabel stammen, die Ausführung hatte jedoch sein Vater übernommen, oder Charlie. Er würde dieses Bett nicht eher verlassen können, bis sich jemand seiner erbarmte und die Fesseln löste.

Er versuchte es mit Charme.

»Nein«, sagte Olivia entschieden.

Mit Versprechungen.

»Kommt nicht in Frage«, erwiderte sie.

Mit einem dringenden Bedürfnis. »Ich muß mal.«

»Moment mal«, sagte die Frau, die er zu seiner Braut erkoren hatte.

Nicholas fluchte. »Es ist mein Ernst, Olivia. Ich habe stundenlang geschlafen, und ich muß wirklich dringend.«

Olivia legte das Buch beiseite, stand auf und zog einen Nachttopf unter dem Bett hervor. Er haßte Nachttöpfe.

»Verdammt, Olivia«, sagte er. »Wie soll das funktionieren, solange ich hier liege?«

Olivia lachte und ließ ihn noch einen Moment lang schmoren. Dann begann sie, die Fesseln um seine Hände zu lösen.

»Ich habe die Erlaubnis, dich loszubinden, wenn es unumgänglich ist«, erklärte sie. »Aber nur, wenn du mir dein Ehrenwort gibst, dich anschließend sofort wieder hinzulegen. Wenn nicht – nun ja, dann lasse ich dich auf der Stelle allein und komme nicht mehr zurück.«

Es schockierte die ganze Stadt, daß Miss Olivia Drummond auch nach ihrer Heirat mit Nicholas McKeige als Lehrerin arbeiten wollte, aber dann wiederum war ja alles, was die McKeiges so taten, ungewöhnlich. Wenn man es so betrachtete, war es eigentlich *normal*. Miss Annabel war fest entschlossen, den Samhill Saloon in ein Hotel zu verwandeln und je offensichtlicher ihre Schwangerschaft wurde, desto mehr Energie und Tatkraft schien sie zu besitzen. Während die weibliche Bevölkerung von Parable froh und begeistert war, die Lasterhöhle fallen zu sehen wie die Mauern von Jericho, standen die Männer kurz vor einem Aufruhr.

Und alle, ganz gleich, wie ihre Ansicht war, verfolgten interessiert den Fortgang der Geschehnisse.

Gabe, der sich natürlich nicht geschlagen geben wollte, schickte einen ganzen Trupp Rancharbeiter los, um am Stadtrand einen neuen Saloon, der ›Annabel's‹ heißen sollte, zu erbauen.

Annabel zog in ihr kleines Haus in Parable, als das Fundament für den Saloon gelegt wurde, und schien nicht mehr zu gehen, sondern zu stürmen, so wütend war sie.

Dann kam Gabe und holte sie heim auf die Ranch, und sie ging mit, ohne den geringsten Protest zu erheben. Nur um zwei Wochen später von neuem in die Stadt zurückzuziehen.

Und so ging es weiter, den ganzen ersten Winter lang, aber wann immer Mrs. McKeige wieder in die Stadt zurückkehrte, war allen klar, daß Mr. McKeige früher oder später kommen würde, um sie abzuholen, und daß sie widerspruchslos mit ihm heimkehren würde, wenn er kam.

Die bestellte Badezimmerausrüstung kam eine Woche vor Weihnachten, und jeder fragte sich, wo diese modernen Sanitäranlagen enden würden: in der Stadt in Mrs. McKeiges Haus oder draußen auf der Ranch, die natürlich Gabriels Territorium war. Wetten wurden abgeschlossen, und Geld wechselte den Besitzer, als auf der Ranch ein Zimmer gebaut wurde, das groß genug war, um die Badewanne mit den Klauenfüßen, das weiße Standwaschbecken mit den glänzenden Bronzehähnen und – das größte Wunder überhaupt – die Toilette mit der eingebauten Wasserspülung aufzunehmen.

Danach reiste Miss Annabel nicht mehr soviel hin

und her. Es war allgemein bekannt, daß sie ein ausgedehntes Bad zu schätzen wußte.

Am ersten Januar nahm Marshal Jacob Swingler seinen Abschied, eine knappe Woche etwa bevor er durch ein Telegramm des Gouverneurs dazu gezwungen wurde, und Nicholas McKeige trat seine Nachfolge an.

Danach gab es noch mehr Auseinandersetzungen in der Familie, und eine Zeitlang sah es ganz so aus, als ob die Lehrerin ihn schließlich doch nicht heiraten würde.

Wieder wurden Wetten abgeschlossen. Die Gewinner prophezeiten eine Hochzeit zu Beginn des Frühlings, unter den blühenden Apfelbäumen auf dem Pfarrhof, und die Verlierer bezahlten die verlorene Wette mit Kuchen und Pasteten, selbstgebranntem Whiskey und harten Silberdollars. Die jungen Mädchen der Stadt weinten während der Zeremonie heftiger und lauter, als der Anstand es eigentlich erlaubte.

Nicholas McKeige und seine Braut Olivia richteten sich in Miss Annabels leerem Stadthaus ein, während auf der Ranch ihr eigenes Haus gebaut wurde – *mit einem Badezimmer wie Miss Annabels,* hieß es.

Im März kam es zu zwei Ereignissen, die von solch einschneidender Bedeutung waren, daß sie eine Flut von Briefen an ferne Verwandte auslösten, die begierig waren, mehr über die Geschichte von Parable und den McKeiges zu hören.

Das erste Ereignis war die willkommene Nachricht, daß die Union Pacific Eisenbahnschienen bis nach Parable verlegen würde, was eine echte Garantie für Wohlstand und Wachstum dieser kleinen Stadt bedeutete.

Die zweite Nachricht war beinahe von genauso starkem öffentlichen Interesse.

Bei Annabel McKeige hatten die Wehen eingesetzt, als sie – hochschwanger – das Verlegen der Fußböden in ihrem Hotel beaufsichtigte …

Der Schmerz erfaßte Annabel zuerst im Rücken; sie umklammerte den Rand der langen Rezeptionstheke, die dort stand, wo einst die Bar gestanden hatte, und stieß einen leisen Schrei aus.

Jessie, die an einem nahen Tisch saß und Papiere durchsah, war sofort bei ihr. »Annabel?« fragte sie und erblaßte ein wenig. »Ist es das Kind?«

Es hatte schon falschen Alarm gegeben – Annabel hatte Gabriel schon mehrfach mitten in der Nacht aufgeweckt und ihn losgeschickt, um Charlie zu holen –, aber diesmal war es wirklich eine Wehe.

»Gabriel«, sagte Annabel stöhnend. »Hol Gabriel.«

Jessie schickte einen der Arbeiter los, der durch die Schwingtür auf die Straße stürzte und dort schrie, so laut er konnte: »Es kommt! Mrs. McKeiges Baby ist unterwegs!«

Annabel schloß die Augen und ließ sich müde in einen Sessel sinken. »Ich muß nach Hause auf die Ranch«, murmelte sie, während sie bittend Jessies Hand umklammerte. »Nicholas ist dort geboren – Charlie hat ihn auf die Welt geholt –, und ich möchte, daß auch dieses Kind dort geboren wird.«

»Ich weiß nicht, ob dazu noch Zeit bleibt«, meinte Jessie.

Gabriel erschien wenige Minuten später, in einem Wagen, der noch halb mit Holz für seinen Saloon beladen war. Er stürzte in den großen Raum, mit wildem Blick und wirrem Haar und von oben bis unten mit Sägemehl bedeckt.

»Annabel?« fragte er.

»Ja«, antwortete sie. »Ich möchte nach Hause.«

Gabriel widersprach ausnahmsweise einmal nicht. Er war sogar rührend besorgt um sie, als er Annabel beim Aufstehen half und sie dann vorsichtig hinausführte, um sie, was nicht ganz so einfach war, auf den hohen Wagensitz zu heben. Zuschauer klatschten beifällig, als er die schwierige Aufgabe bewältigt hatte.

Annabel merkte sich ihre Namen und schwor sich, es ihnen zu vergelten.

Die Fahrt zur Ranch kam Annabel sehr kurz vor, denn sie war überglücklich und begrüßte jede einzelne der Wehen. Endlich kam das Baby, dieses teure Kind, das ihr und Gabriel gehörte.

Charlie mußte den Wagen über die Straße jagen gesehen haben, denn er wartete schon, als sie das Haus erreichten, und Louisa, die seit jenem schicksalhaften Tag in Wedding Bells Spring sehr häufig zu Besuch kam, stand neben ihm. Sie halfen Gabriel, Annabel vom Wagen zu heben, und zusammen trugen sie sie die Treppe hinauf ins Schlafzimmer, wo das Baby gezeugt worden war.

Als die Geburt begann, schrie Annabel, nicht einmal, sondern unzählige Male. Doch selbst im schlimmsten Schmerz, der ja nur ihren Körper und nicht ihr Herz betraf, war sie in freudiger Ekstase. Zwischen lauten Schmerzensschreien und harter Arbeit weinte sie vor Entzücken.

Gabriel ging unruhig am Fußende des Bettes auf und ab und sah richtig ängstlich aus, während Charlie sich um Annabel bemühte, ihr sanfte Anweisungen gab und sie tröstete, wenn der Schmerz fast unerträglich wurde. Louisa war auf ihrer anderen Seite und wischte ihr hin und wieder das Gesicht mit einem kühlen, feuchten Tuch ab.

Mehrere Stunden vergingen, bis endlich das Baby schreiend das Licht der Welt erblickte – ein kräftiger kleiner Junge, mit breiten Schultern und festen kleinen Fäustchen, die er vor Empörung schwenkte. Er hatte feines, blondes Haar und sah Gabriel selbst in diesen ersten Momenten schon so ungeheuer ähnlich, daß Annabel lachte und weinte, als sie ihn sah.

Charlie band die Nabelschnur ab und durchtrennte sie, dann wusch er den Säugling, wickelte ihn in eine warme Decke und übergab ihn seinem staunenden Vater. Mit Tränen der Freude in den Augen schaute Louisa zu.

»Bring deinen Sohn hinunter, Gabe«, sagte Charlie lächelnd. »Sein großer Bruder wartet sicher schon darauf, ihn kennenzulernen.«

Als Gabriel und das Baby fort waren, wusch Louisa ihre Schwiegertochter, während Charlie ihr Bett bezog. Dann, nachdem Louisa sie noch einmal zärtlich auf die Stirn geküßt hatte, gingen auch sie hinaus.

Als Gabriel mit seinem jüngsten Sohn in seinen Armen zurückkehrte, erwartete Annabel ihn schon. Obwohl sie müde war, war sie gleichzeitig auch so aufgekratzt vor lauter Glück, daß sie keinen Schlaf gefunden hatte.

»Wie sollen wir ihn nennen?« fragte Gabriel, als er sich aufs Bett setzte und sich zu ihr vorbeugte, um ihre Stirn zu küssen.

Annabel glättete Gabriels Haar, wo es sich in seinem Kragen verfangen hatte. »Er braucht einen starken Namen, finde ich. Wie Samuel. Oder Gideon.«

Gabriel starrte das Kind mit einer derartigen Faszination an, als hätte er einen makellosen Edelstein vor sich. »Gideon McKeige … Ja, das gefällt mir.«

»Gut. Dann also Gideon«, sagte Annabel. »Gib mir bitte unseren Sohn. Du hast ihn jetzt lange genug gehalten.«

Ein bißchen widerstrebend legte Gabriel den kleinen Gideon in die Arme seiner Mutter. »Du hast ihn neun Monate gehabt«, gab er zu bedenken.

»Was hat Nicholas zu seinem Brüderchen gesagt?«

Gabriel grinste. »Er war sehr beeindruckt. Und er möchte dich gern sehen, sobald du dich dazu in der Lage fühlst.«

Annabel bewunderte das Baby, das sie und Gabriel zusammen geschaffen hatten, und dachte voller Stolz an den jungen Mann, der unten wartete. »Bitte sag Marshal McKeige, daß ich mich über einen Besuch sehr freuen würde«, sagte sie gähnend. »Einen kurzen allerdings nur, fürchte ich.«

Gabriel nahm Gideon, der jetzt schlief, und legte ihn behutsam in die Wiege neben dem Bett. Dieselbe Wiege, in der einst Nicholas geschlafen hatte und Susannah, und eine Generation zuvor schon Gabriel.

Dann ging er zur Tür und ließ seinen Sohn herein, der draußen schon gewartet hatte, bevor er selbst hinausging.

Nicholas sah unglaublich gut aus, fand Annabel, wie er da an der Tür stand, den Hut in der Hand und den funkelnden neuen Marshalstern am schwarzen Staubmantel. Es regnete, fiel ihr jetzt zum ersten Mal auf, und Donnergrollen erschütterte das Haus.

»Alles in Ordnung?« fragte Nicholas unsicher.

»Ja«, erwiderte Annabel lächelnd. »Komm her.« Einladend klopfte sie auf die Matratze neben sich, und er kam, ihr tapferer Gesetzeshüter, und setzte sich.

»Er wird dir sehr ähnlich sein«, begann sie. »Dein Bruder Gideon, meine ich.«

Nicholas' grinste. »Er ist schließlich ein McKeige«, meinte er stolz.

Annabel lächelte und berührte die frischrasierte Wange ihres Ältesten. »Vor zwanzig Jahren, in diesem Bett und diesem Zimmer hier, habe ich einen anderen kleinen Jungen zur Welt gebracht«, sagte sie. »Er wuchs zu einem Mann auf, auf den jede Mutter stolz sein könnte. Ich liebe dich, Nicholas. Ich habe alles getan, was ich konnte, um mich mit dir zu versöhnen. Wird es nicht langsam Zeit, daß du mir verzeihst?«

Nicholas wandte den Blick ab und schaute sie dann wieder an. »Ich habe dir schon vor einiger Zeit verziehen, Mutter«, sagte er, »damals in Wedding Bells Spring, als Jeffrey Braithewait dich fast erschossen hätte. Ich war nur bisher noch nicht dazu gekommen, es dir zu sagen.«

Annabels Augen schimmerten von Tränen; es war der Tag der Wunder. Ein Sohn, der so sehnsüchtig erwartet worden war, war endlich zur Welt gekommen, und der andere hatte ihr jenes Geschenk gemacht, das sie sich am innigsten von ihm gewünscht hatte: das Wort »Mutter«, mit Zuneigung und Respekt ausgesprochen.

Nicholas nahm ihre Hand und küßte sie wie ein Gentleman. »Ruh dich jetzt aus«, entgegnete er mit rauher Stimme. »Gideon wird dich ganz schön in

Anspruch nehmen, und du mußt ja auch noch Pa aufziehen.«

Damit erhob er sich, trat neben die Wiege, um lächelnd seinen kleinen Bruder zu betrachten, und ging dann still hinaus.

»Ich möchte noch ein Baby«, sagte Annabel ein Jahr später, als sie in ihrer berühmten Badewanne lag und lächelnd zu ihrem Mann aufschaute, der sich am Waschbecken rasierte.

Gabriel drehte sich verwundert zu ihr um. »So wie du geschrien hast, als Gideon kam? Du mußt verrückt sein.«

Sie hob ein wohlgeformtes Bein aus dem duftenden Schaum der Wanne und betrachtete ihre Zehen. »Alle Frauen schreien«, sagte sie. »Wir sollten ein Mädchen haben. Denn so, wie es ist, seid ihr Männer in der Überzahl, vor allem, nachdem Olivia und Nicholas uns einen Enkel geschenkt haben.«

Gabriel lächelte bei der Erwähnung von Nicholas' und Olivias drei Monate altem Sohn, John Henry. »Glaubst du nicht, wir sollten jetzt allmählich aufhören, nachdem wir Großeltern geworden sind?« scherzte er.

»Niemals«, erwiderte Annabel entschieden. »Komm her, McKeige.«

»Ich denke ja nicht daran. Du machst mich dann nur naß, und es ist schon neun Uhr morgens. Ich habe heute viel zu tun.«

»In deinem Saloon?« erkundigte Annabel sich spitz. »Gewöhn dich nur nicht zu sehr daran, Gabriel. Eines Tages werde ich dieses Lokal nämlich in Brand setzen.«

»Wenn du das tust«, versetzte Gabriel, »nehme ich dich am hellichten Tag in der Scheune auf einem Faß.«

Annabels Mund verzog sich zu einem verführerischen Lächeln. »Alles nur leere Versprechungen«, meinte sie. Es war eine weitere Facette ihres Spiels, die verrücktesten Orte für ihre Liebesspiele vorzuschlagen, und diese Phantasien manchmal auch zu verwirklichen, wenn der andere es am wenigsten erwartete.

Gabriel wandte sich ab und bückte sich, um den Rasierschaum von seinen Wangen zu entfernen. Annabel stieg in der Zwischenzeit aus der Wanne und näherte sich ihm von hinten, streifte ihm die Hosenträger ab und griff um ihn herum, um seine Hose aufzuknöpfen.

»Annabel«, sagte er warnend, aber er war bereits bereit für sie, als ihre Hand sich um ihn schloß. Bereit – aber nicht *so* bereit, wie er es gern gewesen wäre.

Sie drehte ihn um, öffnete sein Hemd und ließ ihre Hände über seine Brust gleiten, über seinen Rücken und zu seinem festen Po hinunter.

»Ein Baby, bitte«, sagte sie und bückte sich, um ihn mit ihren Lippen zu liebkosen.

Gabriel unterdrückte einen leisen Aufschrei und schob seine Finger in ihr Haar. »Was immer du verlangst«, erwiderte er mit einem erstickten Lachen und einem langen, wonnevollen Seufzer.

»Ein Mädchen diesmal«, befahl sie. »Nein, Zwillinge. Zwei hübsche, intelligente Mädchen mit blondem Haar und blauen Augen.«

»Gewiß, Madam«, stöhnte Gabriel. »Kein Problem.«

Lächelnd streifte sie die Hose über seine Hüften. »In neun Monaten genau.«

Er lachte kehlig. »Neun Monate und eine Minute – vorausgesetzt, du läßt mich in dich, bevor ich mich blamiere.«

»Du dich blamieren?« Zusammen gingen sie in die Knie, und Annabel hockte sich rittlings über ihren Mann, um ihn langsam, genußvoll in sich aufzunehmen. »Niemals.«

Sie wollte sich bewegen, aber er umfaßte ihre Hüften und hielt sie still. »Nicht so schnell, Mrs. McKeige«, sagte Gabriel und küßte ihren Nacken, entfernte die Nadeln aus ihrem aufgesteckten Haar, bis es ihr offen auf die Schultern fiel. Dann bog er sie zurück, um mit den Lippen ihre Brüste zu erreichen, und küßte sie, bis Annabel vor Lust und Verlangen den Verstand zu verlieren glaubte. »Du bist die Tänzerin«, murmelte er, »und ich der Musikant. Also halt still, bis die Musik erklingt.«

»Gabriel!« Sie schob ihre Hände unter sein Haar und begann wild, ihre Hüften zu bewegen.

Gabriel lachte. »Verführ mich, ja?« bat er und bewegte sie langsam an sich auf und nieder. »Sag bitte, Annabel.«

»Bitte«, stieß sie aufstöhnend hervor.

»Sag es noch einmal.«

Sie gab eine sehr undamenhafte Antwort.

Gabriel lachte triumphierend. »Genau«, sagte er. »Genau das.«

»Gabriel«, schluchzte sie, als er keine Gnade zeigte, kein Erbarmen, und ihr Verlangen bis ins Grenzenlose steigerte. »Gabriel …«

»Wo?« fragte er.

»Egal wo«, antwortete sie.

»Wann?«

»Jederzeit – *jetzt*!«

Endlich, endlich gab er nach, und sie begannen sich zusammen zu bewegen, während sie sich leidenschaftlich küßten. Die Erfüllung kam für Annabel fast augenblicklich; mit einem heiseren Schrei versteifte sie sich in seinen Armen und spürte im selben Augenblick, wie auch er den Höhepunkt erreichte.

Erschauernd preßte sie ihr Gesicht an seinen Nacken und wartete, bis der erste Ansturm der Gefühle nachließ.

»Mädchen«, sagte Gabriel, als er wieder sprechen konnte. »Drillinge habe ich nicht geschafft, obwohl ich mir die größte Mühe gab. Aber ich glaube, Zwillinge werden wir bekommen.«

Annabel lachte leise und küßte schläfrig seinen Nacken, der nach Rasiercreme roch und Schweiß und Gabriel. Nach ihrem wunderbaren Gabriel.

Neun Monate später brachte Annabel Zwillinge zur Welt, zwei Mädchen, blond und blauäugig, wie nach Bestellung.

ENDE